FOLIO POLICIER

Olen Steinhauer

Niet camarade

Traduit de l'américain
par Françoise Bouillot

Gallimard

Titre original :
THE CONFESSION

Olen Steinhauer est né en Virginie et vit aujourd'hui à Budapest. C'est en Roumanie qu'il a créé la série policière consacrée au même commissariat de police d'un pays de l'Est jamais nommé et décrit sur cinquante ans, à partir de l'année 1948, à raison d'un roman par décennie. Le premier épisode, *Cher camarade*, a été nominé pour l'Edgar Award aux États-Unis. *Niet camarade*, ainsi que *36, boulevard Yalta* et *La variante Istanbul* font suite à ce premier roman et ont été traduits en France par les Éditions Liana Levi.

Le tableau d'ensemble vous apparaît plus tard, quand tous les corps ont été examinés, tous les indices rassemblés et tous les faits mis en lumière. Ou la plupart. Ou une partie.

On est en 1956. Le camarade Staline est mort depuis trois ans et le secrétaire général Mihai n'a plus qu'un an devant lui. Nul ne le sait encore, mais lui le sait. Et sans doute ce savoir projette-t-il son ombre sur toutes ses décisions.

L'année semble légère après toutes celles qui viennent de s'écouler. Depuis que la nouvelle du XXe Congrès de Moscou s'est répandue, les portraits du petit père des peuples ont peu à peu disparu des librairies, des bureaux de poste et des appartements. Bientôt, on n'en trouve plus un seul dans toute la Capitale. Sur les étagères où s'alignaient ses volumes de discours s'empilent désormais des petits pamphlets incisifs signés Nikita Khrouchtchev. « Staline a choisi la voie de la répression et de l'annihilation physique, non seulement à l'encontre de ses véritables ennemis, mais aussi de personnes qui n'avaient commis aucun crime contre le Parti ni l'Union soviétique. »

On entend parler de Budapest à la radio : les Hongrois brûlent les portraits du camarade Staline et dansent sur les cendres dans la rue. Ils forment une assemblée étonnamment bruyante.

Les Polonais aussi s'agitent. Ils ont affronté les tanks au cours de leur « Jeudi noir », répercutant les ondes de mécontentement qui partout grandissent dans leur jeune nation.

Mais chez nous, c'est une bonne période. Certains écrivains d'autrefois retrouvent leur place dans les librairies, et l'on est parfois surpris de ce que l'on a le droit de lire. L'Étincelle *se fait l'écho des doléances des citoyens sur les problèmes d'eau chaude, de poubelles et de délinquance. Leur colère rend l'air plus léger, et leur ironie donne un doux vertige. Après la guerre et la période stalinienne, il semble que nous soyons en train de trouver notre propre voie. On l'entend dans les discours à la radio, dans les promesses qui tombent des lèvres de Mihai et dans les discours des hautes sphères politiques. On entend Bobu, le vieux professeur d'histoire, et Kozak, l'ingénieur, tempêter au Comité central contre les « gros Moscovites » et réclamer une voie originale au socialisme. Mihai abandonne son poste de premier secrétaire pour ne garder que celui de Premier ministre — rappel des progrès de la direction collective. « Dans les faits, dit un éditorial, la dictature du prolétariat n'a jamais été aussi démocratique. »*

Sur cette toile de fond s'inscrit un immense espoir. Aujourd'hui, il peut sembler naïf et injustifié, mais pendant quelques mois, il a été là. Les années pourront passer, le souvenir de cet espoir nous réchauffera toujours. Même s'il reste incompréhensible aux générations futures.

Le 25 juin, Mihai présente la résolution 683 au V Congrès du Parti, cinq mois après que le camarade Khrouchtchev a présenté son rapport secret à son propre Congrès, et après que les Yougoslaves ont révélé ce secret à la ronde. Mihai affirme solennellement son accord avec le premier secrétaire. Les crimes de Staline. La terreur de masse sous Staline. L'effet insidieux de Staline sur le développement du socialisme en Europe de l'Est.

Aux actualités filmées, Mihai serre les lèvres entre deux déclarations, les mains crispées sur son pupitre frappé du faucon de profil entouré de lauriers. Ses pauses sont lourdes de sens ; on voudrait croire que c'est parce que les mots pèsent le même poids, parce que cet homme est convaincu de la vérité de ce qu'il dit. Mais là encore, avec ce qui va suivre, on s'interroge.

Il propose de corriger les erreurs du camarade Staline. De 1945 à 1953, dit-il, des centaines — non, des milliers de gens dans notre patrie bien-aimée ont été emprisonnés par erreur dans des maisons d'arrêt municipales, dans des geôles médiévales, dans les camps de travail des provinces de l'ouest. À la demande expresse du camarade Staline.

Tout cela n'est pas nouveau pour le Comité central. Ça ne l'est pour personne. Ce qui est nouveau, c'est de pouvoir l'énoncer à voix haute. Le Comité central — 236 hommes et femmes — reste silencieux. Les cheveux bruns de Mihai sont pratiquement blancs ; il n'est plus le jeune et beau partisan qu'il a été. Il pousse un profond soupir et déclare qu'il propose la libération immédiate de tous les prisonniers politiques.

Il y a une pause polie. Le Congrès attend un « mais », ou un « toutefois ».

Et puis il éclate en un tonnerre d'applaudissements. Quelques-uns de ses membres, stupéfaits, hagards, restent incertains. Ils se demandent peut-être quelle sera leur place dans ce monde nouveau de prisonniers lâchés dans les rues. Mais ils sont bientôt gagnés par la vague des applaudissements. Les salves résonnent en écho sous le vaste dôme, ce qui ne fait qu'accroître leur fièvre ; le bruit monte, assourdissant. Ils sont debout, tapant des pieds, applaudissant, criant des paroles inintelligibles. Et sous cet assaut d'approbation désordonnée, Mihai plie son discours en deux, lisse la pliure de l'ongle et le glisse dans la poche de sa veste. Sous la caméra des actualités filmées, sa fatigue est visible. Les néons soulignent les rides, les poches sous les yeux aux paupières lourdes. Peut-être qu'il sait. Tout ce qui va suivre. Les applaudissements durent sept minutes. Les yeux sont humides, on voit même des larmes couler. La grande amnistie a commencé.

ÉTÉ

1

J'entrepris de vider la datcha dans le silence : des vêtements pour trois semaines, des sous-vêtements humides encore suspendus à la balustrade du porche, et tous les livres. Je fourrai Flaubert et Dostoïevski dans le coffre de la Skoda et coinçai mon propre roman à côté. La couverture froissée du livre de poche, couleur d'eaux usées, comptait parmi les vanités que je pensais encore pouvoir me permettre.

Les histoires commencent ainsi, par des détails matériels. Caleçons, livres, feuilles de papier. Car ce sont des faits irréfutables ; ils existent hors de toute spéculation. Je suis à la datcha maintenant, en train de tout vérifier, et même si l'on aurait pu choisir un autre moment, c'est ici que ma confession commence.

Puis il y eut les deux caisses de bouteilles d'eau-de-vie qui s'entrechoquaient tandis que je les portais vers la voiture. Magda m'avait aidé à les vider la première semaine, quand chaque conversation s'achevait par des hochements de tête et des coups d'œil à la dérobée, et que je remplissais nos verres avant même qu'ils fussent vidés. Mais après son départ, j'avais eu deux semaines pour taquiner la bouteille tout seul : une grande carcasse de trente-sept ans descendant de l'eau-de-vie dans des verres minuscules, passant ses journées à fixer sa feuille blanche, assis à une table face à la forêt desséchée, incapable de se dire autre chose que : « Cette fois, ça y est, ma femme m'a quitté. »

Et chaque matin je me réveillais avec la gueule de bois et une pile de feuilles vierges.

Une fois que j'eus tout ramassé, je me livrai à une dernière inspection de la chambre, du salon et de la cuisine. J'allai même jeter un coup d'œil dans la cabane infestée de mouches au fond du jardin. De l'ordre. De la méthode. C'était le seul moyen d'écarter son image et d'ignorer les longs cheveux châtains restés accrochés au divan. De la cuisine montaient d'aigres relents d'alcool, auxquels se mêlaient parfois, par les fenêtres ouvertes, des bouffées d'odeurs de décomposition venant de la forêt.

Je fermai les volets, verrouillai les portes. Je ne m'attardai pas sur le perron, et je ne me livrai à aucune réflexion lorsque, tout en tripotant nerveusement mes bagues, je lançai un dernier regard à la datcha de sa famille.

Il me fallut une demi-heure pour rejoindre la route principale. Puis je me dirigeai vers le sud, où les arbres laissaient place peu à peu aux champs et aux prés, et le soleil vint donner droit dans le pare-brise sale. Je tentai en vain de m'humecter les lèvres. À la sortie d'un virage, la route était complètement défoncée. Une vieille femme versait un seau de goudron fumant dans un nid de poule, tandis que d'autres la regardaient faire, un foulard sur la tête, appuyées sur leurs pelles. Le moteur de la Skoda avait des ratés quand j'appuyais trop sur le champignon, et je me souvins du commentaire de Georgi quand je l'avais achetée. Il en avait fait le tour lentement, une main sur le menton, avant de déclarer : « Je crois vraiment que bientôt, la technique socialiste va réaliser son rêve de faire tenir une bagnole dans une boîte à chaussures. »

2

La modeste ferme de ses parents avait exactement le même aspect que la première fois que je l'avais vue, en octobre 1935. Magda était alors une collégienne pleine d'entrain que mon ami Stefan et moi passions nos journées d'école à reluquer. Au bout d'un temps insupportablement long, je fus l'heureux élu invité à déjeuner chez elle un vendredi. J'avais seize ans et je lui appartenais déjà.

Teodor sortit sur le pas de la porte, regardant la voiture approcher, avant que j'aie arrêté le moteur. Son visage était sillonné de rides profondes. Le travail de la terre en était responsable, ou encore la collectivisation forcée de 1949. Lors des réunions de famille, il faisait toujours des allusions voilées aux commissaires arrogants venus les affamer.

— Ferenc.

— Teodor.

Nous échangeâmes une poignée de main et il voulut savoir combien de temps j'avais mis pour venir. Il semblait toujours croire que c'était la meilleure façon de juger la valeur d'un homme ou d'une journée.

— Environ deux heures.

— Pas mal.

— Ma fille est dans le coin ? demandai-je.

Teodor désigna la maison de la tête et, avant que nous n'en franchissions le seuil, me glissa à voix basse :

— Et ma fille, à moi ?

— À ton avis ?

— Ne fais pas le malin.

— Elle est rentrée, je suppose.

Le vieux fermier m'ouvrit la porte et Pavel, notre teckel noir et feu, trottina vers moi avec un aboiement bref.

Les pommes au four de la mère de Magda — son seul talent culinaire — dégageaient une odeur fruitée et sucrée. Elle sortit de la cuisine en essuyant ses doigts boudinés sur son tablier et m'embrassa. Des joues rondes et molles, des lèvres fines.

— Bonjour, Nora.

— Bonjour, toi.

Elle ne posa aucune question, se bornant à lancer un coup d'œil plein de sous-entendus vers le couloir vide derrière moi.

Agnes sortit d'un pas mal assuré de la chambre d'amis, un livre à la main, plissant les yeux derrière ses épaisses lunettes.

— Salut, papa.

Elle avait quatorze ans et, malgré ses lunettes et ses traits brouillés de sommeil, montrait déjà des indices de la nonchalante beauté de sa mère. Elle dégageait par tous les pores l'ennui de ces trois semaines à la campagne.

Nous mangeâmes des pommes de terre au paprika dans le jardin desséché, bordé de haies, à l'ombre de la maison. Une brise poussiéreuse venue du verger soulevait les serviettes sur la vieille table en bois. Teodor continua à me bombarder de questions sur l'état de la route, de sa datcha et, une fois réglées ces questions pratiques, de mon travail d'écrivain.

— Ton livre est encore dans les librairies ?

— Non, dus-je reconnaître en avalant ma dernière bouchée de pommes de terre. Quand j'aurai fini celui-ci, ils le rééditeront peut-être, mais pas pour l'instant.

— Et quand vas-tu terminer le second ? demanda Teodor. Ça fait… combien de temps, maintenant ?

— Quatre ans, dit Nora d'un ton neutre.

— Il m'a fallu dix ans pour finir le premier, dis-je.

— Papa va écrire un roman prolétarien, intervint Agnes.

C'était la deuxième fois qu'elle ouvrait la bouche depuis mon arrivée et, dans son grand sourire, je lus une adorable ironie.

— Comme cet homme, là ? demanda Nora. C'était quoi, son nom, déjà ?

— Je ne sais pas ce que je vais écrire.

Le père de Magda se pencha vers moi.

— Tu veux dire que tu n'as même pas commencé ?

Je voulus lui expliquer une fois encore que j'étais un milicien. Peut-être l'homme d'un seul livre. J'avais apprécié ce bref moment de célébrité, les nouveaux amis (le petit mouvement littéraire mené par Georgi Radevych) et le revenu supplémentaire. Même si les recettes du livre avaient fini à la banque d'État, une allocation personnelle nous avait fourni la Skoda garée devant la porte, l'essentiel de la garde-robe d'Agnes et une grosse radio de marque allemande. À présent, c'en était sans doute fini de l'écriture. Rien n'était venu, à la datcha, après que ma femme m'eut quitté une fois encore, et les deux dernières semaines s'étaient perdues dans un improductif brouillard alcoolique.

Mais je ne dis rien. Je me forçai à sourire et regardai Agnes pour oublier le vieux couple de fermiers qui attendait mon prochain livre.

3

Le père de Magda était encore costaud malgré les années et il aurait sans doute pu me tenir la dragée haute, le cas échéant. Il était presque aussi grand que moi, et je m'étais souvent demandé si c'était le fait que j'eusse le même gabarit que son père qui avait séduit Magda.

Nous avions terminé nos pommes, moins goûteuses que ne le laissait espérer l'odeur, et les femmes étaient rentrées. Teodor ouvrit pour nous deux une bouteille de vin, mais se garda de remplir nos verres. Il me restait le prix à payer pour entrer chez lui et m'asseoir à sa table : un moment de bavardage. Nous contemplâmes en silence le millier d'hectares qu'il partageait avec une centaine d'autres familles. Pavel, à nos pieds, creusait frénétiquement le sol, envoyant voler des mottes de terre tiède.

— Alors, ça n'a pas marché, finit-il par dire. Et maintenant ?

— Pareil.

— Tu attends que ça tombe en quenouille.

— À peu près.

Teodor fixa la maigre haie qui séparait son lot personnel des champs alentour, puis secoua lentement la tête. Les longs silences de Teodor. Ils me poussaient à répéter que je n'acceptais pas la défaite, et il le savait. Au long de ces quatre années, j'avais eu conscience de ce qui se passait. J'en avais vu les effets sur elle et sur moi, et j'avais fait ce que je pouvais. Peut-être n'étais-je pas assez intelligent pour trouver la solution ; sur ce point, nous avions l'air aussi peu doués l'un que l'autre. Alors nous avions écouté la famille et les amis, qui nous disaient que nous avions besoin d'un répit hors de la ville. En tête à tête dans la petite datcha de ses parents au fond des bois, près de Sarospatak, nous retrouverions en l'espace de trois semaines ce que nous avions perdu en route. Mais la patience de Magda était usée. « C'est trop artificiel, avait-elle dit avant de partir. On ne peut pas se forcer sur ce genre de choses. »

— Je ne crois pas qu'elle veuille que ça s'arrange, repris-je. C'est toujours elle qui s'en va.

— Mais tu ne lui as pas couru après, pas vrai ? (Je fixai mes grosses pattes ornées d'une bague à chaque doigt.) Tu t'imagines avoir des problèmes. (Il remplit nos verres et me regarda avaler le mien cul sec.) J'ai reçu une lettre d'un ami de Varsovie. Tu sais ce qui s'est passé là-bas ? Ce n'est pas dans *L'Étincelle*, évidemment. (Il reposa son verre sur la table d'un geste abrupt.) Des manifestations à Poznan, en juin. Ça a duré des jours. Les travailleurs sont descendus dans la rue parce qu'ils avaient *faim*. Et puis, l'armée est arrivée et a tiré. Soixante-quatorze morts. Mais pas des troupes russes, comme tu pourrais le croire. Non, les leurs. Des soldats polonais tirant sur des ouvriers polonais.

Je me servis un autre verre. Il avait raison : je n'étais au courant de rien.

— Quand ce genre de choses arrive, dit Teodor, tu te ressaisis. Ce n'est qu'en temps de paix qu'on se paie le luxe de divorcer.

4

Dans la voiture, elle garda Pavel sur ses genoux et le chien dormit comme un bienheureux pendant tout le trajet. Je l'interrogeai sur sa rentrée des classes, le lendemain. Elle haussa les épaules.

— Tu as révisé ton français ?

— Un peu.

J'avais espéré la faire entrer au lycée français, en haut du boulevard Yalta. Son collège, le *Rosa Luxemburg*, n'avait jamais été un établissement très coté, même avant la Libération. Mais elle avait échoué à l'examen de français en mai.

— Tu peux te représenter. Il n'y a pas de honte à ça.

Elle haussa encore les épaules et finit par poser la question, d'un ton léger, comme si elle ne lui avait pas brûlé les lèvres depuis mon arrivée.

— Maman n'a pas pu venir ?

Je secouai la tête et fixai la route, mais je vis ses lèvres remuer comme si elle mâchait quelque chose, ce qu'elle faisait peut-être, d'ailleurs.

— Elle est rentrée comment ?

Je jetai un coup d'œil dans le rétroviseur et remarquai un auto-stoppeur portant un petit écriteau rédigé à la main : PRISONNIER POLITIQUE LIBÉRÉ. Je ne l'avais pas vu en approchant et j'en fus troublé.

— Je l'ai conduite à la gare.

Elle hocha la tête en regardant la route. Elle avait les joues et le front très rouges après trois semaines sous le soleil campagnard. J'insistais toujours pour qu'elle porte un chapeau, mais elle disait que ça lui donnait un air idiot. Quant aux parents de Magda, ils pensaient que le soleil avait toutes les vertus, et le fait que la peau pâle de ma fille vire à l'écarlate et se couvre de cloques leur paraissait un signe de santé. Elle semblait aussi avoir maigri, et je me jurai de ne plus jamais la leur confier.

— Tu t'es bien amusée ?

Elle grommela des paroles indistinctes.

— Eh bien ? Tu as fait quoi ?

Elle tira trop fort sur l'oreille de Pavel et le chien piaula dans son sommeil.

— Ramassé des pommes, mangé des pommes, parlé de pommes.

Je lui posai une main sur l'épaule et lui tirai le lobe de l'oreille.

– Je t'ai manqué ?

Elle se dégagea, mais sourit.

– Bien sûr que non.

5

Le 9e arrondissement avait toujours été en travaux, aussi loin que remontaient mes souvenirs. Chaque fois que je passais un moment hors de la ville, je m'imaginais qu'à mon retour, en repassant la Tisa en direction du nord, les routes seraient goudronnées et les empilements de béton cassé auraient disparu. Mais les trois carcasses d'immeubles en construction étaient encore là et la route qui sinuait autour des huit bâtiments n'était toujours pas pavée. À une lointaine époque, elle avait été tracée et gravillonnée, mais à chaque averse, elle s'effondrait dans le fossé. À présent, par temps sec, la Skoda grinçait en tombant dans chaque nid de poule, et gémissait quand elle en sortait. Pavel se redressa sur le siège, aboyant contre deux chats de gouttière en vadrouille. Agnes semblait indifférente à tout cela, mais dans ma tête, j'évaluais les dégâts. Les bâtiments de six étages de l'Unité n° 15, posés de biais par rapport à la route, étaient illuminés par le soleil couchant, et je me demandai si elle était là-haut, à nous regarder naviguer entre les crevasses avant de tourner dans le puits d'ombre entre les immeubles. En tout cas, je l'espérais de tous les muscles de mes mains crispées et moites.

Des enfants étaient occupés à escalader une montagne de plaques de ciment ; derrière eux, deux femmes aux airs de babouchkas nourrissaient des poules. Si la chaleur avait été presque revigorante à la campagne, en ville elle était simplement étouffante. Je me garai près de deux autres Skoda et d'une voiture russe d'une marque inconnue, et j'attrapai nos bagages sur le siège arrière. Agnes prit Pavel. Tandis que nous enjambions de petits ruisseaux asséchés, l'une des femmes aux poules m'interpella :

— Venez arrêter mon frère, camarade inspecteur ! Ça fait un mois que j'attends !

Je répondis en articulant bien, comme pour un enfant :

— On en a déjà parlé, Claudia. Je ne peux pas arrêter ton frère parce qu'il boit chez lui. Et d'ailleurs, ce n'est pas le travail des inspecteurs de la criminelle. Tu sais quel numéro appeler.

— Qu'est-ce que je te disais ? souffla-t-elle à son amie qui n'avait toujours pas levé les yeux de sa basse-cour. Il fait ses heures et il se grouille de rentrer chez lui.

L'amie secoua la tête, marmonnant des paroles que je n'entendis pas. Je m'apprêtais à dire à Agnes de se dépêcher, mais elle était déjà loin ; elle regardait Pavel, la patte levée, qui pissait d'un air absent au coin de notre immeuble, Unité n° 15, bâtiment 6.

La boîte aux lettres était vide, ce qui était bon signe. Les escaliers avaient été nettoyés récemment, même si rien ne pouvait venir à bout de l'odeur de chou bouilli, et on avait disposé des plantes vertes sur chaque palier. Seul notre étage en était dépourvu. La porte était verrouillée. L'appartement était étouffant et sentait le renfermé. J'ouvris les fenêtres, laissant entrer des voix et le bruit d'un moteur qui toussait.

— Elle n'est pas là, dit Agnes en déposant Pavel sur le tapis.

Il resta immobile un moment, considérant le canapé, la table et la grosse radio allemande.

Le lit ne semblait pas avoir servi, mais ça ne voulait rien dire : Magda le faisait tous les matins. En revanche, il y avait du lait frais dans la glacière. Agnes sortit une bouteille d'eau, but à même le goulot et s'adossa à l'évier en me regardant.

J'espérais qu'elle n'allait pas répéter l'évidence, de crainte de me mettre à lui crier dessus. Mais elle se borna à reposer sa bouteille en silence, avant de quitter la cuisine en appelant Pavel par de petits claquements de langue.

Quand Agnes trouva le mot sur la radio, j'étais encore dans la cuisine. Les rideaux étaient tirés et il faisait très sombre. De la porte, elle lança :

— Papa ?

Je ne répondis pas tout de suite, mais je remarquai qu'elle avait allumé la radio. Chostakovitch emplit la maison.

— Quoi ?

— Elle t'a laissé un mot.

Il me parut que quelque chose se brisait en moi. Je pris la mince feuille de papier qu'elle me tendait et, quand je l'amenai à la lumière de la salle à manger, je la sentis trembler dans ma main. Je dépliai le mot près de la fenêtre et je vis l'écriture anguleuse.

Je le lus deux fois pour plus de sûreté. Puis je faillis me mettre à rire. C'était un message téléphonique. Stefan, mon vieil ami et mon équipier à la Milice, avait appelé.

– Papa ? dit Agnes.

Elle semblait effrayée. Je lui souris et montai le son de Chostakovitch.

– Ce n'est rien, dis-je en souriant franchement cette fois. Il y a eu un meurtre.

6

Je dormis sur le canapé, comme je le faisais depuis des mois. Les moustiques me réveillèrent, mais je leur échappai tant bien que mal en tirant les draps sur ma tête et en transpirant. Je l'entendis rentrer. Je distinguai la vague lumière venant de l'escalier quand elle ouvrit la porte, je sentis l'odeur de tabac sur ses vêtements quand elle passa près de moi. Pavel gémit en la reconnaissant. Elle ne me jeta pas un regard, et je ne dis rien.

Un coup sur la tête me réveilla. Agnes, tout habillée, me regardait d'un air sévère.

– On va être en retard, dit-elle.

– Tu as sorti ton chien ? (Son visage s'adoucit.) Très bien, dans ce cas.

J'attendis que l'eau chaude atteigne notre étage, envisageai de prendre un bain, écartai cette idée et me rasai et me débarbouillai rapidement à l'évier. Puis j'allai m'habiller dans la chambre. Magda dormait encore, ses cheveux châtains étalés sur l'oreiller, dans un enchevêtrement de draps d'où dépassait un pied nu. J'envisageai de la réveiller, avant de comprendre qu'elle était sans doute éveillée et faisait la morte jusqu'à ce que j'aie quitté l'appartement.

Je conduisis Agnes dans un café du centre avant de l'amener à l'école. C'était notre cérémonial du premier jour : la conduite en voiture et le petit déjeuner dehors. Il y avait la masse habituelle de bleus de travail et de vieux hommes silencieux qui s'égayaient à la vue d'une jeunesse. Nous nous assîmes près de la fenêtre.

– Tu te sens nerveuse ? (Elle haussa les épaules et remonta ses lunettes sur son nez.) Le premier jour, c'est toujours une aventure.

Pas de réponse : elle devenait silencieuse en grandissant. Elle ressemblait de plus en plus à sa mère.

À cette heure matinale, seuls Emil Brod et Brano Sev étaient arrivés au poste. Brano leva les yeux de ses dossiers, tourna vers moi sa figure ronde piquée de trois grains de beauté et me gratifia d'un hochement de tête poli. La dernière fois que je l'avais vu, l'inspecteur de la Sécurité avait de la ferraille plein la bouche. À présent ses dents, que j'aperçus quand il me gratifia d'un demi-sourire, étaient blanches et bien alignées. Cela faisait plus de dix ans qu'il travaillait avec nous, mais, comme tous les membres de toutes les polices secrètes du monde, il était mené par une sombre logique impénétrable.

Les cheveux blonds d'Emil étaient séparés par une raie parfaite, comme ceux d'un écolier.

– Te voilà de retour, dit-il en souriant.

– Me voilà.

Il se percha au bord de mon bureau, toujours souriant.

— Alors ?

Il était l'un des rares à qui j'avais fait des confidences. Je secouai la tête.

À trente ans, Emil était le benjamin de la criminelle. Nous lui avions fait passer un sale quart d'heure lors de sa nomination — il y avait eu un tas de malentendus — mais il n'avait pas tardé à s'intégrer dans l'équipe[1].

— Vous n'avez pris aucune décision, je suppose ?

— On va voir.

— Tu sais, Lena est prête à lui parler. Si ça peut aider…

Je n'avais aucune envie que sa cinglée de femme parle avec la mienne.

— Non, je ne crois pas.

— Tu es au courant, pour Leon ?

— Quoi ?

— Sa mère est morte. (Je levai les yeux.) Ça fait quinze jours. On est tous allés à l'enterrement, même le Camarade en personne, dit-il en désignant de la tête le bureau de Brano. Leon vit ça très mal.

— J'imagine.

— Il adorait Seyrana. Je l'aimais beaucoup, moi aussi.

— Je ne l'ai jamais vue.

Il haussa les épaules pour signifier que ce genre de choses nous dépassait et descendit de mon bureau.

Je ne pouvais rien faire tant que Stefan n'était pas arrivé pour me mettre au courant, aussi j'introduisis

1. Voir *Cher camarade*, Folio Policier n° 451.

une feuille dans ma machine, tournai la bague de mon auriculaire gauche et contemplai ma page. J'avais écrit mon livre sur cette machine, adaptant ma frappe à son T qui coinçait, à son chariot rouillé, à son vieux boîtier brinquebalant.

Une demi-heure plus tard, la feuille était toujours vierge. Je grattai une piqûre de moustique sur ma cheville, puis je tapai quelques mots pour enclencher le processus. Rien. Je pianotai sur le bord de mon bureau et fixai le portrait omniprésent du Premier ministre Mihai : en pleine jeunesse, une masse de cheveux bruns sur la tête, un sourire chaleureux aux lèvres.

Stefan finit par débouler dans le bureau en traînant son vieux cartable dont les boucles cliquetaient sur le sol. Il semblait avoir grossi et boitait plus bas que d'habitude, mais il avait les joues roses sous sa barbe clairsemée.

— Ah, tu es là, dit-il hors d'haleine.

Nous échangeâmes une poignée de main un peu cérémonieuse.

— Tu as eu mon message ?

— Magda m'a laissé un mot.

— Bien, bien. (Il fourragea dans sa barbe, parut réfléchir.) Bon, qu'est-ce qu'on attend ?

Il reprit son cartable et je le suivis dehors.

7

Je connaissais Stefan depuis l'enfance. Quand on connaît quelqu'un depuis si longtemps, on finit par oublier à quel moment précis on l'a rencontré. Nous étions allés à l'école ensemble, avions fait les mêmes bêtises et couru après les mêmes filles. À l'époque de mon mariage, notre blague favorite consistait à dire qu'il ne m'avait jamais pardonné d'avoir séduit Magda, après tant d'années passées à la guetter tous les deux dans la cour de l'école. Mais à ce moment-là, nous n'étions plus des gamins. C'était en 1939 et nous allions sous peu affronter les Allemands, qui avaient envahi la Tchécoslovaquie et s'apprêtaient à ne faire qu'une bouchée de nous. Stefan sauta sur une mine dès les premiers jours et fut renvoyé chez lui. Je survécus pendant six semaines de combats inutiles, jusqu'à la défaite en mai. Quand je revins auprès de Magda pour apprendre que mes parents avaient été tués par une bombe qui avait anéanti leur maison, j'étais malade physiquement et mentalement. Il me fallait repartir de zéro.

J'ai parlé de cet état psychique dans mon roman, du fait que tuer des fascistes m'avait dépouillé de mon humanité, au point qu'à la fin de la guerre j'avais cru ne jamais la retrouver. Je fus surpris que la censure du ministère de la Culture laissât passer ces lignes. L'humanité m'était revenue, des mois après la guerre, avec l'aide de Stefan. Il était devenu officier de police dans la Capitale occupée et venait régulièrement nous voir chez Teodor, cherchant à me sortir de mon apitoiement sur moi-même avec l'offre d'un emploi. Il lui fallut insister beaucoup, mais en 1940 je finis par accepter et, deux ans plus tard, Agnes naissait. En 1944, j'étais garçon d'honneur au mariage de Stefan avec Daria Vidra, la première fille avec qui il avait couché. Mais, dix ans plus tard, ils s'étaient séparés et Stefan, depuis, était seul.

Dans la voiture, il ajusta le rétroviseur et me donna tous les détails. Le vendredi matin, un voisin avait senti une odeur de gaz autour de l'appartement de la victime et en avait averti le concierge, qui avait ouvert la porte et manqué s'évanouir sous les émanations. Il avait toutefois réussi à pénétrer dans l'appartement et à couper le gaz en enjambant le corps du locataire.

– Un certain Josef Maneck.

– C'est un suicide, alors ?

Stefan fit un zigzag abrupt pour éviter un trio de vendeurs de balais.

– C'est la première idée qui vient à l'esprit, mais je n'en suis pas si sûr. Il a été salement amoché, avant.

– On sait quelque chose là-dessus ?

Il s'arrêta derrière une charrette débordante de melons jaunes. Le fermier frappait à coups de cravache la croupe de sa jument épuisée.

– Tout ce que le concierge a été capable de me dire, c'est que la victime était un ivrogne. J'ai le nom du bar qu'il fréquentait.

– Rien dans l'appartement ?

– Je n'ai effectué qu'une fouille sommaire, mais je n'ai rien trouvé.

– Et les voisins ?

– Rien vu, rien entendu. Comme d'habitude.

C'étaient les derniers beaux jours de septembre, et chacun semblait en avoir conscience. Les femmes allaient tête nue, portant les jupes étroites qui étaient à la mode cette année-là ; les hommes étaient en bras de chemise. Chacun paraissait vouloir saisir sa dernière chance de faire le plein de soleil. Je vis des visages familiers aux vitrines des librairies et je me demandai comment se passait la rentrée pour Agnes.

– Et maintenant ?

– On va voir ce que dit le légiste, et puis on ira faire un tour à son abreuvoir favori.

Il tourna plusieurs angles de rue, se gratta la barbe et me demanda comment avançait mon livre. Je lui répondis qu'il n'avançait pas d'un pouce, ce qui ne parut pas le troubler.

– Alors, la campagne a fait des miracles pour Magda et toi ?

Je secouai la tête.

– J'ai appris, pour la mère de Leonek.

– Crise cardiaque, dit-il en pénétrant dans le parking de l'hôpital. Ça arrive tous les jours et elle était vieille. (Il chercha une place des yeux.) Mais Leonek est dans un état épouvantable. Tu te rappelles quand Serguei a été tué ?

1946 : son coéquipier de longue date, retrouvé une balle dans la tête au bord de la Tisa.

– Il est dans le même état, reprit Stefan. Il a une tête épouvantable, il ne vient pas travailler la moitié du temps, et il n'est bon à rien quand il vient. (Il mit le frein à main, coupa le moteur et me regarda.) Cet homme porte sa douleur en bandoulière, et ce n'est pas beau à voir.

Il avait un ton plus méprisant que jamais. Ces dernières années, depuis son divorce et la mort de sa propre mère, il avait perdu toute capacité à compatir au malheur d'autrui. Je l'avais souvent remarqué et j'avais eu un jour l'imprudence d'en faire part à Magda. « Et toi, tu l'as, cette capacité ? » m'avait-elle répondu.

Dans la morgue en sous-sol, le nouveau médecin légiste repoussa son journal.

— Markus Feder, annonça-t-il en nous tendant une main gantée de caoutchouc.

Yuldashev, son prédécesseur, était retourné chez lui, à Tachkent, au mois de juillet. Il était parti très vite, sans crier gare, et ils l'avaient remplacé par ce gamin rouquin occupé à relever délicatement le drap recouvrant le corps de Josef Maneck.

Cinquante et un ans, très maigre, une chair flasque. Des ecchymoses noires sur les joues et la mâchoire ; la peau blanche, sauf le front et les mains exposés au soleil. Ses oreilles, ses lèvres et les ongles de ses mains crispées étaient bleus. Markus Feder lui fit pivoter la tête pour mieux nous montrer.

— J'ai nettoyé l'écume et le sang qu'il avait sur les lèvres, et nous avons dû changer son caleçon parce qu'il avait déféqué. J'ai aussi repoussé la langue pour examiner l'intérieur de la bouche. (Il souleva une paupière.) Vous voyez ici, autour de la cornée, ces petits capillaires éclatés. C'était bien le gaz. Un suicide.

— Et c'est quoi, toutes ces ecchymoses ? dis-je en désignant le visage.

— Il a été frappé, c'est sûr, dit le légiste avec une grimace, mais ça s'est passé des heures avant sa mort.

— Je me demande par qui, dit Stefan.

— Ça, camarades inspecteurs, c'est votre boulot.

Markus Feder recouvrit le cadavre de son drap.

8

Il n'avait pas de nom. Avant la guerre, il portait celui de son propriétaire, mais celui-ci avait été expédié Dieu sait où quand son fonds de commerce avait été nationalisé. À présent, sur sa devanture s'inscrivaient simplement les mots CAFÉ BAR, flanqués d'une petite plaque blanche : n° 103. C'était le genre d'endroit minable où je venais me cacher au retour du front, l'un de ces bouges où des mutilés de guerre marmonnaient dans leurs verres en grondant des choses menaçantes à l'intention de quiconque avait l'air entier. En échange d'un verre, ils vous racontaient leur histoire ou vous montraient leurs cicatrices. Je n'avais pas de cicatrices à montrer, seulement mon corps décharné, mais à l'époque je grondais aussi fort qu'eux.

Stefan plissa le nez. Il y avait deux hommes tout au fond, penchés sur leur table dans la pénombre, et je pouvais les sentir depuis la porte. Le barman nous fixa à travers ses lunettes rondes.

— Et pour ces messieurs ?

— C'est pas grand-chose, votre boîte, dit Stefan.

— Si vous êtes là pour vous plaindre…

— Je suis là pour poser des questions, interrompit Stefan.

Il déplia son certificat vert, dévoilant le faucon de la Milice. Je fis un pas en direction du bar.

— Un client à vous.

L'homme tressaillit légèrement. Ma carrure a souvent cet effet sur les gens.

— Josef Maneck, dit Stefan.

Il grimpa sur un tabouret et s'installa pour une longue conversation.

Au café-bar n° 103, le portrait de Mihai, bizarrement coincé entre les bouteilles de vodka, était noirci par des années de fumée. Le barman essora un chiffon sale et quelques gouttes tombèrent sur le comptoir. Il laissa retomber son chiffon, essuya les gouttes et me regarda.

– Je ne connais pas de Josef Maneck.

– Bien sûr que si, dit Stefan. À peu près de ma taille. Mais maigre, très maigre. Un ivrogne.

– Ah, dit le barman avec un sourire et sans me quitter des yeux. Ce gars-là.

– Ce gars-là est mort, lui dis-je.

Son sourire s'effaça et il recula d'un pas, tenant son chiffon à deux mains.

– Comment vous avez dit qu'il s'appelait ?

– Josef Maneck, dit Stefan.

Le barman ôta ses lunettes, puis les remit sur son nez.

– Peut-être. (Quand je m'appuyai au comptoir, il finit par regarder Stefan.) Peut-être que je le connais. Il n'avait pas un tic, comme ça ?

Il cligna plusieurs fois des yeux pour nous montrer.

– Quand on l'a vu, il avait les yeux fermés, répondit Stefan.

Le barman reporta son regard sur moi, comme en attente d'une confirmation. Puis il plissa les paupières vers les ténèbres derrière nous.

– Martin ! Hé, Martin !

L'une des deux silhouettes bougea, une tête se releva et se tourna lentement vers nous.

— Martin, est-ce que ton copain est mort ? Celui qui cligne tout le temps des yeux ?

Je distinguais à peine ses traits dans la pénombre : des paupières roses, une bouche large, des pommettes hautes. Un moment, son visage resta de marbre, puis je vis ses lèvres bouger :

— Josef ? dit-il d'une voix rocailleuse.

— Lui-même, Martin, dit Stefan en avançant vers lui. (Le second ivrogne, tout au fond, ne fit pas un mouvement.) Tu sais qu'il est mort ?

— Josef ? répéta Martin.

Je surveillais le barman du coin de l'œil.

— Allez, Martin. (Stefan se penchait sur lui maintenant, son gros ventre au niveau de sa figure.) Parle-nous un peu de ton ami.

— Il était dingue, chuchota le barman.

Je me tournai vers lui.

— Comment ça ?

— Ce gars était une vraie plaie, dit-il en ramassant son chiffon. Il n'arrêtait pas de déclencher des bagarres. Pas vrai, Martin ?

Martin, coincé par le ventre de Stefan, ferma ses paupières roses et parut méditer ces paroles.

— Il déclenchait des bagarres, Martin ? demanda Stefan. C'est ça que faisait ton ami ?

Des graines de citrouille étaient disposées dans une soucoupe sur le comptoir ; j'en pris une poignée.

— C'était un bon bagarreur ? demandai-je au barman. Il avait le dessus ?

— Ce cinglé ? (Il secoua la tête.) Jamais. Il était dingue. Il provoquait une bagarre et se faisait assommer. À tous les coups.

J'entendis la voix de Stefan.

— Qu'est-ce que tu en dis, Martin ? Tu aurais pu le battre ?

— C'était un cinglé, voilà tout. (Le barman ajusta ses lunettes et me regarda.) Il est mort comment ?

— Allez, Martin, on parle de ton copain ! Aide-nous un peu !

Je mâchai une graine de citrouille, mais elle était molle. Je la recrachai dans ma main et reposai le tout dans la soucoupe. J'en avais assez entendu, et l'aspect familier de l'endroit me perturbait. C'était clair comme de l'eau de roche : nous n'avions rien à faire ici. Josef Maneck était un ivrogne au bout du rouleau. Il s'était bagarré et avait eu le dessous, une fois de plus. Il s'était traîné jusque chez lui et, voyant où l'avait mené sa vie, avait décidé d'en finir. Il avait ouvert le gaz et s'était assis par terre dans sa cuisine. J'en avais vu suffisamment du même genre pour savoir comment ça finissait.

Stefan était accroupi à côté de l'ivrogne, une main sur sa veste râpée, le secouant un peu pour le réveiller.

— Allez, Martin, tu en es capable. Parle-moi de ton ami.

Je grattai une piqûre de moustique sur le dos de ma main.

— Dis-moi, Martin, tu as tué ton ami ? C'est ça qui s'est passé ? Tu peux tout dire à ton vieux copain Stefan.

— Je t'attends dans la voiture, dis-je sans savoir s'il m'avait entendu.

Quand je tournai les talons, le barman vida la soucoupe où j'avais déposé ma graine de citrouille mâchonnée.

9

Stefan resta encore un moment dans le café, mais il me déclara sur le chemin du retour qu'il n'y avait rien à tirer de ce genre d'alcooliques. Nous étions bien d'accord.

Leonek était enfin arrivé et se tenait devant le bureau de Brano, en compagnie d'Emil et du chef Moska. Ce fait en soi était étrange : personne ne faisait jamais la causette à Brano Sev. Mais avec eux, je vis un grand type portant une fine moustache, accoté au bureau, ses longues jambes croisées devant lui. Il parlait avec animation dans sa veste bien coupée, souriant, hachant les syllabes. Il avait un accent russe épouvantable.

Le chef Moska, pour sa part, semblait aussi las que d'habitude. Je l'avais regardé vieillir depuis que j'étais entré dans la police, sous l'occupation allemande, quand son génie de la bureaucratie avait trouvé le moyen de dissimuler mes états de service au front et ceux de Stefan : il nous avait sauvés. Puis, quand les Russes étaient entrés et qu'on nous avait rebaptisés Milice du Peuple, ses cheveux avaient blanchi en une nuit. Il nous fit signe de la main.

– Venez, les gars, que je vous présente Mikhail.

Le Russe se redressa pour nous serrer la main. Il y mit une certaine raideur, mais me fit un clin d'œil en m'agrippant les doigts. Stefan, lui, n'eut pas droit au clin d'œil. À ce jour, je ne sais toujours pas pourquoi.

— Mikhail Kaminski, annonça-t-il.

— De Moscou, ajouta Moska, et tout le monde parut remarquer pour la première fois la similitude entre son nom et celui de la capitale. (Il eut l'air d'ailleurs de vouloir s'en excuser, son demi-sourire révélant les deux trous sur le côté gauche de sa mâchoire.) Mikhail est ici pour une série de consultations.

Brano Sev était assis à son bureau, l'air toujours aussi passif. Mikhail Kaminski était là pour consulter Sev et personne d'autre, mais rien de cela ne perçait sous son expression figée.

— « Consultation » veut surtout dire des tonnes de paperasses, dit Kaminski avec un large sourire nous indiquant qu'il n'entendait pas se lancer tête baissée dans une activité aussi ennuyeuse. Où est le bar le plus proche ? (Nous accueillîmes en silence cette tentative de blague.) Non, sérieusement, je veux que chacun de vous se sente libre de venir me parler à tout moment. Je viens de Moscou, vous savez, pas de la lune.

Ce Moscovite ne tombait pas de la lune, mais il nous arrivait tout droit de la Loubianka. Même sans uniforme, je croyais voir sur ses épaules les galons du KGB.

— Allez, les gars, dit Moska qui sentait toujours quand il était temps d'intervenir. On a tous plein de boulot sur les bras.

Stefan et moi allâmes étudier le rapport du légiste. Il s'agissait au bout du compte d'un simple suicide, et je fis de mon mieux pour l'en persuader.

— Mais pourquoi maintenant ? demanda-t-il. Pourquoi quelqu'un choisirait-il de se tuer précisément maintenant ?

— L'accumulation. Tu ne sais pas comment tout ça peut monter dans la tête d'un homme. Personne ne le sait.

Il posa ses mains potelées sur le bureau.

— Regarde autour de toi. Ça fait des années que les choses n'ont pas été aussi bien. Les étals du marché sont plus pleins que jamais, les prisonniers politiques sont de retour chez eux, et tu peux lire pratiquement tout ce qui te chante. Alors pourquoi *maintenant* ?

Je me carrai plus profondément dans ma chaise.

— Parle-moi de lui, dans ce cas. Il faisait quoi, avant de tourner ivrogne ?

Stefan parcourut le dossier et en tira une feuille dactylographiée.

— Josef Maneck, né en 1905 à Miskolc. Sa famille a atterri en 25 dans la Capitale, où son père a ouvert une boutique d'encadrement. Lorsqu'il est mort en 43, sous l'Occupation, Josef a repris le fonds de commerce. Il l'a gardé pendant quatre ans, jusqu'à ce que, sans doute grâce à des recommandations, il soit nommé conservateur du Musée national d'art contemporain. En 1953, il a été muté à l'usine d'embouteillage d'eau minérale de Stryy.

— Une usine d'embouteillage ?

— Il faut croire qu'il n'était pas si bon que ça à la Culture. Mais il n'était pas meilleur sur la chaîne. Il a été viré l'an dernier pour absentéisme.

— Ça demande pas mal d'efforts !

— Arrêté deux fois pour ivresse publique et voies de fait. Relâché le lendemain.

— Tu as toujours besoin d'une raison pour expliquer son suicide ?

Stefan fixa pensivement sa feuille.

— Non, pas vraiment.

Je remarquai du coin de l'œil Leonek qui enfilait sa veste pour partir. Je me levai moi aussi, pour mettre fin à cette conversation sans objet, entamant sans le savoir le long processus qui allait révéler tant de choses. Je priai Stefan d'attendre un instant, m'approchai de Leonek et lui dis que j'étais désolé pour sa mère. Il parut surpris.

— Merci, Ferenc.

— Viens donc dîner chez nous. Demain soir ?

— Je te remercie, mais j'aime mieux pas.

— Allez. (Je lui posai une main sur le bras pour souligner ma sincérité.) Magda cuisine très bien, tu ne le regretteras pas.

Il secoua la tête. Son visage tanné d'Arménien avait un air perdu que je ne lui avais encore jamais vu, et ses yeux sombres semblaient un peu hagards. Mais je pus voir qu'il réfléchissait.

— Six heures, ça te va ? On part d'ici ensemble, on se boit un verre et on arrivera pour le dîner. C'est dit.

— Pourquoi tu fais ça ? demanda Stefan quand je revins.

— Il a l'air d'aller tellement mal.

— Il va s'en sortir.

Stefan avait ce ton dur et froid que je lui avais déjà entendu. Il se remit aussitôt à me détailler la misérable vie de Josef Maneck, mais je n'en écoutai plus un mot.

Mikhail Kaminski partit avec Brano, décrivant d'une voix de stentor les merveilles de la vie nocturne moscovite, puis Emil et Moska partirent ensemble. Stefan me proposa de prendre un verre. Je refusai.

— Tu es pressé d'aller la retrouver, hein ? dit-il en souriant. Allez, viens passer un moment avec ton plus vieux copain, pour une fois.

Mais rien n'y fit. J'étais plongé dans mes pensées sur la mère de Leonek et sur ces jours lointains passés dans des bars comme celui dont nous sortions. Quand Stefan fut parti en soupirant, j'appelai chez moi.

— Salut, papa.

— Comment ça s'est passé ?

— Quoi donc ?

— Ne me fais pas marcher.

Agnes soupira.

— Une première journée très satisfaisante, papa. Très.

— Et comment sont tes profs ?

— Trop tôt pour le dire.

— Et tes copains ? Tu les as tous retrouvés ?

— Tu ne connais même pas mes copains.

J'en connaissais quelques-uns, mais je n'insistai pas.

— Ta mère est là ?

— Elle est en bas, encore en train de parler à cette vieille, là, Claudia. Tu veux que j'aille la chercher ?

— Tu lui passes juste un message, d'accord ?

— Si tu veux.

— Dis-lui qu'on a un invité demain soir à dîner. Tu peux faire ça pour moi ?

— Tu rentres à quelle heure ? Elle me le demande toujours.

— Eh bien, commençai-je avant de m'apercevoir que je n'en savais rien. Dis-lui que je rentrerai sans doute tard. On a plein de travail.

— Je le lui dirai.

À son ton, je compris qu'Agnes voyait clair en moi.

Je m'assis face à la machine à écrire. J'avais inséré une feuille vierge, tourné ma bague, et à présent j'attendais que quelque chose sorte. Mais, au bout d'un moment, il fit trop noir pour distinguer quoi que ce soit.

10

Je frappai à la porte de Georgi après une longue promenade sur les bords de la Tisa, dans l'eau sombre de laquelle j'avais tenté de trouver l'inspiration. La chaleur de l'été faisait remonter les odeurs de décomposition du fleuve et, quand le camion de la fourrière passa avec sa charge de captifs aboyants, l'odeur devint insupportable.

Georgi laissa échapper une exclamation obscène, me planta un baiser sur chaque joue de ses lèvres tachées de vin et m'entraîna à l'intérieur. Sur sa figure rougie, les rides de ses pattes d'oie étaient blanches.

— Tu connais Louis ? Il part demain ! Allez, viens.

J'entendis un brouhaha de voix venant de la cuisine.

— Louis ?

— Le Français, dit-il en me poussant en avant.

Ils étaient encore debout à cette heure parce qu'ils ne se couchaient jamais — ce dont ils se faisaient gloire. Une douzaine d'hommes et de femmes serrés autour d'une petite table de cuisine et occupés à vider des verres. Louis, le Français, était de passage en ville, et chacun avait fait le pèlerinage jusque chez Georgi pour voir l'émissaire de l'Ouest. J'avais oublié cet événement.

— Louis ! appela Georgi, et un gros homme aux cheveux huileux tourna la tête.

— *Oui ?**[1]

— *Mon ami**, dit Georgi, je te présente un autre de nos écrivains.

— Mais c'est une nation d'écrivains ! cria Louis en se mettant péniblement sur ses pieds avant de me tendre la main. Toi, tu en es un grand.

Il me gratifia de la rude poignée de main que l'on juge appropriée aux hommes de ma taille, puis tourna ma paume pour regarder mes bagues, mes souvenirs de guerre.

— Une à chaque doigt, hein ? (Il se rassit avec un large sourire.) Je parie qu'elles ont toutes une histoire à raconter. Ah, les écrivains !

C'était une cuisine d'auteurs — Karel et Vera, Daniel, Miroslav et d'autres — et je n'avais envie de voir aucun d'eux. Tout ce que je voulais, c'était Georgi, une conversation tranquille et une nuit de sommeil. Mais Georgi n'était pas d'humeur à la tranquillité cette nuit-là : son Français était en ville.

1. Les passages en italique suivis d'un astérisque sont en français dans le texte. *[N.d.T.]*.

Son poète communiste, et existentialiste, rien que ça.

Le Français s'assit et récita quelques phrases d'un poème d'amour de Paul Eluard que je ne compris pas, où il était question de guêpes en fleur et d'un collier de fenêtres. Quand il fit une pause assez longue, nous comprîmes qu'il avait terminé et nous applaudîmes. Il eut un sourire radieux. Karel se leva et je pris sa place.

— Maintenant que tu es assis, je peux te regarder en face ! s'exclama Louis.

Vera et Ludmila se mirent à rire et, quand elles se turent, je vis les grands yeux ivres de Vera fixés sur moi. Ses cheveux noirs tombaient en cascade dans son dos.

— Ils m'en ont parlé, reprit-il. De ton livre.

— Vraiment ?

— J'ai cru comprendre qu'il était autobiographique. C'est vrai ?

Il parlait remarquablement notre langue.

— Tout est autobiographique, non ?

Louis eut un grand rire, comme s'il était sur scène et devait se faire entendre jusqu'au fond de la salle.

— Très juste, très juste !

Je n'avais pas cherché à être drôle, mais ils riaient tous avec lui, même Georgi ; je me demandai si c'était parce qu'ils trouvaient vraiment cela amusant, ou par souci de demeurer dans les bonnes grâces de la France.

— Je viens juste de terminer un poème épique sur la plus magnifique des passions humaines : la vengeance. Je vous le dis, il n'y a rien de plus sincère. Et toi, ton livre ?

— Il parle de mon expérience pendant la guerre.

Le Français cessa de rire et prit un air extrêmement sérieux.

— Et qu'as-tu fait pendant la guerre ?

— J'ai tué des gens, bien sûr.

Louis me fit un clin d'œil.

— Moi, je me suis caché dans les jupes de ma mère !

Tout le monde éclata de rire et même moi je me fendis d'un sourire.

11

La conversation porta sur la littérature jusqu'au moment où elle tourna à la politique. Cela commença par quelques poètes français que je n'avais pas lus, continua par certains Italiens que j'avais lus en traduction, et se termina par un retour chez nous. Karel, le mari de Vera, prononça le nom d'August Menish, revenu d'exil intérieur deux mois plus tôt et occupé à rédiger ses souvenirs de prison.

— Ça va être incroyable, nous dit-il.

— Tu nous as déjà dit ça pour son livre sur le camp de Brest, dit Vera en écrasant sa cigarette. Et finalement, ça n'a servi à rien.

Le sourire qui illuminait sa figure maigre de philosophe m'était destiné.

— Menish s'appuie sur des dossiers. Il a toutes les preuves, cette fois, dit Karel.

Mais personne ne l'écoutait plus.

Louis parla de la grève des transports qui se poursuivait en Alabama, aux États-Unis. Deux d'entre nous eurent un geste pour le faire taire, parce que nous avions été abreuvés de cette histoire par *L'Étincelle* (« La bête immonde du racisme dans le ventre du capitalisme »), mais Louis insista.

— Vous devriez entendre ce pasteur qu'ils ont à leur tête. Il s'appelle King et c'est un médecin. Un fameux orateur. Il prône la non-violence.

— Ça, c'était Gandhi, dit Ludmila. Les Américains sont toujours prêts à vous faire croire qu'ils ont inventé l'eau chaude.

— Pourquoi, ils ne l'ont pas inventée ? lança une voix inconnue.

Miroslav sortit un paquet de cartes et je me déplaçai jusqu'au divan défoncé du salon, d'où j'écoutai vaguement Vera entraîner Louis dans un débat sur l'existentialisme et remettre en cause ses compétences, ce qu'elle adorait faire. Je cessai d'écouter. Au mur, devant moi, la vieille affiche du Cinquième plan quinquennal soviétique, montrant des femmes en foulards travaillant dans les champs, sous un énorme visage de Staline remplissant tout le ciel, une barbe dessinée à la craie sur son large menton. Georgi était ivre quand il l'avait ainsi défiguré, et tout le monde ce soir-là — y compris moi — avait applaudi.

Georgi Radevych avait la réputation d'être un ivrogne et, de façon plus fugace, l'auteur d'un mince volume de poésies publié dans une édition officielle qui avait établi sa réputation. Il s'était servi de cette gloire transitoire pour assurer sa position d'arbitre en matière de littérature. Il invitait des écrivains à lire leurs œuvres chez lui, et il tirait parfois de ces soirées des recueils autoédités qui portaient son nom sur la couverture. Quand mon propre livre fut publié, il vint au poste de la Milice et se présenta. Je ne pus m'empêcher d'admirer ce geste. Il avait une carte où était inscrite sous son nom la profession *poète* en belles lettres anglaises. Il m'invita à ses soirées et, au bout de quatre ans, j'avais rencontré tous ceux qui avaient écrit quelque chose de valable dans la Capitale, avant d'oublier leurs noms. Ils venaient chez lui, buvaient son vin et organisaient des lectures impromptues sous le regard de son Staline barbu. Il m'arrivait de me laisser entraîner de temps à autre à réciter quelques phrases ; mais ce n'étaient que d'occasionnels moments d'ivresse et cela valait rarement la peine d'être entendu.

Georgi se laissa tomber sur une chaise et demanda comment se portaient les classes criminelles. Je lui parlai de l'homme mort dans sa cuisine. Il agita ses grosses pattes rouges.

– C'est ça, la criminalité, de nos jours ?

– Le suicide est un délit.

– C'est un péché, tu veux dire. Et une façon lâche d'enfreindre la loi. Il faut rester en vie pour affronter le châtiment. Dis-moi, Ferenc, ajouta-t-il en baissant la voix, tu as quelque chose pour mon nouveau projet ?

Il me posait la question depuis des mois. Ils allaient sortir un nouveau recueil, de textes dissidents peut-être, sur le thème de la responsabilité. Il voulait un fragment de chacun de nous. Encore un livre imprimé en sous-main – peut-être quelques pages agrafées à passer aux amis, qui en discuteraient dans des salons aussi enfumés que celui-ci.

— Je n'ai rien du tout.

— Tu n'étais pas en train d'écrire à la campagne ?

— J'essayais de recoller les morceaux de mon mariage.

— Et ?

Je bus une gorgée de vin, mais il avait un goût amer. J'abandonnai mon verre sur un coin de table. Dans la cuisine, quelqu'un mit la radio, et il en fusa des sifflements d'où finirent par émerger des voix. C'était la station américaine à destination de l'Est que l'on pouvait parfois capter, dans certaines conditions atmosphériques, en provenance d'Allemagne. Des informations, de la musique et encore des informations. Les yeux de Georgi se fermaient tandis qu'il méditait sur les derniers événements de Pologne : des négociations se poursuivaient entre Moscou et Varsovie pour en finir avec les troubles.

— Le Français dort chez toi ?

Il hocha la tête sans ouvrir les yeux.

— Il est ici depuis quinze jours. Il part pour Prague demain et ensuite retour à Paris. Une glorieuse tournée de nos Républiques populaires.

— Et tu n'as pas eu d'ennuis, avec lui ici ? Pas de coups frappés à la porte ?

Georgi ouvrit les yeux, puis les mains, et parla avec une simplicité qui me rappela pourquoi je l'aimais bien.

— Nous vivons la plus merveilleuse des époques, mon cher ami. Et si ce n'est pas vrai, aie la bonté de me laisser l'ignorer.

12

— Je vais t'expliquer ce que j'essaie de faire, me dit le Français. (Il était entré après que Georgi fut sorti et se penchait vers moi, assis au bord de sa chaise.) Je cherche à saisir la situation où nous nous trouvons en ce moment même. Elle est sans précédent dans l'histoire, tu sais. La planète est divisée en deux camps et tous les autres sont des intermédiaires. Je veux trouver un moyen d'exprimer cette farce. Car c'est bien ce dont il s'agit : nous sommes des marionnettes de l'histoire à qui l'on fait jouer une tragédie. Ces bombes à hydrogène sont prêtes à tomber. Il y a suffisamment d'idiots à la Maison blanche et au *Politburo :* il s'en trouvera bien un pour appuyer sur le bouton. Et plus on attend, plus les bombes grossissent : ils vont bientôt les expédier de l'espace. Je ne plaisante pas, tous nos dirigeants sont des malades. À l'Ouest, ils sont élus, mais cet avantage les rend plus fous encore. Tu ne le vois donc pas ? Nous tendons tous à l'annihilation.

Il était ivre, mais assez convaincu de ce qu'il disait pour pouvoir l'exprimer sans être sobre : il lui suffisait d'avoir un auditoire.

— Bon, je ne cherche pas à tourner la situation en ridicule, je laisse ça aux pacifistes. Je m'efforce de la voir aussi clairement que possible, sans aucun préjugé.

— Alors c'est quoi, la raison de votre visite ici ? finis-je par dire. Des recherches ?

Il croisa les jambes avec effort, puis saisit sa cheville.

— Oui, en partie. Mais ça fait très longtemps que je viens ici, et j'ai toujours des amis à voir. J'en ai un qui vient de sortir des camps, Dieu merci. Cette terre est dans mon cœur, dit-il en se touchant le nez. Tu aurais dû voir les tonnes de formulaires que j'ai rempli pour pouvoir venir ici. Et les fouilles à la frontière ! Les soldats m'ont fait ouvrir tous mes bagages. Ils ont gardé la moitié des cadeaux que j'avais apportés. Je ne les reverrai jamais, grommela-t-il en fronçant les sourcils. Vous ne l'avez sans doute pas lu dans les journaux, mais les Berlinois de l'Est passent la frontière comme des fous. Personne ne peut les arrêter. Les camps de réfugiés sont débordés.

— Ils prennent leurs affaires et ils quittent leur maison, juste comme ça ?

— Ils sont désespérés, Ferenc. (Il se pencha plus près.) Tu sais ce qui se passe quand je me promène dans la rue, ici ? Je suis suivi.

— Par la Sécurité d'État ?

— Non. Par des investisseurs. Ils veulent acheter des francs français. Ils les sentent sur moi à des kilomètres. Et tu sais, camarade, ce que sent l'argent de l'Ouest ?

Je secouai la tête.

— Le savon. C'est l'odeur d'un corps bien propre, lavé avec du savon déodorant de l'Ouest.

Je me reculai, me rappelant les excuses que je m'étais trouvées le matin même pour me contenter d'une toilette de chat dans l'évier, après ces trois semaines dans la datcha.

— Vous n'êtes pas un communiste, finalement.

Il sourit.

— Je suis bien communiste. Seulement, je n'ai pas vu une once de véritable communisme depuis que j'ai passé le Rideau de fer.

Il y eut un certain émoi du côté de la cuisine : quelqu'un avait remporté une partie. Mais l'enthousiasme fut bref, et j'en conclus qu'ils sentaient la fatigue les gagner.

— Georgi me dit que tu as du mal à écrire, ces temps-ci, reprit Louis.

Je fus surpris que Georgi eût jugé ce point assez important pour en faire mention.

— C'est juste que ça ne sort pas.

— Pas d'idées ? Rien du tout ?

— Une ou deux choses, peut-être.

Il me lança un sourire las.

— En tout cas, tu as entendu dire que l'intrigue est morte ?

— Vraiment ?

— J'ai lu ça dans un article de *L'Humanité*. L'intrigue est une construction capitaliste qui vise à donner de la vie une fausse sensation de totalité, de sorte qu'elle puisse être évaluée, achetée et vendue comme un objet. Heureusement, conclut-il avec un grand sourire, je suis un poète. Je ne suis pas concerné.

Vera et Karel entrèrent et, quand elle m'embrassa, je crus l'entendre chuchoter : « Appelle-moi. » Elle s'écarta avec un sourire de conspiratrice. Karel me serra la main. Les autres me saluèrent en silence, et je sus que Georgi leur avait raconté pour Magda et moi. J'étais trop fatigué pour en être affecté. Ils défilèrent devant le canapé en demandant pourquoi on ne me voyait plus ces temps-ci et en me priant de les appeler. Ils dirent à Louis qu'ils espéraient le revoir et celui-ci répondit en s'inclinant qu'il n'en doutait pas. Puis, au bout de ce qui me parut une éternité, ils furent tous partis. Georgi vint se poser à l'autre bout du divan et nous restâmes silencieux tous les trois.

– *Bon**, finit par dire Louis en se remettant debout.

Georgi se leva à son tour.

– Tu restes ?

Je hochai la tête.

– À demain, alors.

Quand ils eurent rejoint leurs chambres, je me versai un dernier verre de vin, allumai une cigarette et m'étalai sur le canapé. Je voyais Vera derrière mes paupières. L'année précédente, à Noël, sur ce même canapé, elle s'était allongée sur moi et m'avait donné un profond baiser. J'avais senti ses lèvres, le poids de son corps mince, ses petits seins s'écrasant contre moi. C'était un merveilleux baiser, comme je n'en avais pas échangé avec Magda depuis longtemps. Depuis, elle n'avait cessé de me regarder quand nous étions tous réunis, et il avait fallu longtemps pour que son regard perde la chaleur qui enflammait mes joues et mon cou. Cette fois, ses soupçons sur l'état de mon couple étaient confirmés. Je roulai sur le côté.

13

Georgi me réveilla en me secouant par l'épaule.

– Téléphone. (Il portait une épaisse robe de chambre beige griffée de ses initiales sur la poitrine.) Ton gros balourd.

Je compris qu'il parlait de Stefan.

– Magda m'a dit que j'avais une chance de te trouver ici. Tu ne dors plus chez toi ?

– Qu'est-ce qui se passe ?

– Viens me retrouver chez Josef Maneck. Je te donne l'adresse.

– Mais qu'est-ce qui te prend, Stefan ? dis-je en bâillant. Ce type s'est suicidé.

– Viens, je te dis. D'accord ?

Georgi faisait frire des œufs quand je passai dans la cuisine.

– Ton gros balourd réclame ta présence ?

– Écrase, Georgi.

Je m'assis à la table et entrepris de replacer les cartes dans leurs étuis. Les bouteilles de vin vides s'alignaient sur un coin de la table et toutes les surfaces étaient tachées de ronds rougeâtres. Une odeur aigre flottait dans l'air. Georgi apporta deux assiettes.

– Tu veux du café ?

Je hochai la tête.

– Alors, tu te le fais. Moi, je retourne au lit.

Je mis de l'eau à bouillir et cherchai le café moulu.

– Qu'est-ce que tu penses de Louis ?

– Il est bien.

– Il dit que les choses ici se présentent plutôt mal.

– En quel sens ?

– Il prétend que ça ne va pas durer. Ce dégel.

– Qu'est-ce qu'il en sait ? C'est un touriste.

— Non, il a vécu ici avant, et il vient très régulièrement.

— En tout cas, c'est un étranger.

— Pas vraiment. Son nom de famille, c'est Rostek. Son grand-père est né ici. Il a subi les purges, tu sais, vers 1910. À l'époque, quand on en avait les moyens, on partait pour Paris. Son grand-père les avait. (Georgi porta son assiette vide dans l'évier.) Je me fais trop de souci, le matin.

L'eau bouillait et j'ajoutai le café. L'écume passa par-dessus bord, faisant siffler le gaz.

— Ne t'en fais pas trop, lui dis-je. Et n'écoute pas les étrangers. Ils sont pleins de bonnes intentions, mais ils ne connaissent rien de notre vie.

Il réfléchit là-dessus un moment, puis sortit deux tasses du placard.

— Allez, sers-m'en une, tu veux ?

L'appartement de Josef Maneck était situé dans la vieille ville, un trois-pièces haut de plafond qui avait appartenu à son père. À présent, il n'appartenait plus à personne. Les vieux meubles n'avaient pas bougé, ni les chaises poussiéreuses, les vitrines et les bibelots collectés au cours d'une trop longue vie. Aux murs, des portraits aux couleurs passées dans des cadres tarabiscotés, et quelques cadres vides empilés n'importe comment derrière le divan.

Stefan était assis sur le matelas affaissé de Maneck, un livre à la main. Il m'en montra la couverture — de la poésie en édition officielle, par un auteur dont j'avais un vague souvenir — avant de le jeter sur le tapis sale et usé.

— Josef aimait la poésie, dit-il. C'est un peu bizarre pour un ivrogne suicidaire, non ?

— Quelqu'un avait dû le lui donner. Tu es là depuis longtemps ?

— J'y ai passé la nuit.

Il se pencha en avant, appuya ses mains sur le lit et souleva sa masse en grognant. Il passa dans le salon et prit un calepin sur la table basse. La première page en avait été arrachée, mais Stefan avait passé au crayon la page suivante, faisant apparaître quelques lettres.

A – TO – IN/K – – R – 5 –/2 – 2. – 0 –

— Antonin, dit Stefan. Le reste, je ne sais pas, une adresse et un numéro de téléphone, peut-être.

— Donc il connaissait un type prénommé Antonin. Ça a un intérêt ?

— Pas impossible. J'ai fouillé partout pour trouver un carnet d'adresses. Rien. Mais je te parie que si on met la main sur cet Antonin, on apprendra quelque chose d'important.

J'en doutais, mais je ne fis aucun commentaire. Je me levai et lui tendis son chapeau.

14

Le café-bar n° 103 venait d'ouvrir. En nous voyant entrer, le barman manifesta un enthousiasme suspect :

— Camarades inspecteurs, vous revoilà ! Qu'est-ce que vous prendrez ? dit-il en posant deux verres à peu près propres sur le comptoir.

Stefan grimpa sur un tabouret et je restai debout à son côté.

— Ce Josef Maneck, dit-il. Vous ne l'avez jamais vu avec d'autres gens ? Quelqu'un du nom d'Antonin ?

Le sourire du barman s'évanouit.

— Les affaires ne marchent pas trop bien, ces temps-ci. Vous prendrez bien un verre ?

— Je prendrai surtout quelques réponses, dit Stefan.

— Donnez-moi un café, lui dis-je.

— Un café ? Allons, camarade inspecteur.

— Une Palinka, dis-je.

Il saisit l'eau-de-vie d'abricot sur l'étagère derrière lui et me servit.

— Eh bien, dit-il en rebouchant la bouteille avant de la poser près de mon verre, ce cinglé venait ici tout seul. C'était son genre.

— Quel genre ? demanda Stefan.

— Le genre à n'être l'ami de personne. Vous voyez ce que je veux dire. (Le barman remonta ses lunettes sur son nez, puis s'accouda au comptoir.) Il arrivait seul, commandait ses verres tranquillement, mais plus il était ivre, plus il criait fort, comme si j'étais sourd. (Il soupira.) On pouvait l'entendre de la rue.

— Donc, il venait toujours seul, dis-je en prenant mon verre.

— Évidemment. Personne n'avait envie de tenir compagnie à ce type, sauf peut-être Martin. Mais lui, c'était uniquement pour les coups qu'il lui payait. Martin ferait n'importe quoi pour un verre. Parfois, je lui fais nettoyer les toilettes en échange, et il fait un sacré bon boulot.

– Mais il ne vous parlait jamais ? demanda Stefan. De ses connaissances, d'un certain Antonin, par exemple ?

Le barman rangea le verre resté vide.

– S'il l'a fait, je n'écoutais pas.

La gnôle était âcre ; elle me brûla la langue.

– Et Martin ?

– Quoi, Martin ?

– D'après vous, Josef Maneck parlait avec lui.

Je plaçai quelques couronnes sur le comptoir, plus que le prix du verre. Il regarda l'argent.

– C'est vrai, dit-il en posant la main sur les pièces. Mais je ne sais pas ce qu'ils se racontaient.

– Où habite Martin ?

Le barman fit disparaître les pièces.

– Ça, je le sais.

C'était au coin de la rue, tout au bout d'une allée, une fois passée une porte de guingois qui fermait mal. Une entrée obscure ouvrait sur un rideau de perles auquel manquaient la moitié des fils.

– Martin ? appela Stefan à travers les perles. Tu es là ?

Une toux horrible, déchirante, nous répondit.

C'était un ancien entrepôt, il restait quelques étagères rouillées dans un coin. Je me demandai comment quelqu'un pouvait finir dans un trou pareil à une époque où l'on attribuait des logements à tour de bras. Puis je vis Martin assis sur un maigre matelas, adossé au mur, en train d'essayer d'allumer une cigarette avec des allumettes humides. Pas de papiers d'identité, voilà comment on en arrivait là. Perdus, ou vendus en échange d'un verre. D'une haute fenêtre grillagée tombait une lumière suffisante pour voir la débandade des cafards à notre entrée. Là, sous la surface de la Capitale, vivait le sous-prolétariat, ou plutôt, selon les termes de *L'Étincelle*, « les criminels de la pègre, les tire-au-flanc et les prostituées ». Il flottait une odeur d'excréments.

Nous restâmes dans l'encadrement de la porte.

— C'est dur de se réveiller, Martin ?

Son visage était rouge et gonflé. Il laissa tomber sa boîte d'allumettes et la ramassa.

— Vous avez du feu ?

— Nous avons des questions, Martin.

Je regardai ses maigres possessions posées sur les étagères déglinguées : une paire de chaussures déformées, une veste râpée et une bouteille vide d'alcool à 90°. Je lui jetai mon briquet, qui atterrit à côté de son pied nu. Quand il l'eut repéré, il le ramassa avec une ombre de sourire.

Stefan avança d'un pas.

— Juste quelques questions.

Il alluma une cigarette et tira dessus avec avidité, inspirant de tout son corps. Puis une autre quinte de toux lui mit l'écume aux lèvres.

Stefan s'accroupit près de lui.

— Tu te souviens de ton ami, Josef Maneck ? Il parlait avec toi, non ?

Martin s'essuya les lèvres du dos de la main et prit une autre bouffée. Il hocha la tête, peut-être en réponse à la question.

— Est-ce que Josef t'a parlé de ses autres amis, Martin ? D'un ami du nom d'Antonin ?

Le briquet n'était plus dans la main de Martin.

— Il t'a sûrement parlé d'Antonin. C'était son plus vieux copain. Pas vrai, Martin ?

Ce fut alors que je remarquai la source de la puanteur. Dans un coin, derrière les étagères, je vis un petit tas d'excréments. Pendant la nuit, Martin avait dû se sentir trop ivre pour atteindre la porte.

— Stefan, dis-je sans réussir à me faire entendre.

— Allez, Martin, parle-nous de ses amis.

— Je ne sais pas, finit par dire Martin. (Il tenta de se redresser, comme pour retrouver un peu de dignité, et prit une autre bouffée.) Il me parlait, ouais, mais il ne me disait rien.

Les mots sortaient péniblement, d'une voix étranglée, et je me demandai comment un homme dans cet état pouvait encore respirer.

— Ah, on y arrive, dit Stefan en s'accroupissant plus bas. Alors, de quoi te parlait Josef ? Il te payait des verres, il te parlait. Mais de quoi, Martin ?

— De rien du tout. Je n'écoutais pas.

— Tu n'es pas grossier à ce point, Martin. Il te parlait de ses amis, peut-être, ou de l'époque où il était conservateur de musée. Ça, il a dû t'en parler.

Martin plissa les yeux et hocha lentement la tête.

— Oui. L'art. Il n'arrêtait pas, là-dessus.

— Évidemment. Et il t'a dit pourquoi il avait arrêté. Pourquoi il n'était plus conservateur.

Martin tira une autre bouffée, arrêtée par un nouvel accès de toux qui lui empourpra la figure et fit saillir des veines épaisses sur son cou. Stefan finit par détourner les yeux et j'en profitai pour lui désigner la porte du regard. Il secoua la tête.

— Pourquoi a-t-il cessé de travailler au musée, Martin ? Tu connais la raison. Il avait un bon boulot, pourquoi l'avoir laissé tomber ?

— Et après, vous me laisserez tranquille ?

— Promis, Martin. On te fiche la paix.

Il plissa ses yeux injectés de sang, s'efforçant de réfléchir.

— Il n'y arrivait pas.

— À quoi faire ?

— À vivre avec lui-même.

— Et pourquoi donc ?

— Parce que.

Je m'éclaircis la gorge. La puanteur me mettait les larmes aux yeux.

— Parce que *quoi*, Martin ?

— Il était épouvantable. C'était quelqu'un d'épouvantable.

— Comment ça ? En quoi ?

Je fis un pas vers la porte et j'éclatai brusquement :

— Parce que c'était un foutu ivrogne, sacré nom de Dieu !

Ils me fixèrent tous les deux, Martin d'un air de surprise hésitante, Stefan visiblement furieux.

Puis, comme je l'avais fait la veille, je tournai les talons.

15

Stefan étant venu avec un véhicule de la Milice, je repris ma voiture pour aller l'attendre au poste. En chemin, je vis des femmes à leur fenêtre qui brossaient leurs volets en chassant les pigeons, et une manifestation d'étudiants place de la Victoire. Ils portaient de petites pancartes rédigées à la main réclamant des comptes à l'université. NOTONS LES PROFESSEURS QUI NOUS NOTENT ! Une poignée de membres de la Milice en uniforme s'ennuyaient au bord du trottoir.

Je ne regrettais pas mon éclat ; je me fichais de ce que pensait Stefan. J'en avais par-dessus la tête de ce vain harcèlement : quand je regardais les traits décomposés de Martin, j'avais l'impression d'être redevenu comme lui, dans ces bars obscurs juste après la guerre ; de n'être jamais sorti de cette existence de cloporte.

Leonek me lança un sourire, mais en lui parlant, je sentis toute la détresse qu'il dissimulait encore.

— Alors, c'est toujours d'accord pour ce soir ?

— Une cravate neuve, et tout et tout.

Il tira un peu dessus pour me la montrer : en soie verte, ponctuée de petits points marron formant des diagonales.

— Je suis sûr que Magda va apprécier.

Emil passa devant moi et me fit un clin d'œil.

— Quand est-ce que tu nous invites à dîner, Lena et moi ?

— Quand tu auras une cravate décente.

Mikhail Kaminski était assis face à Brano Sev. Ils se penchaient de part et d'autre du bureau, conférant gravement sur des pages dactylographiées sorties des dossiers de la Sécurité d'État. Leurs voix n'étaient qu'un murmure indistinct.

Je frappai à la porte de Moska et j'attendis son « Entrez. » Il était assis à son bureau, ses grosses mains posées sur des piles de paperasses, et j'eus le soupçon qu'il avait gardé la même position toute la matinée.

Je m'assis face à lui.

— Qu'est-ce que vous savez de ce type ?

— Qui ?

— Kaminski.

Il jeta un coup d'œil à la porte pour s'assurer que je l'avais refermée, puis tapota les poches de sa chemise et de sa veste en quête de son paquet de cigarettes. Il m'en offrit une, et nous rejetâmes deux nuages de fumée jumeaux dans le bureau confiné.

— C'est Moscou qui nous l'envoie, mais je ne l'ai appris que la veille de son arrivée. Que veux-tu que je te dise ?

— La raison de sa présence.

— Parce qu'il lui faut une raison ? (Le goût de sa cigarette parut lui déplaire et il l'écrasa.) Tu as entendu parler des événements en Pologne. Il n'y a pas si longtemps, ils ont envoyé les tanks contre les gens de Berlin-Est et il y a eu beaucoup de morts. Tu crois qu'ils veulent que ça arrive ici ? Ils n'aiment pas envoyer les tanks, pas plus qu'on aime, nous, les recevoir. (Il se cala dans sa chaise branlante.) Apparemment, Kaminski a demandé cette mission. Il était en poste ici après la guerre et il prétend adorer notre pays. Il dit qu'il veut nous aider à trouver notre propre voie au socialisme. J'ai regardé son dossier et c'est vrai : il était ici après la guerre. Je ne crois pas qu'aucun de nous l'ait connu, mais il travaillait avec Sev. Et tu sais ce que ça veut dire.

Cela voulait dire qu'après la guerre, Mikhail Kaminski, du KGB, et Brano Sev, de notre propre ministère de la Sécurité, avaient fait équipe pour nettoyer rapidement la Capitale. Cela voulait dire de brusques disparitions dans les services publics, les ministères et même à la Milice ; de vieux amis à la loyauté douteuse disparaissaient soudain, remplacés par des automates tout frais émoulus. Seul l'habile jonglage de Moska avec la paperasse administrative avait laissé notre poste relativement intact.

— Alors ce type est un vieux militant, dis-je.

— C'est un trou du cul ambitieux. Méfie-toi de lui. Il a une bonne tête, mais regarde ses mains quand il parle. Il a l'index archi-nerveux. (J'esquissai un sourire.) Bon, alors, comment se sont passées tes vacances ?

— Je ne me suis pas beaucoup reposé.

— Et pas pour de bonnes raisons, si je comprends bien ?

— En effet. (Je tirai une autre bouffée de sa cigarette.) Je crois que tu vas avoir la visite de Stefan. À propos de moi, s'entend.

Il fronça les sourcils.

— Il est obsédé par cette affaire et il nous fait courir de tous les côtés pour rien du tout.

— C'est son enquête.

— Peut-être, dis-je en écrasant ma cigarette. Mais je ne suis pas obligé d'être d'accord.

— Bah, patiente encore un peu, il ne va pas tarder à s'en rendre compte tout seul. C'est un bon inspecteur.

— Il ne peut pas croire qu'on puisse se suicider par les temps qui courent.

— Mais toi, tu le peux, dit Moska.

— Oui.

16

Stefan était rentré quand je sortis de chez Moska. Il n'avait pas son cartable et il farfouillait dans des papiers, debout à son bureau. Quand il me vit sortir de chez Moska, il cessa de faire semblant d'être occupé. Il me regarda dans les yeux et me désigna la porte de la tête.

Je le suivis le long du couloir encombré, entre des miliciens en uniforme et des secrétaires, jusque sur le perron. Il ne faisait pas si chaud, mais il était en sueur.

— Oui ?

— J'en ai marre de tout ça, commença-t-il. (Il s'arrêta brusquement puis reprit d'une voix plus claire, sans hésitation.) Ça fait un bon bout de temps que je te supporte, et je me disais que ça allait s'arranger avec ces quelques semaines à la campagne. Mais ça n'a fait qu'empirer.

— Vas-y, enquête sur un suicide. Je m'en fiche, tu sais.

Il leva une main.

— Je ne te parle pas de ça. Cette enquête n'est que le couronnement d'une insulte longue de quatre ans. Quatre ans ! répéta-t-il en secouant la tête. Depuis que ce bouquin mal foutu est sorti, tu as oublié ce que nous étions l'un pour l'autre. On a grandi ensemble, tout de même !

Il attendit — que je reconnaisse les faits, peut-être ; mais, chose caractéristique de ma part, je restai bloqué sur le fait qu'il ait qualifié mon livre de mal foutu.

– Ça fait un moment que je te vois venir. Tous ces copains à toi, ces écrivains, ils te bourrent le crâne, ils te font croire que tu es infaillible. Mais tu en es loin. Tu as bousillé ton mariage avec une femme remarquable, tu n'es plus foutu de faire ton boulot de flic, et maintenant tu n'arrives même plus à écrire. Mais tu es quoi, Ferenc ? Qu'est-ce qui te reste ?

Je ne savais pas d'où il sortait tout ça ; je le savais peut-être, mais j'ignorais pourquoi ça devait sortir précisément maintenant.

– Tout ça, c'est de la merde, dit-il.

Il se mit à hocher la tête frénétiquement, son double menton tremblotant.

– C'est très bien, la merde, Ferenc. Tu chies sur notre amitié depuis longtemps. Tu me chies dessus. Mais maintenant, c'est mon tour de chier sur ton avenir. Tu es prêt ?

Je voyais mal comment m'y préparer.

– Quand tu étais au front, dit-il, j'ai couché avec Magda. J'ai fait l'amour avec ta femme, et je n'échangerais pas cette unique nuit pour tout l'or du monde. (Il se tapota le front du doigt.) Je l'ai toujours là. Pourquoi crois-tu que je tenais tant à t'obtenir ce boulot ? Une foutue culpabilité mal placée. Je tenais encore à notre amitié. Mais j'ai eu ta femme dans ton propre lit et j'espère que de le savoir va t'ôter le peu de joie que tu ressens encore quand tu la regardes.

Il se tenait raide sur les marches, le menton haut, attendant ce que j'aurais attendu à sa place : mon poing dans la figure. Sa résolution vacillait sous mon regard, ses yeux cillaient, ses narines palpitaient et il respirait lourdement, la sueur coulant le long de ses joues. Mais je ne fis pas un mouvement. J'en mourais d'envie : me jeter sur lui et le massacrer. Lui enfoncer dans la chair mon poing avec ses cinq bagues et l'histoire que portait chacune d'elles. Mais je me bornai à le fixer, avant de fixer un point au loin, m'enfonçant dans la ville qui continuait à s'agiter au long de la rue étroite, avec ses piétons, ses voitures et ses rares chevaux tirant des charrettes poussiéreuses et vides.

— Bon, eh bien, si c'est comme ça... l'entendis-je marmonner.

Il descendit une marche, me fit un bref signe de tête et se perdit dans la foule.

17

Je ne sais toujours pas pourquoi je ne l'ai pas frappé. Il m'en aurait respecté davantage. Mais la colère ne m'avait pas encore envahi : j'étais simplement sous le choc. Ou peut-être savais-je qu'il avait raison : depuis la sortie de mon livre, j'avais cessé de l'appeler, d'entretenir la flamme de notre amitié.

Je retournai à l'intérieur du poste, où Leonek, Emil et Brano entouraient à nouveau Kaminski. Il parlait, accoté au bureau de Sev, et ils fumaient tous ensemble, un nuage de fumée suspendu au-dessus de leurs têtes. Mon téléphone sonna.

— Papa ?

— Oui ? dis-je d'un ton incertain.
— Maman veut savoir…
— Savoir quoi ?
— À quelle heure tu viens dîner. Avec ce copain à toi. C'est ce qu'elle a dit : *ce copain à lui*.
— Dis-lui sept heures. On sera là à sept heures.
— P'pa ?
— Oui ?
— Ce copain à toi, il est mignon ?
C'était une blague, bien sûr, mais je fus incapable de me mettre dans le ton.
— À tout à l'heure.
— Ah, vous voilà, dit Kaminski quand je m'approchai. (Il me tendit une cigarette. Je la pris, remarquant le petit rectangle épinglé à son revers : un drapeau rouge.) Je parlais à ces messieurs des Komsomols.
— Les brigades de la jeunesse ? demandai-je.
Je me fichais de ce qu'il racontait. Je voulais juste entendre du bruit.
— Vous connaissez, à ce que je vois.
Tout le monde connaissait les Komsomols. *L'Étincelle* ne cessait de nous infliger des articles sur leurs flamboyants exploits dans les régions les plus reculées de l'Empire.
— Après mes années passées ici, j'ai été envoyé dans les terres vierges du Kazakhstan pour travailler dans l'agriculture. Un climat terrible, mais quelle terre ! (Il étendit les mains, paumes vers le haut.) Vous savez ce que c'est de travailler comme ça avec vos mains ? Un véritable bonheur. Je coordonnais le travail, nous mangions tous ensemble dans les champs avec ces magnifiques jeunes gens qui travaillaient

tellement dur, et le soir nous nous réunissions autour d'un feu de camp pour chanter des chansons révolutionnaires. Imaginez ça. Une centaine de jeunes gens passionnés chantant leurs espoirs et leurs rêves d'avenir. Non, conclut-il en secouant la tête, je ne crois pas que vous puissiez imaginer. Ici, c'est autre chose. Mais dans la mère patrie, nous sommes tous unis. Nous construisons tout à partir de rien. C'est ça, le socialisme. L'esprit collectif qui nous fait avancer. Vous comprenez ?

Je finis par allumer ma cigarette, et les visions de Stefan étendu tout nu sur ma femme, grognant et suant, commencèrent à s'estomper.

— Les paysans nous apportaient des fleurs. Vous pouvez croire ça ? Vous ne connaissez peut-être pas de vrais paysans, vous autres, mais les paysans kazakhs ne sont pas des gens à vous apporter des fleurs pour rien. Ils savaient que nous étions là pour les sauver, pour sauver l'Union soviétique. Khrouchtchev nous avait dit de rendre ces plaines arables. Et pour l'amour de l'humanité, nous l'avons fait. Pas moi personnellement, bien sûr. Je n'étais là que pour deux ans et j'avais surtout des tâches administratives. Mais nous avons réalisé cela dans un élan commun. L'an dernier, nous avons craint que la sécheresse ne ruine tous nos efforts, mais on m'a dit que cette année, nous avons une récolte de blé record. (Il secoua la tête, avec admiration cette fois.) Ils continuent, là-bas. Ils chantent le soir et travaillent la journée dans l'espoir de jours meilleurs. Et les jours meilleurs sont en chemin. Vous pouvez me croire.

C'était un bien curieux spectacle. Cet homme venu de Moscou, dans un poste de police qu'il ne connaissait pas, nous tenait tous autour de lui, à l'écouter bouche bée comme des gamins de la maternelle. Il avait une étincelle dans les yeux, la voix enthousiaste, et si l'on ne faisait pas trop attention à ce qu'il disait, cet enthousiasme était contagieux. Emil et Leonek étaient fascinés. Brano le fixait, impassible. Kaminski avait un vrai don d'orateur. Je sentis un frisson me parcourir l'échine. C'était une sensation terrible et magique.

Puis je remarquai l'index de sa main droite. Moska avait raison : il s'agitait spasmodiquement. Et je me souvins que le terme « administratif » désignait bien plus que de la paperasse et de longs déjeuners dans les champs.

18

Dans un bar proche, rempli d'ouvriers buvant des vodkas et de la bière, je commandai deux eaux-de-vie. Leonek fit le geste de sortir son portefeuille, mais je l'arrêtai d'une main sur le coude. Une averse tiède était tombée et l'endroit était plein de corps mouillés et de casquettes dégoulinantes. Nous nous tassâmes à une petite table au milieu.

Je cherchais un moyen d'aborder la question, mais rien ne sortit. Nous bûmes en silence, tandis qu'il regardait par-dessus la foule, clignant des yeux, son visage sombre me rappelant son passé : une enfance dans un village arménien, jusqu'aux massacres ; puis la vie de réfugié, avant d'atterrir ici avec sa mère.

— Je suis désolé, dis-je finalement.

— Tu me l'as déjà dit.

— J'aurais voulu assister à l'enterrement. Il y avait beaucoup de monde ?

Il haussa les épaules.

— Les copains sont venus, et ses amis du quartier. Ça suffisait.

— C'est bien, dis-je en me sentant un peu bête. Elle avait quel âge ?

Il fixa son verre sur la table. Les odeurs de sueur des hommes qui nous entouraient me rappelèrent le Français bien propre et sentant bon, puis, inévitablement, le visage dégoûté de Stefan.

— Elle a dû tellement se battre, dit Leonek en levant les yeux. Même quand les Turcs ont tué mon père, elle a gardé la tête haute. À travers la Yougoslavie, la Bulgarie, l'Italie. Elle a tenu le coup jusqu'ici. Je voulais rester chez nous et me battre. Mais ils m'auraient tué moi aussi. Elle le savait. Elle m'a convaincu de partir avec elle.

Je me sentais tenu de dire quelque chose, mais qu'y avait-il à dire ? Je remarquai alors avec plaisir qu'il s'était rasé et qu'il avait l'air propre.

— J'ai même envisagé de partir pour la République d'Arménie voici quelques années. Tu imagines ? (Il eut enfin un sourire.) Mais l'Asie centrale, ce n'est plus mon monde. Je n'aurais pas su quoi faire à Erevan.

J'approuvai en silence.

— Tu te rappelles quand Serguei a été tué ? (Je hochai la tête.) C'est elle qui m'a fait abandonner mon enquête sur ce meurtre. Je lui en ai voulu très longtemps. On était très proches : les deux étrangers du poste. Serguei était un frère pour moi, tu le sais.

Je le savais.

– Au début, je n'ai pas compris. Mais elle, elle a compris tout de suite. (Il tapota son verre de ses doigts fins.) Et puis, des gens dans les autres postes ont commencé à disparaître, du jour au lendemain, sans avertissement. Tu te rappelles ?

On se le rappelait tous.

– C'est alors seulement que j'ai compris. Elle avait toujours su. Elle m'a sauvé.

Elle s'était aussi sauvée elle-même. Une vieille femme qui a appris à survivre sait que son fils a intérêt à garder son boulot. À l'époque, c'était plus vrai que jamais. Nous avions tous acquis un certain degré d'aveuglement : pendant l'Occupation d'abord, puis après la Libération.

La porte s'ouvrit brusquement, et cinq étudiants firent irruption en riant. Ils avaient la figure rose et des vêtements mal coupés.

– Cinq prunes ! cria le premier qui portait une ombre de moustache sur la lèvre.

Ils se rassemblèrent autour du bar, parlant avec animation. Les ouvriers les contemplèrent un moment avant de replonger dans leurs verres.

– Des manifestants, dis-je. Ils étaient place de la Victoire, aujourd'hui.

– Qu'est-ce que tu dis de ça ? (Il se tourna sur son siège pour mieux les voir.) C'est quelque chose, non ? (Je haussai les épaules.) Tu te rappelles comment c'était ? On n'aurait même pas envisagé de manifester. Et regarde-les, maintenant ! (Son visage rayonnait tandis qu'il les examinait.) Seigneur, ce que je voudrais être jeune.

— Tu es jeune.

— Nous le sommes tous les deux, dit-il. On devrait être à leurs côtés.

C'était bon de voir cette pensée lui faire plaisir.

— Tu vas te confectionner une pancarte ?

— Pourquoi pas ?

— Et tu vas écrire quoi, dessus ?

Il posa son menton dans ses paumes, les coudes sur la table.

— Je ne sais pas. C'est curieux, non ? Je n'en ai pas la moindre idée. Et toi ?

— Je ne suis pas du genre à manifester.

— Qu'est-ce que ça veut dire ?

Il attendit ma réponse en me fixant de ses grands yeux.

— J'ai une femme et une fille. Si on me jette en prison, qu'est-ce qu'elles vont devenir ? Je ne veux pas que ma fille grandisse sans père.

Il ouvrit la bouche, parut sur le point de dire quelque chose, puis la referma.

— C'est peut-être pour ça que je me sens prêt à agir, dit-il. Personne ne dépend plus de moi.

— Peut-être.

Mais alors je me souvins des méthodes qu'utilisaient les hommes comme Mikhail Kaminski et Brano Sev pour empêcher les manifestants d'attirer les tanks russes dans nos rues : des interrogatoires, des informateurs, une police secrète et des camps de prisonniers.

19

Je roulai à travers les rues encombrées du soir, m'arrêtant devant les autobus, les trams et les vélos, jusqu'à nos barres d'immeubles en construction du 9e arrondissement. Je garai la voiture à cheval sur un fossé en me demandant si j'arriverais à la ressortir de là. Claudia était encore dehors avec sa basse-cour et elle me lança un hochement de tête sévère. Elle attendait toujours que je vienne embarquer son poivrot de frère, et je ne doutai pas que Magda lui ait bourré le crâne. Mais cette fois, elle choisit le silence.

Agnes ouvrit la porte. Elle portait une robe semée de fleurs rouges et jaunes qui s'arrêtait au genou et que je ne lui connaissais pas. Elle se dressa sur ses pointes pour m'embrasser.

– Tu te rappelles Leonek ? dis-je. Leonek, Agnes.

Leonek lui baisa la main et elle m'adressa un clin d'œil par-dessus sa tête.

– Où est ta mère ? demandai-je.

Elle désigna la cuisine d'un mouvement du menton, et Pavel trottina hors de la chambre pour saluer Leonek de deux aboiements.

Les cheveux de Magda lui tombaient sur la figure tandis qu'elle se penchait pour vider des os de poulet dans la poubelle. Elle leva les yeux vers moi, écarta ses mèches d'un geste du poignet et sourit, C'était la première fois que nous nous voyions réellement depuis longtemps et, un instant, ce fut comme si nous ne nous étions jamais affrontés à la campagne.

Puis cela me revint : Stefan, en train de haleter en

se tortillant sur ses seins, sur son ventre, sur son visage.

— Tu es en retard, dit-elle.

— Comment ça s'est passé, le train ?

— Eh bien, il m'a amenée ici.

J'allai chercher du vin dans le placard tandis qu'elle lavait l'assiette dans l'évier et la disposait avec d'autres sur une serviette.

— Tu connais Leonek, non ?

— Bien sûr. Je ne sais plus quand je l'ai vu pour la dernière fois. Ça fait un an, peut-être ?

— Sa mère est morte il n'y a pas longtemps. Alors il sera peut-être un peu bizarre.

— Je vois.

Leonek se leva quand nous entrâmes, Agnes demeura pelotonnée dans le canapé. Il baisa la main de Magda avec un regard appuyé. Cela me rappela, s'il en était besoin, que Magda était vraiment très belle : elle pouvait faire perdre la tête à un homme.

20

Le silence régna pendant que nous avalions la soupe aux pois suivie du poulet au paprika. On n'entendait que des fourchettes et des couteaux crissant dans les assiettes et des bruits discrets de déglutition. Je vis Agnes placer un petit fragment de poulet sur ses genoux, jeter un coup d'œil de côté et le glisser à Pavel, qui l'avala en silence. Quand elle releva les yeux, je la menaçai d'un froncement de sourcils.

Magda regarda Leonek, absorbé par son repas, puis moi. Je souris, mais pas elle. Je dis la chose la moins dangereuse qui me vint à l'esprit :

— Un Français m'a dit récemment que l'intrigue était morte.

— Quoi ? dit Magda en se penchant comme si elle était sourde.

— L'intrigue. Il dit que ça ne se fait plus.

Elle eut un sourire moqueur.

— À l'Ouest, peut-être. C'était le poète de Georgi ?

— Celui-là même.

Leonek leva les yeux.

— De quoi parlez-vous ?

— De littérature.

— Oh, dit-il en se concentrant à nouveau sur son assiette.

Magda fit un effort. Elle nous parla de l'heure de queue qu'elle avait dû faire pour avoir du bœuf, mais quand son tour était enfin arrivé, il ne restait plus que du poulet.

Pendant qu'elle parlait, la chair pâle de Stefan me revint, et je ne trouvai rien à lui répondre. Leonek non plus. Mais elle débordait d'énergie. Elle se lança dans une description de son usine.

— Du textile. On fait même les uniformes de la Milice. Enfin, les chemises. Lydia travaille en face de moi sur la chaîne, et elle blague sur le fait qu'elle sabote les quotas chaque fois qu'elle s'en va fumer une cigarette. Vous devriez la rencontrer un jour, elle est trop drôle. Je vous arrangerai ça.

Leonek sourit poliment mais ne dit rien. Je me penchai pour gratter la piqûre de moustique sur ma cheville.

Magda regarda l'assiette de Leonek : elle était pratiquement vide.

— Vous en reprendrez bien un peu ?

— Non, merci, dit-il, la bouche pleine. C'est très bon.

— Je te l'avais dit, glissai-je.

Au bout de la table, Agnes était penchée et nourrissait Pavel, mais je n'avais plus envie de la réprimander.

Magda remplit nos verres, puis se tourna vers moi en roulant des yeux et en désignant Leonek de la tête.

— Tu es sur une enquête, en ce moment ? demandai-je.

Il se passa la langue sur les dents pour déloger un petit bout de poulet.

— La ville est plutôt calme. À part ces étudiants, peut-être.

Je ne voyais plus du tout Agnes ; elle avait pratiquement disparu sous la table.

— Des étudiants ? reprit Magda.

— Des manifestants, dis-je en haussant les épaules.

— Oh.

— À part ça, dit Leonek, pas beaucoup de meurtres.

— En revenant ce soir, reprit Magda après un silence, j'ai vu deux hommes devant le cinéma. C'était la première fois que je les croisais. Ils avaient l'air plutôt miteux. Ils portaient des manteaux longs et, dessous, j'ai vu de vieilles tenues de prisonniers. Avec des rayures, vous voyez ? (Leonek parut sortir de sa somnolence.) Ils avaient l'air un peu menaçants, debout comme ça les mains dans les poches, et pendant qu'ils me regardaient passer, j'avais un peu peur. Je ne sais pas ce qu'ils avaient en tête.

— Moi, je peux l'imaginer, dis-je.

— Non, non. Pas ça. Je connais ce regard. Ils pensaient à autre chose. Mais enfin… On ne peut pas juger sur la figure, hein ?

— Parfois, on peut.

— Ils sont passés par beaucoup de choses, dit Leonek. Après l'enterrement, j'ai parlé à l'un d'eux dans un bar. (Il rêva un instant, les yeux dans le vide.) De l'esclavage, voilà ce que c'était. Et après des années de camp, après la malaria et les exécutions… ils exécutaient souvent des hommes dans un champ près des baraquements. Après tout ça, que peut-on attendre d'un homme ?

Agnes avait repris sa place et écoutait attentivement. Elle contemplait Leonek avec surprise.

— Tu te rappelles en août ? me demanda-t-il. Juste avant que tu ne partes en vacances. Cet Ukrainien. Il était revenu des camps et il avait battu son fils à mort parce qu'il s'était fait embaucher par le Comité central.

— Lev Urlovsky, dis-je. Il était au camp de travail de Vatrina.

— Ouais. Quand on l'a arrêté, il n'a montré aucun remords. Rien du tout. C'était vraiment étrange.

— Après avoir tué son propre fils ? dit Magda. C'est horrible.

— Agnes, dis-je. (Elle mit une seconde à m'entendre.) Agnes, va promener Pavel.

Elle soupira profondément, mais se leva et quitta la pièce. Pavel la suivit, ses griffes crissant sur le sol.

— Vous ne savez pas, dit Leonek. Vous n'avez pas idée de ce qu'ils ont subi. Les Turcs allaient mettre mon père en prison, mais au lieu de ça, ils l'ont tué. (Il posa les mains sur la table, de part et d'autre de son assiette.) Il a peut-être eu de la chance.

J'entendis la porte d'entrée s'ouvrir et se refermer à la volée.

21

Les deux bouteilles de vin étaient vides, aussi j'allai en chercher une autre dans la cuisine. Quand je revins, Leonek s'était renversé dans sa chaise, les jambes allongées sous la table, les sourcils froncés. Magda haussait les épaules. Quand je remplis son verre, il le prit d'un air absent et le porta à ses lèvres, mais sans le boire. Puis il le reposa sur la table et regarda Magda.

— Je vais le faire, dit-il.

— Quoi donc ?

— Rouvrir le dossier. Reprendre l'enquête sur le meurtre de Serguei.

— Vraiment ?

— Pourquoi pas ? Je te l'ai dit, je n'ai plus aucune responsabilité. C'est la seule qui me reste.

— Qui est Serguei ? demanda Magda.

— Tu l'as rencontré une ou deux fois pendant l'Occupation.

— Mon équipier, Serguei Malevich. (Leonek posa les coudes sur la table.) Il a été tué juste après la guerre d'une balle dans la nuque.

— Je crois me souvenir. Le Russe, c'est ça ?

Nous hochâmes la tête.

— Il était sympa. Et il n'y a pas eu d'enquête ? demanda-t-elle à Leonek.

J'intervins :

— Il enquêtait sur le meurtre et le viol de deux jeunes filles dans une synagogue. Nous connaissions les coupables, tout le monde les connaissait : des soldats russes. On ne pouvait rien faire. Mais Serguei, lui, n'a pas laissé tomber.

— Parce qu'il était russe, dit Leonek. Ça le torturait de voir que toute la Capitale prenait les Russes pour des violeurs et des meurtriers. (Magda remplit nos verres. Leonek prit une autre gorgée.) Il voulait démontrer que les meurtriers n'étaient pas russes, ou que, s'ils l'étaient, un autre Russe pouvait les traîner devant la justice. Tu te souviens de cette nuit-là ?

Je m'en souvenais.

— Il m'a appelé, reprit Leonek, et puis je t'ai appelé. Il voulait qu'on vienne le rejoindre près des quais. Il y avait un brouillard terrible et, le temps qu'on arrive, il était mort. C'était incroyable. On a même entendu le meurtrier se mettre à courir, mais on n'y voyait pas à un mètre devant soi.

— Tu crois qu'il en reste des traces dans les dossiers ? demandai-je. Après tout ce temps, ça va être dur de retrouver le fil.

— Je peux toujours essayer.

— Et sa famille ? demanda Magda. Il était marié, non ?

— Sa femme et son fils, Kliment, sont partis pour Moscou. (Leonek sourit.) Kliment est entré dans la Milice, lui aussi.

Magda fixa Leonek, le rouge aux joues, et je réalisai que c'était elle qui avait bu le plus. Elle était un peu ivre, et je crois que je l'étais aussi.

Leonek regarda son verre, puis releva la tête.

— Ce vin est vraiment délicieux !

Je supposai qu'il était dans le même état que nous.

J'entendis la porte de l'appartement s'ouvrir, je vis Magda se tourner vers moi, le visage animé et radieux, et tout se remit à bouillonner en moi.

Mais j'étais dans le présent. Je ne pensais pas à ce qui se passerait le soir même, quand nous serions à nouveau seuls sans oser aborder le triste sujet qui absorbait toutes nos pensées. Dans le présent, j'étais généreux et je pouvais oublier une nuit unique datant de près de vingt ans, parce que le mariage, le temps passé et Agnes, tout cela était plus grand qu'un simple acte charnel. Je voyais les joues enflammées de Magda, son sourire qui me réchauffait le cœur. Je vis ma fille nous regarder du seuil de la porte. Notre invité souriait avec admiration à toutes les richesses que contenait ma maison. Et je pensai alors, plein d'espoir, que Magda et moi avions encore un avenir ensemble.

— Leonek, dis-je, tu as vraiment une cravate magnifique.

Il la regarda, la fit sauter entre deux doigts, et tout le monde se mit à rire, même Agnes.

On peut tout lire ; rien n'est secret. Les Hongrois sont en tumulte. S'ils crient assez fort, ils auront peut-être leur Nagy, avec sa grosse moustache en brosse, comme les Polonais ont eu leur Gomulka. Après un long bras de fer, l'Empire s'incline et permet à Imre Nagy de les guider dans leur propre voie au socialisme. On lit cela et on attend. Et pendant un moment, on se sent rempli de courage, comme tout le monde. La collectivisation a été arrêtée dans la plaine hongroise, et il se forme des Comités populaires pour recueillir les revendications. L'Étincelle *qualifie ces mouvements de sans précédent. Le soleil brille sur la Hongrie et même ici, dans le bassin des Carpates, les nuages se dissipent.*

Kozak l'ingénieur ouvre le Xe Congrès sur une déclaration de solidarité avec le révéré camarade Nagy. Mihai ne condamne pas cette phrase, et ce silence en dit plus que tous les discours. Bobu le professeur demande une enquête sur les possibilités d'accords commerciaux avec des nations situées hors du monde socialiste.

Mais tout aussi vite, le froid revient. Dans leur en-

thousiasme, les ouvriers hongrois s'emparent de bâtiments officiels et forment des conseils ouvriers. Bobu se tait, Kozak contemple les événements en silence depuis son pupitre. Nagy annonce la fin du système de parti unique en République populaire de Hongrie. Chacun retient son souffle ; l'oxygène se fait rare. Les Hongrois décident de se retirer du pacte de Varsovie, signé un an plus tôt, et réclament des accords avec les nations occidentales. L'Empire se mobilise. Les tanks russes atteignent Budapest. Le manque d'air rend tout le monde un peu fou : le long du Danube, les rues se couvrent de barricades et les tanks entrent dans la ville. La radio américaine diffuse des méthodes de guérilla. Les radios de l'Empire crient à la contre-révolution financée par les impérialistes. Dans Budapest, on renverse les autobus, on distribue des armes, et les ouvriers et les étudiants hongrois se préparent à la guerre de rue.

Nagy lance un appel au calme, mais il parle à un ouragan. Radio-Budapest diffuse son discours : « Aujourd'hui à l'aube, les troupes soviétiques ont attaqué notre capitale avec l'intention manifeste de renverser le gouvernement démocratique de Hongrie. » Puis la radio lance un dernier appel au secours, suivi d'un signal de SOS, avant de se taire définitivement.

Ici dans la Capitale, le silence règne. Mais c'est un silence tendu, comme celui qui plane sur un mariage en ruines. Dans les rues, les sourires sont contraints, on chuchote même que ça frémit sous la glace. Ici, on crie en silence : on assiste à une épidémie de congés pour maladie. Un jour, on voit quelqu'un à l'usine, le lendemain il n'est plus là. Puis il manque cinq personnes, puis vingt. Ces nouvelles n'atteignent pas les colonnes de L'Étincelle, *mais elles se répandent dans les rues, dans les maisons et dans les bars. On les apprend ici et là, on ne sait plus très bien par qui, ni quand, mais ensuite tout le monde est au courant, le pays tout entier est une société secrète qui n'a qu'une seule arme à sa disposition.*

Les radios gémissent comme des animaux blessés quand le brouillage fonctionne ; quand elles passent, elles chuchotent des instructions sur la tactique de guerre urbaine. L'autre capitale est à feu et à sang, celle-ci se tait. Elle est devenue une société secrète, la main sur son arme unique, prête à tirer.

AUTOMNE

1

Cette confession devient plus longue que je ne l'aurais voulu, bien qu'elle ait à peine commencé. Mais chaque détail est nécessaire pour comprendre ce qui va suivre. Les crimes ne se commettent pas en un jour. Les plus menus événements, en s'accumulant, deviennent une force qui pousse le meurtrier à l'acte définitif.

Dans les semaines qui suivirent ce dîner, l'écriture se mit en route. Aux premières heures de la matinée, dans le poste encore vide, je m'efforçais d'ignorer les nouvelles de Budapest pour me concentrer sur les mots. La machine faisait un bruit de ferraille et le T paresseux coinçait.

Peu à peu, mes pensées s'organisèrent. La ferme des parents de Magda avant la guerre, le long voyage de retour après celle-ci, la découverte de la mort de mes parents ; puis le déménagement dans la Capitale, les bars miteux et les accès de dépression. L'écriture me venait en un flux aisé et régulier. Le mariage, la façon dont le temps peut le ronger de l'intérieur, en était désormais le thème central. Je parlai de nos premiers mois d'ivresse, des six semaines de guerre et de séparation, puis de mon étrange, inexplicable sentiment de retrait à mon retour. Je parlai d'Agnes, dont la naissance m'avait ramené dans le mariage. Je n'écrivis rien sur Stefan parce qu'il n'était qu'un incident, le simple symptôme d'un malaise bien réel.

Mikhail Kaminski, avec son index tressautant, continuait à travailler avec Brano Sev sur les dossiers de la Sécurité. Ces agents de la police politique avaient des têtes de bureaucrates, plongés dans des documents couverts de chiffres où étaient attachées des photographies. Quand ils sortaient, je ne pouvais qu'imaginer leurs activités : rencontrer des informateurs dans des parcs, traîner des victimes dans des salles d'interrogatoire, contraindre des étudiants trop bruyants au silence et à la soumission. D'après Leonek, ils complotaient pour savoir desquels d'entre nous se débarrasser ; Emil et moi haussions les épaules en le traitant de paranoïaque. Une fois, j'entendis Kaminski dire en riant à Brano :

– Ces salauds souhaiteront n'avoir jamais entendu parler de résistance passive !

Je ne devais comprendre que plus tard la portée de ces paroles.

Il y eut un nouvel incident avec Stefan. J'étais sorti boire un verre un vendredi soir avec Emil et Leonek quand Stefan apparut, déjà un peu éméché. Il s'assit avec nous et se joignit à la conversation, qui ralentit à son arrivée, sans cesser de me fixer d'un air entendu. Il souriait par moments, tout en continuant à me piquer mes cigarettes. Les autres semblaient ne rien remarquer, mais quand il se leva pour aller aux toilettes, je le suivis et, sans un mot, je le frappai à la nuque. Il alla donner de la tête dans le miroir, y laissant une longue fêlure qui, à ma connaissance, y est encore. Je revins à notre table et terminai mon verre.

Quand Stefan réapparut, il tapotait une bosse sanglante sur son front. Le silence d'Emil et Leonek me démontra qu'ils avaient tout compris.

Nous changeâmes d'équipiers : je travaillerais avec Emil, et Stefan ferait équipe avec Leonek.

— Une mesure temporaire, m'expliqua Moska dans son bureau obscur. Aucun lieu de s'inquiéter.

Il évitait mon regard, les yeux fixés sur ses papiers.

— Combien de temps ?

— Quoi donc ?

— Le temporaire.

— Quelle importance ?

Aucune, il avait raison. On ne commettait pas de meurtres dans la Capitale. Leonek le fit remarquer tout haut :

— Quand les gens sont fixés sur un grand événement hors de leurs frontières, ils ne prennent plus le temps de se massacrer entre eux.

Il avait repris l'affaire Serguei en commençant par fouiller systématiquement les archives du poste, puis il avait fait irruption chez Moska pour lui demander où était le dossier. « Détruit », fut la réponse.

— Le grand nettoyage, en somme, conclut Leonek en ricanant.

— Ils ont vraiment détruit tous les dossiers ?

Il aplatit de la paume une pile de papiers posée près de sa machine.

— Pas tout à fait. Mais j'ai dû aller jusqu'au dépôt central. Tu sais où il est ?

Je ne connaissais même pas son existence.

— Juste à la limite du 7e arrondissement. Il occupe un entrepôt entier, figure-toi. Stefan m'a accompagné et, au bout de deux jours à courir dans toute la ville après des signatures, ce porc de bureaucrate a fini par lâcher ça. (Il désigna son épaisse pile de feuilles : à vue de nez, elle faisait dans les deux cents pages.) Des tonnes de paperasses inutiles. Des attestations, des certificats, tout ça. Je suis sûr qu'il n'y a rien à trouver là-dedans.

Il avait la même assurance que Stefan quand il prétendait que nul ne pouvait vouloir se suicider dans la Capitale : une conviction bornée de paysan.

Georgi nous invita, Magda et moi, à une fête.

— Un autre étranger de passage en ville ? demandai-je.

— Pas en chair et en os, mais c'est pour eux.

— Tu parles des Hongrois ?

— Je soutiendrai nos camarades de Budapest de la seule façon que je connaisse.

— En te soûlant, tu veux dire.

— Quel cynique tu fais. N'oublie pas, Ferenc, que tu as du sang hongrois, toi aussi. Amène Magda.

— Je ne sais pas. On ne se voit pas beaucoup.

— Elle fait quoi ?

— Elle sort avec une de ses copines de travail. Une certaine Lydia.

C'était ce que me disait Magda à son retour, alors qu'Agnes était déjà couchée, en passant devant mon canapé : « J'étais encore sortie avec Lydia. »

Je ne demandais jamais où elles étaient allées, ni avec qui.

— Tu sais que j'attends toujours ta contribution littéraire.

— Il va falloir que tu patientes encore. Je n'ai rien de prêt.

— Mais tu écris ?

— On le dirait. Pas trop tôt.

Quand nous raccrochâmes, il avait l'air positivement surexcité.

2

Le 5 novembre, un lundi, je dus aller enquêter avec Emil sur une affaire de disparition. Un officiel du Parti, attaché au ministère de la Santé, était rentré chez lui pour découvrir que sa femme avait disparu.

— Eh bien, elle l'a quitté, dis-je.

— C'est ce que je crois aussi, dit Moska. Mais ce que je crois n'a pas d'importance.

L'affaire ne semblait guère présenter d'intérêt, ou bien je me sentais simplement paresseux. Je lui rappelai que les inspecteurs de la Criminelle n'étaient pas censés perdre leur temps sur des affaires de disparitions. Mais Emil connaissait le règlement.

— Elle est liée au Parti, et ça fait plus de trois jours. Au bout de ce laps de temps, l'affaire nous revient.

Moska parut impressionné. Il expliqua qu'elle n'avait laissé aucun mot, mais qu'un ouragan semblait avoir traversé la cuisine.

— Toute l'argenterie éparpillée par terre.

— Et ses vêtements ?

— Elle a pris quelques robes, dit Moska d'un air incertain. Je lui ai dit que vous iriez le voir aujourd'hui.

C'était à deux pas, et nous nous rendîmes à pied à l'appartement du camarade Malik Woznica, en suivant les quais de la Tisa où le vent soufflait plus frais. Bâtis sur d'anciens immeubles anéantis par les bombes, ces nouveaux appartements avec vue sur le fleuve étaient remplis d'apparatchiks et d'officiels. L'escalier était remarquablement dépourvu d'odeur de chou, et la sonnette, au lieu d'une simple sonnerie, émettait une douce mélodie à trois tons. Emil eut un sourire en l'entendant.

Un homme aux cheveux blancs, plus petit que Brano mais trois fois plus gros, ouvrit la porte et se mit aussitôt à parler :

— Ah, camarades inspecteurs, c'est vous. Très bien. Entrez, entrez, je vous en prie, par ici, oui. Un verre ? Allez, un verre entre amis. D'accord ?

Son visage lisse était rose sous ses yeux gonflés par le manque de sommeil, et il ne cessait d'agiter ses petites mains potelées. Ce n'était pas de la nervosité : seulement un excès d'énergie.

— Venez, venez, asseyez-vous. Non, ici, oui, oui, allez-y, regardez, je vous en prie. Une vue magnifique, pas vrai ?

Il nous laissa debout devant une grande baie vitrée, contemplant la Tisa. La couleur du fleuve changeait en fonction du ciel, et ce jour-là il faisait gris. Le pont Saint-Georges, sur la droite, menait au misérable quartier du Canal.

– Tout ce qu'on voit, Magda et moi, ce sont d'autres immeubles. Et toi, tu as quoi, comme vue ?

– Viens voir par toi-même, dit Emil. C'est époustouflant.

Sur un mur, à côté d'un vieux portrait de Mihai, était suspendue une austère photographie du camarade Woznica et de sa femme. Elle était bien plus jeune que lui ; un petit nez retroussé et des yeux un peu trop écartés, mais même dans cette pose figée, on voyait ce qui l'avait séduit en elle. Ce qui l'avait attirée en lui – à part le confort des logements attribués par le Parti – était moins évident.

Woznica revint avec un plateau de verres qui s'entrechoquaient entre ses mains tremblantes. Nous nous assîmes autour de la table basse. De la vodka et des citrons verts. Malgré toutes les améliorations, je ne pouvais me rappeler la dernière fois où j'avais vu un citron vert.

– Donc, repris-je après que nous eûmes levé nos verres, pouvez-vous nous parler de votre femme ?

Woznica prit une profonde inspiration.

– Eh bien, ça s'est passé il y a trois jours…

– Vendredi soir, proposa Emil.

– Oui, c'est bien ça, dit-il en se carrant dans le sofa. Je revenais d'une réunion exceptionnelle de la Section pharmaceutique, des problèmes de distribution très embêtants, et il était tard pour moi. Huit heures, peut-être ? C'est ça. Huit heures, huit heures et demie. Je suis rentré et je l'ai appelée. « Svetla ! » Svetla, c'est ma femme. Pas de réponse. Très bizarre. Mais c'est quand je suis entré dans la cuisine que j'ai commencé à m'inquiéter. Les placards, ils étaient ouverts, tous. Et les casseroles, les plats, les couverts, tout était par terre ! (Pendant ce discours, ses mains étaient partout : sur ses genoux, sur le sofa, sur son verre, son menton, son oreille.) Je l'ai appelée plus fort : « Svetla ! Svetla ! » Mais toujours pas de réponse. J'ai fouillé tout l'appartement, j'ai regardé partout, mais non, elle n'était nulle part. Et aujourd'hui, trois jours plus tard, toujours pas de Svetla.

Emil reposa son verre vide.

— Ses vêtements ? On nous a dit…

— Oui, oui, répondit-il en rougissant. J'aurais dû vous dire ça tout de suite. Il manquait des robes. Celui qui l'a emmenée se prépare à la garder longtemps.

Je lançai à Emil un coup d'œil qui ne lui échappa pas.

— Et les voisins ? demanda-t-il. Vous leur avez parlé ?

— Bien sûr, camarades inspecteurs, bien sûr. (Il semblait fier de sa prévoyance.) Mais la voisine du dessous, la camarade Ioana Lipescu, est tellement sourde qu'elle n'entend rien du tout. Elle est très âgée ; son mari, que je connaissais du ministère, est mort l'an passé. Nous sommes au dernier étage, et ces murs ne laissent passer aucun bruit. Je m'apprêtais à aller parler aux voisins du rez-de-chaussée, mais pour tout vous avouer, je ne veux pas que ça se sache. Du moins, tant qu'on ne l'a pas retrouvée. Pour un homme dans ma position…

— Bien sûr, le rassura Emil.

— Et sa famille ? On peut lui parler ?

Woznica écarta les bras.

— Vous pouvez aller voir son père, mais il est retourné en Russie voici un an, après notre mariage.

Je sortis mon calepin pour donner un air plus officiel à ma question.

— Votre femme et vous... vous vous entendiez bien, ces temps-ci ? Pas de disputes ? De désaccords ?

Il le prit très bien. Il eut un sourire triste et secoua la tête plus lentement que je ne l'en aurais cru capable.

— Camarades inspecteurs, ma Svetla est un ange. Je ne dis pas ça parce que je suis son mari, mais parce que c'est la vérité. Nous sommes toujours d'accord sur tout. (Son sourire s'effaça peu à peu.) Je dois vous dire que ma Svetla a une faible constitution. Elle a eu une année difficile : ces six derniers mois, oui, six mois, clouée au lit. En juin, je l'ai emmenée aux bains de Trebon, pensant que ça lui ferait du bien. Et pendant un moment, en effet, elle a paru aller mieux. Mais ensuite, ses douleurs ont repris de plus belle, la pauvre petite. Elle est trop faible pour se lever toute seule, vous voyez ? Je dois l'aider à prendre de l'exercice dans sa chambre pour éviter la fonte musculaire. Au ministère de la Santé, on sait comment soigner les gens. Je sais que vous posez ces questions parce que vous êtes de bons enquêteurs, c'est votre devoir. Mais ma Svetla, même si elle le voulait, est trop faible pour faire ses valises et me quitter. (Son sourire revint, bien qu'il eût les yeux mouillés.) Et pourquoi voudrait-elle me quitter ? Je lui donne tout ce que j'ai. Je prends soin d'elle. Elle est mon petit ange.

3

Nous passâmes rapidement en revue la chambre dépourvue de fenêtre : un vaste lit trop mou, une penderie à demi pleine, une table de toilette surmontée d'un miroir et encombrée de toutes sortes d'instruments de maquillage. Sur le panneau extérieur de la porte, un carré plus pâle portant quatre trous de vis indiquait l'emplacement d'un verrou.

— Oui, les anciens locataires avaient un enfant, expliqua Woznica. Et parfois, oui, ils étaient obligés de l'enfermer.

Je n'aurais jamais envisagé d'enfermer Agnes dans sa chambre.

— Qu'en penses-tu ? demanda Emil sur le chemin du retour.

Je m'arrêtai pour laisser passer une bande d'adolescents en short qui couraient à petites foulées.

— Comment peut-il être si gros en dépensant autant d'énergie ?

— Quand tu as les moyens, tout est possible.

Emil parlait en connaissance de cause. Sa femme avait apporté une fortune non nationalisée dans leur corbeille de mariage et, bien qu'ils vécussent parmi la populace, un seul coup d'œil à Lena suffisait à la trahir. Elle venait le voir au poste vêtue à la dernière mode de l'Ouest, avec des coupes de cheveux dernier cri, et si elle portait peu de bijoux, son long cou sous les cheveux bruns semblait héréditairement destiné à soutenir une rangée de perles. Son problème d'alcoolisme, et le fait qu'il lui eût sauvé la vie, étaient les seules raisons pour expliquer son choix d'un paysan mal dégrossi comme Emil.

— Ça ressemble au traumatisme des tranchées, dit-il.

— Cette agitation ?

— Il a fait la guerre, non ?

— Peut-être, mais ça fait longtemps.

— On va regarder son dossier, dit-il en haussant les épaules.

Les dossiers des fonctionnaires étaient archivés dans la cave du Comité central, place de la Victoire. Nous prîmes l'autobus, descendîmes devant le rond-point orné d'une immense statue d'un couple brandissant une torche, et passâmes sous les colonnades de la vaste entrée. Devant le bâtiment veillait le Lénine de toutes les capitales (don récent de nos amis soviétiques) le bras levé lui aussi, montrant l'avenir, sa veste soulevée par le vent. Planté devant une petite porte latérale, un garde fumait sous l'emblème du faucon au repos. La vue de nos certificats de la Milice ne parut pas particulièrement l'émouvoir.

La salle des archives se trouvait au bout d'un sombre couloir à l'odeur de moisi, et Milos, le vieil archiviste slovaque, n'avait pas la réputation d'être très coopératif. Sous un grand portrait souriant de Mihai, il gratta sa barbe de trois jours en disant :

— Je parie que vous n'avez pas les documents nécessaires, hein ?

— Quels documents ? demandai-je.

Milos écarta les bras.

— Lisez le règlement, camarades. Article 17-50. Pour toute investigation de la Milice, il est requis une autorisation contresignée par vos supérieurs. Le vôtre, ce n'est pas le vieux Karl Moska ?

Emil secoua la tête.

— Sous-paragraphe 3, récita-t-il. Cet article concerne les investigations auparavant non autorisées à la Milice par les décrets G-34 ou G-72. Ce sont les nouvelles mesures concernant les activités globales de la Brigade criminelle.

Cette fois, j'étais impressionné. Milos désigna du pouce le mur de tiroirs derrière lui.

— Ne me fichez pas tout en l'air.

Le camarade Malik Woznica, à en croire son mince dossier, avait quarante-huit ans et était marié à Svetla Levin, fille d'un tailleur russe arrivé ici avec l'Armée rouge. Il souffrait depuis une dizaine d'années d'une maladie neurologique inconnue. Le rapport médical émettait l'hypothèse qu'il fallait en chercher la cause dans la ville minière où le camarade Woznica avait passé deux ans en tant que secrétaire local du Parti. L'eau de cette région avait été contaminée par du mercure, et la ville était connue dans la communauté médicale pour ses taux élevés de cancers. Dans le cas de Woznica, le seul remède semblait la morphine. Je me demandai à haute voix s'il en était devenu dépendant.

Emil referma le dossier.

— À voir sa façon de s'agiter, il n'a pas dû y toucher depuis longtemps.

— Elle a peut-être emporté son ordonnance. Pour s'en servir elle-même.

— Ou pour la vendre. Mais elle était incapable de bouger.

— Donne-moi le nom de son médecin, tu veux ?

De retour au poste, j'appelai le docteur Sergius Brandt au dispensaire. Sa secrétaire m'informa sèchement qu'il était en déplacement.

— Il revient quand ?

— Demain.

— Je voudrais un rendez-vous.

J'entendis la ligne grésiller pendant qu'elle consultait l'agenda du médecin. Emil était au téléphone avec Lena. Il souriait.

— Le docteur peut vous recevoir dans quinze jours, le mercredi 21.

— Il s'agit d'une affaire officielle, lui dis-je. Je ne suis pas un patient. Je suis un inspecteur de la Milice.

— Le camarade Brandt est très occupé.

— Moi aussi. Je serai là demain à midi.

Et je raccrochai avant qu'elle ait eu le temps de protester.

4

Ce soir-là, Agnes me montra son nouvel uniforme de gymnastique. Ils venaient de les recevoir à l'école pour la nouvelle campagne d'athlétisme des Pionniers : une chemise blanche à manches courtes et des shorts qui s'arrêtaient juste au-dessus du genou.

— Ce n'est pas un peu court ? Et où sont tes lunettes ? demandai-je, tandis qu'elle me faisait une démonstration dans la salle à manger, au son d'une symphonie de Mahler exécutée par l'orchestre symphonique de Prague, ses jambes laiteuses marchant au pas de l'oie.

En guise de réponse, elle me montra les nouveaux exercices scientifiques — plier la taille, bras tendus, toucher les pieds. Quand elle s'arrêta, sa figure était aussi rouge que son foulard de Pionnier.

Nous voulûmes aider Magda à préparer le dîner, mais tout était prêt. À table, Agnes récita les onze points de la promesse des Pionniers qu'elle devait apprendre par cœur.

— Un : nous, les Pionniers, honorons notre patrie socialiste en portant ce foulard rouge. Deux : nous, les Pionniers, mettons au premier plan l'étude qui fait avancer notre patrie. Trois : nous, les Pionniers, respectons nos parents...

— Ça, c'est un bon point, dis-je.

— Chut, tu m'embrouilles. Quatre : nous, les Pionniers, aimons la paix et l'Union soviétique, et nous détestons les fauteurs de guerre. Cinq...

Elle trébucha sur le numéro sept, qui leur enjoignait d'aimer et de respecter le travail et les travailleurs, mais autrement, elle s'en sortit très bien. C'était assez impressionnant pour tirer un sourire à Magda.

— Tu viens ce soir ? lui demandai-je.

— Il y a quoi, ce soir ?

— La fête chez Georgi.

Elle prit un air de panique excessive, comme si elle avait oublié, avant de secouer la tête.

— Je vais rester ici. Je ne veux pas laisser Agnes toute seule.

— J'aime bien rester toute seule, marmonna celle-ci, la bouche pleine.

— Elle est assez grande. Allez viens, tu vas t'amuser.

Elle m'avertit d'un haussement de sourcils : pas de disputes devant l'enfant.

— Non, vraiment. Je préfère passer un moment avec Agnes. On va faire un truc amusant. Entre filles.

Agnes haussa les épaules et replongea dans son assiette.

5

Outre les dix invités présents la fois précédente, il y en avait une vingtaine de plus entassés dans le petit appartement. Georgi avait inscrit sur un drapeau rouge suspendu à l'entrée de la cuisine : ARTISTES DE TOUS LES PAYS, UNISSEZ-VOUS !

— Ça te plaît ? me demanda-t-il, son ivresse visible au premier coup d'œil.

— Très drôle, mentis-je.

Georgi rentra en titubant dans la cuisine. On avait ouvert la fenêtre au-dessus de l'évier pour évacuer la fumée et l'humidité dégagée par tant de corps en sueur ; quelqu'un me glissa un verre d'eau-de-vie dans la main. Je remarquai d'abord Vera, son regard dur et ses lèvres rouges jouant sur le bord de son verre, puis les autres, serrés comme des sardines : des groupes de deux ou trois lancés dans des conversations enflammées, des buveurs solitaires cherchant des interlocuteurs du regard ou s'endormant doucement.

— Ton Français n'a pas eu d'ennuis ?

Georgi se pencha, l'air perplexe, et je répétai ma question.

— Oh ! À ce propos, Louis a envoyé un mot de Paris. Viens, viens par là.

Je le suivis jusqu'à sa chambre, devant une haie de visages murmurant : « Ferenc, ça fait plaisir... » ; « Où étais-tu caché... ? » ; « Je voulais t'appeler... » Sur son lit étroit, nous trouvâmes un jeune couple à moitié déshabillé. La fille remonta vivement la bretelle de son soutien-gorge et le garçon rougit. Je ne les connaissais pas, et Georgi non plus, apparemment.

— Qu'est-ce que vous faites là ?

Il y eut un peu de confusion tandis qu'ils se reboutonnaient en cherchant une réponse.

— Eh bien... On était juste... Tout le monde savait... Enfin, rien de grave, d'accord ? dit le garçon, un type du sud qui ressemblait à un Tzigane.

Georgi me jeta un coup d'œil en coin.

— Je n'aime pas que mon lit soit souillé des liquides corporels des autres.

Ils rasèrent le mur en direction de la porte. La fille avait le menton barbouillé de rouge à lèvres.

— Pas de quoi s'énerver comme ça, dit le garçon.

— Je ne m'énerve pas, dit Georgi. C'est juste mon copain, là. Il a l'habitude de découper les gens en morceaux. Je ne sais pas quoi y faire.

Ils me regardèrent et, quand je fis craquer mes doigts en tournant mes bagues, ils détalèrent.

Louis avait envoyé une carte de Notre-Dame, agrémentée d'un point d'interrogation et d'un point d'exclamation.

Mon cher camarade ! Me revoici dans cette capitale bourgeoise, en quête de moyens de récupérer ma plus-value. Le souvenir des jours passés en ta compagnie me réchauffe le cœur dans cette ville glaciale. Je t'en prie, essaie de venir à Paris, que je puisse te rendre l'hospitalité que tu m'as offerte.

Il avait signé d'un *Louis* illisible.

– Il a ton sens de l'humour, dis-je.

– Tu vas à la réunion de l'Union, vendredi ?

– L'Union des écrivains ?

– Tu en vois une autre ?

– Je n'ai pas assisté à un truc comme ça depuis des années.

Il me pressa le genou.

– C'est parce que tu es un vrai pote. Tu as cessé d'y aller quand ils m'ont viré.

– Pure coïncidence, dis-je en haussant les épaules.

Il me tapota la joue avec un sourire vague, puis leva son verre.

– À nos camarades hongrois en armes. Foutez ces salauds dehors !

Je m'autorisai une ivresse douce et lente. C'était ma récompense pour avoir recommencé à écrire, pour avoir survécu au coup de poignard de Stefan à mon mariage vacillant et avoir réussi à ne pas trop penser aux sorties de Magda avec Lydia. Je fis le tour de l'appartement, saisissant au vol des bribes de conversation où il était question de Budapest, de Moscou, des Américains et de Suez, et parfois d'écriture. Stanislaus travaillait sur une série de poèmes évoquant la fin du stalinisme, et Bojan mettait la dernière main à un mémoire surréaliste, un « livre des rêves ». Deux peintres se moquaient de Vlaicu, l'artiste officiel le plus en vue du moment. Un journaliste que je ne connaissais pas m'arracha quelques mots sur ce que j'avais écrit et parut réellement intéressé par mes vagues réponses, ce qui me remonta le moral. Il y avait des étudiants, vrais et faux, et un jeune couple expliquant à Georgi qu'il y aurait une grève très bientôt.

– Dans toute la ville, dit la fille avec ferveur. Le message sera clair. Ils sauront ce que pense le peuple.

Georgi se moquait doucement de leur optimisme, mais un peintre âgé, dont je ne me rappelais pas le nom, leur demanda de quelle façon ils entendaient répandre la nouvelle.

– Comment saurons-nous qu'il y a une grève ?

– Pas besoin d'appel ou de déclaration, dit le jeune homme. Le gouvernement nous donnera la date lui-même. Il lui suffit de réprimer une manifestation, une seule. Alors le peuple réagira.

Le peintre se mit à rire, et il s'ensuivit une longue discussion, ponctuée de cris et de bons mots condescendants.

Puis, très tard, alors que la fête s'achevait et que je me croyais déjà quitte, Vera me bloqua dans un coin.

Elle était parfaitement maquillée et ses cheveux bruns étaient lâchés sur ses épaules. Elle portait un pull rouge, l'une de ces jupes serrées que j'avais vues tout l'été, des bas et des talons aiguilles. J'avais enregistré tout cela d'un regard en entrant, mais à présent, ivre et un peu excité, je ne pouvais plus l'ignorer.

— Où est ta ravissante épouse ?

— À la maison. Et ton mari ?

— Il écrit quelque part. Pourquoi est-ce qu'on ne te voit plus ?

— Nous ne fréquentons pas les mêmes cercles.

— Quel dommage.

Vera avait étudié la philosophie en Suisse pendant la guerre, et était revenue pour enseigner et épouser son amour d'enfance, Karel. Mais depuis des années, leurs disputes étaient aussi publiques que leurs liaisons respectives. Quand elle m'avait remarqué à Noël, personne n'était au courant de mes problèmes avec Magda, mais l'œil de philosophe de Vera n'avait eu aucun mal à me percer à jour.

Je m'efforçai de nous ramener au sujet qui remplissait la pièce — les combats de rue à Budapest —, mais elle se dressa sur la pointe des pieds et me chuchota à l'oreille :

— Ne m'ennuie pas avec ça. J'attends mieux de toi. (Elle me frotta le bras, suscitant un picotement le long de mon dos.) Tu as une cigarette ?

Je lui donnai du feu avec une allumette, car je n'avais pas remplacé le briquet volé par l'ivrogne. Elle me lança un regard à travers la fumée.

— Agnes suit un programme de culture physique, dis-je. Ils leur ont donné des uniformes.

— C'est une jolie fille. Les garçons s'intéressent à elle ?

— J'espère bien que non.

De ses ongles faits, elle piqua une bribe de tabac sur sa lèvre.

Je me mis à discourir sur mon désir d'envoyer Agnes dans une école étrangère pour qu'elle apprenne les langues.

— Le lycée français est exceptionnel, mais ils ne la prendront pas sans examen. Et elle ne veut pas étudier son français.

Vera n'écoutait pas. Elle fixait le salon où il ne restait plus que le jeune couple surpris par Georgi dans son lit. Ils étaient installés sur le canapé, et la fille semblait résolue à se barbouiller à nouveau de rouge à lèvres. Vera me caressa le dos, et je sentis un frisson me parcourir l'échine. Quand je me retournai, elle était encore sur ses pointes, son visage proche du mien, ses lèvres sur les miennes. Je goûtai la fumée et l'amertume de son rouge à lèvres dans son long baiser, puis je sentis sa langue qui cherchait à s'infiltrer. Elle me retenait la tête à deux mains.

Je la pris par la taille et l'attirai plus près. Nous étions revenus au Noël précédent. Puis je laissai retomber mes bras et la repoussai des épaules. Elle leva les yeux vers moi, se léchant les lèvres.

— Tu veux qu'on aille quelque part ?

Je secouai la tête et j'articulai « non » afin que les choses soient bien claires — autant pour moi que pour elle. Je la vis serrer les dents.

— Ferenc, je n'attendrai pas éternellement.

— Je sais.

— Une fois par an, c'est un peu court pour une femme.

Je la regardai encore, avec son air dur et déterminé, et je lui pressai doucement l'épaule.

6

Agnes écoutait un chanteur américain plein de parasites tout en lisant d'un œil vague son livre d'instruction civique. Pavel dormait sur le canapé à côté d'elle. Elle plissa le nez quand je l'embrassai.

— Tu sens mauvais. Tu as bu ?

Quand elle ôta ses lunettes pour m'examiner, elle avait l'air d'une vraie femme.

— Non, je n'ai pas bu, dis-je en balbutiant légèrement. Pourquoi n'es-tu pas couchée ?

— J'ai dit à Stefan de venir nous voir plus souvent. Il va bien ?

— Stefan est venu ?

— Il a appelé. Pas pour toi. C'est maman qu'il voulait.

Je restai bouche bée.

— Après lui avoir parlé, elle s'est mise à pleurer. Il y a quelque chose qui ne va pas avec Stefan ?

— Où est ta mère ? dis-je en jetant un regard circulaire à la pièce.

— Elle est sortie.

— Et votre soirée entre filles ?

Elle remit ses lunettes et revint à son livre.

— Il faut croire qu'elle voulait parler avec d'autres filles. Elle est allée voir sa copine Lydia. (Au bout d'un moment, elle releva les yeux.) Ça va, papa ?

Plus tard, alors que j'étais déjà installé sur le canapé, fixant le plafond, elle rentra. La clé tourna dans la serrure, puis de la lumière jaillit du couloir. J'attendis qu'elle eût refermé la porte.

— Où étais-tu ?

J'entendis une exclamation étouffée, puis le cliquetis des clés qu'elle accrochait.

— Dehors. Avec Lydia.

— Viens ici, Magda.

— Je suis fatiguée.

— C'est important.

Elle s'avança vers moi et je m'assis. Je tapotai le canapé pour l'inviter à s'asseoir.

— Où étais-tu ?

Je distinguais mal son profil, mais je vis qu'elle réfléchissait.

— Je te l'ai dit, Ferenc.

— Il faut qu'on parle.

Elle regarda ses mains.

— J'ai simplement besoin de réfléchir. Je ne sais plus ce que je veux. (Elle se tut un moment.) Et je ne peux le faire que toute seule. Tu comprends ?

Je posai une main sur son genou.

— Non. Je t'en prie.

J'ôtai ma main.

— Avant, on parlait de tout ça ensemble.

Elle se tourna vers moi, mais je ne pus distinguer son expression. Elle se releva en disant :

— Oui. Avant.

7

Le lendemain, Emil et moi retournâmes dans le quartier de Woznica. Nous nous séparâmes sur la Tisa pour faire le tour des boutiques en quête d'informations. Je parlai à un poissonnier, deux boulangers, un cordonnier et deux garçons de café — en vain. Ils n'avaient jamais vu la femme du camarade Woznica ; lui, oui, mais elle, jamais. « Pas une seule fois ? » Un haussement d'épaules. Peut-être des années plus tôt, allez savoir. Le second garçon de café, un homme presque aussi grand que moi et doté d'une épaisse chevelure noire, n'avait même jamais vu Malik Woznica. J'accueillis la nouvelle en mâchonnant une poignée de graines de citrouille, et je m'apprêtais à ressortir quand je reconnus une silhouette affalée près du mur du fond. Il me fallut un moment pour retrouver son nom, puis il me revint dans une vague de froide répulsion.

— Oh, bon Dieu, dit-il en me voyant.

— Martin.

Je ne lui tendis pas la main. Son nez desséché pelait.

— Vous m'avez trouvé, camarade inspecteur, marmonna-t-il en finissant son verre. Je n'ai plus qu'à partir.

— Je ne vous cherche pas. L'affaire Josef Maneck est close.

— Allez dire ça à votre bon Dieu de copain.

Il se mit sur ses pieds, tituba et retomba sur sa chaise.

— C'est pour ça que vous êtes dans ce quartier ? L'autre inspecteur est revenu vous interroger ?

— Lui dites pas. (Cette fois, il parvint à se mettre debout et posa un index violacé sur ses lèvres.) Soyez un pote, lui dites pas que j'étais là.

Il sortit péniblement sans se retourner.

Le patron m'apprit qu'il venait depuis une semaine, peut-être plus, et je sus alors que Stefan était toujours obsédé par ce vieux suicidé. Cette pensée me mit vaguement mal à l'aise. Stefan était peut-être en train de sombrer dans la dépression.

Je retrouvai Emil à hauteur du pont Saint-Georges et, debout au milieu des voitures, grelottant de froid, nous comparâmes nos notes. C'était la même chose pour lui : ils avaient vu le mari, mais pas la femme.

— Mais j'ai parlé au pharmacien de Woznica.

— Et alors ?

— Il prend sa morphine chaque semaine, réglé comme une horloge. Il m'a dit que les premières semaines, il avait eu des soupçons : c'est une sacrée quantité pour un seul homme.

— Qu'est-ce qui l'a convaincu ?

— Le poids de Woznica. Et la gravité de son état. Il dit qu'il a empiré cette dernière année.

— Ça veut dire qu'il en prend davantage ?

— Je lui ai posé la question. Il a augmenté, oui, mais uniquement parce que sa tolérance s'accroît. Woznica prend la même dose depuis cinq ans, mais aujourd'hui ça ne lui suffit plus. On a vu nous-mêmes à quel point il tremble.

Nous nous adossâmes contre la rambarde, le vent nous fouettant le visage, et contemplâmes le quartier du Canal.

— Et Svetla ?

— Il ne l'a jamais vue. Et écoute ça : il n'a jamais rempli d'ordonnance pour elle.

— Jamais ? Une femme aussi malade ?

— Je crois qu'une nouvelle visite au camarade Woznica s'impose, conclut Emil en boutonnant sa veste.

Mais le camarade était absent. En redescendant, nous entrâmes chez Ioana Lipescu. Elle avait dans les soixante-dix ans et une faucille et un marteau épinglés sur son corsage. Elle nous offrit un grand sourire édenté qui ne la quitta pas tandis qu'elle nous servait du thé avec des petits pains sucrés, mais elle ne put guère nous en dire plus. Woznica n'avait pas menti : elle était pratiquement sourde. Elle eut toutefois des mots bien sentis pour Svetla Woznica.

— Vous l'avez vue ? Une fille splendide. On ne le croirait pas, mais certaines de ces Russes peuvent l'être. Seulement, je me rappelle qu'elle avait la langue bien pendue. Avant de tomber malade, oui. Elle savait se plaindre, je vous le garantis.

— Se plaindre ? reprit Emil. De quoi ?

Elle lui fit répéter la question plusieurs fois, puis posa ses mains tavelées sur ses genoux.

— Vous savez comment ils sont. Ici, ce n'est pas Moscou, nous n'avons pas cette prétention ! On aime la vie tranquille, chez nous. Elle, elle adorait danser. Tout le temps fourrée dehors. Quelle frustration pour lui !

Une faible constitution, un petit ange. Et maintenant, une danseuse plaintive. Je me penchai vers la vieille dame.

— Quand avez-vous vu Svetla pour la dernière fois ?

— Oh, je ne sais pas, ça fait longtemps. Six ans, peut-être ?

— Six mois ? proposa Emil.

— Six mois, c'est ça. (Elle ajusta sa broche et se passa la langue sur les lèvres.) Je dansais, dans ma jeunesse. Oh, ce que j'aimais ça !

— Je n'en doute pas, lui dis-je en me levant.

Elle me fit répéter. Plus fort.

8

Le couloir du cinquième et dernier étage du dispensaire était aussi bondé que la fête de Georgi. De vieilles babouchkas, un fermier dont la jambe entourée de bandages sanglants se terminait au genou, des jeunes filles enceintes, des enfants fiévreux et des jeunes mutilés qui arpentaient le couloir comme ils le pouvaient en fumant sans arrêt. Je sentis une odeur de pourriture, de décomposition, sans pouvoir en localiser la source. Je me demandai à quoi ressemblaient les couloirs d'hôpital à Budapest en ce moment.

Nous passâmes en évitant le local des infirmières, où une grosse femme en blouse se penchait sur un téléphone, s'efforçant d'endiguer le flot des patients.

La troisième porte sur la droite portait une plaque de bronze verdi indiquant DR SERGIUS BRANDT.

Le médecin ne parut pas s'apercevoir de notre entrée. Il examinait une jeune femme enceinte assise sur une chaise face à la porte, une main sous son corsage, palpant son ventre gonflé. Elle leva les yeux vers nous et rougit sous ses taches de rousseur.

— Docteur, chuchota-t-elle.

Mais il ne se laissa pas distraire. Il déplaça sa main en sifflotant doucement entre ses dents.

— Docteur !

Il se redressa, tira sur sa blouse blanche et se tourna vers nous. Ses cheveux blancs étaient coiffés en brosse et ses yeux agrandis par ses lunettes.

— Vous, ordonna-t-il, vous attendez.

Nous restâmes sur le seuil pendant qu'il en terminait avec sa patiente, lui chuchotait une gentillesse, acceptait d'elle une bouteille de vin blanc et l'embrassait sur les joues. Elle garda les yeux baissés en passant devant nous.

Le docteur s'assit et inscrivit quelques notes dans un dossier qu'il referma. Derrière lui, une photo encadrée parmi ses diplômes : deux garçons blonds, des jumeaux, peut-être les siens. Dans un coin, un minuscule portrait de Mihai — une obligation, à l'évidence. Il ôta ses lunettes.

— Comme vous le voyez, je n'ai guère de temps à vous consacrer, messieurs.

— Nous allons tâcher d'être brefs, dis-je. (Par habitude, nous produisîmes nos certificats, mais il les écarta d'un geste.) Nous voulons des renseignements sur l'un de vos patients.

— Je vous écoute.

Sa sécheresse était autoritaire, mais pas insultante. On sentait un homme ployant sous le fardeau de lourdes responsabilités.

— Le camarade Malik Woznica, dit Emil.

— Et sa femme, ajoutai-je. Svetla.

Le docteur Brandt leva un bras vers ses dossiers, puis s'arrêta.

— Bien sûr. Malik Woznica souffre de troubles nerveux d'origine inconnue. Ça n'a rien de confidentiel.

Je m'approchai de son bureau.

— Nous avons cru comprendre que son état s'était aggravé ces dernières années.

Le docteur fronça les sourcils avant de se lever et de quitter la pièce. Quand il revint, il tenait deux dossiers jaunes — l'un épais, l'autre pratiquement vide. Il ouvrit le plus épais, remit ses lunettes et parcourut la première page.

— Qui vous a dit cela ?

— Son pharmacien, dit Emil.

Le docteur Brandt secoua la tête.

— Je l'ai examiné régulièrement ces cinq dernières années, et son état est stationnaire. J'ai augmenté la dose de morphine, mais uniquement pour compenser la tolérance.

— Et sa femme ?

Il n'y avait que quelques feuillets dans le dossier.

— La dernière fois que j'ai vu Svetla Woznica, elle allait bien. Un rhume, rien de plus.

— Il y a combien de temps de cela ? demandai-je.

Il chercha la date.

— Huit mois, dit-il.

Devant notre surprise, il ôta ses lunettes et plissa les yeux.

— Je vous demanderais bien de quoi il s'agit, mais j'entends tellement d'histoires horribles en ce moment. Je n'ai vraiment pas besoin d'en rajouter.

Sur le chemin du retour, je récapitulai :

— Svetla Woznica, une femme trop faible pour sortir de chez elle, disparaît avec quelques affaires, laissant sa cuisine dans un désordre incroyable. Malik Woznica est malade lui aussi et a besoin de morphine en permanence. (Je m'arrêtai derrière un couple de chevaux bruns refusant d'avancer malgré tous les efforts du fermier qui tirait furieusement sur les rênes.) Ça fait beaucoup de contradictions.

Emil fixait les queues ballottantes des chevaux.

— Le médecin de famille n'a aucune idée de son état, puisqu'il ne l'a pas vue. La voisine dit que Svetla n'arrête pas de se plaindre, ce qui ne correspond pas du tout à la description qu'en donne le mari.

— C'est peut-être de la simple nostalgie, dis-je. De sa part à lui. Ou à elle.

Deux autres fermiers avaient rejoint le premier. Ils tiraient sur les rênes, suppliaient les chevaux et leur caressaient les côtes de leurs fouets. Derrière, une Skoda se mit à klaxonner.

— Et l'état du camarade Woznica lui-même s'est aggravé au cours des six derniers mois.

— Soit à peu près la période durant laquelle le bon docteur n'a pas vu Svetla Woznica.

Les fermiers, à bout de patience, se mirent à frapper les chevaux sur la croupe, sur les côtes, sur les naseaux. Des passants vinrent leur prêter main-forte, suivis de gamins en uniforme de Pionniers. Derrière nous, le concert de klaxons s'amplifia.

— Six mois, marmottai-je. (Et, en disant ces mots, tout s'éclaira.) Svetla a pris la morphine de son mari au cours des six derniers mois. C'est une droguée.

— Et Malik Woznica la protège.

— Il la soigne. Mais ça n'explique toujours pas sa disparition.

Je tapotai sur le klaxon pour le seul plaisir de l'entendre couiner.

— Quand le camarade Woznica reviendra du travail, il serait bon qu'on soit là pour l'accueillir.

Les chevaux ne se décidèrent à bouger que lorsqu'ils furent en sang. Il coulait en rigoles le long de leur poitrail et de leurs yeux. L'un des deux lança une ruade et s'ébranla, l'autre suivit, et une foule d'hommes et de garçons munis de bâtons se lancèrent à leur poursuite.

9

Kaminski nous attendait, déjà entouré de Moska et de Stefan, qui avaient l'air inquiet. Leonek entra derrière nous d'un pas nonchalant. Le Russe nous fit signe de venir au bureau de Brano Sev, mais Sev lui-même n'était pas en vue.

— Une manifestation a éclaté dans l'une des nouvelles cités sur la Tisa, expliqua-t-il. Une simple bande de vandales. Nous n'envisageons pas d'intervenir contre ces gens. (Un sourire.) Il n'y a qu'à les laisser brailler. Il nous faut juste un peu de renforts par là-bas, histoire de s'assurer qu'ils ne se flanquent pas le feu tout seuls. (Un petit rire et un mouvement d'impuissance.) Beaucoup de nos miliciens se sont fait porter malades. Une épidémie de grippe, sans doute. Et on a besoin de monde. Vous pouvez prendre votre après-midi ?

Moska attendit un acquiescement qui ne vint pas, avant de dire :

— Ils peuvent le prendre.

En l'espace d'une demi-heure, nous étions tous empilés à l'arrière d'un fourgon obscur, sautant sur les pavés inégaux. À défaut de voir dehors, nous nous dévisagions et regardions nos mains.

— Où est Sev ? demanda Leonek.

Moska haussa les épaules. La coupure sur le front de Stefan avait disparu. Sa barbe était un fouillis blond et je me demandai ce qu'en pensait Magda. Je m'efforçai de ne pas me poser d'autres questions. Emil, à côté de moi, acceptait calmement ce nouvel aspect de son boulot. Leonek entrouvrit la portière arrière et faillit tomber. Nous le tirâmes à l'intérieur.

— On aurait dû tourner à gauche ici, chuchota-t-il. Je vous parie qu'ils nous emmènent tous en prison.

— Personne ne va en prison, dis-je.

— Assieds-toi, dit Moska comme nous passions sur un nid-de-poule. Tu vas te cogner la tête.

— Je vais sortir de là, oui !

Mais au bout d'un moment, il se rassit.

La manifestation n'était pas aussi importante que Kaminski nous l'avait fait croire. Il y avait peut-être cinquante étudiants et ouvriers qui se pressaient devant l'entrée d'un des immeubles, tenant quelques pancartes qui disaient SOLIDARITÉ, GARDONS LES YEUX BRAQUÉS SUR BUDAPEST et LES HONGROIS D'ABORD, NOUS ENSUITE ! On entendait des bribes de conversations angoissées, et des grognements chaque fois que d'autres miliciens arrivaient dans des fourgons blancs banalisés comme le nôtre, certains en uniformes et d'autres en civil. Kaminski, à la lisière de la petite foule, était en pleine discussion avec un commandant d'un autre arrondissement. Il souriait et agitait les mains en parlant, comme pour mieux s'expliquer. Le commandant alla donner des ordres à trois jeunes miliciens – des gamins en réalité – qui se mirent à sortir d'un fourgon de courtes matraques noires.

La foule gronda, l'inquiétude se peignit sur les visages. Un manifestant trapu dans un bleu de travail taché d'huile me fixa longtemps. Derrière lui se tenait un étudiant qu'il me semblait avoir rencontré chez Georgi. Je restai aux côtés de Moska.

– Qu'est-ce qui se passe, ici ?

Mais il ne répondit pas. Son expression de dégoût était assez éloquente.

– Je ne touche pas à ça, dit Leonek en voyant la matraque qu'on lui présentait.

– C'est les ordres, dit le gamin.

Moska posa la main sur l'épaule de Leonek.

– Prends-la, Léon.

Stefan fixait sa propre matraque comme s'il n'en avait jamais vu de sa vie.

– C'est bien ce que disent les Américains.

– Quoi ?

– À la radio. Ils disent qu'on matraque les manifestants et qu'on leur tire dessus. Je commençais à en douter.

Je plaçai ma propre matraque sous mon bras. Elle était dure et peu commode. Puis je regardai tous ces visages qui me fixaient. J'y lus de la peur, mais surtout de la haine, en particulier chez les étudiants. Du fond, certains tentèrent de lancer un slogan. « Les-Russes-hors-de-Budapest ! »

Quelques voix reprirent, sans conviction ; notre présence faisait faiblir leur résolution. Mais peu à peu, la répétition du slogan parut leur insuffler un nouveau courage. Je remarquai un visage familier derrière la foule, bouche ouverte, criant pour exciter les autres. Des joues rondes, des dents bien droites, trois grains de beauté : Brano Sev, à peine déguisé sous une casquette d'ouvrier. Avec quelques autres, il levait le poing au-dessus de sa tête. Leurs voix se confondaient, mais je ne voyais que lui.

Les femmes et les mères se penchaient aux fenêtres en criant à leurs hommes de revenir. De là-haut, elles pouvaient voir qu'il n'y avait aucune échappatoire entre la rangée de miliciens et les fourgons blancs. Mais elles s'égosillaient en vain. Le slogan monta, les étudiants le reprirent bravement, gagnés par la fièvre, par la certitude que c'était leur moment de gloire : ils ne se tairaient pas tant que le dernier Russe ne serait pas sorti de Budapest. Puis il y eut un « blong » sur le fourgon à côté de moi. Les poings levés tenaient des pierres qui se mirent à voler autour de nous. Le bout de ciment cassé lancé par Brano Sev fit voler un pare-brise en éclats.

Le commandant hurla quelque chose qui devait être un ordre, car soudain nous fûmes tous en train d'avancer, matraque en main, pour les encercler. Le slogan se tut et, quand nous atteignîmes les manifestants, ils s'efforcèrent de nous repousser de leurs mains ouvertes. Des paumes furent pressées contre ma poitrine, des visages m'apparurent en un éclair.

Des corps derrière moi bloquaient ma retraite, et nous étions au milieu d'eux, parmi les visages, les mains, les cris et la sueur. Quelqu'un me frappa à la mâchoire et, instinctivement, je répliquai d'un coup de matraque. Un bruit d'os brisé. Un étudiant s'écroula à mes pieds. Je cherchai autour de moi Emil ou Leonek, mais je ne vis que des ouvriers et des étudiants furieux qui se bousculaient en tentant de fuir. Là-haut, les femmes se cachaient les yeux en hurlant.

Ça suffisait comme ça. Je me frayai un chemin hors de la mêlée, en flanquant des coups de coude à tout ce qui tentait de m'arrêter. Quelque chose m'atteignit derrière la tête ; je balançai à nouveau ma matraque et, en me retournant, je vis un milicien affalé par terre, une oreille en sang. Je poussai encore, mais la foule semblait ne pas devoir finir, entre les manifestants et les miliciens hystériques qui balançaient leurs matraques comme si elles avaient le pouvoir d'amener le silence.

Puis je fus sorti de la mêlée et Kaminski était là en train de me hurler quelque chose. Je n'entendais pas ses paroles, je ne voyais que sa grande bouche mouillée de salive et sa propre matraque pointée sur moi, me faisant signe d'y retourner. Il leva le bras vers moi. Je l'attrapai aux épaules, le jetai contre un fourgon et poursuivis ma route.

Je traversai la rue et finis par tomber assis devant une porte d'appartement. Des fenêtres se refermèrent en claquant au-dessus de moi, puis j'entendis des coups de feu. Je crus que j'allais être malade, mais la nausée passa. De là où j'étais, je voyais une rangée de fourgons blancs où l'on enfournait des hommes ensanglantés, et un immeuble où des femmes criaient à leur fenêtre. Deux corps inconscients furent portés dans un fourgon. Je fixai mes bagues.

Au bout d'un long moment, les fourgons s'ébranlèrent en direction des infirmeries pénitentiaires. Stefan et Emil apparurent, hébétés, portant des traces de coups. En m'apercevant, ils se détournèrent, puis se séparèrent sans un mot. Leonek, l'air furieux, criait à Moska des choses indistinctes. Moska ne répondit pas ; il traversa la rue dans ma direction, laissant Leonek à sa colère.

— Tu as abandonné le terrain, dit-il. (Il regarda derrière lui. Il avait une longue traînée de sang sur l'oreille, mais ce n'était pas le sien.) Kaminski te cherche. Il dit que tu l'as attaqué. Il dit que tu as refusé de te battre. (Il se brossa l'épaule de la main.) Il semble bien que tu te sois trompé d'adversaire.

— Vraiment ? (J'avais les mains entre les genoux. Je ne savais pas où était passée ma matraque.) Tu as vu Brano ? (Moska se tourna vers moi.) Il était déguisé en ouvrier. C'était une provocation.

Il fit la grimace, mais ne répondit pas. Une fois le dernier fourgon parti, le champ de bataille nous apparut : un trottoir taché de sang où traînaient quelques vêtements — une chemise déchirée, une chaussure, quelques chapeaux. Une femme en pleurs vint en ramasser un, devant quelques miliciens déroutés qui se tenaient parfaitement immobiles.

— Pour nous mouiller, dit Moska.

Mes mains étaient sales. Mes vêtements aussi. Moska s'assit près de moi.

— Un coup d'essai. Comme ça, s'ils veulent se servir de nous plus tard, on sera prêts. Mais toi…

Il ne termina pas sa phrase. Il se leva et dit une chose qui, sur le moment, me parut des plus étranges :

— Je me demande où est ma femme en ce moment.

10

Il me fallut une demi-heure pour retourner au poste à pied. Je ne pensais plus à Malik Woznica. Avec sa femme droguée à la morphine, il n'était rien pour moi. Quelques autobus passèrent, mais je ne fis pas signe au machiniste. Brano Sev avait fomenté une manifestation en sous-main pour pouvoir la réprimer. La logique absurde de la Sécurité d'État était trop difficile à saisir.

Si je devais aller en prison, Agnes et Magda seraient seules, harcelées peut-être. Je serais incapable de les protéger. Mais je ne pouvais pas donner des coups de matraque à ces gens. Quant à Kaminski, je l'avais agressé. C'était peut-être mon seul regret, mais pas un remords.

Je n'entrai pas au poste. Je trouvai ma voiture, attendis que le moteur chauffe et m'éloignai rapidement.

Magda était occupée à ranger les courses dans la cuisine.

— Agnes est avec une copine, dit-elle d'un air absent.

Ses mains tremblaient tandis qu'elle remplissait les placards.

— Ça va ? demandai-je.

— Bien sûr que ça va.

J'étais content qu'elle évite de me regarder, parce que moi, ça n'allait pas du tout.

Pavel me suivit quand j'allai allumer la radio avant de revenir dans la cuisine. Mais au lieu d'un compositeur russe, ou même d'un chanteur américain crépitant de parasites, j'entendis une voix hongroise donnant clairement des informations sur les combats qui se poursuivaient à Budapest. Puis une autre voix demanda aux soldats soviétiques pourquoi ils tuaient leurs frères hongrois ; pourquoi, après avoir supporté Staline si longtemps, ils servaient désormais des gens pires que Staline. Magda leva les yeux, surprise, et me sembla-t-il, terrifiée.

— Tu as écouté la radio américaine ?

— Non, dit-elle d'un ton brusque.

Pavel émit un jappement aigu : elle lui avait marché sur la patte.

— Bon sang, Magda, je ne vais pas t'arrêter pour ça.

Je m'efforçai de sourire pour l'assurer de ma sincérité. Pavel trottina en gémissant vers la chambre. Magda se retourna vers moi.

— C'était peut-être Agnes, dit-elle avant de se reprendre très vite. Non, c'était moi.

— Rien de grave. Simplement, n'oublie pas de repasser sur une autre station quand tu as terminé.

— Oui, bien sûr, dit-elle en s'adressant au mur.

Je voulais discuter avec elle de tout ce qui s'était passé. Je voulais qu'elle me touche et qu'elle me dise que j'avais bien fait. Mais elle n'écoutait pas, ce jour-là. Elle était loin, absorbée par ses propres décisions.

Quand le téléphone sonna, je fis taire les Américains, qui appelaient les soldats russes à poser leurs armes et à désobéir à leurs officiers dans l'intérêt de la justice.

— Ferenc.

— Emil ?

— Écoute, Ferenc, on a discuté.

— Qui ?

— Nous. Les collègues. On n'y va pas, demain. On se fait porter malades.

Il avait l'air d'avoir bu, ce que j'aurais dû être en train de faire moi-même.

— Vous tous ?

— Stefan, Leonek et moi. Et toi, Ferenc.

— Bon, je suppose qu'on doit être tous solidaires, dis-je après un silence.

— Très bien.

Magda mettait quelque chose à la poubelle ; je l'entendais froisser du papier.

— Pour demain seulement ? Il reste jeudi et vendredi.

— On n'a rien décidé encore. Mais on peut en discuter demain.

Je n'étais pas encore certain de ma réponse, mais la pensée du poste me faisait plus horreur que les craintes pour ma famille. Après avoir raccroché, je remontai le volume et je dis à Magda :

— Je reste à la maison, demain.

— Tu restes… ? commença-t-elle, avant de me regarder attentivement pour la première fois depuis que j'étais rentré.

— Je me fais porter malade.

Là-dessus, un ululement perçant remplit l'appartement : le brouillage venait d'être activé.

11

J'appelai le standard de la Milice le matin et toussai pendant que je débitais mon mensonge. L'opératrice l'accueillit avec la même équanimité qu'elle avait pris tous les autres appels de la matinée et conclut par un « Soignez-vous bien » plein de sous-entendus.

Agnes et Magda partirent ensemble et je m'assis avec Pavel et le journal. Mon café refroidit. Les combats à Budapest allaient durer encore quelques jours, mais pour *L'Étincelle*, la question semblait réglée. « Les agitateurs hongrois de la réaction reculent dans leurs tanières. » Ils se défendaient à travers des fenêtres brisées. Et les Américains, malgré toutes leurs déclarations à la radio, laissaient faire.

La manifestation était mentionnée en quelques lignes :

« Nos rues ont été hier le théâtre d'une scène fort déplaisante. Des Hongrois et d'autres éléments étrangers ont suscité une émeute contre-révolutionnaire, ne tardant pas à dévoiler leurs véritables intentions. Quatre membres héroïques de la Milice du Peuple, appelés à rétablir l'ordre, ont été blessés au cours de leur mission. »

Je m'apprêtais à aller promener Pavel quand le téléphone sonna. C'était Moska.

— Comment tu te sens ?

J'hésitai.

— Malade. Je suis malade.

— Moi aussi, Ferenc, mais je ne peux rien faire. À part Brano et Kaminski, le poste est désert.

— Ah.

— On a retrouvé ta bonne femme disparue.

— Svetla Woznica ?

— Troisième arrondissement. À la gare centrale. Figure-toi qu'ils l'ont arrêtée pour prostitution.

— Quoi ?

— Quand ils l'ont amenée au commissariat, quelqu'un a remarqué l'avis de recherche et ils ont appelé chez nous. Tu es trop malade pour aller la chercher ? Je ne peux pas quitter le poste.

— Ils ne peuvent pas te l'amener ?

— Pas assez de personnel. Il semble que la moitié des effectifs ait la grippe.

Le poste de la Milice du 3e arrondissement avait été déplacé quand son premier emplacement — le vieux poste de la police royale, rue de l'Évêque-Albert, devenue ensuite la rue Friedrich-Engels — avait été détruit par un incendie en 1952. La cause de l'incendie n'avait jamais été clairement établie, mais on avait accusé cinq permanents du Parti qui appartenaient au parti paysan avant la Libération. Ils avaient été inculpés de subversion et exécutés. Le nouveau poste était un bloc de béton édifié sur les ruines d'un immeuble bombardé, dont la façade rectiligne dressait ses quatre étages au milieu des immeubles 1900. Au-dessus des doubles portes, une pancarte bleue annonçait en lettres bâtons : MILICE IIIe ARRONDISSEMENT.

À la réception, un vieil homme me conduisit aux cellules en sous-sol en grommelant contre les jeunes policiers qui s'étaient fait porter pâles.

— Quarante-trois ans de service et pas une journée d'absence. C'est quoi, ça ? On ne me la fait pas, à moi. Tous des feignants, ouais.

Je me demandai s'il le croyait vraiment.

— Et cette fille ?

— Elle ne demandait même pas d'argent, dit-il en allumant le couloir.

— Elle voulait quoi ?

— Un billet. Elle vendait ses charmes en échange d'un billet de train. Incroyable, non ?

— Pour aller où ?

— Qu'est-ce que ça peut faire ?

Svetla Woznica était recroquevillée sur sa couchette et, de la porte, je sentais l'odeur de vomissures que dégageait sa couverture. Au plafond, un néon bourdonnait.

Quand elle roula de côté pour nous regarder, je ne la reconnus pas. Son nez en trompette portait une ecchymose violette, ses joues étaient maigres et ses yeux exorbités.

— Svetla Woznica ?

Elle s'assit péniblement. Ses cheveux étaient bizarrement coupés, comme avec un ciseau à haie.

— Vous allez embarquer la putain ? demanda le vieux dans mon dos.

Je m'accroupis près de la couchette. Son occupante était blême comme un cadavre.

— Vous pouvez nous laisser seuls ?

— Vous n'allez pas… hésita le vétéran.

Puis il haussa les épaules et sortit, refermant la porte derrière lui. Svetla eut un sourire, révélant plusieurs trous dans sa dentition.

— Vous voulez du bon temps, monsieur ? (Son accent russe était nettement perceptible.) Vous êtes un costaud, vous, hein ?

— C'était quand, ça ? demandai-je en désignant une trace bleuâtre sur son avant-bras.

Elle la regarda et haussa les épaules.

— Hier matin. Vous en avez ?

Je m'efforçai de trier mentalement mes questions, mais la puanteur m'empêchait de penser.

— Svetla, dites-moi pourquoi vous avez quitté votre mari.

Ses joues se gonflèrent, comme si elle allait vomir à nouveau. Mais elle retrouva sa voix.

— Ce salaud, ce pauvre type, dit-elle en se frottant la figure. Vous savez ? Vous lui avez fait cracher la vérité ? Non, bien sûr. (Elle tremblait d'une façon qui me rappela son mari.) Il avait la drogue. Elle était pour lui. Et puis, quand papa est retourné à Moscou, Malik m'a dit : « Svetla, tu veux essayer ? C'est très bon. » (Elle ferma les yeux.) C'était bon, oui. Mais ce qu'il ne m'avait pas dit, c'est à quel point on en a besoin. Parce que c'était ça, son plan, poursuivit-elle en se tapotant la tempe. D'abord, un peu, c'est pour nous deux. « On partage, Svetla. » Et puis, tout, tout le médicament pour ma petite Svetla. (À ce souvenir, elle riait et pleurait à moitié.) Vous savez comment c'est ? D'abord c'est très bon. Et après, c'est encore meilleur.

Je regardai son nez tuméfié, ses yeux plissés.

— Il vous donnait sa morphine ?

— D'abord la morphine, oui. Et puis les pilules et les piqûres de je ne sais quoi, des noms que je ne connais pas. Je suis une pute, pas un docteur. Pas comme Malik.

J'avalai ma salive.

— Au début, vous savez, ça allait bien. Et puis il a dit : « Il te faut du repos, ma Svetla. Je connais une station thermale en Bohême. »

— À Trebon.

Elle secoua la tête.

— Mais on n'est pas allés à Trebon. Je le voyais bien, qu'il montait vers la montagne. Vers cette datcha. (Elle se couvrit la bouche de la main, les yeux agrandis.) Et là, ç'a été horrible. Il voulait voir ce qu'il pouvait faire à sa petite Svetla quand personne ne pouvait entendre. Il a trouvé des tas de choses. Il est plein d'imagination. (Elle découvrit sa bouche.) Et quand il ne faisait pas ces choses, il me promenait. Il était malin, ce minable. Il me disait : « Svetla, on va faire de l'exercice pour que tu n'aies pas d'escarres, pour que tu ne meures pas. » Comme un bon docteur.

Je voulus demander « pourquoi ? » mais je ne pouvais même pas imaginer de réponse. Un mince sourire détendit ses traits émaciés à mesure qu'elle déchiffrait mes pensées.

— Je voulais rentrer chez moi. Je veux rentrer. (Elle jeta un coup d'œil à la porte d'acier.) Malik, il voulait une femme soumise. Une bonne épouse, il disait. « Tu restes là, Svetla, avec moi. » Dans cette pièce avec le verrou et pas de fenêtre. Il me montrait son amour avec une aiguille et sa queue. Vous voyez ce que je veux dire ? Il m'a habillée, il m'a mis tout ce maquillage sur la figure, et il m'a fait cette jolie coupe. (Elle toucha ses boucles massacrées.) Une aiguille et une queue. (Elle eut soudain l'air très fatigué.) Et maintenant, vous allez me ramener, je le sais. Je suis peut-être une pute, mais je ne suis pas une idiote.

12

Je signai la levée d'écrou et je la pris sous ma garde avec son petit sac. En longeant les quais de la Tisa, je m'efforçais de réfléchir. C'était la parole de Woznica contre celle d'une droguée. Il avait fait disparaître le verrou de la chambre, et elle avait emporté le reste de la morphine et des médicaments qui lui avaient servi à la réduire en esclavage. Pas de preuves, pas de témoin. Malik le savait bien, ce qui expliquait qu'il se fût senti assez fort pour affronter la Milice quand la loi avait exigé notre intervention, et finalement se servir de nous pour la retrouver.

— Comment avez-vous fait pour vous enfuir ?

Elle releva son front appuyé contre la vitre.

— Svetla n'est pas une idiote. Je vous l'ai dit. Voilà, j'arrive à me contrôler un peu, quand même. (Elle eut un sourire rusé.) Je ne les ai pas prises, les pilules. C'était simple. Très dur, *da*, mais très simple. Les pilules sous le lit, et moi je faisais semblant. Au bout d'une semaine, j'étais déjà plus forte. Peut-être que je n'aurais pas dû emporter le reste avec moi, mais je l'ai fait. Et maintenant, me revoilà accrochée.

— Mais le verrou ? Vous étiez enfermée.

Elle parut réfléchir à cela.

— Dieu a ouvert la porte pour moi. C'était un miracle, vous voyez. Dieu voulait que Svetla s'évade, alors elle l'a fait. Mais d'abord, j'ai cherché un couteau pour le tuer. Malik est un minable, mais il est très malin. Très. Il avait enlevé tous les couteaux. Dans la cuisine, pas un seul couteau !

Malik avait oublié de verrouiller la porte, ou peut-être avait-il cru que ce n'était plus nécessaire. Et elle avait mis la cuisine à sac en cherchant à le tuer.

Je m'arrêtai à la banque, la laissai attendre dans la voiture, chantonnant toute seule, je fis la queue et retirai un quart de l'argent de mon compte, dont la moitié en roubles. Puis, à la gare, je pris un sleeping pour Moscou ; je retins les deux lits afin qu'elle fût toute seule.

Je trouvai le contrôleur et le poussai dans un coin. Fort de mon certificat de la Milice et de ma pile de couronnes, je lui ordonnai de la surveiller de près.

— Elle ne doit pas quitter sa cabine, vous me suivez ? Vous lui apporterez ses repas. Elle doit rester dans le train jusqu'à Moscou, où quelqu'un de la Milice soviétique viendra la chercher. Et vous gardez ça pour elle, ordonnai-je en lui tendant l'enveloppe pleine de roubles. Il connaît la somme qu'il doit trouver. Quant à celle-ci, ajoutai-je en lui tendant une autre enveloppe, c'est pour les gardes-frontière. Elle n'a pas de papiers. Vous me suivez toujours ?

Il voulut protester, mais je le serrai d'assez près pour lui rappeler que nous savions l'un et l'autre ce qui était possible à la frontière et ce qui ne l'était pas.

Je donnai à Svetla une troisième enveloppe de roubles, au cas où elle aurait un problème une fois de l'autre côté. C'est alors qu'elle comprit ce qui se passait. Elle se mit à pleurer, tomba à genoux et pressa son visage tuméfié contre ma main. Dans la queue du guichet, de vieilles femmes me regardèrent d'un air moqueur, et des hommes eurent un sourire.

13

Cela prit un bon moment et l'opératrice dut me rappeler, mais je finis par entrer en communication, dans mon très mauvais russe, avec la standardiste de la Milice de Moscou. Elle parlait d'un ton sévère, mais en entendant le nom, elle s'humanisa.

— Tout de suite.

Il n'y avait personne autour de moi au bureau, et la porte de Moska était fermée.

— *Da ?*

— Camarade inspecteur Kliment Malevich ?

— Un instant.

Je m'efforçais de ne pas penser aux détails restés obscurs dans l'histoire de Svetla, et d'ignorer les nœuds dans mon estomac quand je n'y parvenais pas.

— Allô ?

Je ne lui avais pas parlé depuis qu'il était parti avec sa mère, presque vingt ans plus tôt. C'était alors un petit garçon grassouillet.

– Camarade Kliment Malevich ?

– *Da.*

– J'étais un ami de votre père. Dans la police royale. Je m'appelle Ferenc Kolyeszar.

– Je crois me souvenir. Ne seriez-vous pas…

– Oui. Leonek Terzian et moi avons découvert le corps de votre père.

Cela parut le rassurer.

– D'accord, Ferenc. Comment allez-vous ?

– Aussi bien qu'on peut l'espérer par ces temps difficiles. Et vous-même ? Votre mère ?

– Je me porte à merveille, mais ma mère est morte depuis cinq ans.

– J'espère que ça n'a pas été trop pénible pour elle.

Nous dûmes sentir tous les deux que je n'étais pas doué pour les civilités.

– Dites-moi pourquoi vous m'appelez, Ferenc.

Je lui décrivis la situation de mon mieux.

– Et qui est son mari ?

– C'est sans importance.

– Alors, c'est un politique. (Un silence.) Et je dois faire quoi, exactement ?

– Vous la conduisez chez elle, c'est tout. Vous trouvez où habite son père et vous la lui amenez.

Je lui dis le montant exact de roubles qu'il devait recevoir.

– Vous n'avez pas besoin de me payer, Ferenc. Je vais le faire.

– Considérez cela comme des frais. Le reste est un pourboire. Et s'il manque un seul rouble, vous cassez les genoux du contrôleur.

Kliment se mit à rire.

Quand je raccrochai, Moska sortait de son bureau, un sandwich dans une main, frottant de l'autre une tache sur sa cravate.

— Où est la femme Woznica ?

Je me tortillai sur ma chaise.

— Qui ?

— Bon sang, Ferenc. (Il abaissa son sandwich.) Raconte-moi.

— Ce n'était pas elle. Une pute que je n'avais jamais vue. Je l'ai ramenée dans le quartier du Canal et je lui ai dit de se tenir à l'écart des trains.

À l'évidence, il se demandait s'il devait me croire ou non. Mais il avait autre chose en tête.

— Je te renvoie là-bas. Dans les canaux. J'ai un vrai meurtre pour toi.

— Je sens ma grippe qui remonte.

Il ne sourit pas. Il s'assit derrière son bureau et me regarda m'installer face à lui.

— Tu sais ce que tu fais, au moins, Ferenc ?

Je haussai les épaules en prenant un air dégagé.

— J'ai été aussi troublé que les autres par ce qui s'est passé hier. Tu le sais. (Je le savais. Il prit une feuille dactylographiée.) Si tu as besoin d'en parler, passe me voir, d'accord ? Je ferai ce que je peux de mon côté. Ne ruine pas ta carrière.

— Merci.

Il me contempla encore un moment, puis baissa les yeux sur sa feuille et reprit un ton strictement professionnel.

— Square Auguste II, au numéro 3. Un corps carbonisé.

Il me tendit la feuille, mais il n'y avait rien d'autre. Aucun élément d'identification, juste un cadavre au beau milieu du quartier du Canal. Un appel anonyme qui n'avait pas encore été vérifié.

— Je n'ai que toi sous la main pour prendre l'affaire.

— Je ne peux pas la repasser à quelqu'un d'autre demain ?

— Stefan est encore en train de perdre son temps sur son suicide, et Leonek travaille sur une affaire classée. Sans compter qu'il s'imagine que j'ai dissimulé le dossier de Serguei. (Il secoua la tête.) Ce garçon n'a aucune idée du fonctionnement de la bureaucratie. De toute façon, quand Emil sera remis de sa grippe, il pourra t'aider.

En sortant, je croisai Kaminski et Brano Sev dans le couloir. Brano était redevenu lui-même : il avait rendossé son long manteau de cuir et sa bouche étroite ne s'était jamais élargie pour hurler.

— Alors, ça va mieux ? me lança Kaminski, toute trace de désinvolture disparue.

— Oui.

— Beaucoup de malades, aujourd'hui. Moi, j'ai mal au dos. Je me suis cogné dans un fourgon en glissant. Mais vous, c'est hier que vous étiez malade. Très malade. Tous vos actes en témoignent.

— Aujourd'hui, ça va.

Brano regarda ma main qui tenait la feuille de papier.

— Mais tu trembles. Tu n'as pas encore récupéré.

— Je crois qu'il vaut mieux garder un œil sur lui, dit Kaminski.

Je parvins à étirer les lèvres jusqu'à ce qu'elles forment un semblant de sourire.

14

Sur le perron, le soleil m'aveugla et l'angoisse me saisit aux tripes. J'avais soudoyé des employés des chemins de fer, des gardes-frontière, et même un membre de la Milice de Moscou. J'avais aidé la femme d'un permanent du Parti à quitter le pays illégalement. Et, la veille, j'avais abandonné le théâtre des opérations en agressant un membre du KGB.

Arrivé à ma voiture, j'eus du mal à insérer la clé dans la portière, puis dans le contact. Tout mon corps était lourd et douloureux. Je posai la tête sur le volant et m'obligeai à respirer profondément.

Un corps carbonisé ne risquait pas de s'envoler. Il pouvait bien attendre le lendemain. Ou le surlendemain. Ou l'éternité.

Je traversai des marchés pratiquement vides, où de rares fermiers avaient l'air de s'ennuyer. Pas d'enfants ; partout des volets fermés. Une grève générale s'était étendue sur la Capitale, exactement comme les étudiants l'avaient prédit.

Je mis la radio et m'installai sur le canapé. On célébrait le 40e anniversaire de la fondation du Parti communiste. « Il n'y a rien de secret dans le Parti et tout le monde le sait. » J'aurais voulu que la journée se termine. J'allumai une cigarette et, dans la fumée, je vis Svetla Woznica gisant dans son sleeping, filant vers la frontière soviétique. « Le Parti, c'est nous tous ; c'est moi, c'est vous. » Je vis une ville vide aux volets clos, et une autre remplie de tanks, résonnant de coups de feu et du fracas des fenêtres brisées. « Le Parti est une oasis dans le désert. Une étoile dans le ciel noir. » Magda sous le corps suant de Stefan, écoutant d'une oreille les émissions de la radio américaine, puis revenant à la maison avec de vagues excuses à propos de Lydia, mais sentant encore son entrejambe la brûler.

« Un grand Parti veut dire que l'on n'est jamais seul. »

Agnes arriva avec Pavel, et je réalisai que je n'avais pas remarqué son absence. Le chien bondit sur le canapé et se mit à me lécher le menton, m'empestant de son haleine fétide. Agnes lui apporta une soucoupe d'eau.

— Pourquoi rentres-tu si tôt ? lui demandai-je.

Elle s'assit par terre et plissa les yeux : ses lunettes avaient encore disparu.

— Pas assez de profs, dit-elle. Tous malades. Les autres ont essayé de nous garder, mais à midi ils ont dû reconnaître que ça ne servait à rien.

— Tu as pris le bus ?

— On a attendu des heures. Mais Daniela était avec moi, alors ça allait. Tu étais où ? Je croyais que tu étais malade, toi aussi.

— J'ai dû aller travailler.

J'allai déposer ma cendre dans la cuisine. Agnes passa sur une autre station.

— Daniela m'a parlé de tout ça, dit-elle.

Nous nous assîmes donc sur le canapé pour écouter les Américains. C'était une journée de deuil, disaient-ils. Bien qu'on entendît encore des coups de feu sporadiques ici et là, Budapest était visiblement perdue. Imre Nagy s'était réfugié à l'ambassade de

Yougoslavie. J'entourai Agnes de mes bras et elle posa sa tête sur ma poitrine, Pavel couché sur ses genoux. Quand ils reprirent l'information du début, j'éteignis le poste.

Vers six heures, je préparais des œufs pour le dîner quand Magda apparut. Elle semblait un peu échevelée, comme si elle s'était habillée en toute hâte. Elle s'assit à la table de la cuisine et me lança un regard inquisiteur.

— Pourquoi ne m'en as-tu pas parlé ? finit-elle par dire.

— De quoi ?

— Hier. La manifestation.

— Comment es-tu au courant ? dis-je en lui rendant son regard.

— Les nouvelles vont vite.

Je me demandai si Stefan avait versé des larmes en lui racontant l'histoire. Je posai une assiette devant elle.

— Tu n'étais pas d'humeur à entendre.

Après le dîner, nous écoutâmes encore la radio américaine, assis tous ensemble comme une vraie famille, jusqu'à ce que le hululement du brouillage retentisse. Je dis à Agnes que même si tout le monde écoutait cette station, cela restait illégal. Il ne fallait pas en parler en dehors de la famille.

— Il faut garder le volume au minimum, dis-je. Et après, laisser le poste sur une autre station. Tu m'as bien compris ?

— Je savais déjà tout ça, papa.

— Peut-être, mais c'est plus important que jamais.

Elle acquiesça, et Magda aussi.

Une fois Agnes au lit, nous bûmes un verre dans le salon. Nous ne parlions pas, mais pour la première fois depuis des semaines, ce n'était pas un silence contraint. J'étais trop épuisé pour me soucier de Stefan et d'elle, ou même des fautes que j'avais pu commettre au cours des deux derniers jours. Je me sentais vidé, absent à tout ce qui m'entourait, même à ce que j'avais appris à la radio. C'était le même vide que j'avais rapporté du front.

Mais alors elle sourit et désigna de la tête la porte de la chambre.

— Tu veux dormir dans un vrai lit, ce soir ?

Nous nous déshabillâmes et nous glissâmes sous les draps dans le noir. Nous restâmes d'abord à distance l'un de l'autre, puis elle se serra contre moi et je sentis qu'elle n'avait pas de chemise de nuit. Elle enfouit son visage dans ma poitrine, ce qui accéléra les battements de mon cœur. Elle ne m'avait pas tenu comme ça depuis très longtemps, et je caressai doucement ses côtes du bout des doigts. Mais c'était peine perdue. Le premier moment d'excitation passé, mon corps se retirait dans un détachement lointain. Je l'embrassai sur l'oreille et me détachai d'elle. Elle roula sur le côté, ses talons glacés touchant à peine mes mollets, et se mit à pleurer.

15

Les étudiants avaient vu juste. Une grève générale peut se déclencher spontanément à partir d'un seul incident, et il semble alors que la population entière a enfin trouvé sa voix, plus puissante que les cent petites voix distillées par *L'Étincelle*. Mais les étudiants avaient tort de croire qu'une grève peut durer sans organisation. Aucun dirigeant ne surgit de la grande grève du 6 novembre. Aucun Imre Nagy. Même Kozak l'ingénieur resta muet. Dans les jours qui suivirent, les rues se remplirent peu à peu, les boutiques aussi, les volets se rouvrirent. Car malgré nos interminables discussions derrière les portes closes, nous voulions avant tout de la nourriture sur nos tables et un peu de sécurité. Le 12 novembre, quand *L'Étincelle* proclama que les contre-révolutionnaires de Budapest financés par l'impérialisme étaient définitivement écrasés, nous étions déjà de retour au travail.

Emil revint le premier, le jeudi 8. Nous embarquâmes son appareil photo Zorki, nous garâmes devant le pont Saint-Georges et terminâmes à pied entre les canaux.

Le sous-prolétariat du quartier du Canal était toujours en grève. Nous franchîmes l'eau stagnante sur des ponts en dos d'âne et entendîmes nos pas résonner dans les ruelles antiques. Quelques vieilles femmes vêtues de noir se hâtèrent de refermer leur porte sur notre passage.

La place Auguste II se trouvait dans le Gouffre, au cœur du quartier des canaux. C'était depuis toujours le secteur le plus délabré et le plus inondé du quartier, et des incendies récents avaient transformé nombre d'immeubles en coquilles carbonisées. Nous fîmes halte au milieu d'un pont en nous demandant comment atteindre le trottoir à pied sec. Je voulus sauter, mais j'atterris jusqu'au mollet dans l'eau glacée. Emil, plus léger et plus agile, arriva à bon port. Nous enfilâmes encore quelques allées, mes chaussures faisant « floc, floc » dans le silence.

Deux siècles plus tôt, ç'avait été un quartier de tanneries, ce dont témoignait encore un panneau de bois délavé où était gravé le contour d'une peau de vache. Devant la porte, une chaussure noire d'homme flottait sur l'eau. Le numéro 3 était une ancienne résidence aristocratique. Sa porte d'entrée manquait, mais sur le chambranle, l'informateur anonyme avait eu la bonté de tracer un grand X à la craie.

Dans l'entrée, la température tomba et mes pieds s'enfoncèrent dans un tapis de décomposition. Emil glissa, faillit laisser tomber son appareil et jura. Je grattai une allumette. Les murs fissurés étaient couverts de mousse. De la lumière tombait d'un encadrement de porte tout en haut. Je soufflai mon allumette.

Ce fut d'abord l'odeur qui nous frappa. J'avais senti la chair calcinée dans des fermes brûlées pendant la guerre. Son odeur âcre diffère de toute autre, mais je suis encore incapable de la décrire. C'était une vaste pièce circulaire, aux bords surélevés comme une rampe, éclairée par une verrière brisée. Dans un angle, la margelle de pierre d'un puits, sans doute creusé pour que les servantes évitent de se mêler aux tanneurs dans la rue. Le niveau inférieur de la pièce était désormais une vaste mare jonchée de fragments de verre ou de pierre colorée qui avaient autrefois formé une mosaïque. Une scène de bacchanale avec des nymphes, des satyres, des calices de vin et des grappes de raisin. Il n'en restait qu'un sabot ici, une poitrine là, et des fragments de pampres violets disséminés dans l'eau. Une orgie romaine au beau milieu du bassin des Carpates.

Emil désigna un sombre monticule recroquevillé tout au fond, tourné contre le mur. Le pavage autour de lui avait noirci sous la chaleur. En m'approchant, je sentis cette odeur indescriptible m'envahir tout entier, et je dus faire un effort pour contrôler la nausée.

Emil prit une photo.

Je m'accroupis et je l'examinai de mon mieux sans le toucher. Sexe indéterminé. Recroquevillé en position fœtale, les mains noires jointes comme pour une prière. Puis je remarquai une bosse entre ses poignets.

— Il était attaché, dis-je.

Emil prit une autre photo. Un fragment de corde carbonisée entourait aussi ses chevilles. J'ignorais si ce corps était mort ou vivant quand on l'avait fait brûler, mais ce n'était sans doute pas un hasard s'il se trouvait à moins d'un mètre d'une mare, et donc du salut.

Emil fit le tour de la pièce en quête d'indices, actionnant son flash. Je voulus l'imiter, mais je sentis ma vue se brouiller.

— Emil.

Il dut percevoir quelque chose dans ma voix.

— Vas-y. Je te rejoins dehors dans une minute.

Je m'accroupis sur le perron. J'avais les pieds glacés, mais je m'inquiétais surtout de mon estomac. Je contemplai la chaussure solitaire sous le panneau indiquant la tannerie, en respirant profondément. Sous la lumière d'automne, tout semblait trop dur et trop gris. La nausée excessive était le signe de ma grande faiblesse.

Un corps en flammes, attaché et se tordant à deux pas de l'eau, alors qu'il lui aurait suffi de rouler sur lui-même. Un trop-plein de tragique. Puis, inexplicablement, je me rappelai m'être réveillé le matin même à côté de Magda pour la première fois depuis des mois. Une bouffée de joie aussitôt éteinte comme elle se tournait en disant : « Je vais encore me faire porter pâle aujourd'hui. » Au réveil, elle ne se souvenait plus qu'elle m'avait dit avoir travaillé la veille toute la journée.

J'entrai dans l'eau pour récupérer la chaussure. En cuir noir uni, pas très usée, pied droit. Si j'en avais besoin par la suite, je n'avais pas envie de revenir la chercher ici.

— Rien, dit Emil en sortant à son tour. (Il remarqua la chaussure dégoulinante dans ma main.) Allez, viens, on s'en va.

De retour au poste, j'appelai Markus Feder pour lui dire d'envoyer des hommes récupérer le corps.

— Parce que vous croyez que j'ai des hommes ici ? Pas l'ombre d'un. Votre cadavre devra attendre.

16

Le vendredi, nous étions au complet, à l'exception de Kaminski, qui par bonheur avait disparu. J'avais l'impression qu'il se trouvait dans une autre pièce quelque part dans la Capitale avec son index tressautant, en train d'organiser ma disparition. L'œil de Kaminski – Brano Sev – travaillait à son bureau en nous tournant le dos, mais aucun de nos gestes ne lui échappait. Nous avions tous envie de lui fracasser la tête contre ses tiroirs d'acier pour le rôle qu'il nous avait fait jouer dans cette manifestation, et il le savait. Mais personne ne le toucha.

Emil avait développé les photos dans sa propre chambre noire et Leonek se joignit à nous pour aller les regarder dans un café, loin de Brano Sev.

Notre habituel abreuvoir premier choix était encore fermé, son volet de fer tiré, et nous allâmes donc deux rues plus loin, dans un café bondé et rempli de fumée sur la place du 25-Octobre. Nous restâmes au comptoir tandis qu'Emil faisait circuler les photos.

– La lumière n'est pas bonne et elles sont un peu floues. Mais ça vous donne une idée.

Une idée, en effet. Leonek plissa les yeux devant la masse humaine noirâtre et l'odeur me revint au milieu de tous ces corps vivants.

Il avait pris des clichés de tous les coins de la pièce, du puits asséché et des fragments de la vie romaine décadente.

– Une scène de crime complètement vide, dis-je.

– À part une chaussure, dit Emil en soufflant sur son café.

– Elle était à l'extérieur. Et je ne vais pas faire le tour de la Capitale avec une chaussure à la main quand la moitié des boutiques sont encore fermées.

– Alors, on attend le légiste.

Une table se libéra et nous nous assîmes. Emil demanda à Leonek comment se présentait son enquête.

— Pas très bien. Mais j'en ai appris beaucoup, dit-il en se penchant vers nous. Serguei gardait des enregistrements de ses interrogatoires, et j'ai toute une liste de noms. Il avait essayé de parler aux familles de Chasya Grubin et de Reina Westreicher, les deux filles tuées, mais elles n'ont rien voulu lui dire. (Il fronça les sourcils.) Et pourquoi l'auraient-elles fait ? Il était russe. Donc, je me suis mis à leur recherche. La famille Westreicher est partie peu après pour l'Autriche. De la famille Grubin, il ne reste que le frère et le grand-père. Le grand-père est dingue et je n'ai pas pu en tirer grand-chose. Quant au frère de Chasya, Zindel, il est emprisonné à Ozaliko pour délit politique. Une menace pour notre société, à ce qu'on m'a dit.

— Tu vas pouvoir lui parler ? demanda Emil.

— J'ai rempli une demande il y a quinze jours, mais maintenant, je ne sais plus.

Il toussa discrètement et fit signe à Corina, la femme derrière le comptoir. Elle ne lui prêta aucune attention.

— Serguei a interrogé beaucoup de soldats russes, mais ça fait dix ans. Ils sont tous repartis chez eux. Alors je fais comme vous, j'attends.

— Et Stefan ? demandai-je d'une voix mal assurée. Il t'aide ?

Il secoua la tête.

— Par-ci, par-là. Il travaille toujours sur ce suicide.

— Toi aussi, tu prends ça pour un suicide ?

— Stefan n'a pas réussi à me convaincre du contraire. Il a posé beaucoup de questions, sans que ça mène nulle part.

— Alors pourquoi en est-il aussi persuadé ?

Leonek cligna les yeux d'un air gêné, comme s'il en avait déjà trop dit.

– Pourquoi tu ne lui demandes pas toi-même ?

Et il alla au comptoir demander un autre café.

17

Les enquêtes criminelles marchent par à-coups. Les indices les font avancer ; l'absence d'indices les remet au point mort. Dans ce cas, on passe à l'affaire suivante, ou on remplit de la paperasse.

Markus Feder appela pour dire qu'il avait réceptionné le corps, mais qu'il n'aurait rien pour nous avant lundi. La chaussure détrempée enfermée dans mon tiroir ne me servirait à rien jusque-là. Emil et moi n'avions pas d'autre affaire en vue ni de papiers en retard, aussi, pour éviter que Moska ne nous en trouve (en quoi il se montrait très fort) et pour m'empêcher de penser à ce train qui devait être arrivé à Moscou depuis longtemps, j'aidai Emil à aller prendre son linge chez le blanchisseur. Nous rapportâmes les deux baluchons chez lui.

Il habitait dans le même arrondissement que Woznica, un peu plus loin sur le fleuve. L'argent de Lena avait permis d'acheter tout le dernier étage, de payer les rénovations et sans doute l'ascenseur. La vue, comme l'avait promis Emil, était exceptionnelle. Les toits de tuiles rouges s'imbriquaient dans un fouillis qui reflétait la façon fantasque dont la ville s'était agrandie au cours des siècles. Je distinguai les ruines déchiquetées de deux grands immeubles pas encore reconstruits. Au-delà, on voyait les deux flèches du pont Saint-Georges et les toits du quartier du Canal, criblés de trous. Sur la gauche, la plaine s'élevait doucement vers les Carpates.

Ils vivaient là depuis sept ans. Après la mort du grand-père d'Emil, sa grand-mère était venue habiter avec eux. Elle était morte trois ans plus tôt et, depuis, deux personnes occupaient cet espace assez grand pour loger cinq familles.

Nous nous installâmes dans des canapés moelleux aux formes modernes, avec d'énormes coussins blancs, et nous commençâmes à boire. Une affaire sérieuse pour Emil. À son entrée dans la Milice, c'était un gamin qui ne tenait pas l'alcool, et une balle dans l'estomac avait un moment freiné ses capacités. Mais au bout de huit ans en compagnie de Lena, il avait appris à traiter la boisson comme un rituel. Il apporta des verres évasés et fins, semblant prêts à se briser, et un seau d'argent poli d'où il extrayait de la glace avec une longue cuiller.

– On y prend goût, me dit-il. La glace doit être pilée, du moins c'est ce qu'on dit. Puis le gin. Attends une minute, il faut qu'il se fasse à la glace. Puis le vermouth. C'est une boisson très spéciale, dit-il en agitant le mélange à deux mains. Ils boivent tous ça, à New York.

Il appelait son mélange un martini-gin, et ça avait un goût de fleurs.

– L'endroit où je me fournis n'avait plus d'olives, mais ça te donne une idée.

Je souris. Le premier verre m'assomma, le second me réveilla. Affalé dans cet immense salon, fixant le tableau accroché au-dessus de la grosse radio – un homme à barbe blanche et au visage sévère – je pensais que je pourrais me faire à cette vie. Leonek m'avait dit une fois qu'il se sentait toujours mal à l'aise chez Emil, mais je ne voyais pas pourquoi.

Si je n'avais pas été un peu ivre, je n'aurais peut-être rien dit. Mais au troisième verre, alors que nous faisions le tour de l'appartement, il ouvrit la porte de la chambre noire et me posa la question. Je lui racontai tout. Il alluma une lumière rouge et toucha les épreuves suspendues comme du linge mis à sécher. Des images du corps calciné, des clichés de Lena qui la faisaient paraître plus jeune qu'en réalité, des vues de la campagne. Son visage s'assombrit en écoutant, la lumière rouge creusant ses joues.

– Donc j'ai appelé Moscou. Tout est arrangé.

– Qu'est-ce que tu vas faire quand Woznica l'apprendra ?

Le gin me donnait la tête légère.

– Si personne ne le lui dit, il ne le saura pas.

Emil écarta cette solution d'un geste.

– Deux ou trois questions bien placées, et il saura tout. Tu as réfléchi à ça ?

– Tu penses que j'aurais dû la lui ramener ?

– Bien sûr que non. Mais il y a d'autres façons.

– Lesquelles ?

– Le poursuivre.

– Impossible. C'est un politique.

– Et les papiers ? Tu aurais pu en obtenir de Roberto, aux Fournitures. Il a ses entrées, et il m'a déjà aidé par le passé.

– Ça aurait pris trop de temps.

Emil ferma les yeux, faisant le tour des possibilités.

— Tu as peut-être raison, dit-il finalement.

Dans le salon, il me parla des effets du soulèvement hongrois sur son mariage.

— Lena commence à devenir dingue.

— Elle a peur ?

— Oui, mais pas des Russes. Elle veut des enfants.

J'inspectai le fond de mon verre vide en me disant que le pire était à craindre pour un enfant qui aurait cette femme pour mère.

— Ça fait des années qu'on essaie. Ça a marché une fois, mais…

— Une fausse couche ?

— Il y a quatre ans. Je ne veux pas qu'elle repasse par là.

— Quel rapport avec les Hongrois ?

— Aucun, en fait. Elle prend simplement conscience qu'elle est mortelle. Elle a besoin de donner son amour à quelqu'un d'autre que moi.

— Fais attention qu'elle ne te quitte pas.

Comme il ne répondait rien, je levai les yeux vers lui. Il fixait son verre.

— On a tous un mariage différent, Ferenc.

Lena débarqua tout sourire, avec un sac contenant ses achats.

— Le cher camarade inspecteur Ferenc Kolyeszar ! Comment Emil a-t-il réussi à vous traîner jusqu'ici ?

Sa beauté commençait à s'abîmer sous l'effet de l'alcool, mais il y avait encore quelque chose chez Lena Brod qui donnait l'illusion d'une femme dans la fleur de sa jeunesse. Elle glissait dans un nuage de parfum, ses cheveux noirs caressant mes joues tandis qu'elle m'embrassait.

— Tu as l'air d'aller bien, Lena.

Elle me fit un clin d'œil ; son mascara était épais mais parfaitement appliqué.

— Quand vas-tu nous amener ta splendide femme pour dîner ?

— Bientôt. Très bientôt.

— J'y compte. Qu'est-ce que vous buvez ?

Je regardai mon verre vide, puis Emil.

— Des martini-gin. Voilà le tien, ajouta-t-il en s'empressant de lui verser un verre.

La conversation tourna sur les chiffons. Lena était allée à Paris récemment, et ça l'attristait quand elle devait faire des courses ici.

— Voilà la tragédie de notre situation. Vous voyez ça ? Regardez-moi ce tissu. (Elle nous montra un corsage noir qu'elle venait d'acheter.) Il est si mou. Et savez-vous entre combien de couleurs j'avais le choix ? Deux. Bleu et noir. Qu'est-ce que vous dites de ça ?

Puis elle se lança dans un monologue sur les vertus des grands magasins capitalistes, ses mains s'agitant sans cesse sur ses genoux, jusqu'à ce qu'Emil l'arrêtât d'un geste tendre.

— Je ne crois pas que Ferenc s'intéresse beaucoup aux chiffons.

Elle posa un ongle parfaitement fait sur son menton et me considéra. Je haussai les épaules.

— Alors, dit-elle en se levant, je vous laisse discuter de vos meurtres.

Elle attrapa une bouteille de vodka dans le bar et disparut.

— Elle va bien ?

– Ça va aller, dit Emil en prenant une gorgée.

Il n'y avait rien de plus à dire. Il tomba dans un de ses silences habituels, perdu dans ses pensées, et je pris mon chapeau.

Je conduisis lentement dans le crépuscule, et me retrouvai dans l'appartement vide. J'allai m'allonger dans la chambre. C'était encore une charmante nouveauté : un lit. J'étais surpris de sa largeur, de la fermeté de son matelas, de son confort. Je pris une profonde aspiration pour me vider la tête, et je perçus un faible relent. Je roulai sur le ventre et reniflai. Je pensai d'abord que c'était la partie encore ivre et confuse de mon imagination, mais non ; c'était une puanteur lourde et bien nette : une odeur de sexe. Je fourrai mon nez dans la couette, puis je reniflai les draps. Sa puissance me monta à la tête. J'avais passé les deux dernières nuits avec Magda, mais nous n'avions rien fait d'autre que dormir en nous touchant les mains.

J'envisageai un court instant de discuter de tout cela avec Stefan, comme j'aurais dû le faire depuis longtemps. Je pouvais aller le trouver chez lui et, qu'elle fût avec lui ou non, lui flanquer une raclée jusqu'à ce qu'il n'eût plus rien d'aimable. Mais je me servis de la seule arme dont je disposais réellement. J'attrapai l'oreiller, pris un drap et une couverture dans le placard, et retournai me faire un lit dans le salon.

En me trouvant ainsi installé le soir même, elle ne dit pas un mot.

18

Le lundi matin, nous trouvâmes Markus Feder en train de fumer nerveusement dans le couloir de son labo. Il ne jeta pas sa cigarette en nous voyant.

— Un dimanche difficile ? s'enquit Emil.

Feder passa une main sur sa tête rouquine, comme s'il avait oublié quelque chose. Quelques-uns de ses collègues lui jetèrent un coup d'œil en passant.

— Camarades inspecteurs, commença-t-il, que savez-vous à propos de ce corps ?

— Rien, dis-je. Poignets et chevilles ligotés. Carbonisé dans le quartier du Canal. J'ai une chaussure dans la voiture, mais je ne sais pas si elle appartient à la victime.

Feder laissa tomber sa cigarette et l'écrasa du pied.

Il y avait un monticule sur une table d'examen, dissimulé sous un drap qu'il ne releva pas. Il se lava les mains à l'évier et nous dit, en haussant la voix pour couvrir le bruit de l'eau :

— C'est un homme, ça c'est sûr. La structure osseuse est nette. (Il ferma le robinet et prit une serviette.) Taille moyenne. Je dirais qu'il avait un début de calvitie, mais je n'en suis pas sûr. Il a été tué voici une semaine environ. (Ses mains étaient sèches et il se tourna vers nous.) Inspecteurs, il a eu les bras et les jambes brisés.

— Sous l'effet de la chaleur ? demanda Emil.

Feder secoua la tête.

— La victime a été ligotée et bâillonnée. On lui a ensuite cassé les quatre membres. Sans doute à l'aide d'un marteau ordinaire. Puis, on a tiré la victime par ses bras cassés. À voir l'écartement des os et l'étirement des muscles, on a dû le traîner sur une bonne distance. Et pour finir, le pauvre type a été arrosé d'essence et on lui a mis le feu. Il a des particules de monoxyde de carbone dans les poumons, ce qui signifie qu'on l'a brûlé vif.

Nous contemplâmes le tas sur la table. L'odeur était là de nouveau, malgré la ventilation.

– C'est pour ça, dis-je, qu'il n'a pas pu rouler sur lui-même pour atteindre l'eau.

– Votre victime ne pouvait plus se servir de ses membres. Il n'avait plus qu'une bouillie de muscles et des esquilles d'os.

Feder avait de nouveau une cigarette aux lèvres, non allumée. Emil semblait un peu nauséeux.

– Et ses chaussures ? demandai-je.

– La chaussure gauche, dit Feder en allumant sa cigarette et en se dirigeant vers la porte. Elle a fondu sur lui.

– Et la droite ?

Feder haussa les épaules et franchit les portes battantes.

Emil proposa que nous fassions une pause dans un café, et nous restâmes en silence au-dessus de nos tasses, pensant aux muscles se contractant inutilement et aux os brisés. Je ressentais la douleur dans mes jambes, grâce à cette imagination qui m'avait laissé croire que je pouvais écrire ; c'était elle aussi qui me faisait sentir le poids de Stefan sur la peau douce de Magda, son visage crispé au moment de jouir.

Le premier cordonnier, un vieil artisan aux lunettes en demi-lunes, retourna précautionneusement la chaussure. D'abord le talon, usé sur le côté (ce qu'il désapprouva d'un hochement de tête), puis la forme imprimée par les orteils, puis la couture autour des œillets, et enfin la semelle compressée. Il me la rendit.

— Je ne connais pas ce travail et je ne veux pas le connaître.

— Mais ça ne sort pas de l'usine, nous sommes d'accord ?

— Absolument pas. Mauvais travail, mais fait main.

Le second cordonnier était un jeune homme installé à l'autre bout de la ville. Il portait une veste ajustée et une large cravate rouge. Il s'appelait Petru Salva.

— Camarades, cette chaussure n'a pas été fabriquée dans la Capitale. Je peux vous l'assurer.

— Comment pouvez-vous en être si certain ? demanda Emil.

Salva posa la chaussure au bout de ses doigts et passa un ongle très long sur les œillets, les lacets et le rebord de la semelle.

— La couture est d'un type résolument provincial. Aucun doute là-dessus.

— De quelle province ?

— Très difficile à dire, camarades. Chaque village a son propre cordonnier, qui a son propre style. C'est une question d'idiosyncrasie.

— Mais vous, vous êtes un connaisseur en ces matières. Vous pouvez trouver ça pour nous ?

Petru Salva tira sur sa veste.

— Bien sûr, camarades. Je crois qu'il n'y a que moi dans la Capitale qui en soit capable. Je ferai des recherches.

— Votre coopération est très appréciée.

— Nous apportons chacun notre pierre à l'édifice. (Il sourit.) L'époque l'exige.

— Elle l'exige en effet, dis-je.

Nous n'attendions pas de réponse avant le jeudi, et le mardi je proposai que nous allions aider Leonek.

— Une nouvelle paire d'yeux, voilà ce qu'il me faut, nous dit Leonek. Je n'y vois plus clair.

Il nous tendit une épaisse liasse de feuilles : des interrogatoires de soldats russes menés au cours de l'année 1946. Les questions étaient simples : « Où étiez-vous le tant ? Où était le camarade soldat Untel ? Quand ? » Les réponses l'étaient tout autant : « Au café, camarade. Je dormais, camarade. Je pêchais dans la Tisa, camarade. »

Au bout d'un moment, je n'y voyais plus clair moi-même. Pas l'ombre d'un indice ; tous ces bons garçons ne faisaient que pêcher, boire et dormir. Pourtant, Serguei avait continué à poser les mêmes questions, comme s'il mettait en place les éléments d'une figure dont il n'arrivait pas à deviner la forme.

Serguei avait été un excellent milicien. Un Russe à qui il était possible de faire confiance. Sincère et direct avec tout le monde. Doté d'une vision élémentaire de la justice dont il ne déviait jamais. Quand on trouva les jeunes filles mortes dans la synagogue, il en fut bouleversé. C'était le crime d'un Russe, et seul un Russe, nous déclara-t-il, pouvait le réparer. Il se lança tout seul dans son enquête, multipliant fiévreusement les interrogatoires ; et quand Leonek et moi nous retrouvâmes sur le quai brumeux de la Tisa, il était mort.

Emil piquait du nez sur sa pile de feuilles. Je repris ma lecture. « J'achetais des cigarettes, camarade. Je pêchais dans la Tisa, camarade. » Les soldats russes faisaient la même chose tous les jours. Pas de fioritures. Les mêmes mots. Les réponses tenaient de la récitation. « J'étais au café, camarade. » Dictées et répétées jusqu'à ce qu'elles fussent sues par cœur.

Je tendis les feuilles à Leonek.

— Ils mentent tous.

— Évidemment. (Une drôle d'expression tordit ses traits un instant.)

— Qu'est-ce qu'il y a ?

— Rien. Écoute, j'ai besoin de voir Zindel Grubin, le frère de Chasya. Ils ne répondent pas à ma demande de parloir. Tu crois que tu pourrais me faire entrer à Ozaliko ? Moska ne m'aidera jamais, mais toi, il t'aidera peut-être.

— Essaie toi-même. Moska ne te cache rien. Il me l'a dit lui-même.

Je vis la même expression étrange sur son visage. Quelque chose comme de la déception, ou de la honte.

— Laisse tomber.

Mon téléphone se mit à sonner.

— Ferenc ? (Il y avait de la friture sur la ligne.) Ici Kliment.

Je réalisai que je n'avais jamais eu de mal à parler en russe avec lui.

— Ça fait plaisir de t'entendre. Ça s'est bien passé ?

— Comme sur des roulettes. Elle est chez son père. Grosse émotion et beaucoup de larmes.

— Tu as récupéré tout l'argent ?

— Pas de genoux à casser. Mais elle avait l'air d'en avoir besoin plus que moi.

Je gardai un large sourire sur la figure toute la journée et le lendemain encore, tandis que nous poursuivions notre épuisant déchiffrage des interrogatoires de Serguei.

19

Petru Salva appela le jeudi matin. Peut-être à notre bénéfice, il avait fixé la barrette du Parti à son revers et épousseté son portrait de Mihai. Il tint devant nos yeux la chaussure bien nettoyée et cirée.

— Les recherches ont été exécutées, camarades inspecteurs. Voici le verdict. Veuillez remarquer ceci. (Il nous présenta le bout de la chaussure.) La coupe du cuir est très inégale. Travail peu soigné. Et ceci encore. (Il nous désigna le dessous du talon.) Neuf clous pour le faire tenir. Vous portez ça pendant six mois, et vous n'avez plus de talon. Garanti.

— Mais elle vient d'où ? demanda Emil.

Salva posa la chaussure sur le comptoir.

— Il y a un cordonnier dans le 5e arrondissement. Un ami à moi. Il a été chargé de faire le tour des provinces pour nationaliser la production de chaussures, ce qui lui a donné une grande expérience. Mon ami a déjà vu ce travail : quand on a vu un aussi mauvais travail, on ne l'oublie pas.

— Où ça ? répéta Emil.

Le sourire de Salva s'élargit.

— Il y a des centaines de possibilités. Voyez-vous, chaque village a sa petite fierté. Mais mon ami…

— Le nom du village, dis-je.

Son sourire s'évanouit.

Drebin était à une heure de voiture de la Capitale, son panneau à demi enfoui sous l'herbe haute, à côté d'une large banderole proclamant en grandes lettres rouges : LA POLITIQUE DU PARTI EXPRIME LES INTÉRÊTS DE LA CLASSE OUVRIÈRE ET DE TOUTE LA NATION LABORIEUSE !

Ç'avait été un village agricole, mais, après la collectivisation, on avait construit une usine de tracteurs dans les jachères et l'on avait amené des ouvriers de la Capitale pour y travailler. Les immeubles construits pour les loger — deux tours de béton identiques — se dressaient au-dessus des petites maisons villageoises et de l'église orthodoxe. Le matin même, une averse avait rendu gris les murs blancs de la rue principale, où s'alignaient tous les commerces. La minuscule boutique du cordonnier était pleine d'outils suspendus à des crochets. Des pièces de cuir jonchaient le sol, et le vieux cordonnier était assis devant une grande table de bois couverte de chaussures terminées. Il ôta ses lunettes et nous gratifia d'un sourire édenté.

— Messieurs. Quelle taille ? dit-il en regardant la chaussure que j'avais à la main.

— Nous ne sommes pas venus pour ça, dit Emil.

— Une réparation, hein ? (Il allongea le bras pour prendre la chaussure, remit ses lunettes et l'examina.) Ça sort de chez moi, ça, marmonna-t-il. (Il tapa du talon sur la table et reprit son examen.) Où est le problème ?

Nous sortîmes nos certificats de la Milice.

— Pouvez-vous nous dire pour qui vous avez fabriqué cette chaussure ?

Le cordonnier se mâcha l'intérieur de la joue.

— Nous tentons d'identifier un homme mort, dis-je. On l'a trouvé dans la Capitale, mais sa chaussure vient de chez vous.

Le cordonnier se pencha vers une étagère où étaient entassés des carnets de commandes miteux.

— Dans la Capitale, hum ? Du quarante et un, marmotta-t-il en ouvrant l'un des carnets.

Emil contemplait une affiche exécutée à la main où était dessinée la peau d'une vache, comme sur le panneau de l'ancienne tannerie du quartier du Canal.

— Oh ! mon Dieu, dit le cordonnier. (Il secouait la tête sur son calepin. Il regarda à nouveau la chaussure, puis revint à sa page. Il était blême.) Pauvre Béatrice !

— Une femme ? demandai-je.

Il ôta ses lunettes et se frotta le nez.

— Béatrice est la mère du garçon. Antonin Kullmann. C'est à lui qu'appartient cette chaussure.

20

Il ne se fiait pas à nous pour annoncer correctement la nouvelle, aussi il ferma sa boutique et nous accompagna. Il nous dit simplement qu'Antonin était un bon garçon qui habitait la Capitale mais qui n'avait pas oublié d'où il venait. Il ne serait jamais allé chez ces cordonniers hors de prix de la ville. Puis il se perdit dans un marmonnement indistinct, secouant la tête et se mordant les joues. Les gens s'arrêtaient pour nous regarder passer ; quelques-uns saluèrent le vieux cordonnier, mais il ne leur prêta pas attention. Nous tournâmes dans un chemin de terre à l'ombre des deux tours de béton et pataugeâmes dans des flaques qui formaient de véritables mares. Il poussa la cinquième grille sur la gauche et monta les quelques marches du perron.

— Béatrice ! appela-t-il avant de frapper.

Une grosse femme aux mains rouges ouvrit la porte en plissant les yeux.

— Frederik.

Elle l'embrassa sur les joues en nous surveillant du coin de l'œil.

— Il faut que je te parle, Béatrice.

Elle rejeta la tête en arrière pour le regarder dans les yeux.

— Entre, alors.

Frederik la suivit et, avant de fermer la porte, leva un doigt dans notre direction : « Une minute. »

Nous entendîmes bientôt l'exclamation assourdie de la mère d'Antonin :

— Quoi, Frederik ?

Emil gratta la poussière du pied.

— Je n'ai jamais pu m'y habituer.

— C'est dur.

— Plus que ça. (Il inspira profondément.) J'ai toujours l'impression de m'annoncer la nouvelle à moi-même. J'ai vu le corps, je sais qu'il est mort, mais je ne peux le ressentir vraiment qu'à travers quelqu'un d'autre. Tu vois ?

Je contemplais les branches tordues d'un rosier grimpant sur la façade. Elles étaient mortes : l'hiver approchait rapidement.

— Ouais.

— Leonek s'en débrouille très bien. Je le laisse faire, en général.

— Bon, si tu préfères…

— Oui, je veux bien.

C'était l'une des nombreuses choses que j'aimais chez Emil Brod : contrairement à moi, il ne craignait pas de montrer ses faiblesses.

La porte s'ouvrit et Frederik, mâchant ses joues, nous fit signe d'entrer.

La pièce était conforme à ce que l'on pouvait attendre d'une vieille femme vivant toute seule : un parfait capharnaüm. Des tables bancales, des étagères remplies de porcelaines, des cadres abritant des photos de famille aux bordures dentelées. Un enchevêtrement de tapis recouvrait le sol ; derrière une porte, j'entrevis un entassement de linge mouillé dans une vaste bassine. Dans le salon, où Béatrice était assise sur un canapé, le regard vide, se trouvait une sculpture en marbre d'une femme nue, un bras levé. Je me demandai comment elle était arrivée là.

— Asseyez-vous, marmonna-t-elle.

Il y avait assez de chaises pour asseoir tous les invités d'une fête de Georgi. Frederik s'assit près d'elle et posa sa main sur les siennes, qu'elle tenait crispées entre ses genoux.

— Comment ? dit-elle. Comment est mort mon fils ? (Son visage n'exprimait rien. Ses yeux très enfoncés étaient fixés sur Emil.) Il faut me le dire.

Emil me lança un regard.

— Laissez-nous d'abord vous offrir toutes nos condoléances, camarade Kullmann. Nous comprenons combien ce doit être difficile pour vous.

— Ne me dites pas que vous comprenez. C'est la routine, pour vous. Dites-moi seulement comment mon fils est mort.

— Brûlé, dit Emil.

Elle le fixa à nouveau, comme si elle savait que c'était plus dur pour lui.

— Ce n'était pas un accident, n'est-ce pas ? Dites-le !

Emil ouvrit la bouche et produisit un « non » à peine audible.

Mais elle l'entendit et se tourna vers moi.

— Pourquoi a-t-on fait brûler mon fils ? Vous le savez ? Les vieilles dames de la campagne sont plus fortes que celles de la ville. Vous pouvez me le dire.

— Nous ne savons encore rien. C'est pour ça que nous sommes ici.

Frederik secoua la tête.

— Ils ne savent rien, dit-il en lui serrant les mains.

— Voyiez-vous souvent votre fils ? demandai-je.

— Si je le voyais ? (Elle releva vivement la tête.) C'était mon fils, inspecteur. Regardez autour de vous. Tout ce que vous voyez vient de lui. Antonin avait ses défauts, mais abandonner sa mère n'en faisait pas partie. Lâche-moi, Frederik.

Le cordonnier reposa sa main sur son propre genou.

— Alors vous pouvez peut-être nous aider.

Je ne sais si c'était à cause de ma carrure, ou de ma façon de chercher son regard, mais dès lors, elle ne s'adressa plus qu'à moi.

— Il m'a appelée voici quelques semaines, inspecteur. Ce n'était pas exceptionnel, mais quand même, je ne m'y attendais pas. Cela m'a inquiétée.

— Et pourquoi ?

— Parce qu'il m'a appelée sans raison. Juste pour me dire qu'il m'aimait.

— Il ne le disait pas, d'habitude ?

— Il me disait toujours qu'il m'aimait, dit-elle avec un sourire brusque. Mais en général, il appelait aussi pour autre chose. Il aimait offrir des cadeaux à sa mère.

— Alors vous le voyiez souvent.

— Laissez-moi vous parler d'Antonin, dit-elle en se renversant en arrière. C'est un bon fils. Il adore sa mère et il travaille dur. Vous ne savez même pas ce qu'il fait, n'est-ce pas ? (Je secouai la tête.) C'est le plus grand peintre de la Capitale.

Je remarquai qu'Emil notait ses déclarations sur son calepin.

— Continuez.

— Vous savez comment il est devenu un peintre important ? Non ? Il a travaillé. Ici, il n'a reçu aucune éducation, et tout le monde s'attendait à ce qu'il devienne ouvrier agricole comme son fainéant de père. Mais mon Antonin vaut mieux que ça. Il aimait l'art. Et quand vous aimez l'art à Drebin, tout ce qu'il vous reste à faire, c'est partir. Alors, à la fin de la guerre, il est parti avec sa femme, et au bout de quelques années il avait ses propres expositions. Vous pouvez croire ça ?

Cela faisait un bon moment que je traînais avec les artistes de la Capitale, et le nom de Kullmann ne me disait rien du tout.

— Il était marié ?

— À Zoia Lendvai. Cette salope l'a quitté l'année de sa première exposition, en 1948. Pour un employé. Elle a dû s'en mordre les doigts quand mon Antonin est devenu célèbre.

— Vous connaissez le nom de l'employé ?

— Je m'en fiche. Mon Antonin a survécu à sa trahison, c'est tout ce qui compte. Vous voyez ça ? (Elle désignait le nu de marbre.) Antonin l'a fait pour moi. Et celui-ci.

Elle désigna un petit tableau encadré. C'était particulier. De simples branches d'arbre, des lignes noires sinueuses sur une surface blanche, et je n'aurais pu dire à quel endroit le noir rencontrait le blanc.

— C'est un de ses premiers, quand son génie a commencé à apparaître. Il a encore du génie, quoi qu'ils disent, et sûrement plus que son ami à grosse tête, Vlaicu. (Elle joignit les mains.) Mon Antonin.

Alors le nom me frappa. La répétition avait réveillé ma mémoire.

— Dites-moi, vous connaissez Josef Maneck ? Il était conservateur, autrefois.

— Bien sûr. Je ne l'ai pas vu depuis des années, mais c'est lui qui a reconnu le génie de mon garçon. Il a montré ses peintures et ça a suffi. Après, les choses sont allées toutes seules.

Nous échangeâmes une poignée de main sur le seuil ; les miennes étaient glacées. Je saluai Frederik d'un signe de tête.

— Arrêtez l'assassin de mon fils, inspecteurs.

— Nous allons essayer, dis-je.

— Et saluez Josef de ma part.

— Nous n'y manquerons pas, dit Emil.

21

Sur le chemin du retour, j'expliquai l'histoire à Emil, qui fronça les sourcils.

— Et que faisait son nom sur le calepin de Maneck ?

— Ils étaient sans doute amis. Quelle est l'adresse d'Antonin ?

Béatrice nous l'avait donnée, ainsi qu'une clé de l'appartement.

— Rue Karl Marx, au 59.

K– – R – 5 – : K. MARX 59.

L'appartement se trouvait lui aussi près de la Tisa, mais dans le 2e arrondissement, et au rez-de-chaussée. Ses fenêtres munies de barreaux donnaient sur une petite cour remplie d'herbes folles. Il y avait des livres un peu partout, des vêtements posés sur des chaises, et une odeur d'œufs frits flottait dans la cuisine. Emil sortit son arme.

En fait l'endroit était vide, même si quelqu'un y avait mangé peu de temps auparavant. Pas de signe d'effraction.

— Une autre clé ? suggéra Emil.

— Ou celle d'Antonin lui-même.

L'appartement était mal tenu, mais il n'avait pas été vandalisé ; je doutais qu'on y ait pris quoi que ce soit. Quelqu'un avait dormi récemment dans le lit.

Emil fouilla dans des toiles retournées contre le mur. Des scènes de la vie ordinaire : un dîner familial, des enfants se baignant dans un lac, une Trabant surchargée prenant la route des vacances. La signature était parfaitement lisible : A. Kullmann.

Nous fîmes le tour de l'appartement sans rien trouver d'autre. Le dernier occupant n'avait laissé qu'un peu de nourriture dans la cuisine – des pommes de terre et des œufs. Dans le salon, deux livres et une assiette contenant des mégots écrasés étaient posés par terre près d'une chaise : un volume des écrits de Kandinski sur le spirituel dans l'art et un livre sur le réalisme socialiste. Notre quidam était un lecteur – c'était bien notre seul indice.

Une petite pièce dotée d'une grande fenêtre abritait l'atelier. Des tubes de peinture vides jonchaient le sol. Deux toiles – encore des scènes de famille – avaient été lacérées au couteau.

– Quand les artistes s'énervent, attention, dit Emil en tombant en arrêt devant la toile posée sur le chevalet.

Elle était vierge, à part une ébauche de main peinte en plein milieu. Les coups de pinceau étaient tremblés, comme si Antonin avait été terrifié en la peignant.

J'inspectai le couloir. La sonnette de l'autre appartement du rez-de-chaussée indiquait CONCIERGE, mais personne ne répondit. Un vieil homme pénétra dans l'immeuble et je lui demandai s'il le connaissait.

— Oui, on avait un concierge à un moment. (Il posa un doigt sur sa tempe.) Il me semble, du moins.

— Et ici ? (Je désignai la porte ouverte.) Antonin Kullmann. Vous le connaissiez ?

— Ça ne risquait pas. Un homme comme ça ne parle pas aux gens comme nous.

— Un homme comme quoi ?

— Vous savez bien. Il n'avait pas le temps de parler à de simples ouvriers.

— Un bourgeois ?

— Tout juste.

— Avez-vous déjà vu quelqu'un d'autre entrer ici ? Un homme, peut-être ?

— Je n'ai jamais fait attention. Je ne suis pas un mouchard, vous savez. Mais pourquoi parlez-vous de lui au passé ? Il est parti ?

— Il est mort.

— Ah. Alors, son appartement est libre ?

22

Il se faisait tard et Emil devait sortir avec Lena. Je lui donnai rendez-vous pour le lendemain et j'utilisai le téléphone d'Antonin pour appeler chez moi. Agnes avait reçu un ruban rouge pour ses exploits en gymnastique et avait été désignée pour diriger un groupe.

— Je m'amuse bien aux Pionniers. Je ne comprends pas la moitié de ce qu'ils racontent, mais pour le sport, c'est bien.

— Et ton français ? Ça avance ?

— Le chef des Pionniers dit que le français n'est pas assez bien pour moi. Mot pour mot.

— Ce n'est pas ton père. Je veux que tu révises ce soir.

Elle grommela quelque chose qui se perdit dans le grésillement du téléphone.

— Ta mère est dans le coin ?

— Elle va rentrer tard elle aussi. Je lui ai dit de ne pas sortir avec plus de trois amis.

— Pourquoi ça ?

— Je croyais que tu étais dans la Milice… Même en classe ils nous ont parlé de la nouvelle loi. Après le coucher du soleil, plus de quatre personnes ensemble peuvent être arrêtées pour vandalisme.

— Je vois. Tu peux te faire à dîner toute seule ?

— Papa ! Je ne suis plus un bébé.

Je trouvai une bouteille d'eau pétillante dans la glacière. Je ne me souciais plus de découvrir qui avait vécu ici. Si c'était l'assassin, il n'avait laissé aucun indice utile. J'appellerais les gars du labo le lendemain pour qu'ils viennent relever les empreintes, mais pour l'instant je ne pouvais rien faire. Je me concentrai donc sur la personne d'Antonin.

Dans des tiroirs, il y avait des coupures de presse sur ses expositions. La première avait eu lieu en 1948 au Musée national d'Art contemporain — chez Josef Maneck —, après quoi il était devenu un artiste phare des musées nationaux. Une critique d'un journal allemand louait ses premières œuvres, qui avaient été exposées à Paris et à Cologne dans le cadre des « amitiés culturelles internationales ». Avec mes bribes d'allemand, je parvins à déchiffrer un article de 1954 décrivant « la grandeur et la décadence d'Antonin Kullmann ». Antonin était apparu dans le monde socialiste en 1948 comme un génie à part entière, « quels que soient les critères du régime ». Ses compositions étaient d'une modernité et d'une originalité extrêmes. Mais en 1952, tout avait changé. Lors de l'Exposition de l'Amitié Est-Ouest à Cologne, Antonin avait déclaré qu'il se réinventait. D'après le critique allemand, il s'agissait d'une éradication de l'Antonin Kullmann première manière.

« Le réalisme socialiste plat et insipide de Kullmann semble infirmer l'idée que l'âme puisse s'élever au-dessus du totalitarisme. Il a abandonné son art pour se livrer aux délices de la soumission. »

Certains de nos critiques locaux, en revanche, estimaient que son génie ne cessait de croître, « par grands bonds révolutionnaires ».

J'entrepris de fouiller ses tiroirs, qui débordaient de papiers de toutes sortes. Des déclarations sur l'art, des catalogues d'expositions et, dans le dernier tiroir du bureau, des brouillons de lettres.

Antonin était un homme méticuleux, qui rédigeait plusieurs brouillons pour chaque lettre. La plupart étaient adressées à des propriétaires de galeries et à des critiques — je reconnus des noms ici et là — mais j'en trouvai une destinée à son ex-femme, Zoia. Elle était datée du 1er novembre, soit environ une semaine avant sa mort, et je ne pus en trouver qu'un seul brouillon. J'en conclus qu'il avait expédié la seconde version.

Ma chère Z.

J'ai essayé, et j'ai échoué si souvent. La période que nous avons passée ensemble a été la plus heureuse de ma vie, mais tu m'as fait comprendre que ce n'était pas suffisant. Je dois me montrer ferme sur ce point, ou nous continuerons ces rendez-vous malhonnêtes.

Tu sais ce qui a suscité chez moi la conscience d'être mortel, et pourtant tu refuses de succomber. Pourquoi ? Je m'offre une nouvelle fois à toi et je te demande de le quitter. Il ne t'a jamais rendue heureuse comme moi. Nous pouvons partir ensemble, aller à l'Ouest. Je m'occuperai de tout.

Je t'en prie, ne prends pas cela pour du désespoir. Ce sont les mots d'un homme qui sait ce qu'il veut, et qui doit l'obtenir à tout prix.

Avec mon amour et ma honte,

ANTONIN.

Toute la lettre était barrée d'un grand X rouge.

J'eus beau fouiller partout, je ne trouvai aucune réponse à cette lettre, et pas davantage de carnet d'adresses.

Les tableaux sur les murs étaient des scènes d'utopie socialiste, dont l'un du fameux Vlaicu. Mais dans un angle, j'eus le loisir d'admirer le nouveau et l'ancien Kullmann côte à côte. Si le premier tableau était une scène d'usine dépourvue de toute originalité montrant des travailleurs musclés en pleine action, le second montrait deux hommes assis à une table dans une pièce sombre, devant une tête de porc autour de laquelle tournoyaient de grosses mouches noires. Mais de cette tête irradiait une lueur qui inscrivait l'ombre des mouches sur le mur et illuminait le visage des hommes. Je ne savais pas si cette toile me plaisait ou non ; en tout cas, elle me laissait une impression de malaise.

J'allai acheter un sandwich au fromage dans une épicerie du coin et je revins contempler le tableau en mangeant. Puis je m'assis devant la machine à écrire d'Antonin et introduisis une nouvelle feuille dans le rouleau, mais rien ne vint. Je tapai quelques mots au hasard, surpris que le T ne coince pas. La machine me parut trop étrangère, trop neuve. Je terminai mon sandwich, attrapai le livre de Kandinski et me réinstallai dans la chaise. Si Kandinski n'était pas officiellement banni, il était mal vu, et les seuls endroits où l'on pouvait trouver ses œuvres étaient les librairies d'occasion où s'empilaient de vieux bouquins poussiéreux comme celui-ci. Je n'allai guère plus loin que l'introduction, dont une main avait souligné quelques lignes :

Nos âmes, qui commencent à peine à s'éveiller après le long règne du matérialisme, contiennent des germes de désespoir, d'incroyance, de fatalisme. Nous ne sommes pas encore sortis du cauchemar de l'attitude matérialiste, qui a fait de la vie un jeu pervers et dépourvu de sens.

Je sursautai en entendant la clé tourner dans la serrure. Tout au bout de la pièce, je vis la porte s'entrebâiller, puis se refermer brutalement.

Je me ruai vers la porte, l'ouvris à la volée et distinguai dans la rue sombre une silhouette qui s'enfuyait. Je me mis à courir en criant au fuyard de s'arrêter. Mais malgré sa claudication visible et le sac sautant sur son épaule, il eut tôt fait de tourner un angle de rue, puis un autre. Quand je m'arrêtai pour reprendre mon souffle, il avait disparu.

23

Je me faufilai à travers la foule du vendredi matin jusqu'au 6e arrondissement, Unité 21, Bâtiment 10. L'entrée était badigeonnée de ce vert glauque qui vous donne l'impression d'être sous l'eau, et l'ascenseur était en panne. Je montai donc à pied jusqu'au cinquième étage et frappai. Stefan m'accueillit en caleçon.

— Quelle surprise ! Tu t'es enfin décidé à m'achever ?

Il souriait, mais en me voyant faire un pas en avant, il recula. Je jetai un coup d'œil par-dessus son épaule.

— Tu as du café ?

— Non.

— Alors je t'en offre un.

J'attendis pendant qu'il s'habillait. Il avait la même vue que chez nous : des blocs de béton et, tout en haut, le ciel. Depuis que Daria l'avait quitté, il vivait comme le célibataire qu'il serait toujours. C'était sans doute pourquoi Magda et lui se servaient de mon lit conjugal.

À ce moment, je fus sur le point de lui parler, de mettre tout à plat une bonne fois. Mais quand il sortit de la chambre et trouva sa chemise sous un coussin du canapé, je me ravisai. Magda prenait ses décisions toute seule et ce n'était ni à lui ni à moi de le faire à sa place. Il passa une main sur son gros ventre pour aplatir les plis de sa chemise – en vain. Qu'est-ce qu'elle pouvait bien lui trouver ?

Dans la voiture, il pencha la tête en fronçant les sourcils.

– C'est ton moteur qui fait ce bruit ? Il faut que tu regardes ça.

– Tout va bien, dis-je.

Il secoua la tête.

– Je peux y jeter un coup d'œil, si tu veux. J'ai horreur d'entendre une bagnole faire un bruit pareil.

Je le fixai et il se tut.

Nous allâmes au café-bar n° 338, où nous avions nos habitudes depuis des années. Un sombre trou pour ouvriers du 3e arrondissement où des Turcs buvaient du café dans des tasses minuscules.

– Pourquoi tu n'essaies pas un autre bistrot ?

– Et pourquoi ? dit-il en haussant les épaules. J'ai amené Leonek ici. Ça lui plaît.

– À Leonek ? Ça m'étonnerait.

– À cause des Turcs ? Allons, Leonek est un grand garçon. Ce ne sont pas ces types qui ont tué sa famille.

– De toute façon, vous n'avez aucun goût ni l'un ni l'autre.

Nous nous posâmes sur des tabourets autour d'une table basse avec du café et des petits pains. Un Turc barbu leva sa tasse en direction de Stefan et celui-ci répondit d'un signe de tête.

– Alors, accouche, me dit-il.

– J'ai trouvé ton Antonin.

– Antonin ?

Il avait déjà compris, mais il lui fallut un moment pour se l'enfoncer dans le crâne.

— Kullmann. On l'a retrouvé dans le quartier du Canal, complètement carbonisé.

Il avala pensivement.

— Alors, c'était bien ce nom-là.

— J'ai parlé à sa mère, à Drebin. Il était peintre, et Josef Maneck a exposé son travail. Il a une ex-femme nommée Zoia qui a épousé un employé. Il essayait de la récupérer. (Stefan joignit les mains sous son menton.) Je crois que l'assassin est venu cette nuit, mais je n'ai pas réussi à le rattraper.

— C'était vraiment l'assassin ?

— Possible.

Il termina son petit pain et commanda un autre café à une serveuse aux grands yeux noirs. Puis il me considéra un moment.

— Et tu viens me faire don de cette information ?

— On est sur une enquête. Et je ne suis plus un bébé.

— J'en suis heureux.

Nous retournâmes chez Antonin et fouillâmes à nouveau. Nous ne trouvâmes rien de plus, mais Stefan lut attentivement chaque lettre et étudia les coupures de presse. Je lui montrai la lettre à Zoia mentionnant sa « conscience d'être mortel ».

— Il savait peut-être qu'il allait se faire tuer.

— Hmm, hmm, dit Stefan en lisant les marques des cigarettes écrasées dans l'assiette.

— Celle-ci est à toi ?

— Ouais.

Il examina le lit, puis passa au bureau. Les vêtements semblaient chers et de bonne qualité, et je me demandai si Lena Brod les aurait approuvés. Tout en fouillant, Stefan me dit ce qu'il avait appris sur Josef Maneck.

– Avant d'être envoyé à l'usine d'embouteillage, tout allait bien pour lui. Son musée bénéficiait d'une grosse dotation du ministère de la Culture.

– Pourquoi ?

– C'est là que ça coince. Pour sa contribution aux arts, paraît-il. Pour avoir porté un génie, un certain A. Kullmann, à l'attention du public. (Il haussa les épaules.) Je ne connais rien à tout ça.

– Tu devrais avoir honte.

– En tout cas, vers 1951 il s'est mis à boire beaucoup et ça n'a fait qu'empirer. Il buvait toute la sainte journée, ne s'en cachait pas, et après avoir insulté suffisamment d'officiels de la culture, il a été envoyé en usine. Il n'a pas arrêté de boire pour autant.

– Tu as retrouvé Martin ?

– Il a disparu.

– Je l'ai vu qui se cachait de toi dans le 4e arrondissement. Qu'est-ce que tu lui as fait ?

Il eut un sourire.

– Je me suis peut-être montré un peu trop insistant.

– Et il s'est passé quoi, après l'usine ?

– Josef a survécu. Comment il joignait les deux bouts, c'est un mystère. Je soupçonne que quelqu'un l'aidait. (Il se dirigea vers les tableaux accrochés au mur.) Sans doute Antonin. Hé, celui-là est bon.

Il décrocha la toile que j'avais remarquée et l'approcha de la fenêtre, en exposant la tête de porc en pleine lumière.

– Josef a rendu ce type célèbre.

– C'est le peintre qui s'est rendu célèbre tout

seul. Josef lui a simplement mis le pied à l'étrier. (Il secoua la tête.) Je n'ai jamais rien vu de pareil.

— En voici un autre.

Je lui apportai la scène d'usine, mais en la prenant il rejeta la tête en arrière, comme si le contact avec le tableau le dégoûtait.

— Qu'est-ce qui lui est arrivé ? Ça, c'est de la merde.

Nous tînmes les deux tableaux côte à côte. Sous chaque signature, une année. Le bon datait de 1949, le mauvais de 1955.

Stefan poussa un grognement.

— C'est criminel. Quelqu'un qui a un tel talent et qui vend son âme pour faire *ça*.

C'était plus qu'il n'en pouvait supporter. Il posa les deux tableaux sur le canapé et prit son chapeau.

24

Emil, perché au bord du bureau de Leonek, parut surpris de nous voir arriver ensemble. Leonek aussi.

J'appelai le labo pour leur donner l'adresse d'Antonin. Emil s'approcha au moment où je raccrochais.

— Vous êtes réconciliés, vous deux ?

— Pour le moment. Tu peux voir ce type, là, Vlaicu ? Il sait peut-être quelque chose.

— C'est déjà fait. Il a une expo demain soir, à sept heures. Tu as eu des nouvelles de Malik Woznica ?

Je secouai la tête en le regardant fixement.

— Il est passé hier. Il nous cherchait. Il a l'air de

penser qu'on a retrouvé sa femme et qu'on ne la lui a pas rendue.

— Qu'a fait Moska ?

— Il a dit à Woznica qu'on s'était trompés de personne. Qu'est-ce qu'il pouvait lui dire d'autre ?

— Je ferais bien d'aller lui parler.

— Non. J'ai essayé, mais il s'est bouché les oreilles et m'a dit de sortir de son bureau.

J'appelai l'état civil et tombai sur un homme au lourd accent polonais.

— Ici l'inspecteur de la Milice Ferenc Kolyeszar. Il me faut des informations sur un divorce et un mariage.

— Nous fermons à trois heures.

— Il est une heure.

— Ça vous laisse plein de temps pour venir.

— J'aime autant pas. Le nom est Kullmann, Antonin. Divorcé de sa femme, Zoia Lendvai, en 1948.

Il y eut un long soupir flegmatique, puis le bruit du combiné qu'on reposait.

Je coinçai le téléphone contre mon épaule et regardai Emil et Leonek assis face à face. Ils étaient penchés sur de nouveaux interrogatoires en échangeant des réflexions ici et là.

— Antonin et Zoia Kullmann, dit l'employé en soupirant. Je l'ai ici même.

— Bien. Le document mentionne-t-il la personne que Zoia Kullmann a épousée ensuite ?

— Bien sûr que non. C'est un certificat de divorce.

— Je veux le nom de son second mari. Elle a dû l'épouser la même année, ou l'année suivante.

— Vous allez devoir faire ça vous-même. J'ai du travail, ici.

— Camarade, dis-je, j'enquête sous les ordres directs du colonel Mikhail Kaminski, de Moscou. Je vous suggère d'y réfléchir.

Un autre silence, le temps qu'il enregistre la menace et qu'il en mesure toutes les conséquences.

— Un instant.

Moska sortit de son bureau, une feuille à la main, et se dirigea vers Brano Sev. Je n'avais pas remarqué l'arrivée de Sev, qui était discret comme tous ses collègues, et je me demandai s'il m'avait entendu mentionner le nom de Kaminski. Moska lui tendit le document et ils conférèrent à voix basse. Un instant plus tard, il se redressa et regagna son bureau en évitant ostensiblement mon regard.

— Veuillez dire au camarade colonel Kaminski qu'il n'y a pas trace du remariage d'une Zoia Kullmann ou d'une Zoia Lendvai en 1948 ni plus tard.

Quand je raccrochai, Emil abandonna ses interrogatoires et s'approcha de moi.

— Tu amènes Magda à l'expo de Vlaicu, j'amène Lena, et avant on prend tous un verre chez nous. Comme ça, on n'aura pas trop l'air d'un couple de pieds-plats.

— Des quoi ?

— C'est de l'américain, dit-il fièrement. Pour dire « flic ».

25

Il n'y avait aucun moyen de se dérober et, Magda n'ayant pour une fois aucun projet avec Lydia, nous arrivâmes chez les Brod à cinq heures. Avec sa longue robe vert olive, Lena me semblait un peu trop habillée pour l'occasion, mais Magda la complimenta avec sincérité.

— Oh, allons, dit Lena en ôtant un excès de mascara de son petit doigt. Toi, tu n'as besoin de rien pour être resplendissante. À mon âge, il faut ravaler un peu la façade.

Emil ouvrit une bouteille de champagne.

Nous bûmes dans le grand salon en écoutant une chanteuse américaine sur le tourne-disque (Sarah Vaughan, nous dit Emil) et l'atmosphère se détendit.

— Dites-moi, se lança Magda après un deuxième verre, qu'est-ce que ça fait de voyager à l'étranger ?

— Tu n'y es jamais allée ? dit Lena.

Magda secoua la tête et Lena prit une grande inspiration avant de se lancer dans une description des splendeurs internationales. Elle était allée à Rome, à Zurich, à Londres et à Stockholm, qu'elle avait trouvées plus belles les unes que les autres.

— À part Londres, peut-être, dit-elle avec une petite grimace. Mais enfin, on sait pourquoi, non ? Elle est bourrée d'Anglais. Quelle race austère et maussade ! Croiriez-vous que personne, à Londres, ne m'a jamais regardée de travers ? Si je bousculais quelqu'un, vous savez ce qu'il faisait ? Il s'excusait ! Pas une seule paire de couilles dans toute la nation. Mais enfin, conclut-elle en fixant tristement son verre vide, Westminster est magnifique.

Emil l'avait accompagnée deux ou trois fois, mais il reconnut qu'il avait rarement envie de partir.

— Avant, j'adorais voyager. Mais plus maintenant. Et puis, il me faut deux fois plus de temps pour obtenir un visa. Je ne fais que la retarder.

Lena se leva pour remplir nos verres.

— Ils ont l'air de croire que je ne supporterais pas de partir pour de bon sans mon mari.

Emil lui donna une tape sur la cuisse en passant, puis leva un doigt.

— Laissez-moi vous montrer quelque chose.

Il passa dans une autre pièce et revint en portant un énorme magnétophone.

— Pas ça, murmura Lena.

Il le déposa avec précaution sur la table basse et brancha un microphone. Il appuya sur quelques boutons et les bobines se mirent à tourner, faisant passer la bande à travers un dédale complexe de pignons métalliques avec un bruit chuintant.

— Je n'entends rien, dis-je.

Magda se pencha plus près.

— Je crois que j'entends quelque chose.

— Ça enregistre, dit Emil. (Il alla se rasseoir.) Comportez-vous normalement. Je n'ai pas encore eu l'occasion de l'utiliser.

Il nous fallut quelques verres supplémentaires pour nous comporter à nouveau comme s'il n'y avait pas cette énorme machine ronronnante au milieu de la pièce. Mais nous finîmes par y arriver en parlant de la Hongrie, qui était bien le seul sujet capable de faire taire Lena, puis de la grève du 6 novembre.

— Quel dommage, dit Emil. J'aurais voulu qu'il en sorte quelque chose, tout de même.

— Tu crois qu'il n'en est rien sorti ? dit Magda. Ça a au moins créé un précédent, non ? Maintenant, on sait que s'il y a une autre crise de ce genre, la grève est une réponse possible.

– La grève a toujours été une possibilité, intervint Emil. Ils y ont eu recours plusieurs fois en RDA, en Pologne, en Tchécoslovaquie, et bien sûr en Hongrie. Il nous a fallu longtemps pour nous y mettre.

– Tout prend toujours beaucoup de temps, ici, dit Lena.

– C'est déjà quelque chose, dit Magda. Ça vient peut-être tard, mais ce n'est pas rien.

Nous regardâmes le bout de la bande sortir de la tête de lecture et claquer sur la bobine pleine.

Emil rembobina avec un grand sourire.

– Maintenant, dit-il en appuyant sur un bouton, on va entendre nos voix.

Il y eut d'abord un brouhaha de conversations, des fragments de phrases, puis le cliquetis des verres. Enfin je m'entendis dire quelque chose à propos d'Agnes, et je sursautai au son de ma voix.

– C'est moi, ça ?

Emil haussa les épaules. Magda fixait le magnétophone.

– Bien sûr, dit Lena.

Elle se pencha au moment où sa propre voix énonçait quelque chose d'insignifiant, et je vis la déception sur son visage.

Magda parla, puis Emil, puis j'entendis à nouveau ma voix et je fus saisi par son intonation, son ton chantant. Elle était grave, mais efféminée et douce, comme si je veillais à n'offenser personne. C'était une découverte assez gênante.

Puis j'entendis à nouveau Magda : «… la grève est une réponse possible. »

Nous eûmes tous les quatre la même pensée au même moment. Emil rembobina la bande et appuya sur le bouton EFFACER.

26

La plupart des amateurs d'art se pressaient autour du buffet, loin des tableaux. Ils étaient plus âgés que les amis de Georgi : des membres du ministère de la Culture accompagnés de leurs épouses, l'épingle rouge accrochée au revers, et un seul barbu dans toute l'assistance. Les tableaux étaient de la même veine que ceux que j'avais vus chez Antonin. De jeunes ouvriers musclés penchés sur des machines ou creusant le sol à la pioche ; des titres comme *Le camarade M. récolte une moisson record*, ou *Un plan quinquennal réalisé en quatre ans*. Emil et moi dûmes plonger dans la masse afin d'attraper un verre pour nos épouses et, quand nous revînmes, deux officiels étaient occupés à leur faire la cour. L'un d'eux travaillait au ministère de l'Intérieur, et, bien qu'il ne portât pas de manteau de cuir, il était conscient de son effet quand il mentionnait son ministère, rattaché à la Sécurité d'État. L'autre était à la direction des Pionniers. Magda parla de notre fille.

– Alors, ça lui plaît ? demanda-t-il. Nous essayons d'inculquer aux jeunes filles la confiance dont elles ont besoin pour mener une vie active.

– Elle adore ça, mentit Magda en évoquant un camp de deux jours d'où Agnes, à la vérité, était revenue en larmes.

— Lequel est Vlaicu ? demandai-je.

L'officiel du ministère de l'Intérieur désigna le barbu. Il était nettement plus jeune que les autres et déjà ivre. Il serrait des mains, accueillait les commentaires d'un hochement de tête et d'un rire. À l'évidence, il connaissait son monde.

— Vous aimeriez faire sa connaissance ?

Nous migrâmes en force pour aller coincer l'artiste.

— De nouveaux admirateurs, Vlaicu, annonça l'officiel.

Nous échangeâmes une poignée de main. Je vis les yeux verts et brillants de Vlaicu parcourir le corps de Magda.

— Vous êtes dans quoi ? s'enquit-il.

Elle sourit et haussa les épaules.

— Je travaille dans une manufacture.

— Alors, que pensez-vous de mes représentations de la vie d'usine ?

Elle contempla les murs un moment.

— Un peu trop propres, peut-être.

Il rit en frappant dans ses mains.

— Et vous autres ?

— Je ne fais rien, dit Lena en portant son verre à ses lèvres.

— Et nous sommes tous les deux miliciens, dit Emil.

Vlaicu eut un petit hochement de tête moqueur et demanda si c'était un travail difficile.

— Fatiguant, dis-je. Vous devriez nous peindre. Ce pourrait être intéressant.

— Peut-être un peu trop sensationnel.

— La paperasse ? Rien de sensationnel là-dedans, je vous le garantis.

Les deux officiels avaient disparu et Emil semblait disposé à y passer la soirée. J'intervins :

— Nous travaillons sur une affaire concernant l'une de vos connaissances.

— Ah oui ? dit-il en levant les sourcils. Un dangereux malfaiteur ?

— Antonin Kullmann.

Les sourcils reprirent leur place.

— Vous l'avez trouvé ? Où est-il ?

— Il est mort, dit Emil.

Vlaicu me lança un rapide coup d'œil et plissa les lèvres, prêt à m'entendre dire que c'était une blague. Mais notre expression le persuada du contraire.

— Je n'arrive pas à le croire.

Il oscillait sur place, ses mains s'agitant dans le vide. Magda et Lena partirent en quête d'autres verres. Je le pris doucement par le bras.

— Venez.

Nous fendîmes la foule qui saluait l'artiste au passage et nous retrouvâmes dans une allée froide et obscure.

— Vous pouvez nous parler de lui ? demanda Emil.

Sa main tremblait quand il porta sa cigarette à ses lèvres.

— Oui, oui, bien sûr.

— Depuis combien de temps Antonin avait-il disparu ?

— Une quinzaine de jours, trois semaines peut-être. J'ai été tellement occupé. On a bu un verre ensemble.

— Vous êtes proches ?

— Pas vraiment. Les peintres officiels prennent

des verres ensemble parce que les autres refusent de boire avec eux.

— Est-ce qu'il vous a dit qu'il craignait pour sa vie ? Nous avons une lettre de lui qui laisse envisager cette hypothèse.

Il parut perplexe, les yeux perdus dans le vague.

— Non, rien. Il ne parlait guère de sa vie personnelle. Sauf de sa vie amoureuse.

— Elle était agitée ?

— Eh bien, il n'avait pas beaucoup de femmes, si vous allez par là. Mais l'amour… (Il se gratta la barbe d'un air pensif.) Il l'avait trouvé.

— Zoia, dis-je.

— Exactement. Mais elle l'a quitté.

— Elle s'est remariée, c'est ça ?

— Oui. Avec un employé.

— Nous n'en avons pas trouvé trace à l'état civil.

— Sans doute parce qu'elle a changé son prénom. Elle trouvait Zoia trop provincial. Alors elle l'a transformé en Sofia. (Il sourit derrière sa cigarette.) Ça, ça fait vraiment province.

— Vous connaissez le nom de son mari ?

— Matteus Eiers. Je ne l'ai jamais rencontré, mais Antonin le haïssait. Et ce devait être réciproque, parce qu'Antonin essayait encore de lui reprendre Zoia. (Il fixa le pavé, puis releva les yeux.) Vous ne pensez pas qu'Eiers…

— Nous ne pensons pas grand-chose pour l'instant, dit Emil. Avez-vous entendu parler de Josef Maneck ?

— Bien sûr. Un conservateur qui a tourné pochard. Mais c'était avant mon époque. Antonin le voyait encore de temps en temps. Je crois qu'il le plaignait ; sans lui, il n'aurait peut-être jamais percé.

— Est-ce qu'il aidait Josef ? Sur le plan financier, je veux dire.

Vlaicu leva sa cigarette.

— Ça ne me surprendrait pas.

Une silhouette trapue surgit des ténèbres en boitant. C'était Stefan. Il leva la main vers nous et Vlaicu parut un peu inquiet de nous voir à trois autour de lui.

— Pourquoi tu ne m'as pas invité ? (Je haussai les épaules.) C'est lui, l'artiste ? reprit-il en regardant Vlaicu.

— C'est moi, oui.

Stefan sentait l'alcool ; il sortait sans doute de son café turc favori.

— Si tu allais dire bonsoir à Magda ? lui dis-je. On arrive tout de suite.

— Magda est là ?

— Pourquoi crois-tu que je ne t'ai pas invité ?

Je le regardai avec attention pour tenter de déchiffrer son expression. J'y lus de l'incompréhension, peut-être une certaine surprise. Puis il rentra.

— Il y a de tout, chez vous, dit Vlaicu.

— Pour en revenir à Antonin, dis-je, est-ce qu'on peut contacter des amis à lui ? Vous en connaissez certains ?

— Non. Et j'ai l'impression qu'il n'en avait pas du tout. Ce n'était pas un type très facile.

— Personne, vraiment ?

Il se frotta la barbe.

— Vous pourriez essayer un certain Nestor. Antonin m'a parlé de lui la dernière fois qu'on s'est vus.

— C'est qui ?

— Je ne connais pas son nom de famille, mais au début, quand ils sont venus s'installer dans la Capitale avec Zoia, ils habitaient avec ce Nestor. Un peintre des plus excentriques, d'après Antonin. Il a été libéré d'un camp de travail cet été, c'est tout ce que je sais. (Il fixa le pavé en se frottant les bras.) Il me faut un autre verre.

27

Stefan était au buffet avec Magda, tandis que Lena occupait les officiels dans un coin en faisant voltiger ses mains fines. Emil partit à sa rescousse. Stefan et Magda n'avaient pas l'air de se parler quand je m'approchai d'eux, et je retournai ce détail dans ma tête tout le reste de la soirée. Stefan me dit qu'il avait surveillé l'appartement d'Antonin, mais en vain : personne n'avait pointé son nez.

— Et toi ?

— J'ai trouvé le nom de l'ex-femme d'Antonin. Elle l'a changé en Sofia, et elle a épousé un employé du nom de Matteus Eiers.

— Qui t'a raconté ça ?

Je désignai Vlaicu, à l'autre bout du buffet, en train de se verser un verre de vin. Il me vit le regarder et s'éloigna.

Magda me chuchota à l'oreille :

— On peut partir ?

— Un petit moment.

— Il faut qu'on se parle.

— Plus tard.

Je m'efforçai de bien regarder chaque tableau. Je pris mon temps, mon verre à la main, étudiant chaque coup de pinceau. Moska peignait un peu, mais je ne m'y étais jamais essayé. Dans l'écriture, il était simple de changer un mot ici ou là. Mais en peinture, chaque erreur me semblait impossible à corriger. Je le dis à Vlaicu, qui haussa les épaules.

— C'est la peinture qui est facile. L'écriture est trop littérale. Tout le monde sait exactement de quoi vous parlez et, si vous faites une faute, tout le monde la voit.

Stefan et Magda gardaient leurs distances. Magda descendait un verre après l'autre en souriant aux vieux messieurs qui la reluquaient. Stefan traînait avec Emil et Lena, continuant à s'enivrer, désignant les tableaux en riant. Vlaicu lui demanda ce qu'il en pensait.

— Ça ? dit Stefan en montrant des ouvriers occupés à déverser du goudron sur une route. C'est la chose la plus inutile que j'aie jamais vue. Comment pouvez-vous supporter votre propre compagnie ?

Vlaicu eut un mince sourire.

— Allez-y, camarade. Lâchez-vous.

Stefan se lâcha. Il lui déclara que ses toiles étaient vides et redondantes.

— Pourquoi ne pas prendre un appareil photo ? Gagnez du temps. Mais n'obligez pas les gens à regarder ça. Ils voient cette merde tous les jours.

— C'est peut-être justement ce que je veux faire, dit Vlaicu.

— Eh bien, peignez donc une merde de chien la prochaine fois. On en voit tous les jours sur les trottoirs.

— Vous ne croyez pas que le travail a un sens ?

— C'est de le faire, qui a un sens. (Puis il se pencha vers le peintre et ajouta quelques mots, assez haut pour que tout le monde entende.) Vous avez vendu votre âme, camarade Vlaicu.

Personne ne s'attendait à ce que le peintre le frappe. Son poing cueillit Stefan à la mâchoire, puis ils roulèrent à terre, bras et jambes mêlés, lançant des coups de poing au hasard. Je tirai Stefan en arrière, tandis que des officiels prenaient Vlaicu sous leur protection.

Dehors, je remarquai à quel point Magda était ivre. Elle riait de la bagarre, appuyée contre Lena, puis elle se mit à pleurer. Lena lui tapota la tête d'un geste maternel. Stefan s'en alla sans un mot en titubant dans le noir, et nous nous entassâmes dans la voiture d'Emil.

Agnes ronflait sur le sofa. Pavel, qui sommeillait près d'elle, trottina dans notre direction.

— Il faut qu'il aille pisser, dis-je.

Magda disparut dans la chambre. Je portai Agnes dans son lit, puis je descendis Pavel. Il déposa sa crotte sur les marches du perron, et je me demandai ce que ça donnerait sur une toile.

Magda était allongée sur le lit, contemplant le plafond.

— Tu voulais qu'on parle.

— Stefan, articula-t-elle péniblement.

— Eh bien ?

— Il me l'a dit. Le jour où tu es allé chez Georgi. Ce qu'il t'avait raconté.

Je m'assis au bord du lit.

— Il ne m'a pas tout raconté. Tu vas le faire ?

Elle s'efforça de me regarder, mais ses yeux se croisaient, de sorte qu'elle se remit à fixer le plafond.

— C'était il y a longtemps, Ferenc. Tu étais parti. Je n'arrivais pas…

Mais j'étais déjà debout. Si je devais n'obtenir que des bribes de vérité, je préférais ne rien entendre.

28

Sa gueule de bois dura tout le dimanche, et elle resta au lit, les volets tirés. Je lui apportai de l'eau et de quoi manger, mais elle vomissait aussitôt tout ce qu'elle absorbait.

— Ne me dis pas qu'elle a bu hier soir, dit Agnes devant son bol de lait.

— Ça arrive, parfois.

— Je devrais peut-être me mettre à boire.

— Tu devrais peut-être aller promener Pavel.

Magda parvint à conserver un peu de son dîner et, tout en mangeant dans la chambre obscure, elle me demanda ce qu'elle avait dit la veille.

— Je ne me rappelle pas tout, dit-elle, mais je sais qu'on a parlé.

— Tu n'as rien dit, en fait. Tu veux en reparler ?

Elle considéra cette possibilité, fronçant douloureusement les sourcils.

— On devrait, mais je ne peux pas. Pas dans cet état.

— Tu as pris ta décision ?

Elle me fixa avec la même expression affligée.

— Je le voudrais bien, Ferenc. Tu n'imagines pas à quel point.

Je tirai la couverture jusqu'à son menton.

Agnes faisait rouler une balle dans la salle à manger pour que Pavel la rapporte, mais le chien restait de marbre. Elle alla la ramasser et essaya de nouveau.

— Il nous faut un autre chien. Pavel ne fait absolument pas l'affaire.

Je m'installai dans le canapé.

— Quel genre de chien ?

— Un plus gros, pour commencer. Pavel n'arrive pas à me suivre quand je cours.

— Je pourrais lui fabriquer des roulettes.

— Et lui ajouter un moteur.

— Parle-moi de l'école. Ça va mieux, cette année ?

— Ouais, reconnut-elle avec une petite moue. J'apprends des choses sur les cosmonautes.

— Les quoi ?

— Les cosmonautes, les gens qui volent dans les fusées. L'URSS projette de nous envoyer dans l'espace pour établir des soviets sur la lune.

— Ne détourne pas la conversation, dis-je. Je vise toujours le lycée français. Mais il faut que tu réussisses cet examen.

— Je préfère rester où je suis.

— Je croyais qu'on avait décidé d'essayer encore une fois ?

— Je me suis fait des amis, cette année. Je ne veux pas les quitter.

Elle attrapa son pied et se mit à jouer avec ses orteils. On finit par connaître les petites manies de ses enfants. Je voulais le lycée français, mais je savais que je n'en tirerais rien si elle n'était pas d'accord.

— Il s'appelle comment ?

— Qui ?

— Le garçon dont tu es amoureuse.

— Oh, papa !

Elle me lança un regard furieux, mais ses lèvres souriaient.

29

Le lendemain matin, je trouvai Mikhail Kaminski assis à mon bureau, la main sur son front, plongé dans la lecture d'une mince pile de feuilles dactylographiées. Il s'était fait couper les cheveux et sa moustache était plus fine ; les épaulettes de son manteau se relevaient quand il s'accoudait à la table. Puis je compris ce qu'il lisait.

— Qu'est-ce que vous fabriquez ?

Il leva les yeux, cilla, et sourit comme s'il me reconnaissait soudain.

— Ferenc ! (Il tapota le tas de feuilles de son index tressautant.) Vous avez vraiment beaucoup de talent. Je l'ignorais. (Il se carra dans ma chaise et croisa les mains sur ses genoux.) Pourquoi restez-vous debout ?

Je perçus une intention dans sa voix et j'attirai à moi la chaise d'Emil.

— Vous avez fouillé dans mes affaires.

— Moi, tout ce que j'écris, dit-il en désignant ma pile de feuilles, c'est des rapports. Mais vous, Ferenc, vous savez vraiment jongler avec les mots. Comment faites-vous ?

— Je travaille. Maintenant, je vous prie de remettre ça où vous l'avez trouvé.

Il prit la première page et la lut à voix haute :

— « Elle passait dans le monde comme si rien ne valait un effort, mais mesurait chacun de ses actes. Le mot exact, un geste subtil, et déjà l'on s'empressait de remplir son verre vide. » Vous voyez ce que je veux dire ? J'ai l'impression d'avoir déjà rencontré cette femme. Vous l'avez parfaitement saisie. Je suis impressionné. (Il tapota encore les pages.) Et un peu déçu, aussi.

— Déçu ?

— Je ne suis pas un écrivain, contrairement à vous. Mais comme tout le monde, j'apprécie un bon livre. Et c'est vraiment dommage de vous voir gâcher un aussi grand talent. (J'attendis la suite.) Parce que ça, dit-il en posant sa main sur mon œuvre, c'est tellement… C'est toujours… Comment dire ? *Moi, moi, moi*. Vous comprenez ?

— Je ne crois pas.

Il croisa les jambes.

— Selon vous, Ferenc, qui cela peut-il intéresser ? (Je haussai les épaules.) Voilà ce que je veux dire ! Personne, sauf vous. Vous devriez écrire sur des sujets qui unissent les gens, qui les concernent tous ! Par exemple, il y a un auteur soviétique formidable qui a raconté la construction d'un barrage en Sibérie. Ça, c'est une histoire ! Vous découvrez le drame humain de gens qui travaillent ensemble sur un grand projet et, en lisant ça, vous avez l'impression de faire partie de l'aventure. Et quand le barrage est construit malgré les menées des saboteurs étrangers, vous vous sentez aussi fier que les ouvriers. Mais ça, dit-il en changeant brutalement de ton, ça parle de vous, et uniquement de vous. Et ce mariage, quelle tristesse ! L'histoire du barrage, voilà ce que les gens veulent lire. Je vous le redemande, qui voudrait lire votre histoire ?

Je voulus répondre, mais je ne trouvai rien de satisfaisant.

– Je vais vous le dire, moi, reprit-il en se penchant et en baissant la voix. Les gens qui se délectent de leur douleur. Les gens sains veulent qu'on leur parle de camaraderie, d'amour sain, ils veulent savoir comment être utiles à la société. Ils veulent des leçons de vie. Ça, ça leur apprend quoi ? À échouer dans la vie. Vous comptez le publier ?

J'étais sans voix. Je finis par articuler péniblement :

– Je ne sais pas. Peut-être.

– Eh bien, réfléchissez. Tout ça est bourgeois et cosmopolite. Et ça pourrait être dangereux.

– Pour moi ?

– Pour la ville, pour le pays, et même pour vous je suppose. Ne rendez pas cela public, Ferenc. C'est un petit avis littéraire. Explorez donc des domaines qui intéressent les gens. Nous voulons des auteurs sains, qui parlent du progrès, de l'amour de la vie, de l'industrie humaine. Les auteurs malsains… Eh bien, ce sont ceux par exemple qui fuient le champ de bataille quand leur pays a besoin d'eux. Qui agressent leurs supérieurs. Je me fais bien comprendre ?

Je hochai la tête en tournant nerveusement mes bagues.

– Bien, dit-il en me donnant une tape sur l'épaule. Continuez, vous êtes très bon. Et je compte bien lire votre grand roman prolétarien un de ces jours.

Je le regardai partir d'un pas tranquille en sentant tout mon corps se raidir.

Kaminski n'était pas venu uniquement pour m'offrir une critique littéraire. Il accueillit tous les inspecteurs à mesure qu'ils arrivaient, comme de vieux amis dont il aurait eu le malheur d'être séparé un moment. Puis Moska sortit de son bureau et nous pria de nous rassembler.

– En accord avec le nouveau règlement, annonça-t-il, toutes les voitures de la Milice ont été équipées de radios. Nous sommes en retard sur la plupart des capitales, mais nous avons fini par obtenir le budget. Désormais, à chaque sortie sur une enquête, vous devrez prendre l'un de nos véhicules, et non le vôtre. Cela nous permettra de rester en contact avec vous.

– Et puis, intervint Kaminski, vous pouvez demander du renfort à tout moment. Les rues ne sont plus aussi sûres qu'autrefois, nous le savons. (Il dut prendre notre silence pour un acquiescement, car il frappa dans ses mains avec un large sourire.) Vous avez dû vous demander où j'étais passé ces dix derniers jours. Eh bien, j'étais à Budapest. Vous seriez surpris de voir combien la situation a évolué. Ils ont nettoyé les barricades, c'était un véritable capharnaüm. Des autobus renversés, incendiés. Seuls de vrais porcs peuvent faire des choses pareilles. Mais vous serez heureux d'apprendre que tout est pratiquement revenu à la normale et qu'ils sont en train de reconstruire.

Dans le garage, nous nous penchâmes sur les portières ouvertes de la Mercedes pour écouter Brano Sev nous donner une première leçon.

— Vous décrochez le micro comme ça. Vous appuyez là et vous parlez. La réponse vient d'ici, dit-il en désignant un petit micro grillagé. Quand un message arrive, vous répétez la manœuvre. Vous décrochez, vous appuyez, vous parlez. Rappelez-vous que tant que vous maintenez le bouton enfoncé pour parler, vous ne pouvez pas entendre ce que vous dit le central.

Il tourna un interrupteur. Une lumière rouge s'alluma et nous entendîmes des grésillements. Il enfonça le bouton.

— Central, il s'agit d'un test. Vous m'entendez ?

Il relâcha le bouton, et une voix de femme nous parvint confusément. « Ici le central, Sev. Nous vous recevons très bien. »

— C'est qui ? demanda Stefan.

— Regina Haliniak. Une nouvelle.

— Une nouvelle, répéta Stefan en souriant à la ronde. Elle est mignonne ?

Brano lui jeta un regard inexpressif et éteignit la radio. Je fixai Stefan, mal à l'aise.

Quand nous revînmes au poste, il y avait deux messages sur mon bureau : l'un du labo, disant qu'ils avaient relevé les empreintes de cinq personnes différentes dans l'appartement d'Antonin et qu'elles étaient à ma disposition. Le second était de Moska, qui me demandait de passer à son bureau.

– Ferenc, vous cherchiez la femme Kullmann ?

– Je m'en occupe aujourd'hui. Mais elle a changé de nom.

– Oui, je sais. Sofia Eiers.

– Comment le savez-vous ?

– Parce qu'on vient juste de nous signaler qu'elle est morte, Ferenc. Les seuls noms que j'apprends sont ceux qui ne servent plus à rien.

30

Les Eiers habitaient à la limite du 5e arrondissement, dans l'une de ces petites maisons au toit de tuiles qui n'avaient pas changé depuis un siècle : charmantes par leur style et exaspérantes par l'état de leur plomberie. Emil ayant décidé de rester à l'arrière, Stefan s'assit à l'avant, allumant et éteignant la radio, écoutant ses grésillements.

– Arrête-la, tu veux ?

Il contempla les maisons.

– Qu'est-ce que tu penses de cette affaire ? dit-il en tournant le bouton.

– Je ne sais pas. Un conservateur est assassiné, puis un artiste officiel. Et maintenant, c'est l'ex-femme de l'artiste.

– J'aimerais savoir pourquoi Josef Maneck s'est mis à boire, dit-il.

– On en revient toujours là.

– Tout allait bien pour lui, c'était un homme respecté. Martin a dit qu'il ne pouvait plus se supporter, mais pourquoi ? Eiers le sait peut-être.

Matteus Eiers n'avait rien d'un employé. C'était un brun aux épaules massives vêtu d'un maillot de corps ajusté qui laissait voir ses biceps. Le plus étrange était de le voir éclater en sanglots à tout moment. Je lui offris une cigarette. Il secoua la tête.

— Et je vous en prie, ne fumez pas dans la maison. Pour ma santé.

Il avait allongé sa femme sur leur lit, au pied duquel était disposé un banc d'haltérophilie. Au-dessus du lit, un crucifix. Zoia, ou Sofia, était vêtue d'une courte robe noire à la nouvelle mode.

— C'est ce qu'elle portait quand… ?

Il tira un peu sur l'ourlet.

— Oui, dit-il, et il se remit à pleurer.

Elle semblait un peu pâle, mais elle avait l'air de dormir. Si ce n'était pas exactement une beauté, elle avait tout de même un certain charme. Des cheveux noirs coupés court et un menton rond. Je m'assis au bord du lit et examinai ses bras, ses mains et sa gorge, en quête d'indices, mais je ne voulus pas la toucher. Je notai une meurtrissure sur le cou.

— Savez-vous ce qui a provoqué cela ? demandai-je.

Il se pencha sur elle.

— Je ne l'avais pas remarqué. Qu'est-ce que… Vous croyez quoi ?

— Je ne crois rien pour l'instant, camarade Eiers. Veuillez vous asseoir et nous raconter ce qui s'est passé.

Matteus Eiers se posa sur son banc d'haltérophilie, maîtrisant ses larmes.

— Nous avons passé deux jours à la campagne chez mes parents. Elle était de bonne humeur, elle adore voyager. Vous savez, on s'amusait bien chaque fois qu'on allait quelque part. (Il s'interrompit, contempla ses yeux fermés.) On est rentrés tard hier soir. Ce matin, c'était comme d'habitude. Je suis sorti acheter le journal, et quand je suis revenu elle était… (Il me regarda.) Je n'y comprends rien !

— Vous l'avez trouvée ici ?

— Sur sa chaise, dans la cuisine. J'ai essayé de faire repartir son cœur. J'ai entendu dire qu'il faut frapper juste ici. (Il posa une main sur sa poitrine.) Mais ça n'a pas marché. Rien n'a marché. Alors je l'ai nettoyée et je l'ai allongée.

— Vous l'avez nettoyée ?

— Son visage, dit-il en touchant le sien. Elle était tombée en avant… dans son assiette.

— C'était quoi ?

— De la bouillie d'avoine. Elle en mange tous les matins. C'est bon pour elle.

Stefan était resté sur le seuil de la chambre, écrivant dans son carnet.

— Vous en avez pris aussi ?

— Jamais, dit-il en retenant ses sanglots. Je mange du yaourt frais qui vient de la campagne. Pour fortifier les os. (Il regarda de nouveau sa femme en reniflant.) Oh ! Seigneur. Vous ne pensez pas que c'était…

— Nous allons devoir vérifier, dis-je. Et les portes ? Elles étaient fermées quand vous êtes sorti ?

Il hocha la tête.

— J'ai refermé la porte d'entrée derrière moi et j'ai ouvert ensuite avec ma clé. Après l'avoir trouvée, je suis allé vérifier la porte de derrière. Elle était fermée aussi.

Nous regardâmes dans le paquet de flocons d'avoine, mais seul le labo pourrait nous dire s'il était empoisonné.

— Vous savez, repris-je, nous projetions de rendre visite à votre femme aujourd'hui, avant même d'avoir eu connaissance de sa mort.

— Pourquoi ?

— À propos de son ex-mari, Antonin.

Il se raidit et éleva la voix.

— Qu'est-ce qu'il lui veut ?

— Il a été assassiné, camarade Eiers. Avant de mourir, il a correspondu avec votre femme. Dans une lettre, il lui disait qu'il avait conscience d'être mortel. C'est assez vague, mais il savait peut-être qui s'apprêtait à le tuer. Et elle aussi.

— Ou bien vous, vous le savez, dit Stefan.

Matteus fixa le sol d'un air furieux.

— J'aurais aimé le faire moi-même.

— Quoi donc ? Le tuer ?

Il n'avait plus rien d'un mari éploré.

— Je ne l'ai pas fait, mais j'aurais pu. Elle le voyait encore de temps en temps. Sofia s'imaginait que je n'étais pas au courant, mais les maris savent ce genre de choses, non ? Ils ne faisaient pas l'amour, ça au moins j'en suis sûr. Alors j'ai choisi de ne pas intervenir.

— Et pourquoi pas ? demanda Stefan.

Eiers se concentra sur le plancher et répondit lentement :

— Parce que je ne voulais pas la perdre. Sofia l'avait quitté pour moi. Elle pouvait choisir de lui revenir tout aussi facilement. Je le savais. Peu importait quel monstre c'était.

— Un monstre ? dis-je. Le mot n'est pas un peu fort ?

— C'est le terme qu'a employé Sofia. Elle ne m'a jamais dit pourquoi, mais elle m'a dit que ses exploits monstrueux avaient fait de lui une vedette dans la Capitale. Il a payé sa célébrité à un prix terrible.

Stefan n'avait pas l'air de comprendre.

— Mais si elle le prenait pour un monstre, pourquoi continuait-elle à le voir ? Et pourquoi seraitelle retournée avec lui ?

Il sourit pour la première fois.

— Allons donc, camarade inspecteur, ne soyez pas naïf. On ne couche pas avec quelqu'un pour sa pureté. Et parfois, on n'aime même pas la pureté. Parfois, on couche justement par goût de l'impureté. Sans pouvoir s'en empêcher.

Nous digérâmes un moment cette déclaration. Le salon était étouffant : il avait tout calfeutré contre les courants d'air.

— Je vais vous citer quelques noms, proposai-je. Sofia a-t-elle jamais fait mention d'un certain Josef Maneck ?

— Maneck est mort voici quelque temps, non ? C'était l'associé d'Antonin sur le marché de l'art, avant qu'il ne sombre dans la boisson.

— Et vous savez pourquoi il a sombré ? demanda Stefan.

Matteus secoua la tête. Je m'éclaircis la gorge.

— Et Nestor, vous le connaissez ?

— Nestor Velcea ? (Stefan nota le nom.) Je ne l'ai jamais vu, mais d'après Sofia, c'était le plus grand artiste qu'elle ait jamais rencontré. Antonin et elle ont habité avec lui en arrivant dans la Capitale, jusqu'à ce qu'il disparaisse.

— Dans un camp de travail, dis-je.

— Oui. Il avait dû recevoir une de ces convocations du boulevard Yalta, vous savez, « Vérification d'identité ». Elle ne m'a jamais raconté les détails : c'était un sujet sensible, ça peut se comprendre.

— En effet, dis-je. Seulement, il est censé avoir été libéré.

— Vraiment ? dit Matteus en fronçant les sourcils. Vu la façon dont elle le portait aux nues, ça ne me déplairait pas de rencontrer ce type. Elle disait qu'il était meilleur que la première manière d'Antonin, mais je n'ai jamais vu ses tableaux. Il paraît qu'il refusait d'exposer ses œuvres et même de les signer. Il était un peu tordu, apparemment.

— Je ne comprends toujours pas pourquoi votre femme parlait d'Antonin comme d'un monstre, le coupa Stefan. Elle ne vous l'a jamais expliqué ?

— Ma femme n'était pas bavarde, camarade inspecteur. Elle donnait son opinion et s'en tenait là. Je respectais cette attitude.

J'allai faire un tour dans la salle de bains. Un autre crucifix près de la glace et, par terre, un ouvrage d'un haltérophile américain nommé Atlas. Le costaud y était photographié sous toutes les coutures, montrant comment soulever des poids, et donnait des conseils sur le régime à suivre pour vivre vieux et en bonne santé.

Je ramenai Stefan au poste, où je mis ma pile de feuilles dans mon cartable, en évitant de lever les yeux à l'entrée de Kaminski. Le Russe se carra dans l'encadrement de la porte, les mains dans les poches, et nous contempla en silence.

– Une certaine confusion a régné, aujourd'hui, finit-il par dire. Nous avons tenté de vous joindre sur vos nouvelles radios, sans succès. (Il leva les mains.) C'est un nouveau système, nous le comprenons, et Rome ne s'est pas faite en un jour. Mais enfin, les gars, ces radios doivent rester allumées pour que ça marche. Ça tombe sous le sens, non ?

– Comment faire avec ce potin ? demanda Stefan. Elles n'arrêtent pas de siffler comme des malades.

– Baissez le volume, expliqua Kaminski. Les appels seront assez forts pour que vous les entendiez. (Il avança d'un pas vers mon bureau.) Des questions, Ferenc ? Je peux demander à Brano de vous refaire une démonstration.

– Non, merci.

– Pas de problème, dit Sev en se levant.

– J'ai compris, dis-je. Je vous assure.

31

Le lendemain matin, je pris le tram jusqu'au poste, puis nous partîmes pour l'hôpital. Emil conduisait ; je m'assis à l'avant et Stefan s'affala sur le siège arrière. La radio bourdonnait doucement.

— Kaminski a quelque chose derrière la tête avec ces radios, dit Emil. Je ne sais pas quoi.

— Les Américains disent qu'ils ont raflé les opposants à Budapest. Ils les obligent à dénoncer leurs amis et les envoient en prison. C'est ce qu'il était parti faire là-bas. Et il est prêt à faire la même chose ici.

Emil monta le volume de la radio et son grésillement emplit la voiture. Il tourna le bouton et retira sa main.

— Vous croyez qu'ils peuvent nous entendre ?

Nous contemplâmes tous les trois la boîte crachotante et restâmes silencieux le reste du trajet.

Markus Feder se sentait mieux.

— Trois visiteurs d'un coup, quel honneur !

Le labo était propre et vide. Pas de monticules sous des draps, pas de puanteurs indescriptibles, juste une légère odeur d'éther. Il avait une poignée de fiches à la main.

— D'abord, ces empreintes. Sur cinq séries relevées dans l'appartement de Kullmann, deux ont été identifiées comme étant celles de Ferenc et de Stefan. Ces deux-là sont celles d'Antonin Kullmann et de Sofia Eiers. Il en reste une inconnue, dit-il en passant à la ronde une fiche sur laquelle s'étalaient huit empreintes.

— Le type après qui j'ai couru, dis-je.

— Parlez-nous de Sofia Eiers, dit Stefan.

Feder leva une main.

— C'était facile, cette fois, merci les gars. Le labo a commencé par analyser les flocons d'avoine : rien à signaler. Je n'avais pas encore pu examiner le corps. Mais vous n'aviez donc pas remarqué les marques sur son cou ?

— Si, bien sûr, dis-je avec empressement.

— Dans ce cas, vous auriez pu en tirer des conclusions. La fille a été étranglée. Le tueur est arrivé par-derrière et s'est servi de son bras. Ça laisse moins de marques, tout en bloquant la trachée très vite. Vous dites que le mari l'a trouvée la figure dans son assiette ?

— Oui, dis-je. C'est ce qui nous a fait penser…

— Pas de souci. On a pu relever une empreinte de pouce sur sa nuque. J'ai vérifié, et elle fait partie de celles que vous avez dans la main. Ce type a dû se dire que la bouillie d'avoine lui irait bien au teint. En tout cas, votre tueur a l'air de s'adoucir. Désormais, il évite de les passer sur le gril.

Si les portes étaient fermées, cela laissait deux possibilités : soit Sofia Eiers connaissait son meurtrier et l'avait fait entrer, soit il avait attendu caché dans la maison. Il avait pu y pénétrer le dimanche, pendant que les Eiers étaient à la campagne. Une fois Matteus sorti, il avait tué Zoia et était parti en refermant la porte derrière lui.

Matteus Eiers n'était pas chez lui — il était déjà retourné au travail, semblait-il — et nous nous rabattîmes sur ses voisins. Une autre famille avait passé le dimanche à la campagne ; à côté, un homme seul, qui parut terrifié à notre vue, était resté chez lui, mais n'avait vu personne d'inhabituel. Un adolescent ouvrit la porte de la maison d'en face et nous contempla d'un air bête. Ses parents n'étaient pas là. Je ne me souciai pas de lui demander pourquoi il n'était pas à l'école.

— Nous aimerions savoir si tu as vu quelqu'un entrer chez les voisins d'en face, samedi ou dimanche. N'importe qui.

Il nous regarda tous les trois, puis leva les yeux vers le ciel, qui était bleu mais froid. Il mâchait de la gomme.

— N'importe qui ?

— Oui, dis-je.

— Je ne l'ai pas vu *entrer*, si c'est ce que vous voulez dire.

— De qui tu parles ?

— Du recruteur. (Il mâchait la bouche grande ouverte.) J'étais sorti chercher le courrier quand je l'ai vu. Il a dit qu'il allait revenir.

— Quand ?

Il haussa les épaules et fit claquer sa gomme.

— Avant qu'il frappe à leur porte, je lui ai demandé ce qu'il faisait. Il recrutait pour un voyage en province, un projet du Parti. Pour construire un barrage, ou une digue, un truc comme ça. Je lui ai dit que ça m'intéressait. Il m'a répondu qu'il repasserait me voir quand il aurait fini ce côté de la rue, mais je ne l'ai jamais revu.

Le gamin semblait un peu abattu à l'idée d'avoir manqué le voyage à la campagne.

— À quoi il ressemblait ? demanda Stefan.

Le garçon fixa le soleil.

— Eh bien, je dirais qu'il était plus petit que moi. Pas vraiment un nain, mais pas grand. Des cheveux blonds, un peu châtains, mais surtout blonds. Et puis il avait du mal à marcher, comme s'il avait des problèmes avec ses genoux. Il flageolait un peu. Oh ! dit-il soudain en levant une main et en écartant les doigts, j'y suis ! Il lui manquait le petit doigt. Il en restait juste un petit bout. J'ai eu envie de lui demander comment ça lui était arrivé, mais je n'ai pas voulu être impoli.

– Bien sûr, dis-je.

– C'est le type que vous cherchez ?

– S'il revient, passe-nous un coup de téléphone.

J'inscrivis le numéro du poste sur mon calepin et lui tendis la feuille.

– Et quand vous l'aurez retrouvé, dit le garçon, dites-lui que je suis toujours intéressé par le voyage.

Sur le chemin du retour, une voix se mit à crachoter dans la radio. « Camarades inspecteurs Kolyeszar, Brod, Weselak. » C'était Kaminski. Nous nous regardâmes.

– Emil, dis-je, tu sais comment faire marcher ce truc. « Camarades inspecteurs, répondez s'il vous plaît. » Emil souleva le microphone.

– Ici l'inspecteur Brod.

– Appuie sur le bouton, dit Stefan en se penchant vers lui.

Il appuya, la radio se tut, et il répéta. Il relâcha le bouton.

« Merci, camarade Brod. C'était une simple vérification. Terminé. »

– Au revoir, dit Emil.

Mais comme il n'avait pas appuyé sur le bouton, personne au poste ne l'entendit.

Je n'avais pas envie de rentrer à pied parmi la foule. J'empruntai donc l'une des Mercedes de la Milice. Après l'avoir écoutée grésiller un moment, j'éteignis la radio et portai mon attention sur les piétons qui sortaient en masse des magasins et des bureaux. Cette affaire me laissait un profond sentiment d'insatisfaction. Je n'arrivais pas à me sortir de la tête le meurtre de Kullmann – les tendons étirés, les os brisés, l'essence ; mais cette affaire était gonflée de tant d'autres choses que j'avais du mal à la tenir entre mes grosses pattes. Les rues s'élargirent, les immeubles devinrent plus hauts et je fus de retour dans ma cité.

Au moment où j'y pénétrais du côté sud, je vis Magda, au bout du terrain vague, émerger d'un groupe de voitures garées. Je posai ma paume sur le klaxon et faillis appuyer, mais je me ravisai. Elle n'avait jamais vu cette voiture et ne s'apercevrait pas que je la suivais.

Elle sortit de la cité par le boulevard Tachkent et monta dans le tram n° 15. Alors que je passais sous les câbles électriques tendus au-dessus de la rue, le trajet de cette ligne me revint. Elle traversait toute la ville jusqu'au 6e arrondissement. À mesure que le tram approchait de l'Unité 21, je sentais mes mains devenir de glace ; il s'arrêta et repartit sans qu'elle fût descendue et je me mis à rire tout haut. C'était stupide. Je m'apprêtais à rebrousser chemin, quand je la vis descendre à la limite du 3e arrondissement. Mes mains se glacèrent à nouveau.

Elle regarda autour d'elle, comme si elle craignait d'être suivie. Elle traversa la rue et jeta un dernier coup d'œil à la ronde, avant d'entrer dans le café-bar n° 338, la petite tanière turque où j'avais offert le café à Stefan la semaine précédente, et où il se rendait chaque jour.

Je fis demi-tour.

32

Dans la matinée, j'envoyai Emil voir s'il pouvait trouver un dossier quelconque sur Nestor Velcea, l'ancien colocataire d'Antonin et Zoia. Puis Leonek débarqua, arborant le plus large sourire que je lui aie jamais vu.

– Il est mort ! Je n'arrive pas à y croire ! Quelle chance !

– Qui ça ?

– Le vieux ! Le grand-père de la fille !

Tevel Grubin, le grand-père de Chasya Grubin, l'une des deux filles sur la mort desquelles enquêtait Serguei.

– Je ne vois pas en quoi c'est une nouvelle réjouissante, Leonek.

Il se tapota la tempe de l'index.

– Réfléchis, mon pote, réfléchis ! Il ne reste plus qu'un seul membre de la famille pour assister à l'enterrement, et c'est précisément celui que j'ai besoin d'interroger. Zindel, le frère de Chasya. Ils vont le faire sortir de prison, ils n'ont aucune raison de lui refuser ça !

– Ils n'ont pas besoin de raison, Leon.

– Ils doivent le laisser sortir. Tu peux m'accompagner ?

– À l'enterrement ?

Il hocha la tête.

– J'ai besoin de toi. Je pourrais demander à Emil ou Stefan, mais ils ne feraient pas peur à une mouche. J'acceptai, et mon téléphone sonna.

— Sorti, dit Emil.

— Ça veut dire quoi, « sorti » ?

— Avant-hier, quelqu'un a sorti le dossier de Nestor. Devine qui.

— Je t'écoute.

— Brano Sev.

En attendant le retour d'Emil, je racontai l'affaire à Stefan. Je m'efforçai de prendre un ton brusque, mais il ne parut pas le remarquer. Nous regardâmes Brano Sev assis à son bureau, le dos tourné, plongé dans ses dossiers. C'était toujours ainsi que nous voyions Brano Sev : un homme assis à son bureau en train de compulser des documents. Quand il le quittait pour aller accomplir les actes abominables qu'exigeait la Sécurité d'État, pour nous, il était simplement absent. Il ne partageait pas ses enquêtes avec nous, mais nous savions qu'il n'ignorait rien des nôtres.

Emil arriva, les joues rougies par le froid.

— Tu l'as eu ?

— Je t'attendais.

— Moi ? Pourquoi ?

— Je ne sais pas, dis-je en fixant le sol.

Comme chaque fois que quelqu'un s'approchait de son bureau, Sev referma instinctivement son tiroir. J'esquissai le geste de m'appuyer sur son bureau, mais je me ravisai.

— J'ai besoin de consulter un dossier à toi. Un certain Nestor Velcea.

Pour la première fois de ma vie, je vis une expression de surprise sur le visage de Brano Sev.

— Pourquoi t'intéresses-tu à Nestor Velcea ?

— Son nom est apparu au cours d'un interrogatoire, et je veux juste savoir s'il y a quelque chose à apprendre.

Sev se tourna vers son grand tiroir, hésita puis l'ouvrit. Ses dossiers étaient si serrés que quand il voulut sortir celui de Velcea, il dut écarter les autres des deux mains pour les empêcher de venir avec. Il retint le dossier tandis que je tenais l'autre coin.

— Rends-moi un service, tu veux ?

— Bien sûr, Brano.

— Dis-moi s'il contient quelque chose d'utile à ton enquête.

Je hochai la tête et il lâcha le dossier.

Je l'ouvris sur le bureau de Stefan, qui se hâta de le parcourir, nous passant les pièces qui lui semblaient dignes d'intérêt. Une photo datant d'avant son incarcération : un jeune homme aux boucles blondes, plutôt beau garçon. Les renseignements étaient maigres. Il était né dans la Capitale en 1919, ce qui lui faisait trente-sept ans — le même âge que moi. En face de sa profession était inscrit « Divers », la peinture figurait à la rubrique « Loisirs », et il était fait mention de tendances politiques réactionnaires.

Il n'y avait pas grand-chose d'autre. Sa famille avait été transférée dans le sud après la guerre, ce qui expliquait peut-être pourquoi Nestor n'avait jamais eu de travail régulier. Il n'avait pas de passeport intérieur qui l'aurait fait bénéficier d'un emploi dans la Capitale. Mais il était resté quand même, travaillant à sa peinture et gagnant péniblement sa vie ici et là.

Ses dix années d'emprisonnement dans le camp de travail de Vatrina, numéro 480, de 1946 à 1956, n'occupaient qu'une seule ligne — les détails devaient se trouver dans le dossier du camp. Au dos de sa fiche d'empreintes, avec ses dix spirales d'encre noire, Stefan trouva une brève description physique ajoutée après l'amnistie de septembre et fournie par un informateur du nom de Napoléon : « Claudication due à une blessure à la jambe droite. Main gauche abîmée — absence de petit doigt. » Nous nous regardâmes en silence, puis j'allai prendre sur mon bureau la série d'empreintes relevée dans l'appartement d'Antonin. Elles correspondaient à celles de Nestor.

Nous avions le nom de notre meurtrier.

Quand je rendis à Sev le dossier de Nestor, il referma celui qu'il venait d'ouvrir sur son bureau.

— Dis-moi, demandai-je, pourquoi la Sécurité d'État s'intéresse-t-elle au dossier d'un peintre ?

Brano Sev glissa le dossier dans son tiroir.

— Une simple vérification de routine sur les prisonniers amnistiés. On fait ça de temps en temps. (Il évitait mon regard.) Et toi ? Quelque chose d'intéressant ?

Brano Sev ne méritait aucune information de quiconque : s'il pouvait mentir, je le pouvais aussi.

— Non, dis-je. Rien du tout.

33

Le jeudi matin, dans le poste encore vide, j'eus une illumination. Je demandai à l'opérateur de la Milice de me passer la prison Ozaliko, du nom d'un nationaliste du XVIe siècle dont le nom avait été exhumé de l'histoire peu après le traité de Versailles. Un homme qui en avait manifestement marre de son boulot me répondit.

— Ici l'inspecteur Ferenc Kolyeszar, de la brigade criminelle de la Milice.

— Bonjour, camarade inspecteur.

— Avez-vous encore chez vous un certain Lev Urlovsky ? Il a été incarcéré l'été dernier.

— Urlovsky ? (Il compulsa ses fiches.) Je vois. Celui qui a tué son fils ?

— Celui-là même.

— Ce parfait fumier va rester ici encore une semaine ou dix jours, puis il va être expédié en province.

— En camp de travail ?

— C'est ça, grogna le fonctionnaire. De travail…

J'avais conscience de lancer ma ligne très loin, mais Nestor et lui avaient été dans le même camp et il n'était pas impossible qu'ils se soient connus, voire qu'ils se connaissent encore. Je lui dis que j'arriverais dans les quatre heures pour remplir une demande d'interrogatoire.

— À votre disposition.

Des pas résonnèrent brusquement dans la pièce. Je sus de qui il s'agissait avant même d'avoir levé les yeux.

— Vous, là !

Il était devant mon bureau, me menaçant d'un index qui ne tremblait pas.

— Je vois que vous avez repris votre traitement.

Malik Woznica asséna sur mon bureau un coup de poing qui fit sauter ma machine à écrire.

— Où est ma Svetla ?

Je m'efforçai de prendre un air dégagé.

— Vous n'avez pas encore eu de ses nouvelles ? Aucune demande de rançon ?

— Ne me parlez pas sur ce ton ! Qu'avez-vous fait de ma femme ?

— Je crois que mon chef vous a informé, camarade Woznica, que je ne l'ai pas trouvée. On l'avait confondue avec une prostituée, mais votre femme n'a vraiment rien d'une prostituée.

Il respirait lourdement, peu habitué à un tel effort.

— Camarade inspecteur Kolyeszar, gronda-t-il les dents serrées. Vous avez signé des papiers qui l'autorisaient à sortir du pays. Votre nom est inscrit sur un document indiquant que vous avez pris Svetla Woznica sous votre garde.

— Je me suis trompé de personne.

J'avais parlé d'un ton calme, mais j'étais sous le choc. J'avais oublié la levée d'écrou.

— Non, camarade Kolyeszar, vous ne vous êtes pas trompé. Vous avez commis une erreur. Vous avez cru pouvoir vous mettre en travers du chemin de Malik Woznica, du ministère de la Santé. Vous vous êtes cru au-dessus des lois. (Il posa une main ferme sur mon bureau.) Mais je vous briserai !

Puis il sortit, avec un air de grande santé.

34

Je n'attendis pas les autres. Je sautai dans l'une des Mercedes de la Milice et je fonçai vers Ozaliko.

Cette fois, c'étaient mes propres mains qui tremblaient, et je dérapais un peu dans les virages. La radio de la Milice grésillait doucement, et j'entendais des voix ici et là. Leonek informait le poste qu'il se dirigeait vers la Milice du 4e arrondissement, et Regina Haliniak le remerciait de la tenir au courant. Je soulevai le micro et allai jusqu'à appuyer sur le bouton avant de renoncer. Sev apprendrait où j'allais et se poserait des questions. Il voudrait savoir pourquoi j'allais interroger un prisonnier à Ozaliko, et je ne comptais pas l'en informer pour l'instant. Il avait eu entre les mains le dossier de mon tueur, ce qui signifiait que Kaminski l'avait aussi. Ils étaient deux têtes de la même hydre.

L'homme qui semblait en avoir marre de son boulot avait une tête en accord avec sa voix. Ses traits affaissés formaient un net contraste avec le Mihai souriant sur le mur. Je lui dis que j'avais appelé une demi-heure plus tôt, ce qui ne parut éveiller aucun souvenir dans son esprit. Il me tendit les documents à remplir et me proposa un stylo.

Le questionnaire comportait trois pages de questions personnelles et un espace où exposer les raisons de ma visite au prisonnier. Je les remplis laborieusement sans mentionner le nom de Nestor Velcea. S'il le voulait, Sev n'aurait aucun mal à retrouver ma trace, mais je n'avais pas de raison particulière de lui faciliter la vie.

L'employé reprit les feuilles sans m'accorder un regard.

— Et maintenant ? demandai-je.

Il leva les yeux vers moi.

— On vous contactera.

Je repartis pour le poste avant de changer d'avis. Je craignais que Woznica n'y soit encore, agitant des documents compromettants sous le nez de Sev et de Kaminski. J'avais peur que Kaminski en ait fini de jouer avec moi, qu'il n'ait fait qu'attendre tout ce temps qu'une cellule se libère pour moi boulevard Yalta, où je pourrais méditer à mon aise sur mes exploits du 6 novembre. Aussi je me garai place du 25-Octobre et demandai à Corina si je pouvais me servir de son téléphone. Elle regarda Max sans cesser d'essuyer ses verres, et il haussa les épaules.

– Allô ?

– Vera ? C'est moi, Ferenc.

– Eh bien, ça c'est une surprise.

– Je te dérange ?

– Pas du tout. Je préparais mes cours. Tu veux passer ?

– Je peux t'offrir un café ? Je suis place du 25-Octobre, chez Max et Corina.

À ce moment, je n'avais pas l'intention de coucher avec elle, du moins je le croyais. Je voulais seulement quelqu'un à qui parler, et je savais qu'elle serait chez elle. Mais je savais aussi qu'elle voudrait autre chose de moi qu'un moment de bavardage.

Le froid semblait l'avoir rajeunie de dix ans. Je fis signe à Corina d'apporter un autre café.

– Tu ne devrais pas être en train de courir après des criminels ?

– Oui, mais aujourd'hui, ça ne me dit rien. Sur quels textes travaillais-tu ?

Corina apporta le café. Vera la remercia, repoussa ses longs cheveux derrière les oreilles et se pencha vers moi.

— Ce n'est pas ça qui t'intéresse, franchement ?

Je sentais son souffle chaud sur mon visage.

— Mais si, ça m'intéresse, protestai-je.

— Eh bien, dit-elle en se rejetant en arrière, Marx, si tu tiens tant à le savoir. Sa critique de *La République* de Platon. Il y voit une défense du système de castes égyptien, ce qui, tu t'en doutes, ne plaît pas trop au vieux Karl.

— J'imagine.

— Certains de mes étudiants se montrent assez critiques envers Platon, mais j'aime à leur signaler combien le marxisme social est proche au fond de sa théorie des Idées. En essence du moins, parce que la société avance vers un objectif prédéterminé, une idée pure.

Je la contemplai, bouche bée, jusqu'à ce qu'elle comprît.

— Tu ne connais rien à Platon, n'est-ce pas ? C'est vraiment très simple. Niveau maternelle. Platon estimait que, pour toute chose, il existe une forme essentielle plus réelle que la réalité.

— Quelque chose comme l'âme ?

— Non, dit-elle, mais c'est une erreur commune. Il a recours à l'image de gens dans une caverne, passant devant un feu. Le feu projette des ombres sur le mur, et nous sommes ces ombres. Notre monde est sur le mur, et les gens passant devant le feu sont l'idéal. (Je hochai la tête.) Tu es sûr de n'avoir jamais entendu parler de ça ?

Si, bien sûr, mais je voulais l'entendre parler encore.

— Continue, d'accord ?

— Un exemple : pour tous les pommiers, il existe un pommier unique et parfait qui est leur essence et auquel ils ne sont pas égaux.

— Comme Dieu nous formant à son image.

— Un peu.

— Et tous les pommiers aspirent à cette essence parfaite ?

— Peut-être. Mais ça concerne surtout les humains. (Elle pointa un doigt sur moi.) Derrière Ferenc Kolyeszar, il y a un Ferenc Kolyeszar idéal. Tu aspires à l'être ?

— Évidemment. Pas toi ?

— Bien sûr que j'aspire au Ferenc parfait, dit-elle en souriant. (Elle secoua la tête.) En fait, non. Plus maintenant. Autrefois, je croyais qu'il y avait une Vera Pecsok idéale qui était l'épouse parfaite. J'y ai longtemps travaillé. Mais plus j'avançais dans l'action, car ce n'est que dans l'action qu'on se transforme, moins j'étais heureuse et moins je me sentais moi-même. Alors soit la Vera parfaite n'était pas une épouse parfaite, soit il n'y a pas de Vera parfaite. (Elle haussa les épaules.) Je préfère cette dernière hypothèse : chaque nouvelle action fait de moi quelqu'un d'un peu différent.

— Mais alors pourquoi enseignes-tu ça, si tu n'y crois pas ?

— Parce qu'on me laisse encore le faire, dit-elle en prenant une cigarette. J'avais six classes, maintenant ils m'ont réduite à deux, et ils n'ont pas l'air de se rendre compte que j'enseigne en dessous du quota.

Nous bûmes notre café en silence. Je réfléchissais. Y avait-il un Ferenc idéal auquel j'aurais dû tendre à ressembler ? Un mari, un père, un milicien idéal ? Un grand écrivain ?

– Quand j'étais étudiante à Zurich, reprit-elle, l'un de mes professeurs avait une théorie sur les femmes. Il disait qu'en temps de guerre ou de révolution, quand leurs hommes ne peuvent pas les protéger, elles voient leur vie telle qu'elle est. Alors elles comprennent qu'elles sont seules, comme tout un chacun. Elles comprennent aussi que cette vie, avec cet homme, n'est pas ce qu'elles voulaient. C'est seulement à la clarté de cette soudaine vision qu'elles trouvent la force de changer de vie. Alors elles s'en vont.

– C'est vrai ? Les femmes quittent leurs hommes en temps de guerre ?

– Ça arrive, dit-elle en haussant les épaules.

– C'est un prof qui t'a dit ça ?

– Un prof qui était aussi mon amant.

– Oh...

– Pourquoi m'as-tu appelée, Ferenc ?

– Je ne sais pas exactement.

– Bien sûr que tu le sais. Ce « je ne sais pas » est la plus vieille excuse, et la pire.

– Eh bien, pour ça, je suppose. Pour parler. On ne le fait jamais.

Elle plaça sa cuiller dans sa tasse vide.

– Ferenc, le bavardage n'est pas ce que j'attends de toi. (Elle posa un ongle rouge sur le dos de ma main.) Tu sais que Karel part en Yougoslavie samedi prochain ?

– Non.

– Un déplacement pour l'Union des écrivains. Il représente nos hommes de lettres. Il en est très fier.

— Il peut l'être.

— Je serai toute seule jusqu'à lundi.

La conversation en resta là et je rentrai chez moi pour attendre ma famille. Agnes arriva la première, mais elle non plus n'avait pas envie de parler. Elle avait eu une sale journée, et tout ce que je pus lui arracher, c'est qu'elle avait envie d'aller dans sa chambre et de ne plus jamais en sortir. Magda n'était pas de meilleure humeur, et j'essayai en vain d'échanger quelques mots avec elle après le dîner. Je lui dis que j'avais pris un café avec Vera, ce qui ne parut guère l'émouvoir. Elle n'était pas au courant du baiser de Noël, ni du plus récent, mais l'eût-elle su, pensai-je, que ça n'aurait rien changé.

35

Emil était déjà arrivé et m'attendait, un bout de papier à la main.

— Les résultats, dit-il en souriant.

La veille au soir, un milicien du 2e arrondissement avait repéré Nestor Velcea près de l'appartement d'Antonin, mais sans réussir à l'attraper.

— Comment savait-il qu'on cherchait Velcea ?

— J'ai diffusé un bulletin de recherche.

Mon secret était éventé.

Nous nous rendîmes au poste du 2e arrondissement, où l'opérateur diffusa un appel radio pour trouver Laszlo, le milicien qui avait repéré Nestor.

Nous attendîmes sur un banc, écoutant les talons des secrétaires résonner dans le couloir.

– La question n'est plus de savoir qui, déclara Emil, mais pourquoi.

Je hochai la tête, fixant mes mains, faisant tourner mes bagues.

– Très juste. Tu as une idée ?

– Des peintres partout. Où cela nous mène-t-il ?

– Un meurtre particulièrement horrible et deux autres qui le sont un peu moins. Un peintre qualifié de monstre et deux personnes qui le connaissaient. Et un autre peintre, Nestor Velcea, libéré d'un camp de travail, qui tue tout le monde.

– Ouais, conclut Emil en fixant lui aussi ses mains.

Laszlo avait les tempes grises et semblait trop vieux pour arpenter les rues. Il avait reconnu Nestor grâce à la description d'Emil, mais avait été assez idiot pour l'apostropher de loin.

– Le type n'y a pas réfléchi à deux fois, grogna-t-il. Il avait disparu avant que j'aie fini d'appeler son nom. Il est peut-être boiteux, mais ça ne l'empêche pas de cavaler.

Ce fut un déplacement inutile, comme le fut notre nouvelle visite à l'appartement d'Antonin. Rien n'indiquait que Nestor y fût revenu : Laszlo l'avait peut-être empêché d'y pénétrer. Nous passâmes l'après-midi à ratisser le voisinage, mais personne ne se rappelait un homme boiteux à qui il manquait un doigt. De retour au poste, je fus soulagé de ne trouver ni Sev, ni Kaminski, ni Woznica. Mais je trouvai Leonek, encore d'une humeur extatique.

– Ils le laissent sortir ! Qu'est-ce que je t'avais dit ?

Je m'installai derrière mon bureau.

— Qui ça ?

— Zindel Grubin, évidemment ! Ça t'arrive de m'écouter ? (Il frappa des phalanges sur mon bureau.) Ils vous enferment et ils vous tuent, mais ils veulent qu'il y ait quelqu'un à votre enterrement. Tu es toujours d'accord pour venir ?

— Dimanche, c'est ça ?

— Passe me prendre.

Quand les autres furent partis, Stefan arriva. Je lui fis le récit de nos mésaventures, qu'il accueillit d'un hochement de tête pensif. Puis il s'assit et se plongea dans la paperasse.

J'aurais pu aller vers lui et le frapper de nouveau — ça me démangeait toujours — mais malgré tout, ma colère s'était dissipée. Il semblait fatigué lui aussi, et je me demandai si la culpabilité l'empêchait de dormir. J'allais le frapper, mais avant que j'aie pu faire un geste, il se leva, s'étira et me dit qu'il était crevé et qu'il rentrait.

Je te crois, que t'es crevé.

36

Je me mis à la machine dans le poste désert. J'entamai une fiction sous forme de lettre, adressée à « Ma chère femme », où l'auteur énumérait ses raisons de la quitter. Il lui disait pourquoi il emmenait leur enfant avec lui, pourquoi il ne pouvait plus vivre dans le mensonge. Il ne comprenait pas pour quelle raison leur mariage avait échoué au bout de quinze ans, même s'il avait le bon goût de prendre une part des responsabilités. Il savait qu'il existait quelque chose de plus haut que le bonheur ordinaire, et il aurait voulu qu'elle le comprenne. Mais elle ne comprenait rien. Alors il la quittait en emmenant leur fille.

Je sortis le feuillet du rouleau et le fourrai dans la poche de ma veste sans le relire.

— Encore de l'écriture égocentrique ?

Kaminski se tenait sur le seuil, bras croisés, et me souriait.

— Vous faites des heures sup, Ferenc ?

— Parfois, dis-je en enfilant mon manteau.

— Vous savez à quoi j'ai pensé ces derniers temps, Ferenc ? (Il s'approcha et se pencha sur mon bureau.) Au Kazakhstan. Vous vous rappelez ce que je vous ai raconté l'autre jour ? Eh bien, les chiffres commencent à nous arriver, et j'avais raison. Nous avons réussi. (Il eut un large sourire.) Sur cette seule région, nous avons récolté vingt millions de tonnes de blé. Soixante millions sur l'ensemble des terres nouvellement défrichées, cent vingt-cinq millions de tonnes dans toute l'Union soviétique ! Qu'en dites-vous ?

Il attendait une réponse, et je hochai la tête.

— C'est bien mieux que ça, mon cher ami. C'est un sacré miracle. La plus grande récolte dans l'histoire de l'URSS. (Son sourire s'élargit et je fis une pâle tentative pour me mettre au diapason, mais il reprit aussitôt sa gravité.) Ce genre de choses ne vous impressionne pas, hein, Ferenc ?

— C'est très impressionnant, dis-je.

Il secoua la tête.

— Non. Vous ne vous intéressez qu'à l'individu. Et vous l'avez démontré le 6 novembre. Qu'on vous mette dans un groupe, et vous ferez toujours bande à part, pas vrai ?

Je ne répondis pas. Il serra les lèvres et hocha la tête.

— Comment avance votre enquête ?

— Lentement.

— C'est bien ce que je pensais. Parce que vous ne savez pas travailler en équipe. Vous devriez peut-être trouver un autre boulot, Ferenc. Je peux vous aider là-dessus.

Je déglutis visiblement.

— Quel genre de boulot ?

— Qu'est-ce que ça peut faire ? dit-il en haussant les épaules. Un amateur d'art comme vous. Vous aimez les tableaux de Vlaicu ?

— Pas vraiment.

— Mais vous êtes tous allés à son exposition. Ça, c'était une surprise. On ne voit guère de miliciens dans les musées. Évidemment, Stefan n'a pas pu s'empêcher de faire l'idiot, hein ?

Il avait adopté le ton léger de la conversation, mais ses traits tendus démentaient cette légèreté. Je ne savais pas s'il cherchait à m'effrayer, ou si c'étaient de simples paroles en l'air. La Sécurité d'État travaille toujours par diversion, et il est vain de chercher à savoir ce qu'elle a vraiment en tête.

— Vous le savez, n'est-ce pas ?

— Quoi donc ? peinai-je à articuler.

— Que vous et moi allons nous retrouver face à face, bientôt. Je ne suis pas le genre d'homme à oublier une insulte, ni à ignorer qu'un homme placé sous mes ordres m'a infligé un camouflet en public.

— Je... je sais.

Il cogna de ses phalanges sur mon bureau, sans me quitter des yeux.

— Il y a une raison qui fait que vous n'êtes pas en train de croupir en prison à l'instant même.

Je voulus demander laquelle, mais ma bouche était trop sèche.

— La seule qui vous permet de rentrer retrouver votre famille ce soir. Que voulez-vous me demander ? Allez, n'hésitez pas.

Ma langue était comme du plomb.

— Eh bien, dis-je, quelle... raison ?

— Non, Ferenc, non ! (Il leva l'index et l'agita sous mon nez.) Ce n'est pas la bonne question. La bonne, c'est : « Comment faire pour ne pas me retrouver en cellule après vous avoir humilié en public, camarade Kaminski ? »

— Et, comment ? articulai-je, les lèvres sèches. Il ouvrit les bras et sourit.

— C'est très simple, camarade Kolyeszar. Vous travaillez. Vous faites votre boulot au mieux de vos capacités limitées. Ramenez-nous votre tueur et peut-être qu'en récompense de vos bons et loyaux services, j'oublierai le passé.

Je hochai la tête et, sur le moment, je ne souhaitai rien d'autre au monde que son pardon.

Mais il en avait assez. Il m'expédia d'un geste.

— Allez-y, Ferenc. Saluez Magda et Agnes de ma part. (Il me fit un clin d'œil.) Assurez-les de mon affection.

37

— Ton dîner est dans la glacière, dit Magda. À l'avenir, préviens-moi quand tu dois rentrer tard.

— Bien sûr.

— Et il y a eu un appel pour toi. Un certain… Vozka ?

— Woznica.

— C'est ça. Je lui ai dit de laisser un message, mais il voulait juste que je te dise qu'il allait rappeler. Il a insisté là-dessus.

— Où est Agnes ?

— Dans sa chambre.

Je m'arrêtai devant sa porte, m'efforçant de renvoyer aux ténèbres les menaces de Kaminski. À ma grande surprise, elle était sur son lit en train d'étudier son français, ses lunettes sur le nez, Pavel allongé près d'elle. Elle souleva le livre pour me le montrer.

— Très bien.

Elle s'assit et croisa les jambes sous elle.

— Je me dis que tu as peut-être raison, papa. Le lycée français n'est pas une si mauvaise idée.

Elle essayait de prendre un ton enthousiaste, sans guère y parvenir. Je m'assis près d'elle et entourai ses épaules de mon bras.

— Alors, ça n'a pas marché avec lui ?

— Avec qui ?

— Ce petit copain dont tu ne veux pas me parler.

Elle écarquilla les yeux et rougit.

— Je n'ai jamais eu de petit copain.

Je lui caressai les cheveux et lui tirai le lobe de l'oreille.

– D'accord, d'accord. Parlons du lycée français.

Le prochain examen était fixé à la mi-décembre. Cela lui laissait un mois de préparation, ce qui me semblait un peu court, mais elle était optimiste.

– Comme ça, je pourrai commencer en janvier.

– Si tu réussis.

– Je vais réussir.

Son optimisme me gagna.

Le dîner était froid, mais bon. Des travers de porc et des patates sautées. La cuisine de Magda semblait s'être améliorée ces derniers temps, et je me demandai si sa culpabilité la travaillait elle aussi. Elle alluma une cigarette et s'assit face à moi.

– Tu as sorti de l'argent du compte, il y a quinze jours ?

– Oui.

– Pourquoi ?

– Georgi avait besoin d'un prêt, dis-je en contemplant ma fourchette.

– Tu aurais pu me prévenir, quand même.

– Excuse-moi. Il nous le rendra au début du mois prochain.

– J'y compte bien, dit-elle en soufflant sa fumée.

Je m'efforçai de lui sourire, mais je ne pouvais que rêver d'un monde où l'argent serait mon seul souci.

38

C'était un beau dimanche et Leonek et moi attendions dans l'un des nouveaux cimetières. La guerre avait rempli ceux du centre, et le surplus de cadavres avait été expédié dans les nouveaux terrains de la périphérie. Celui-ci était dépourvu de grillage, et les tombes étaient de simples dalles dans l'herbe. Un nom, des dates, parfois un grade. L'aspect plat du cimetière était accentué par la hauteur des immeubles qui se dressaient dans le lointain. Deux arbres qui n'étaient encore que des brindilles s'élançaient pleins d'espoir vers un soleil blanc qui ne réchauffait rien. Un homme muni d'une pelle se tenait près d'un monticule de terre.

— On est les premiers ? lui demanda Leonek.

Le visage morne du fossoyeur s'éclaira et il plissa les lèvres.

— Personne n'arrive en avance à un enterrement.

— Personne sauf nous.

À nos pieds, un trou rectangulaire bien net et une dalle où était inscrit :

GRUBIN TEVEL — 1856-1956

— Tevel était centenaire, dit Leonek. Il a eu de la chance.

— Quel foutu siècle à traverser, dis-je.

Nous reculâmes vers les deux arbustes, y cherchant une illusion de protection.

Un vent froid nous giflait. Au loin, un corbillard s'avança lentement sur l'allée gravillonnée et s'arrêta devant le fossoyeur. Le chauffeur et lui en sortirent un cercueil bon marché qu'ils déposèrent à côté du trou.

— Où est enterrée ta mère ? Pas ici…

— À l'autre extrémité de la ville. Un petit cimetière isolé et plein d'arbres.

Au bout d'un moment, cinq vieillards firent leur apparition, voûtés et tout de noir vêtus. Deux hommes en manteau hassidique, trois femmes portant un châle de cérémonie sur la tête. Des voisins ou des amis du quartier juif. Ils attendirent près du cercueil en nous jetant des regards méfiants. L'un des hommes, qui semblait avoir la sérénité d'un rabbin, s'approcha du cercueil et l'ouvrit. Le corps était recouvert d'un linceul où étaient inscrits des mots en hébreu.

Nous craignîmes d'abord que Zindel Grubin ne vienne pas. Puis Leonek repéra le reflet du soleil sur une voiture blanche qui approchait. Nous quittâmes l'abri illusoire des arbres pour regarder avec les autres la voiture s'arrêter derrière le corbillard. Zindel Grubin en sortit, encadré par deux costauds qui le poussèrent devant eux en silence. Les vieux s'avancèrent pour le saluer.

Zindel avait un visage fin et de grandes oreilles qui ressortaient sur sa tête rasée. Il souriait d'un air incertain tout en se penchant pour recevoir les accolades.

Le chauffeur du corbillard ouvrit un livre relié en cuir et dit quelques mots. L'éloge funèbre officiel, stéréotypé. Il inséra maladroitement le nom de Grubin, Tevel, dans les blancs du texte. Les gardes reculèrent vers les arbres et se mirent à fumer tranquillement, conscients que Zindel n'avait aucun endroit où se cacher.

Le vieil homme qui avait ouvert le cercueil se tint au-dessus du corps et lut quelques phrases en hébreu. Avec Leonek, nous échangeâmes un coup d'œil : tout nous paraissait mystérieux. Une femme pleura brièvement, et Zindel contempla le linceul comme s'il essayait de le transpercer du regard.

Une fois le panégyrique terminé, nous aidâmes Zindel et le fossoyeur à faire descendre le cercueil en terre. Il était étonnamment léger.

Les visiteurs échangèrent quelques mots avec Zindel et nous attendîmes derrière eux. Leonek lui tendit la main et se présenta.

— Mes condoléances, dit-il tandis que le prisonnier prenait sa main d'un air hésitant. On peut se parler un moment ?

— Cela dépend de mes gardiens, je suppose, dit Zindel en lui lâchant la main.

Les gardes fumaient toujours près de l'arbre.

— On dira que je suis un cousin. Venez.

Il posa une main sur l'épaule de Zindel qui, à ma surprise, ne se déroba pas. Je restai près d'eux, gardant un œil sur les gardiens, mais ouvrant grandes mes oreilles.

— J'ai vu que vous aviez été arrêté pour sabotage.

Zindel sourit.

— Ça serait trop beau. Je faisais passer des tracts aux soldats dans les casernes de banlieue. C'est ce qu'on appelle du sabotage, de nos jours. (Il se retourna vers les visiteurs.) Le fait d'être juif n'a rien arrangé, comme toujours. Vous savez, on m'a dit que beaucoup de gens chez nous voulaient partir pour Israël. Je n'y croyais pas, mais on dit qu'au ministère de l'Intérieur, ils envisagent d'y expédier le quartier tout entier. Ça vous paraît possible ?

— Non, dit Leonek. Ça me paraît parfaitement impossible.

— Vous êtes juif ?

— Arménien.

— Ah, dit Zindel en hochant la tête. Ce n'est pas mal non plus.

— Écoutez, je suis ici à propos de votre sœur, Chasya. Vous pouvez me parler d'elle ?

Zindel haussa les épaules.

— Elle était adorable, dit-il. Une petite poupée. C'est pour ça qu'ils s'en sont pris à elle. Dès que les Russes voient quelque chose de pur, ils ne pensent qu'à pisser dessus.

— Et Serguei Malevich, l'inspecteur qui était sur l'affaire ?

— Un autre Russe, dit Zindel en secouant la tête.

— Celui-là était différent.

— Pour vous peut-être, inspecteur, mais pas pour moi. C'était un beau parleur, ce Russe, il a même failli me faire douter. Mais j'ai été plus malin que lui.

— Vous n'avez pas l'air de savoir qu'il a été tué.

Je tournai les yeux à temps pour voir le doute s'insinuer sur le visage de Zindel.

— Qui l'a tué ?

— Les Russes. Quand il était sur l'affaire. Parce qu'il était différent. (Zindel fit une grimace en contemplant la tombe de son grand-père.) C'est pour ça que je suis ici, poursuivit Leonek. Il a été tué parce qu'il avait découvert qui étaient les meurtriers, et j'essaie de reprendre son enquête. Pour obtenir un peu de justice, enfin. (Le mot fit sourire Zindel, comme si c'était une blague.) Mais il faut que vous me racontiez ce dont vous vous souvenez.

Il ne se souvenait pas de grand-chose. Un soir, Chasya n'était pas rentrée à la maison, alors il était allé voir chez son amie Reina. Elle n'était pas rentrée non plus. Il pleuvait fort et il avait cherché dans tous les recoins et les allées où elles traînaient parfois. Ses autres amies lui avaient confirmé qu'elle était partie pour la maison.

– Alors j'ai eu le pressentiment qu'il était arrivé quelque chose de terrible.

Son père et lui étaient ressortis et s'étaient mis à interroger des inconnus. C'était une attitude rare à cette époque, et une fois la première suspicion passée, ils avaient obtenu un indice : un épicier avait vu deux jeunes filles parler à des soldats à l'angle des rues Polska et Josefov.

– J'imagine qu'elles ont changé de nom, aujourd'hui. (Leonek confirma d'un signe de tête.) Nous sommes restés dans ce coin. Nous sommes passés plusieurs fois devant la synagogue, mais elle était condamnée par des planches, et nous n'avons pas pensé à regarder à l'intérieur. Après avoir fouillé partout, nous avons fini par faire le tour et par trouver une porte dont les planches avaient été arrachées. Il était très tard, et nous n'avions pas de torche. Alors mon père a craqué des allumettes. On n'a pas mis longtemps à les retrouver. Elles étaient allongées derrière des bancs. Violées et égorgées.

Il avança au bord de la fosse, jeta un coup d'œil à ses gardiens qui avaient tourné la tête vers lui.

— Vous croyez que je devrais sauter ? Est-ce que ça me débarrasserait d'eux ? Non, dit-il en revenant vers nous.

Ils avaient rempli des dossiers et des plaintes. Zindel, du moins. Car son père, après avoir vu les corps, s'était effondré. Il avait cessé d'aller travailler, et sa femme avait dû s'occuper de tout. Pendant des semaines, ils n'eurent aucune nouvelle des autorités, et Zindel mena sa propre enquête. Il obtint la description de deux des hommes — ils étaient quatre en tout — et apporta ces informations à un employé fatigué de la Milice qui haussa les épaules et les fourra dans un tiroir. « Je suis sûr qu'il les a mis au panier dès que j'ai eu le dos tourné. » Ensuite, avant que l'inspecteur Serguei Malevich vienne le trouver chez lui avec un air empressé auquel il ne s'était pas laissé prendre, il avait même obtenu un nom : Boris Olonov.

— Il achetait son pain tous les jours à la même boulangerie, c'est comme ça que je l'ai appris. Mais après avoir tué ma sœur, il ne s'est plus montré dans le quartier. Je n'ai jamais pu lui mettre la main dessus.

— Et vous n'avez pas dit son nom à l'inspecteur. (Zindel secoua la tête et Leonek se mit à balbutier d'irritation.) C'était une erreur. Vous n'imaginez pas à quel point.

Zindel parut surpris de la sincérité du ton de Leonek. Il me lança un coup d'œil et reprit :

— Si je lui avais donné le nom, cela m'aurait-il rendu ma sœur ? Est-ce qu'il serait arrivé quelque chose à Boris Olonov ? (Il secoua la tête.) Rien du tout. Sauf que les Russes auraient su tout ce que je savais.

— Mon coéquipier n'aurait peut-être pas été tué.

— Peut-être, dit-il. Mais je n'en jurerais pas.

39

Zindel retourna à ses gardiens, qui le ramenèrent à la voiture. Ils s'empilèrent tous les trois sur le siège avant et repartirent pour Ozaliko.

— Ça t'a aidé ? demandai-je en démarrant la voiture.

— Pas vraiment. Peut-être. Je ne sais pas. (Il passa un doigt sur le pare-brise et regarda la crasse qu'il avait ramassée.) Je peux remplir un rapport sur Olonov, c'est déjà ça. C'est peut-être lui qui a tué Serguei. Mais il est quelque part au fond de la Russie, maintenant, et il a tout oublié des deux filles et de Serguei. Impossible de lui mettre la main au collet.

— Tu as peut-être un moyen, dis-je en changeant de vitesse. (Il me regarda.) Kliment. Il m'a aidé récemment sur une affaire. Il sera peut-être disposé à enquêter un peu.

— Kliment t'a aidé ?

— C'est un type bien.

— Comme son père, dit Leonek. (Un sourire éclaira son visage.) Oui, ça pourrait marcher.

Nous prîmes quelques verres dans sa petite maison au toit de tôle. Depuis la mort de sa mère, on aurait dit que personne n'y avait fait le ménage, à part dans la chambre. Le lit était fait, les draps étaient amidonnés et tous les meubles époussetés.

— C'est ici que tu vis ? demandai-je et son visage se couvrit de taches rouges.

À notre troisième verre, Leonek mit la radio. Elle était sur la station américaine. Ces jours-ci, ils étaient plus calmes, rapportant les événements internationaux d'une voix tempérée et laissant le vitriol à leurs invités, des exilés récemment échappés de l'Empire. Un écrivain de Kiev racontait en détail les interrogatoires que lui avait fait subir le KGB. Il décrivait le froid et le chaud appliqués sur la peau, l'effet de simples coups de bâton sur les mollets. Je me demandai auquel de ces outils élémentaires allaient les préférences de Kaminski, avant d'écarter cette idée.

— Tu écoutes souvent cette station ?

— C'est la seule que j'écoute, répondit-il en portant son verre à ses lèvres.

Je partis au crépuscule, un peu étourdi de tous ces verres ; je roulai jusqu'au 5e arrondissement et fis lentement le tour des petites rues, en m'arrêtant généreusement devant les piétons. Mes mains et mes pieds savaient où j'allais, mais je n'étais pas pressé. Quand ma tête le comprit, je m'efforçai de le nier, mais une fois garé au pied de l'immeuble de Vera, il ne me fut plus possible de me raconter des histoires.

Je montai en pensant seulement que Vera et Karel Pecsok vivaient dans un bien bel immeuble. Quand je frappai, elle ouvrit la porte, dit « Salut » et s'arrêta net.

Elle était à moitié habillée, comme si elle s'apprêtait à sortir. Un soutien-gorge, une jupe noire et des bas, ses cheveux roulés en chignon sur sa nuque.

— Eh bien, finit-elle par dire avec un sourire.

— Tu es occupée ?

— Juste en train de me demander quoi faire de ma soirée. Entre.

La beauté de Vera tenait moins à son aspect physique qu'à sa férocité. De longs doigts affamés qui m'ôtèrent ma veste et mon chapeau, de grands yeux dévorant mon torse, mes bras, mon visage. Son soutien-gorge flottait sur ses épaules blanches et osseuses. Elle était si mince. Elle alla poser ma veste dans la chambre et revint vêtue d'un corsage, sentant la lavande, deux verres de vin à la main.

— Tu me surprends, mon cher. Tu me surprends toujours.

— J'étais dans le quartier.

Ses lèvres étaient sa seule partie charnue. Elles s'étiraient quand elle buvait, et ses dents fortes heurtaient parfois le verre avec un bruit clair.

Elle mit la radio. Je fus soulagé de ne pas entendre d'Américains, juste un pianiste soviétique bien dressé exécutant les griffonnages d'un de ses compatriotes. Je réalisai que j'étais encore planté au milieu de la pièce et je m'assis au bord du canapé. Vera s'installa près de moi, une main sur mon dos et sa cuisse contre la mienne.

— Ne te sens pas bizarre, Ferenc. Je ne veux pas que tu sois comme ça.

— Tu veux que je sois comment ? dis-je doucement.

— Silencieux. Mais avec toute ta force. Tu vas en avoir besoin.

Je terminai mon verre et le lui tendis.

— Pour prendre des forces.

Elle se leva pour aller le remplir, mais avant de me le rendre, elle se pencha et m'embrassa sur la bouche. Un long baiser dur. Elle me fixa au fond des yeux en chuchotant :

– Tu vas avoir du plaisir.

Son baiser m'en avait déjà convaincu, mais je vidai quand même mon verre.

Le pianiste soviétique s'en donnait à cœur joie. Nous nous embrassâmes sur le sofa un moment, puis elle se leva et je la suivis. Nous étions comme ces gamins sur le canapé de Georgi, occupés à nous barbouiller de rouge à lèvres et de salive. Je passai mes doigts sous son soutien-gorge, sur ses tétons raidis, puis les glissai sous sa jupe. Elle tressaillit et retira ma main en souriant.

– Tes bagues me font mal.

Je les ôtai.

Nous nous débarrassâmes de nos vêtements, mais c'était plus compliqué que je ne l'aurais cru. Son lit était assez large pour deux couples, et nous changeâmes souvent de position, nous tortillant en tous sens. Elle roula face contre les draps et leva la croupe très haut, puis se retourna en remontant les genoux jusqu'à ses oreilles. Elle revint ensuite me prendre dans sa bouche. Cette gymnastique m'exténuait. Elle m'amena plusieurs fois au bord de la jouissance. Une fois ou deux, elle émit un bref cri d'orgasme, puis respira très fort et continua. Elle passa sa langue sur mon entrejambe humide avant de me mordre. Je tressaillis.

– Attends, dit-elle.

Il y avait un tiroir sous le lit. Elle en sortit une vieille ceinture rouge qui avait dû appartenir à une robe et s'accroupit sur le lit, son long corps blanc tout luisant.

— Attache-moi.

J'attachai ses poignets à la tête de lit avec un nœud que j'avais appris à l'armée. Je la considérai sous moi, les bras par-dessus la tête, ses longs cheveux répandus sur le drap. Ses côtes se soulevaient sous la chair mince. Elle était si petite et si fragile.

Je la pris par-devant, puis par-derrière. Elle cria, grogna et émit des bruits que je n'avais jamais entendus chez une femme. J'entendis à peine ce qui suivit :

— Frappe-moi.

Je frappai ses fesses du plat de la main et je l'entendis gémir de plaisir.

— Plus fort.

Je lui tapai sur les fesses jusqu'à ce qu'elles fussent toutes rouges, puis je l'embrassai. J'embrassai tout ce qui était à ma portée. Je la léchai et la mordillai jusqu'à ce qu'elle fît ce bruit de nouveau. Puis je le fis à mon tour.

40

Après, nous restâmes au lit à fumer. Nous étions trop épuisés pour parler et, pendant un moment, seul le bruit de nos respirations troubla le silence. Puis elle se glissa hors du lit tandis que je gardais les yeux fixés au plafond, où je voyais danser de petites taches blanches. Je ne pensais pas à ce que je venais de faire ; je ne pensais pas à Magda ; j'étais trop fatigué. Vera revint avec la bouteille de vin et nos verres.

– Bon, dit-elle, debout, nue et souriante.

– Bon, répondis-je en écho, en acceptant son verre.

Elle s'assit près de moi, s'appuya contre la tête de lit, prit une gorgée.

– Qu'est-ce que tu en dis, Ferenc ?

– J'en reste sans voix.

– C'est bien. (Elle se frotta les poignets et alluma une autre cigarette.) Tu n'imagines pas depuis combien de temps j'attendais ça. Ça remonte à bien plus loin que le dernier Noël. Avec Karel… Enfin, c'est un peu pareil dans tous les mariages, non ?

– Quoi donc ?

– La routine. Toujours les deux mêmes positions. Puis une seule. Et puis tu te mets à le faire juste parce que l'autre se trouve dans ton lit. L'ennui. Il n'y a pas d'autre raison. (Elle tira sur sa cigarette, souffla la fumée au plafond.) Et entre Magda et toi ?

– On n'a pas fait l'amour depuis plus d'un an.

– Quoi ?

Le plafond se remit à danser. J'en avais trop dit. Je sentis quelque chose d'énorme se déplacer en moi. Le monde était devenu totalement différent.

– Oh, dit-elle en me caressant la joue. Tu pleures.

Elle me prit dans ses bras jusqu'à ce que ça passe. Je n'aurais jamais soupçonné une telle patience chez elle. Elle sentait toujours la lavande, mais à présent elle était mêlée à mon odeur.

J'avais vu enterrer un homme ce jour-là, un homme qui avait contemplé pendant un siècle ce que peut s'infliger l'humanité. À présent, je pleurais dans le lit d'une femme mariée : un exemple parmi d'autres de ce qu'elle est capable de s'infliger.

41

Je n'avais pas oublié où j'étais mais, le matin, je fus quand même surpris de voir le visage endormi de Vera derrière son rideau de cheveux noirs. Je commençai à m'habiller.

— Où tu vas ?

— Au boulot.

Elle se dressa sur un coude pour me regarder nouer mes lacets.

— Est-ce que je dois te le demander ? (Je levai la tête vers elle.) Si tu vas revenir. Karel ne rentre pas avant vendredi.

Je ne savais pas si je reviendrais, si c'était une idée excellente ou horrible, ni même si j'en aurais encore envie le soir.

— Tu seras là ?

Elle haussa les épaules, faisant tomber le drap de sa poitrine.

— Je n'ai pas d'autre endroit où aller.

Je l'embrassai sur le front, puis, comme pour corriger mon geste, sur les lèvres.

Georgi m'attendait sur les marches du poste, triturant nerveusement son chapeau. Il n'avait pas l'air d'avoir beaucoup dormi et je me dis que j'avais dû louper une fête. Il me serra la main.

— J'ai des ennuis, Ferenc.

Il sortit une enveloppe de sa poche et me la tendit. C'était une convocation pour le lendemain au quartier général de la Sécurité, boulevard Yalta. Motif : VÉRIFICATION D'IDENTITÉ.

Je l'emmenai dans un café et lui offris une eau-de-vie.

– Ce n'est peut-être rien, Georgi. Une simple vérification, comme c'est écrit sur le papier.

– Ne me dis pas ça. Rubin Blazkova, tu le connais ? Un faussaire et un filou, mais ça, c'est une autre histoire. Il a reçu une convocation voici quinze jours. Personne ne sait où il est passé depuis. Il faut que tu m'aides.

Il pouvait à peine tenir son verre. Je fus surpris du calme avec lequel j'accueillais la nouvelle. Je m'efforçai de repousser sa peur par des paroles rationnelles. Quand je bougeais, je sentais parfois l'odeur de Vera sur moi, et je me demandai s'il pouvait la sentir aussi.

– Je passerai ce soir, d'accord ? Ce n'est que pour demain matin, alors j'ai toute la journée pour m'en occuper. (Je lui tapotai l'épaule.) Ne t'en fais pas trop.

– Je suis un poète, je te rappelle. Je ne supporte pas la torture.

– Personne ne peut supporter la torture, Georgi.

– Ça ne me console pas du tout. (Il lampa son verre et secoua la tête.) Je n'ai pas envie de finir comme Nestor Velcea.

Je le regardai.

– Quoi ? Tu connais Nestor Velcea ?

– Bien sûr, dit-il en haussant les épaules. Je ne te l'ai jamais présenté ?

— Comment ça ?

— Il était à la fête que j'ai donnée il y a deux mois, quand Louis était là. Il était venu exprès pour lui. Ce sont de vieilles connaissances, ces deux-là. Velcea est un ami d'un ami, tu sais comment c'est. Il a été en camp, précisément là où je n'ai pas envie d'être expédié. (Le choc dut se voir sur ma figure, car il se pencha vers moi, oubliant un instant sa terreur.) Qu'est-ce que tu as ?

Je parvins péniblement à articuler :

— Un ami de quel ami ?

— Eh bien, du poète Kaspar Tepylo, bien sûr.

42

Brano Sev était à son bureau. Je tirai une chaise et vins m'asseoir face à lui.

— Ferenc, dit-il.

Sa figure ronde et plate était éternellement jeune. Il devait avoir dépassé la quarantaine — aucun de nous ne connaissait son âge exact — mais ses innombrables forfaits n'avaient pas marqué son visage. Cela devait être commode pour lui, cette figure innocente dissimulant ses mains salies.

— Écoute. J'ai un ami qui a reçu une convocation pour une vérification d'identité. Je veux savoir de quoi il s'agit.

Il enregistra l'aspect direct de ma requête, retourna celle-ci dans sa tête, s'interrogeant visiblement sur son motif. Les hommes de la Sécurité d'État sont les mêmes partout.

– C'est une information confidentielle.

– J'ai besoin de le savoir.

– Pourquoi ?

– Parce que c'est mon ami.

– Et que ferais-tu d'une telle information ?

Je soupirai.

– J'apaiserais ses inquiétudes.

Ses doigts caressèrent des feuilles vierges sur son bureau. Il huma l'air – flairant peut-être le parfum de Vera.

– Supposons que c'est ce que dit la convocation. Alors tout va bien. Mais s'il y a autre chose derrière, qui risque de prendre plus longtemps… Dans ce cas, que feras-tu ?

Je me lançais tête baissée dans un piège et je le savais. Mais je ne pouvais tout simplement pas me lever et partir.

– Je lui dirai de se préparer à l'épreuve.

– Tu mens, Ferenc. Tu le sais aussi bien que moi. Tu lui conseillerais de ne pas y aller, peut-être même de quitter le pays. Comme tu l'as fait avec Svetla Woznica.

Dans le silence qui tomba entre nous, je sentis le choc atteindre la moelle de mes os. Aucun de mes actes n'était secret, aucun ne l'avait jamais été. Je plongeai mes yeux dans les siens, mais je ne pus soutenir son regard. Il avait la capacité de vous fixer indéfiniment et je m'imaginai, en sentant mon estomac se contracter, que c'était ainsi qu'il contemplait ses victimes dans la salle d'interrogatoire.

— Ferenc, dit-il doucement, il est possible que la peur t'ait fait perdre la tête. Je n'essaie pas de dire que je comprends ce que tu ressens, mais je suis informé de tout ce que tu fais. Cette histoire avec la femme Woznica, ç'a été un jeu d'enfant de la reconstituer : il nous a suffi de demander sa fiche de levée d'écrou et de poser quelques questions à la gare. Et dis-toi bien que le camarade Kaminski en sait autant que moi. À ta place, je m'inquiéterais moins pour mes amis que pour moi-même et ma famille. Cet ami à toi, ce Georgi Radevych, c'est un ivrogne et un fraudeur, tu le sais certainement. Un braillard et un idiot. Mais toi, tu n'es pas idiot, Ferenc. Tu es simplement déboussolé.

J'ouvris la bouche pour répondre, mais il s'était déjà détourné et ouvrait un dossier.

Quelques pas et je me penchai sur la cuvette des toilettes, attendant une nausée qui ne vint pas. Puis je m'assis et m'efforçai de respirer régulièrement. Des graffitis ornaient le mur d'un vert pisseux, et je me concentrai sur les hommes aux pénis énormes et les femmes aux gros seins penchées entre leurs cuisses. Je fermai les yeux.

Quand on se sait surveillé, chaque instant prend une signification particulière. J'avais titubé jusqu'aux toilettes sous l'œil de quelqu'un, de milliers de gens peut-être. Penché sur la cuvette, j'avais entendu des rires, et quand rien n'était venu, des huées et des sifflets. Je n'étais pas seul, jamais je ne le serais.

43

J'appelai un ami de Leonek qui avait ses entrées boulevard Yalta, mais il ne pouvait rien faire. Je me lançai donc dans une longue promenade à travers la ville, m'efforçant de reconstituer ce puzzle impossible. Et je finis comme j'avais commencé : totalement impuissant.

J'envisageai de lui passer un coup de fil. Il aurait compris. Mais Georgi méritait mieux. Quand il ouvrit la porte, l'espoir que je lus sur son visage me fit mal, et je baissai les yeux. Quand je les relevai, l'espoir avait disparu.

Nous prîmes une cuite. La nuit promettait d'être longue, aussi nous nous efforçâmes de ne pas boire trop vite, mais une fois partis, il n'y eut plus moyen de nous arrêter. Entre deux verres, je lui dis que je devais appeler chez moi, parce que je n'étais pas rentré la veille et que j'avais oublié d'avertir Magda.

— Tu as découché ? dit Georgi en fronçant les sourcils.

— Tu étais passé où, cette nuit ? dit Magda.

— Au boulot. Une enquête. Désolé de ne pas t'avoir appelée, c'était idiot de ma part. Je ne rentre pas ce soir non plus. Je suis chez Georgi.

— Magnifique.

— Il a reçu une convocation. Il doit aller boulevard Yalta demain. Pour une vérification d'identité.

— Eh bien, je... commença-t-elle, puis elle poussa un grand soupir. Oh, bon sang, tu ne veux pas dire...

— Je vais rester chez lui cette nuit. Écoute, ce n'est sans doute pas grave.

— Oui, oui, sans doute. J'espère. Tu ne peux rien faire pour lui ?

— J'ai essayé.

— Embrasse-le de ma part.

Du plus loin que remontaient mes souvenirs, elle ne s'était jamais souciée d'embrasser Georgi. Mais il sourit quand je lui transmis le message.

— Cette femme m'a toujours plu. Je te l'ai déjà dit, non ?

— Tu me l'as déjà dit.

— Mais écoute. C'était Vera, cette nuit ? Je vois bien que c'est Vera. Je vais peut-être me retrouver au fond d'une geôle, mais il faut que ça s'arrange entre Magda et toi. (Il leva son verre.) Pour le bien du pays.

— C'est à Magda qu'il faut aller dire ça.

— Un mariage, ça se construit à deux.

— Tu n'as jamais été marié, que je sache.

— C'est juste.

— En tout cas, ça fait trop longtemps que j'essaie. En ce qui me concerne, nous ne sommes plus mari et femme.

Cette déclaration parut lui déplaire.

— Et elle, qu'est-ce qu'elle en dit ?

— Elle couche avec mon plus vieil ami, ça ne te suffit pas ?

Pour la première fois de sa vie, Georgi ne trouva rien à répliquer. J'apportai de la cuisine une nouvelle bouteille d'eau-de-vie que nous attaquâmes sans attendre.

Il semblait résolu dans son malheur. J'admirais cette attitude, et je le lui dis.

— Tu sais, répondit-il en faisant une grimace, c'est comme ça que les héros vont à la mort. Ils sourient pendant qu'on les traîne contre le mur. Ils chantent sous les rafales.

— Ne dis pas des choses pareilles.

— Je suis au-delà de la terreur. Tu aurais dû me voir ce matin.

— Je t'ai vu ce matin.

— Je veux dire, après t'avoir parlé. J'ai vomi dans une allée et j'ai pleuré dans le tram. Et tu sais ce que j'aurais voulu par-dessus tout ? Une femme pour me consoler. Voilà. Pourquoi est-ce que je n'arrive pas à en garder une ? Où est la faille chez moi ?

— Tu n'as de faille nulle part, Georgi.

Il me fit un clin d'œil, puis se pencha et me tapota le genou.

— Ressers-m'en un, d'accord ?

Nous bûmes jusqu'au petit matin, avant de tomber endormis sur place. Il pleura un peu quand il fut très ivre, mais il tint le coup le reste de la nuit. Après un court moment de repos, nous fîmes du café, et il appuya sa tête contre ma poitrine. Je l'entourai de mes bras. Pas de larmes, juste un moment de faiblesse. Il se lava consciencieusement, parce que, dit-il, il ne savait pas quand il aurait de nouveau l'occasion de le faire. Puis je le conduisis au 36, boulevard Yalta. Une modeste façade beige ; un bâtiment administratif d'avant-guerre. Les seules différences étaient désormais la corniche surplombant la porte, où était posé le faucon de profil, et ce simple panneau : MINISTÈRE DE LA SÉCURITÉ D'ÉTAT, BUREAU CENTRAL.

Un garde vêtu d'un bel uniforme, planté devant les lourdes portes de bois, lut la convocation de Georgi. Il eut un sourire serein et me déclara que je ne pouvais pas entrer. Je voulus protester, mais Georgi me serra le bras.

— Pas la peine de faire des histoires.

Il m'embrassa sur les joues et franchit les portes tout seul.

J'attendis dans la voiture, regardant passer les femmes enveloppées dans leurs châles, tout en continuant à surveiller la porte avec l'espoir qu'il en jaillirait bientôt, un grand sourire de soulagement sur le visage. J'aurais peut-être dû le faire sortir du pays. Acheter un billet pour l'Est n'était pas un problème, mais Georgi n'aurait été en sécurité qu'à l'Ouest. Et ça, ça dépassait mes moyens.

Au bout d'une demi-heure, je mis le contact et démarrai.

44

Le poète Kaspar Tepylo partageait un minuscule appartement avec un peintre minimaliste. Des toiles portant de grands carrés bleus sur fond rouge étaient empilées dans un coin, et un bol débordant de mégots de cigarettes voisinait avec un pot de pinceaux sales.

— N'habite jamais avec un peintre, me conseilla-t-il. Ils vivent dans un bazar incroyable.

Nous passâmes dans sa chambre maigrement meublée : un simple matelas et un bureau couvert de papiers. Quelques livres étaient alignés près d'un radiateur qui semblait ne pas fonctionner. Il m'offrit sa chaise et casa sa grande carcasse maigre sur un coin du lit en grattant sa joue creuse.

— Alors, qu'y a-t-il, Ferenc ?

Comme tout le monde, c'était un ami d'un ami, un poète sans succès qui se voyait assigner des chantiers et écrivait la nuit.

— Je suis venu te parler de Nestor Velcea.

— Nestor ? Qu'est-ce qu'il devient ? Ça fait un moment que je ne l'ai pas vu.

— J'ai juste besoin de lui poser quelques questions. À propos d'une enquête.

— Quel genre d'enquête ?

— Un meurtre.

— Oh… (Il se leva et trouva des cigarettes sur le bureau.) Je ne l'ai pas vu depuis le début de septembre. Il a passé un moment ici quand il est revenu des camps.

— Et il est parti ?

— Il m'a dit qu'il s'était trouvé un endroit. Mais il ne m'a jamais donné son adresse.

— Tu n'as pas une petite idée ?

— J'ai demandé ici et là, mais il n'habite avec personne de ma connaissance.

— Dis-moi, c'est quel genre de type ?

Il laissa tomber ses cendres par terre et se cala contre le mur.

— Il a beaucoup changé. Encore plus replié sur lui-même, ce qui, dans son cas, n'est pas peu dire. Il ne m'a jamais dit ce qui lui était arrivé au camp, mais il boite très fort. Et il lui manque un bout du petit doigt. (Il leva sa main gauche en agitant son auriculaire.) Je lui ai posé des questions, mais il n'a rien voulu me dire. Pour tout t'avouer, il me mettait mal à l'aise.

— Mais tu l'as laissé habiter ici ?

— Je n'allais pas le mettre dehors, non ? Je me rappelle comment il était avant d'être envoyé en camp. On disait que c'était un bon peintre. Plein d'avenir.

— Tu as vu ses tableaux ?

Il secoua la tête.

— Il ne me les a jamais montrés. Il prétendait toujours qu'ils n'étaient pas terminés, mais je crois surtout qu'il redoutait la critique. C'est sans doute pour ça qu'il ne traînait pas avec les autres peintres, seulement avec des écrivains. Il disait qu'il trouvait les peintres ennuyeux.

— Mais il vivait avec Antonin Kullmann.

Kaspar haussa les épaules.

— Quand tu es fauché, tu es bien obligé de faire des concessions.

— Pourquoi a-t-il été envoyé en camp ?

— Je me le demande aussi. Nestor ne s'est jamais intéressé à la politique. Il ne pouvait pas supporter l'idée de la peinture engagée. Pour lui, tout ça n'était que de la propagande, quel que soit le peintre. Il le disait un peu trop fort, mais chacun sa vie, pas vrai ?

— Sans doute.

— En outre, il m'a dit qu'il ne signait jamais ses tableaux. C'était bizarre, ça aussi. Il expliquait qu'il ne voulait pas que son identité éclipse l'intégrité de son travail. Je vois ce qu'il voulait dire, mais là encore, ça me paraît un peu extrême.

– Alors, quand on l'a emmené, ç'a été une surprise ?

– Pour tout le monde. On a été quelques-uns à aller signer une protestation place de la Victoire, mais ça n'a rien changé. (Il contempla sa cendre prête à tomber.) Jusqu'à l'amnistie, on n'a plus entendu parler de lui. (Il tapota sa cigarette, et la cendre tomba à terre.) Tu sais, il a de la famille en province. Quelque part dans le sud, je crois. Il est peut-être retourné dans son village.

– Ça m'étonnerait, dis-je.

– Pourquoi pas ?

Je me levai et pris mon chapeau sur le bureau.

– Fais-moi signe si tu entends parler de lui.

45

Je ne cessais de penser à lui que pendant de brefs moments, et le reste du temps, je l'imaginais dans une froide cellule de béton, sous la lumière d'une ampoule nue et poussiéreuse pendant du plafond, affrontant des interrogatoires avec tout un appareillage électrique relié aux parties les plus tendres de son corps. Des coups de bâton sur les jambes ; le chaud et le froid appliqués à sa chair.

Au poste, je croisai Leonek qui m'arrêta pour me dire que Kliment était « un type bien, vraiment ». Il avait accepté de rechercher Boris Olonov. Mais je n'étais pas en état de partager son enthousiasme. Sur mon bureau, je trouvai un message d'Ozaliko m'informant que j'avais rendez-vous avec Lev Urlovsky le lendemain à dix heures. Je fourrai le message dans ma poche et m'assis. Je m'efforçai, en vain, de me concentrer sur cet artiste qui était revenu des camps pour tuer ses anciens colocataires et un conservateur de musée. Quand Kaminski et Sev entrèrent, ma rêverie prit une forme plus matérielle. Kaminski s'avança vers moi.

— Salut, Ferenc. Tu as transmis mes hommages à Magda et Agnes ?

— Bien sûr.

— Tu travailles dur ? (Je le fixai d'un regard neutre.) Il me semble que nous avons passé un marché, camarade Kolyeszar.

— Oui, dis-je, je travaille dur.

— J'aime à te l'entendre dire.

Et il alla se replonger dans les dossiers de Sev.

Je pris le tram pour rentrer chez moi. Il me semblait incroyable que les autres voyageurs puissent bavarder et sourire, ou simplement somnoler sur leurs sièges. J'avais envie de les secouer : ne savaient-ils donc pas ce qui se passait, en ce moment même, boulevard Yalta ? Mais ils savaient. Ils savaient qu'ils pouvaient être les suivants. Tout comme moi.

Je pris un bain, m'enfonçant dans l'eau trouble qui refroidissait, pensant toujours à l'électricité. Agnes frappa à la porte.

— Tu comptes rester là-dedans jusqu'à la fin de tes jours ?

— Jusqu'à ce que je sois propre.

— Je ne crois pas que je puisse attendre aussi longtemps, dit-elle en frappant de nouveau.

Je m'enroulai dans une serviette et allai m'allonger dans la chambre. Elle passa près de moi comme un boulet et claqua la porte de la salle de bains.

Magda vint s'asseoir au bord du lit.

— C'était terrible ?

— Évidemment.

— Il avait l'air de… d'avoir le moral ?

Je tournai la tête vers elle.

— Je ne sais pas. Ce n'est pas un jour à avoir le moral.

Au dîner, Agnes nous parla du grimper à la corde, exercice dans lequel Daniela et elle semblaient exceller. Le chef des Pionniers — qui répondait au nom improbable de Hals Haling — les avait données en exemple au reste de la classe, puis les avait récompensées en leur offrant une corde à nœuds.

— Tu as dû être très fière, dit Magda en s'efforçant de sourire.

— Ouais, assez, marmonna Agnes à son assiette. Mais en fin de compte, tout ça est un peu idiot, non ?

— Quoi donc ?

— Grimper à la corde. Tout ce qu'on fait, c'est grimper pour redescendre. À quoi ça sert ?

Je parvins à m'arracher un sourire.

— C'est assez bien vu, Agi.

— Je te remercie, papa, dit-elle d'un ton cérémonieux.

— Mais tu peux pousser le raisonnement encore plus loin, si tu veux. Pourquoi sortir de ton lit, puisque tu vas te recoucher le soir ?

— En tout cas, c'est déjà une bonne raison pour ne pas faire son lit le matin, dit-elle en adressant une grimace à sa mère.

— Ou encore, pourquoi manger ton dîner quand tu vas le déféquer plus tard ?

— Ferenc, voyons, dit Magda.

Agnes souriait de toutes ses dents.

— C'est une bonne question, papa. Et pourquoi devrais-je étudier le français quand je vais m'empresser de l'oublier de toute façon ?

— Ça, dis-je, ça n'a rien à voir. Tu as vraiment besoin de cours de logique, ma chérie.

Mais le ton léger ne dura que le temps du dîner. Dans le salon, Agnes insista pour écouter les Américains, et nous entendîmes une émission sur les camps de travail bulgares. Un exilé décrivait le travail d'esclave et les meurtres d'une voix si basse que nous dûmes prêter l'oreille. Le commentateur s'excusait du ton de son invité, mais expliquait qu'au camp, un garde lui avait écrasé la trachée-artère à coups de botte. Quand la radio se mit à gémir comme un animal blessé, je l'éteignis.

46

Il n'avait plus que quelques cheveux blancs sur le crâne, mais une touffe de poils drus jaillissait du col de son uniforme de prisonnier. De grands yeux, l'un plus écarquillé que l'autre, et de longs doigts couverts de poils sombres. Il avait exactement le même air que je lui avais vu l'été précédent. Il posa les mains sur la table et attendit.

— Lev Urlovsky ?

Il hocha la tête. Pas un sourire, pas un mot.

— Vous vous souvenez de moi ?

— Ferenc Kolyeszar. C'est vous et votre ami Leonek Terzian qui m'avez retrouvé.

— Pas moi. J'ai pris l'enquête sur la fin, quand ils étaient sur le point de vous avoir.

— Vous êtes trop modeste.

— Toujours pas de regrets ?

— Rien qui m'empêche de dormir.

— Vassili était votre fils.

Il joignit les mains, puis les écarta.

— Il l'était, oui. Jusqu'à ce qu'il décide de s'allier au régime qui m'avait volé ma vie.

— Une part de votre vie. Vous êtes resté en camp combien de temps ? Cinq ans ?

— Sept.

— Sept, d'accord. Mais vous avez été libéré.

Il se mordit la joue en fixant ses mains.

— Inspecteur, si vous pensez qu'on m'avait rendu ma vie juste parce qu'on me laissait me balader dans cette ville splendide, vous êtes encore plus bête que vous n'en avez l'air. Le fait que demain soit un autre jour ne veut pas dire qu'hier n'a jamais eu lieu.

C'était une élégante façon de le dire. Il avait eu longtemps pour réfléchir à ses raisons de battre son fils à mort.

— Je suis ici pour vous interroger sur quelqu'un d'autre. Quelqu'un qui était avec vous à Vatrina.

Il se pencha légèrement en avant.

— Nestor Velcea, ça vous dit quelque chose ?

— Le Roumain, dit-il en se renversant en arrière.

— Un Roumain ?

— Il bavardait avec les autres Roumains quand il avait un peu de temps, ce qui était plutôt rare. Des types très stricts, ces Roumains.

— Mais vous le connaissiez ?

— Bien sûr. Il n'avait rien contre les Slaves. Je n'avais rien contre les Roumains. Nous avions un ennemi commun.

— L'État.

Il hocha la tête, les yeux clos. J'ouvris mon calepin.

— Vous étiez amis ?

— Pas difficile d'être amis quand vous êtes traités comme nous l'étions.

— Vous discutiez.

— Quand on n'était pas trop épuisés et battus.

— Alors, parlez-moi de lui.

Urlovsky ouvrit les narines et inspira un grand coup. Je me demandai quel âge il pouvait avoir. Soixante, soixante-cinq ans ? Ou était-il de ceux qui revenaient des camps en ayant l'air d'avoir vingt ans de plus que leur âge ?

— Il dessinait sur les murs. Avec un morceau de charbon, n'importe quoi. Il avait des mains fantastiques, du moins jusqu'à ce qu'ils lui coupent le doigt.

Il toucha l'auriculaire de sa main gauche.

— Qui a fait ça ?

— Les gardiens, bien sûr. La première fois qu'il a dessiné, ils l'ont emmené dans la cour et lui ont coupé le doigt. Mais ça ne l'a pas arrêté pour autant. (Il sourit.) Ce Roumain, c'était quelqu'un.

— J'ai entendu dire que c'était un grand artiste.

— Du talent, oui. Énormément. Mais il était pire que moi.

— Pire ?

— Ce n'est pas le terme. Il était plus fort, voilà ce qu'il était. Il pouvait nourrir sa haine mieux qu'aucun d'entre nous.

— Sa colère contre l'État.

— Bien sûr. Mais pas seulement.

— Contre qui, alors ?

— Les salauds qui l'avaient envoyé là.

— La Sécurité d'État.

— Eux aussi.

Je contemplai ma page vide en soupirant.

— Dites-moi, alors, à qui Nestor Velcea en voulait à ce point.

— À qui n'en aurait-il pas voulu ?

Les gardiens m'avaient autorisé à le battre, mais ça n'aurait servi à rien. Il avait subi des choses bien pires que tout ce que j'aurais pu lui infliger, et il s'était accroché à sa rage.

— Josef Maneck ? C'était lui ?

— Ce n'est pas impossible.

— Et Antonin Kullmann ?

Il me fixa droit dans les yeux, comme pour me jauger. Puis il hocha la tête sans détourner son regard.

— Ces noms, ça me dit quelque chose.

— Pourquoi les haïssait-il ?

— À votre avis ? Ils l'avaient envoyé là.

— Il en était sûr ?

Urlovsky se renversa en arrière.

— Pas au début, non. Beaucoup d'entre nous mettent du temps à savoir. Moi, par exemple, il m'a fallu presque un an avant de comprendre de qui ça venait. De mon ex-femme. Et vous savez pourquoi ?

Je lui dis que non.

— Elle voulait la datcha. Je lui avais dit qu'elle était dans ma famille avant notre mariage et qu'elle y resterait. J'y passais mes étés quand j'étais enfant. Mais elle voulait des vacances à la campagne, alors elle a passé un coup de fil boulevard Yalta. (Il secoua la tête et sourit.) Une salope drôlement astucieuse, celle-là.

— Alors, pourquoi ne l'avez-vous pas tuée, elle ?

— C'était déjà une salope, je ne pouvais rien y faire. Mais mon fils, je pouvais l'empêcher de devenir un salaud. Je suis son père.

— Revenons-en à Nestor. Pourquoi a-t-il été arrêté ?

— Ce garçon avait du talent et il le savait. Ça le rendait vaniteux. Il pensait qu'on l'avait dénoncé par jalousie. (Urlovsky leva les mains dans un geste d'ignorance.) C'était peut-être vrai. Mais il faut un sacré culot pour prétendre ça.

— Votre femme l'a bien fait pour une maison.

— On peut vivre dans une maison. C'est la sécurité. Mais l'art ? Chaque fois que Nestor faisait un dessin sur le mur, l'un de nous l'effaçait avec un chiffon mouillé pour que les gardiens ne le voient pas. (Il passa la main sur la table.) C'est bien joli, l'art, mais ça s'efface juste comme ça.

47

Sur le chemin du retour, je réfléchis à ce que m'avait dit Urlovsky. Josef Maneck et Antonin Kullmann avaient dénoncé Nestor Velcea parce qu'ils étaient jaloux de son talent : Kullmann ne voulait pas être en concurrence avec un artiste meilleur que lui. Je n'y croyais pas. Je ne pouvais pas imaginer que l'on fasse une chose pareille pour un avantage aussi improbable. Nestor était-il à ce point centré sur lui-même ?

Moska était en train d'afficher des notices sur le panneau mural quand j'entrai.

— Tu as eu un appel. Un ami à toi, Georgi.

Je me ruai sur le téléphone.

— Mon ami cent fois béni ! Je suis en un seul morceau et j'ai une faim à dévorer un ours.

Nous nous retrouvâmes dans un restaurant près de chez lui. C'était un antique établissement où les écrivains d'avant-guerre se réunissaient pour fumer, boire et se disputer sur la littérature. Au mur, de vieilles photos d'hommes en col dur autour des tables, et d'autres vêtus d'une façon plus artiste qui levaient leur verre en direction du photographe. Le grand poète roumain Eminescu s'était assis là à côté de Pasha, notre poète national, « sans qu'aucun coup de poing ne soit échangé », insista Georgi tandis que nous nous dirigions vers notre table. Il était d'une gaieté bruyante, faisant des signes aux gens qu'il reconnaissait. Il commanda une côtelette, agrémentée d'une longue série de garnitures qui lui venaient sous le coup de l'inspiration.

— Des pommes de terre sautées ! Et aussi… des poivrons !

— Tu es vraiment prêt à dévorer un ours.

— Je suis si heureux d'être en vie, me dit-il avec un clin d'œil.

Il était trop distrait par tout ce qui l'entourait — les odeurs, le décor, les femmes. Ce ne fut qu'après avoir attaqué sa côtelette qu'il commença, entre deux bouchées, à me raconter son périple.

— Laisse-moi te dire que je voyais déjà ma dernière heure arrivée. Ils m'ont collé dans une cellule sans un mot. De la taille d'un chiotte, à peu près. Je me suis rappelé les prières que ma mère m'apprenait quand j'étais enfant. Rien que des bribes, pas une seule en entier. Et dans cette minuscule pièce de ciment, j'ai chuchoté tous ces petits bouts. J'en étais à me dire que si je n'arrivais pas à me rappeler une seule prière du début à la fin, Dieu ne voudrait pas de moi. Je voyais déjà mon âme damnée par manque de mémoire !

Il rit longuement de sa plaisanterie.

— Le temps s'arrête dans une cellule sans fenêtres. Tu le sais, tu es prévenu, mais quand tu es dedans, ça change tout. Alors j'ai attendu. Il n'y avait rien. Rien à manger, aucune voix, aucun son. Elles sont insonorisées, leurs nouvelles cellules, c'est incroyable. (Il prit une autre bouchée et parla en mâchant.) Mais ils m'ont laissé la lumière allumée, même la nuit. Impossible de deviner l'heure qu'il pouvait être.

— Alors, ils ne t'ont pas parlé ?

— Ça doit être le deuxième jour qu'ils m'ont donné de leurs nouvelles. Les gardiens m'ont réveillé et m'ont emmené à l'étage au-dessus. Une pièce avec un bureau et une chaise en plein milieu. On m'a dit de m'asseoir. Puis les gardiens sont sortis. Celle-là, je peux te certifier qu'elle n'était pas insonorisée. J'entendais quelqu'un crier dans la pièce voisine. « Non, par pitié, non ! » Quelque chose comme ça. Bon sang. (Il secoua la tête.) Je chiais dans mon froc, je te prie de le croire.

— Je le crois.

— Et puis il est arrivé. Un grand type qui n'arrêtait pas de sourire. Un Russe. Il s'est mis à tournicoter autour de ma chaise tout en m'entreprenant sur le ton de la conversation. Comme si on était de vieux amis.

— Je vois.

— Il m'a parlé des boîtes de nuit dans la ville. Il adore. *Le Crocodile*, tu connais cet endroit ?

— Un night-club ?

— Tenu par des Russes. Je n'y ai jamais mis les pieds. Il m'a conseillé d'y aller le mardi, comme lui, quand ils ont un petit spectacle de variétés. C'est comme ça qu'il a entamé la conversation, il se disait peut-être que ça allait me détendre. Puis il a embrayé sur la littérature. Il a l'air d'adorer nos écrivains. Il a sorti quelques noms, et il m'a dit qu'il venait de lire ton premier roman.

Je sentis mes doigts se glacer autour de mon verre. Mes bagues pesaient des tonnes.

— Il avait une moustache ?

— Oui, une petite, toute fine. Il m'a demandé si nous étions amis, mais j'ai répondu que nous étions de simples connaissances. Je n'avais pas envie qu'il pousse l'interrogatoire trop loin.

— Très bien.

— Mais il savait qu'on passe beaucoup de temps ensemble. Ils ont dû te voir m'amener chez eux.

J'attendis pendant qu'il engouffrait ses poivrons, puis il reprit, la bouche pleine :

— Là-dessus, il s'est mis à m'interroger sur ma poésie. Il voulait savoir pourquoi je n'ai rien publié depuis des années. Il avait lu mon premier livre et il le trouvait plutôt bon.

— Et qu'as-tu répondu ?

— En tout cas, je ne lui ai pas suggéré de lire mes poèmes à compte d'auteur. Je lui ai dit que je n'avais guère d'inspiration ces temps-ci.

— Et il l'a cru ?

Georgi se pencha, les poignets calés sur le bord de la table. La rumeur du restaurant nous entourait : bruits de voix, cliquetis d'assiettes et de couverts.

— Ferenc, je n'ai aucune idée de ce qu'il a pensé du moindre mot que j'ai pu lui dire. Et puis, il est revenu à toi. Il m'a demandé si j'avais lu quelque chose de récent, et j'ai dit que non. Lui, il y avait jeté un coup d'œil, et il trouvait ça brillant. Je ne lui ai pas demandé comment il avait obtenu ce coup d'œil.

— Moi, je le sais.

— Tu connais ce type ?

— Il travaille chez nous. Continue.

Georgi passa un bras sur le dossier de sa chaise.

— Il s'est aussi répandu en louanges sur ton travail à la Milice. Il était fichtrement élogieux, ce type, laisse-moi te le dire.

— C'est sa tactique favorite.

— Possible. En tout cas, il m'a interrogé sur ton enquête en cours. J'ai dit que je n'étais au courant de rien. « Mais vous l'avez aidé ? » m'a-t-il demandé. « Vous l'avez aidé à trouver Nestor Velcea ? »

— Il a dit ce nom-là ?

Georgi hocha la tête.

— Je n'aurais pas cru ça possible, mais j'étais encore plus terrifié qu'avant. J'ai dit que je ne t'avais aidé en rien et il a secoué la tête. « Allez, dites-moi la vérité. » J'étais acculé, tu comprends ?

— Je comprends.

— Je n'avais pas le choix.

Il attendit mon approbation sur ce point aussi, et je hochai la tête.

— Il avait cette façon de me fixer droit dans les yeux… J'ai reconnu que je t'avais peut-être aidé une fois.

À présent, ça commençait à sortir.

— Là, il a eu l'air intéressé. Comment t'avais-je aidé ? De quoi avais-tu besoin ? J'ai fini par lui dire que tu cherchais quelqu'un d'autre, pas Nestor. J'ai inventé un nom. Sur ma vie, c'est ce que j'ai fait.

— Quel nom tu lui as donné ?

— Gregor Prakash. Je lui ai dit que c'était un peintre que je ne connaissais pas. Là-dessus, il m'a demandé quelle information je t'avais fournie. Mais à partir de là, ç'a été plus facile. Je n'avais plus qu'à broder sur mon mensonge. Je lui ai dit que Gregor habitait le 5e arrondissement, et que s'il était peintre, il devait fréquenter le bar au coin de l'avenue de la République et de la rue du 18-Janvier.

— Incroyable. Et il a avalé tout ça ?

— Qu'est-ce que j'en sais ? (Il cueillit une pomme de terre sautée du bout des doigts et l'avala.) Ce qui est sûr, c'est qu'il m'a renvoyé dans ma cellule. Plus tard, un gardien m'a emmené dans la rue et m'a dit de marcher sans me retourner.

Je payai l'addition et nous nous dirigeâmes vers la place de la Victoire. Georgi acheta deux beignets à un vieux marchand ambulant. Nous traversâmes plusieurs avenues, passâmes devant le couple socialiste idéal brandissant sa torche et pénétrâmes dans le parc. Je me demandais pourquoi Kaminski n'était pas venu s'informer auprès de moi. Il aurait pu apprendre tous les détails de l'affaire : je ne voyais aucune raison de les lui cacher. Pourtant, j'avais dissimulé à Sev des informations sur Nestor Velcea. Et pourquoi ? Brano Sev le savait : la peur m'était montée à la tête.

— Alors, quand auras-tu terminé ce brillant écrit pour me le donner ?

Nous étions assis sur un banc, fixant à travers les arbres le bâtiment du ministère de la Culture, autrefois blanc, mais qu'une équipe d'ouvriers sur un échafaudage était occupée à repeindre en gris.

— Tu comptes toujours l'éditer ?

— Bien sûr.

— Cette expérience ne t'a pas flanqué la frousse ?

Georgi lécha ses doigts poisseux.

— Tout ce que ça a fait, c'est me rappeler à quel point j'aime être vivant. (Il leva un doigt.) J'ai dit *vivant*, Ferenc. Pas mort-vivant.

Il plaça son doigt dans sa bouche et le suça.

48

J'appelai Magda pour l'informer du retour de Georgi et lui dire que je risquais de ne pas rentrer cette nuit non plus.

Vera était occupée à préparer le dîner quand j'entrai. Elle avait enroulé autour de sa taille mince un tablier sale qui lui tombait jusqu'aux genoux, et elle tenait ses mains mouillées en l'air, comme un chirurgien. Elle se dressa sur ses pointes pour m'embrasser en me tenant la nuque par les poignets.

J'allai déposer mon manteau sur le lit et la retrouvai penchée sur le four ouvert. Je saisis ses hanches et me frottai contre elle. Elle gémit et, d'un geste, défit son tablier. Dessous, elle était nue.

Ensuite, nous eûmes un dîner aux chandelles, composé de côtelettes et de courgettes. Les chandelles me semblaient malvenues. C'était bon pour un dîner romantique, et ce que nous faisions ne l'était pas.

— Le vin te plaît ?

— Délicieux.

— Tu sais que Karel va rester absent une semaine de plus ?

— Vraiment ?

— Il semble que les Yougoslaves adorent ses poèmes. Il a été invité à Split pour en donner une lecture et participer à leur « Semaine de la culture », comme ils l'appellent.

— Et toi, qu'est-ce que tu as prévu pour cette Semaine de la culture ?

— Je compte rester à la maison pour m'occuper d'un invité.

— Quelqu'un que je connais ?

— Peut-être.

Cette nuit-là, nous fûmes plus près de faire l'amour que nous ne le serions jamais. Nous nous caressâmes, comme pour consoler notre chair, en échangeant de longs baisers. Nous restâmes longtemps embrassés à nous chuchoter des mots tendres. Elle dit à mi-voix :

— Je n'ai pas besoin de le dire, n'est-ce pas ?

Je secouai la tête. Elle sourit, se glissa sous moi et me prit en elle. Elle n'avait pas besoin de me dire qu'elle m'aimait, et le lendemain matin, je fus heureux qu'elle ne l'ait pas fait.

Nous mangeâmes du pain grillé et de la confiture avec le café. Je remarquai avec une pointe de honte que Vera avait une tête affreuse le matin. Certaines femmes sont ainsi. Elles sont ravissantes l'après-midi et le soir, mais si on les prend au réveil, elles n'ont plus de visage. Magda avait toujours le même air. Même avec les cheveux aplatis et sans maquillage, sa beauté profonde se voyait toujours. Vera avait l'air d'avoir ôté un masque.

— C'est bon, dit-elle, tu ne trouves pas ?

— Le café est bon, dis-je.

— Non, je veux dire que c'est bon d'être là, de prendre le petit déjeuner au soleil avec toi.

— C'est vrai, mentis-je. C'est merveilleux.

— Tu te rappelles ce que j'ai dit, que le bavardage n'est pas ce que j'attends de toi ? (Je hochai la tête.) Eh bien, j'ai oublié de préciser que parfois, j'ai tort.

Je lui rendis son sourire.

— Tu ne m'as jamais interrogée sur mon professeur suisse, reprit-elle en me fixant pensivement. Ça ne t'intéresse pas ?

— Je savais que tu m'en parlerais quand tu en aurais envie.

— J'en ai envie. (Je me renversai dans ma chaise.) C'était très étrange avec lui. J'étais vierge — Karel et moi n'avions encore échangé qu'un petit baiser — et ce prof avait quarante-cinq ans. Très expérimenté. Et très… inattendu. Il avait ce qu'il appelait des jouets.

— Des jouets ?

— Des menottes. Une cravache. (Je posai ma fourchette.) C'est bizarre, pour une fille, quand son premier amant se sert de toute cette décadence occidentale. Elle se sent sale, mais elle apprend aussi à aimer ce qui est sale.

— Tu as appris ?

Elle hocha la tête.

— Mais au bout d'un moment, ça m'a fait peur. J'avais l'impression d'avoir perdu tout contrôle sur moi-même. Alors je suis rentrée à la maison en vitesse, comme une gamine. C'est ce que m'a dit mon prof quand je lui ai annoncé que je rentrais : « Tu n'es qu'une petite fille effrayée. »

— Tu as couru à la maison et épousé Karel.

Elle fixa ses mains sur la table, son alliance ternie.

— Le plus vite possible. (Ses yeux s'emplirent de larmes.) Et je ne sais toujours pas. (Elle sourit.) Tu veux une leçon de philosophie ?

— La prochaine fois. Il faut que j'y aille.

Elle leva un sourcil.

– Quelqu'un a l'air de penser qu'il va y avoir une prochaine fois.

Je lui posai un baiser sur la joue, mais une fois dans la voiture, je restai immobile derrière le volant. Je me sentais soudain très lourd, une nuée d'idées de mort bourdonnant à mes tempes. Je ne voulais pas retourner chez Vera et je ne voulais pas revenir à Magda dans l'état actuel des choses. Nous esquivions nos problèmes depuis si longtemps. Je devais en affronter au moins une partie. Tout de suite.

Le crachotement de la radio m'accompagna tout au long du 6e arrondissement (personne ne parlait aujourd'hui) et, sur les marches menant à l'appartement de Stefan, je remarquai des taches brunâtres. Je me penchai et les touchai : du sang séché.

Je grimpai l'escalier quatre à quatre pour constater que sa porte était entrouverte, mais pas cassée. Je sortis mon arme. Aucun bruit. J'ouvris la porte d'un coup de pied. Elle alla cogner contre la paroi et la première chose que je vis fut du sang sur le mur. Une explosion d'un brun sombre. Il y en avait aussi sur le canapé et sur le tapis, là où gisait Stefan. Il était couché sur le ventre, une main bizarrement tendue, comme pour atteindre le pistolet qui reposait entre lui et le canapé. Il avait la tête tournée de côté, les yeux ouverts, la bouche pressée contre le tapis imbibé de sang.

L'immeuble était incroyablement silencieux. Aucun bruit dans les appartements voisins, juste le crissement de mes pas sur le plancher quand je me penchai sur lui. Puis mes idées s'éclaircirent un peu et je fis le tour des autres pièces. Elles étaient vides, mais la fenêtre de la chambre était ouverte malgré le froid.

Je m'assis sur le canapé et regardai Stefan. Je le fixai longtemps.

49

La ligne de téléphone était si mauvaise que la voix de Moska me parvenait étouffée.

— Non, ne me dis pas ça.

— J'ai besoin de renfort.

— Tout de suite.

Le quart d'heure d'attente me parut interminable. Je fis de nouveau le tour de l'appartement. Il y avait des croûtes de pain rassises à côté de deux bols de soupe de poisson et d'une bouteille de vin à moitié vide.

Qui avait mangé avec Stefan ?

Je m'emparai du téléphone. Personne à la maison. Il y avait un annuaire dans la cuisine, que je feuilletai frénétiquement, jusqu'à ce que j'aie trouvé les Textiles Galicia. Le chef d'équipe ne voulait pas aller la chercher, aussi je dus passer du ton du mari terrifié à celui de milicien brutal.

— Ferenc ? Ferenc, que se passe-t-il ?

— Tu vas bien ?

— Bien sûr, que je vais bien. Pourquoi ça n'irait pas ?

Je peinais à retrouver mon souffle.

— Ferenc, qu'est-ce qu'il y a ? Il est arrivé quelque chose ?

– Non, dis-je. Tout va bien. À ce soir.

Je raccrochai et m'assis dans le salon. J'entendis le sang séché craquer sous moi et je me passai les mains sur la figure. Si je lui avais appris la nouvelle, elle aurait dû affronter toute sa journée d'usine avec ça. Je la lui annoncerais le soir même, avec toutes les précautions possibles. Comme ça, elle aurait moins d'heures à passer avant le répit du sommeil.

En contemplant le corps, je pensai soudain à la culpabilité de Stefan, à ses années de solitude depuis que Daria l'avait quitté, et une nouvelle vague de terreur m'envahit. Je m'accroupis près de lui et portai le pistolet à mon nez. Aucune odeur : l'arme n'avait pas servi. Il ne s'était pas suicidé.

Moska arriva avec Leonek et Emil. Ils étaient presque aussi bouleversés que moi. Leonek faisait furieusement les cent pas d'un mur à l'autre, soulevant des papiers graisseux et des cendriers débordants avant de les reposer, déçu de n'y trouver aucune réponse. Emil se posta sur le seuil, bras croisés, énonçant des choses décousues et mystérieuses :

– Ça sent le baklava, vous ne trouvez pas ? Le poignet de Stefan fait un angle bizarre, qu'est-ce que ça veut dire ?

Moska pénétra dans la chambre, d'où il émergea un moment plus tard en secouant la tête.

– Quelqu'un peut me dire ce qui s'est passé ici ?

Personne ne toucha le corps.

Quand on est confronté à un cadavre, on combat le désir instinctif de le regarder en contemplant les rideaux jaunis par la fumée, les coussins froissés du canapé, la crasse du tapis. Ce serait une bénédiction de pouvoir remarquer le soleil ou les couleurs vives de la tapisserie que Stefan avait accrochée au mur en souvenir de sa mère. Mais le cerveau sait bien que de tels détails sont un mensonge. Quelque part dans la pièce, il y a un homme mort avec une balle dans le ventre. Aussi le souvenir que je garde de cette journée, ce sont les détritus de la vie de Stefan, et son corps bouffi ne m'en apparaît que plus clairement.

Un type de l'équipe technique finit par débarquer et prit des photographies. Nous le regardâmes en buvant le reste de vin.

— Il y avait quelqu'un d'autre ici, dis-je. Stefan avait un invité.

— C'est lui qui l'a tué ? demanda Leonek.

— Je ne sais pas. Je ne crois pas. La porte était ouverte quand je suis arrivé et Stefan était derrière. Il semble qu'il ait ouvert la porte au tueur. Si ç'avait été son invité, il serait mort dans la cuisine : ils n'avaient pas fini leur repas.

— Ce Nestor Velcea est venu frapper à la porte ? demanda Moska.

— On le dirait bien.

— Nestor aussi a été touché, dit Leonek. Il a laissé du sang sur les marches.

— Ou c'est le sang de son invité, dis-je en me frottant les tempes pour essayer de m'éclaircir les idées. Mais l'arme de Stefan n'a pas servi. Si c'est le sang de Nestor dans l'escalier, son invité l'a aidé à le chasser d'un coup de feu.

Leonek récapitula. Le repas non terminé, Stefan gisant dans une autre pièce, la fenêtre ouverte dans la chambre.

— Ou alors, Stefan s'est disputé avec son invité. Leur querelle les a menés dans le salon, et c'est là que ça s'est passé. Le meurtrier est parti par la fenêtre pour éviter les voisins dans le couloir.

— Il reste ce sang sur les marches, reprit Moska. Quelqu'un est sorti par la porte avec une balle dans le corps.

— Il y avait au moins trois personnes, c'est un fait établi, dis-je, debout près du photographe. (La peau de Stefan, sous le sang séché, était si blême.) L'une est sortie par la porte, et l'autre a escaladé la fenêtre.

— Tu ne peux pas en être sûr, me dit Moska.

Il prit un air songeur, suggérant qu'il existait d'autres pistes qui n'avaient pas été abordées. L'éclair d'un flash nous éblouit un instant.

— Je ne suis sûr de rien, dis-je. Qui pourrait l'être ?

Emil émergea de la chambre, les narines frémissantes. Nous regardâmes les hommes de Feder recouvrir Stefan d'un drap, le hisser sur un brancard et descendre les marches avec précaution.

Sev attendait au poste pour nous offrir ses froides condoléances.

— Je sais que vous étiez proches, tous les deux. Dis-moi si je peux faire quelque chose.

Mais son visage n'était pas calme : ses lèvres se tordaient compulsivement.

Leonek et Emil attendaient les ordres. J'envoyai Emil interroger les voisins et dis à Leonek de garder un œil sur l'ancien appartement d'Antonin.

J'appelai Georgi. Il écouta en silence tandis que je lui expliquais pourquoi je devais à tout prix trouver Nestor Velcea.

— Louis est en ville ?

— Non, toujours à Paris.

— Essaie de le joindre. S'ils étaient amis, il sait peut-être quelque chose. Et pose des questions autour de toi.

— J'essaierai.

— Il faut essayer vraiment fort, Georgi.

Je débordais d'une vaine énergie. Je ne cessais de me lever de mon bureau pour arpenter le couloir, sans voir les gens qui me saluaient. Je finis par me rasseoir sur ma chaise et prendre le téléphone. Je n'y avais pas encore pensé. Je ne savais pas où se trouvait Daria, son ex-femme, mais je savais que le père de Stefan avait le téléphone. L'opératrice me mit en ligne avec Pocspetri, pas si loin de la maison des parents de Magda.

— Oui ?

C'était un homme puissant, comme son fils, et, comme lui, il vivait seul.

— Franz ? C'est Ferenc.

Un silence. Nous ne nous étions pas vus depuis longtemps.

— Ferenc Kolyeszar ? Comment allez-vous ?

— Pas très bien, Franz. J'ai une terrible nouvelle.

Il se mit à pleurer. J'écartai le téléphone de mon oreille et j'attendis. Les deux hommes s'étaient éloignés depuis la mort de la mère de Stefan, et je soupçonnais que c'était la raison de ses larmes. Il ne posa guère de questions ; comme tous les paysans, il savait que les détails n'ont pas d'importance : seuls les résultats comptent. Quand je lui dis que l'enterrement était fixé au samedi, il s'était repris.

— Je voudrais bien y être. Mais si je ne porte pas ces oignons au marché, je serai un homme mort, moi aussi.

Vers trois heures, le photographe arriva avec les photos de Stefan affalé sur le sol, d'un mur taché de sang, d'une table disposée pour deux et d'un escalier souillé.

50

Je mis Agnes au lit et je m'assis près d'elle. Elle renifla en me demandant avec un grand sérieux d'arrêter de boire autant.

– Tu te fais du souci pour moi ?

Elle s'enfonça dans son oreiller.

– Je ne me fais pas de souci. Mais je n'aime pas que tu sentes comme les Roumains qui font de la musique place du 25-Octobre.

J'éteignis la lumière. Dans la cuisine, Magda me tendit une assiette de poulet froid.

– Je vais me coucher.

– Attends une minute, tu veux ? (Elle fronça les sourcils.) Et prends un peu de vin. J'ai quelque chose à te dire.

J'essayai d'avaler quelques bouchées pendant qu'elle se battait avec le bouchon dans la cuisine, mais le premier morceau me tomba sur l'estomac comme une pierre. Je repoussai l'assiette et fus soulagé de voir qu'elle avait apporté deux verres.

– Que se passe-t-il, Ferenc ?

Je m'éclaircis la gorge pour repousser l'instant crucial.

— Ce matin, je suis allé chez Stefan et je l'ai trouvé mort. On lui a tiré dessus.

Elle finit par porter son verre à ses lèvres. Ses mains ne tremblaient pas.

— Ce n'est pas possible.

— Je sais.

— Tu me racontes un mensonge. C'est une blague. (J'attendis en silence.) Allons donc, dit-elle en se levant. (Elle me considéra.) Stefan ?

Puis elle disparut dans la cuisine.

Leur passade n'était rien pour moi. Mon plus vieil ami était mort, et l'homme qu'aimait ma femme avait soudain disparu. Nous avions passé trop d'années ensemble pour que je ne ressente pas en partie sa douleur.

Quand elle réapparut, elle avait les yeux rouges et les essuyait avec un torchon.

— C'est pour ça que tu m'as appelée. (Son verre était vide. Je le lui remplis et la regardai se diriger vers la fenêtre.) Tu dis qu'on a tiré sur lui ?

— Oui.

— Plusieurs fois ?

— Je ne sais pas.

— Il est mort rapidement ?

— Je ne crois pas, dis-je, en me demandant pourquoi je ne lui mentais pas.

Elle hocha la tête et revint vers moi. Elle s'assit et je remplis à nouveau son verre.

— Je suis navrée pour toi, dit-elle. C'était ton meilleur ami.

— Moi aussi, je suis navré.

Elle soutint mon regard. Nous restâmes ainsi un moment, étouffant de choses que nous ne pouvions pas nous dire.

— Je vais me coucher, dit-elle en se levant. À moins que tu préfères que je reste avec toi ?

— Ça va aller. Et toi ? Tu veux que je reste avec toi cette nuit ?

— Tu as besoin d'être avec moi ?

Nous nous fixâmes encore un moment.

— Ça ira, dis-je.

Elle hocha la tête, lentement d'abord, puis d'un air résolu, et disparut dans la chambre.

J'allai chercher les draps en me demandant égoïstement si elle avait enfin pris une décision.

51

Le lendemain était un vendredi, jour de marché, les rues étaient pleines de ménagères faisant leurs provisions. Je m'appuyai contre la fenêtre du tram et je me détestai de ne pas m'être réveillé dans le même lit que ma femme.

Feder était d'humeur morose. Il avait laissé le corps de Stefan dans le tiroir pour que personne n'ait à le regarder sans nécessité. Il me dit que les autres inspecteurs avaient déjà défilé dans son bureau et qu'ils n'avaient pas eu envie d'attendre les retardataires. Aussi reprit-il son exposé pour moi dans son labo vide, sans avoir besoin de lire les notes qu'il avait à la main.

— Du neuf millimètres dans l'estomac. Deux balles. Je ne peux pas dire exactement combien de temps ça a duré, mais d'après les traînées de sang, je dirais qu'il est resté conscient quelques minutes.

– Et le sang dans l'escalier ?

– Stefan était du groupe B, celui-là est O positif. Impossible de dire à qui il est.

– Les empreintes ?

Il consulta ses notes.

– Celles de Stefan des deux côtés de la porte.

– Et la fenêtre ?

– Quoi, la fenêtre ? demanda Feder en fronçant les sourcils.

– Celle de la chambre. Elle était ouverte.

Il tapota sa feuille avec son stylo.

– Eh bien, je suis heureux que quelqu'un vienne m'en informer. Le labo ne s'est occupé que de la porte d'entrée.

– Faites-leur faire les assiettes aussi. Quelqu'un était à table avec lui quand il a été tué et je veux savoir qui c'est.

Moska m'avait laissé une note me priant de passer le voir, mais, quand j'allai le trouver, Sev était dans son bureau. J'attendis dehors qu'ils aient fini, et Sev me jeta un regard en partant.

– Entre, Ferenc.

Je m'assis et lui répétai les paroles de Feder.

– Je veux voir ce que donnerait un nouveau relevé d'empreintes.

Moska fixa son crayon dans sa main et le fit tourner d'un geste trahissant son embarras.

– Écoute, Ferenc, j'ai à te parler à ce sujet. Un truc désagréable.

– Je vous écoute.

— Voici un mois à peu près, tu t'es battu avec Stefan ? dit-il sans lâcher son crayon des yeux.

— Oui, dis-je. Dans un café.

— Tu peux m'en parler ?

— J'aimerais mieux pas, sauf si j'y suis obligé.

Il se gratta la tête de son crayon.

— Je ne te demande pas de me faire des confidences, Ferenc. J'essaie simplement d'éclaircir les choses. J'ai un inspecteur assassiné sur les bras et je veux savoir qui l'a tué.

— Et vous pensez que c'est moi.

— Ferenc, ne fais pas ta mauvaise tête.

— C'est pour ça que Sev était là ? Il enquête sur moi, maintenant ?

— Dis-moi simplement pourquoi tu es allé te battre avec Stefan, bon sang.

— Parce qu'il couchait avec ma femme.

Il laissa retomber son crayon et aspira un grand coup. Puis il se passa la main sur les yeux.

— Et merde, dit-il. Merde. Sors d'ici, tu veux ?

J'errai comme un somnambule tout le reste de la journée en compagnie d'Emil, l'aidant à interroger les résidents de l'Unité 21. Un plombier décrivit Nestor Velcea avec précision : il avait pénétré dans l'immeuble vers six heures de l'après-midi.

— Un type comme ça, ça se remarque, nous dit-il.

Un garçon de neuf ans confirma ses dires. Les voisins n'avaient entendu qu'un seul coup de feu.

— Un seul, commenta Emil tandis que nous nous dirigions vers un bar.

— Alors que trois balles au moins ont été tirées. Deux pour Stefan et une troisième pour Nestor, qui s'est précipité dans l'escalier.

— Nestor avait un silencieux. C'est la seule solution.

— Dans ce cas, qui a tiré sur Nestor ?

Nous bûmes en silence sans qu'aucune idée ne nous vienne. Puis je retournai à l'appartement éclaboussé de Stefan pour contempler ses murs terribles. Au bout d'un moment, je m'étendis sur son lit et m'efforçai de dormir. Mais j'étais trop épuisé. Le plafond entrait et sortait des ténèbres quand je clignais des yeux, et quand il s'obscurcissait, tout m'apparaissait par fragments. Des mentons et des fémurs cassés, de la bouillie d'avoine, des visages tuméfiés et des bols de soupe de poisson. Et puis, le front ensanglanté de Stefan et le miroir fêlé contre lequel je l'avais tapé.

Stefan ne s'était jamais remis du départ de Daria. La raison de leur divorce restait un mystère : il s'était borné à déclarer que tout ce que peut faire un homme, c'est se laisser grossir jusqu'à ce que sa femme aille en chercher un plus mince. Mais si quelqu'un m'avait demandé pourquoi mon mariage partait en lambeaux, j'aurais donné une réponse tout aussi grotesque.

Je me tournai et enfonçai mon visage dans son oreiller. Il avait son odeur, ou du moins je l'imaginais. La crasse. L'odeur de l'Est, comme l'avait dit le Français. Nous puons et nous nous entretuons. Nous nous vengeons parce que nous sommes incapables d'oublier le passé. Et comme dans le passé nous n'étions pas meilleurs, nous nous sommes entredévorés comme des chiens affamés.

Ce fut peut-être à ce moment, ou un peu plus tard, après des rêves inconfortables sur un peintre de génie dont une trahison avait fait un tueur fou, mais au cours de cette nuit agitée, le narrateur en moi mit tout en place. L'ascension d'Antonin, avec l'aide de Josef Maneck, concomitante à la disparition de Nestor. Nestor, l'excentrique qui ne signait même pas ses œuvres. Et tout ce qu'avait pressenti Stefan : la plongée soudaine dans l'alcoolisme de Josef qui, selon les dires de Martin, ne se supportait plus lui-même, et la chute d'Antonin dans la banalité de l'art officiel. Alors je sus, avec une aveuglante clarté, pourquoi Nestor Velcea avait tué Josef, Antonin et Zoia. C'était pour l'art, et uniquement pour l'art.

52

Je me lavai dans la baignoire bordée de crasse de Stefan, me séchai avec sa serviette moisie, me servis de sa brosse à dents et bus un café dans sa tasse. Je regardai par sa fenêtre les blocs gris qu'il voyait chaque matin et m'arrêtai sur le seuil qu'il franchissait chaque jour.

Chez moi, je sortis mon uniforme d'apparat. Tous les inspecteurs en ont un, mais il ne sert que pour les promotions ou les enterrements. Je fus vaguement surpris de pouvoir encore entrer dedans. Magda et Agnes portaient des robes noires identiques. Agnes semblait prendre assez bien la situation, mais en chemin, elle demanda si ça faisait mal de mourir.

– Ça dépend de la façon dont tu meurs, dis-je.

– Quand je mourrai, déclara-t-elle en s'agitant sur le siège arrière, je veux que ça fasse très mal.

– Et pourquoi donc ?

– Parce que comme ça, je saurai que je meurs. Je ne veux pas que ce soit une surprise.

Je la regardai dans le rétroviseur en me demandant s'il y avait lieu de s'inquiéter.

À l'agréable exception de Kaminski, tout le monde était là, en uniforme, la poitrine de Moska et de Sev exhibant des rangées de médailles. C'était comme si notre poste avait perdu ses murs et ses bureaux, transformés en tombes et en herbes folles. Un rideau d'arbres nous séparait de la ville et Lena, dans une robe noire impressionnante, jouait avec une feuille. Près de Moska se tenait Angela, son épouse, une femme mince au visage rond incapable de sourire.

Agnes embrassa Leonek avec une fougue qui surprit Magda. Elle rougit et tira Agnes en arrière en disant :

– Re-bonjour, Leonek.

Celui-ci posa une main sur l'épaule d'Agnes et sourit.

Emil semblait nager dans son uniforme, mais c'était le mieux repassé de tous. Lena avait dû y veiller.

– Je peux t'emprunter ton mari un moment ? lui dis-je.

Elle sourit et lâcha son bras.

Il attendit que nous ayons fait quelques pas pour m'interroger.

– Qu'est-ce qui se passe ?

– Nestor Velcea. Je sais ce qu'il est en train de faire.

— Alors dis-le-moi, bon sang.

Je pris une grande inspiration et je l'énonçai à voix haute pour la première fois.

— Antonin Kullmann a dénoncé Nestor pour s'emparer de son œuvre. Antonin apposait sa signature sur les tableaux de Velcea et Josef Maneck, le conservateur, les exposait. La culpabilité a fait de Maneck un ivrogne et, quand Zoia l'a appris, elle a quitté Antonin.

Il passa une main dans sa coiffure d'écolier.

— C'est un peu tiré par les cheveux.

— Pas vraiment. Regarde les premiers tableaux de Kullmann et compare-les aux nouveaux. Même Stefan a vu la différence. Kullmann avait exposé tous les tableaux de Nestor, alors il a fini par montrer les siens. Je me suis demandé pourquoi Nestor avait mutilé Antonin, pourquoi il lui avait infligé une telle douleur. C'est parce qu'il lui avait pris sa vie entière. Il lui avait tout volé. Et je te parie qu'en cherchant un peu, nous allons découvrir qu'Antonin a entretenu Josef dans son ivrognerie pour qu'il continue à se taire.

— Mais comment une chose pareille pourrait-elle rester secrète ? objecta Emil.

— Nestor n'a jamais montré son travail. Personne ne le connaissait.

— Quelqu'un devait le connaître.

— Zoia. Parce qu'ils vivaient tous ensemble.

— Et pourquoi aurait-il tué Stefan ?

— Ça, je l'ignore.

— Bon travail, Ferenc, dit-il en hochant la tête. Vraiment. J'aurais aimé trouver ça moi-même.

— Ne t'inquiète pas, je t'apprendrai quelques trucs avant que ce soit terminé.

Georgi avait amené Vera. Je lui serrai la main et j'embrassai Vera pendant que ma famille flânait avec les autres.

– Qu'est-ce que tu fais ici ?

Elle eut un petit ricanement.

– Tu crois que je ne me rappelle pas Stefan ? Je le connaissais.

– Tu ne l'as rencontré que deux fois.

– Je ne voulais pas laisser Georgi tout seul. Il lui fallait une épaule pour pleurer. À propos, l'uniforme te va bien.

Vera et Georgi saluèrent ma famille. Au cours de la cérémonie, je jetai de fréquents coups d'œil aux deux femmes côte à côte, Magda toute droite près du dos voûté de Vera. Je vis alors combien elles étaient différentes : leur aspect, leur caractère, la façon dont elles faisaient l'amour. J'étais bien la seule chose qu'elles avaient en commun.

Nous restâmes figés tout le temps de l'éloge, et je saisis par moments le regard de Sev évaluant ma douleur. Le cercueil était ouvert et je vis que l'uniforme de Stefan lui boudinait le ventre. Magda avait les yeux étonnamment secs ; Agnes la tenait par la main, bouche bée. Curieusement, personne ne versait de larmes, sauf Leonek, qui pleurait en silence.

53

Mes collègues m'invitèrent à boire un verre, mais je regardai Magda et Agnes et déclinai l'invitation.

Nous rentrâmes sans un mot, et le silence continua à régner une fois à la maison. Agnes mit la radio, puis s'assit par terre avec Pavel pendant que Magda préparait le dîner. Je contemplai Agnes longtemps, mais toutes mes pensées étaient fixées sur Stefan.

Agnes se lassa de Pavel et trouva des mots croisés dans le journal. Le chien grimpa sur mes genoux. La radio diffusait un documentaire sur l'histoire de la nation et sa diversité ethnique qui en faisait le foyer idéal du socialisme.

Je grattai l'oreille de Pavel d'un geste machinal.

Stefan ne pouvait plus apaiser sa peine en se confessant à moi, et je ne pouvais plus lui accorder mon pardon. Je me passai la main sur les yeux en me rappelant des moments de notre enfance à Pocspetri, et d'autres, bien plus tard, après que Daria l'eut quitté. Depuis la mort de sa mère, la vie de Stefan était pratiquement vide de tout.

Magda voulait savoir si je préférais des pommes de terre ou du maïs frit. Je la contemplai un moment sans répondre.

– C'est une question simple, Ferenc.

– Euh, du maïs. Oui, c'est ça, du maïs.

Elle retourna à la cuisine. Pas étonnant qu'il ait sauté sur la chance de la reprendre. Il n'avait rien d'autre.

La radio m'informa que le camarade secrétaire général Mihai voulait que nous connaissions notre histoire pour en tirer les leçons et bâtir l'avenir. Agnes griffonnait ses lettres dans ses cases.

Nous dînâmes en échangeant quelques mots ici et là. Agnes voulait un vélo et je lui déclarai d'abord que c'était trop cher. Elle revint à la charge, et je finis par dire que je verrais. Magda était mélancolique, mais pas comme je l'aurais attendu d'une femme qui venait de voir son amant porté en terre. J'avais peut-être perdu la trace de ses pensées dès mon retour de la guerre, à l'époque où elle me soignait comme une infirmière. Peut-être me dissimulait-elle déjà des choses graves, à commencer par sa nuit avec Stefan, et avait-elle continué à construire son propre monde secret.

L'idée qu'elle pourrait me quitter m'était venue plusieurs fois au cours de ces années. C'est ce qui arrive aux gens mariés. Une petite part de leur esprit abrite un monde parallèle où ils rêvent à d'autres compagnons. Comment seraient avec eux les petits déjeuners et les dîners, les journées à la campagne, l'amour et les conversations ? Peut-être pas si différents, au fond.

Mais quand les ennuis commencent, ce monde parallèle devient visible à l'horizon. Il s'enracine dans la réalité. Je pensais aux autres femmes que je connaissais. Vera, séductrice et forte ; Roberta, une sténographe du bureau, célibataire depuis cinq ans, dont j'imaginais l'ample corps dans un lit. Je m'interrogeais même sur une voix désincarnée dans la radio de la Milice : Regina Haliniak. Et puis, toutes ces femmes inconnues qui soutenaient mon regard un instant dans la rue et qui étaient autant d'images d'un nouvel avenir.

C'est le premier stade, celui de l'espoir. Les fantasmes sans le poids de la responsabilité. Quand je pensais à Agnes, j'ignorais les problèmes de garde. Il tombait sous le sens qu'elle serait toujours avec moi, en train de m'attendre à la maison.

À ce premier stade, le divorce semble supportable, voire revigorant : il porte la promesse d'une vie nouvelle. Mais plus il s'approchait, plus j'en percevais les aspects stériles. J'approchais du second stade, celui du savoir. Si je pouvais coucher avec ces femmes, j'étais incapable d'imaginer la suite. Qu'aurions-nous à nous dire ? Je n'envisageais pas de me réveiller avec elles, et l'idée d'une escapade de quelques jours en leur compagnie m'était insupportable.

Je compris alors ce que j'avais toujours su : Magda accompagnait chacun de mes actes et projetait son ombre sur toutes mes pensées. La vie sans elle n'était pas une vie.

Quand Agnes me demanda de lui passer le sel, je la fixai un moment sans réagir.

– Ça va, papa ?

– Très bien, ma chérie.

– Tu as un drôle d'air.

– La journée a été dure.

Magda me lança un regard interrogateur et je lui souris en secouant la tête.

– Je vais devoir sortir après le dîner. J'ai quelque chose à faire.

– On a une chance de te revoir ce soir ?

– Oui, dis-je. (Puis je répétai, d'un ton plus ferme.) Oui.

54

Je me garai dans la rue sombre et vide devant chez elle, en répétant mes phrases dans ma tête. Je pris une grande inspiration, me passai une main sur la figure et sortis de la voiture.

Elle portait un pantalon et un corsage blanc transparent. Elle eut un grand sourire en me voyant.

— Ferenc, je ne pensais pas te voir ce soir. Donne-moi ton manteau.

Je la regardai l'emporter dans la chambre et le poser sur le lit. Elle remarqua mon hésitation quand nous nous embrassâmes.

— Je m'apprêtais à me faire à manger. Tu as faim ?

— Je viens de dîner.

— Alors, j'attendrai.

Je m'assis sur le canapé. Elle resta debout face à moi, puis se mit à califourchon sur mes genoux.

— Dis-moi, Ferenc.

— Il faut qu'on parle.

Je la fis descendre de mes genoux (elle était légère dans mes bras) et la déposai à côté de moi. Elle fronça les sourcils et laissa une main sur ma cuisse.

— C'est fini. À partir de maintenant.

— Nous deux ?

— Je suis désolé. Mais il faut que je recolle les morceaux avec Magda. C'est la seule chose à faire.

Vera regarda sa main sur ma cuisse et se mit à me caresser.

— Tu n'es pas bien avec moi ?

— Ce n'est pas ça.

— Tu n'aimes pas ce que nous faisons ?

— Tu sais que j'aime ça.

— Règle tes problèmes avec Magda, et pendant ce temps, tu continues avec moi.

— Ce n'est pas si simple.

— Bien sûr que si. Je fais ça tout le temps.

— Je n'ai pas envie de t'écouter.

Elle tira ma main vers son entrejambe et malgré toutes mes résolutions, je ne résistai pas.

— Il faut que j'y aille.

— Ne fais pas ton salaud, dit-elle d'une voix très douce. (Elle posa son autre main sur mon entrejambe.) Elle ne te fera pas ce que je vais te faire.

— Tu ne comprends pas, dis-je en me levant. Ça concerne Stefan, ma fille et tout le reste. Où est mon manteau ?

— Tu le sais.

Je n'avais pas voulu cela. J'allai dans la chambre prendre mon manteau, mais en me retournant, je la vis sur le seuil de la pièce qui me barrait le passage.

Le téléphone nous réveilla. Vera alluma la lampe de chevet et regarda le réveil : cinq heures du matin. Elle traversa le salon toute nue.

— Oui... ? Non, il n'est pas... Bon, d'accord. Ferenc !

— Je serai muet comme une tombe, mon pote.

— Ce n'est pas ça qui m'inquiète, Georgi. Tu as un problème ?

— Pas moi. Magda. Elle a appelé ici. Quelqu'un est venu cogner à ta porte. Il est parti, maintenant.

— Ça s'est passé quand ?

— Il y a un quart d'heure, à peu près.

Il faisait froid et la voiture eut du mal à démarrer. Mon haleine formait de la vapeur sur le pare-brise. Je passai en trombe sur les trous et les crevasses de notre parking. L'immeuble semblait vide. Je grimpai les étages en surveillant les bruits et la couleur des marches. Puis j'écoutai à la porte et introduisis ma clé dans la serrure.

– C'est moi, chuchotai-je en entrant.

55

Je poussai la voiture à fond et même au-delà, survolant littéralement le boulevard Tachkent vers la sortie de la ville. Je leur avais fait emballer quelques affaires en vitesse, répondant à toutes les questions d'Agnes par un hystérique : « On part en voyage ! » Magda pensait que j'exagérais.

– Cet homme aurait pu vous tuer toutes les deux, comme Stefan, rétorquai-je. Prends ton sac.

Elle me considéra sur le seuil de la salle de bains, une serviette à la main, et finit par acquiescer.

Dans l'aube montante, nous traversâmes les faubourgs, laissant derrière nous les derniers immeubles en construction, puis les champs apparurent.

– On ne va pas dans la bonne direction, dit Magda. On devrait aller vers le sud.

– Je ne veux pas traverser la ville.

– Pourquoi pas ?

– Pour ne pas être transformé en passoire.

Au bout d'un moment, Agnes s'endormit, Pavel niché sous son bras. Magda se mit à bâiller. Teodor et Nora pourraient les garder aussi longtemps que nécessaire, mais je n'avais aucun plan pour l'avenir.

Teodor était descendu en ville pour assister à une réunion de la coopérative. Nora astiquait le carrelage de la cuisine. Elle nous sourit depuis le seuil et nous embrassa, mais eut l'air inquiet en voyant Agnes courir sur son carrelage tout propre.

— Allons nous asseoir à l'arrière, proposa-t-elle.

Les buissons autour du jardin s'étaient considérablement amaigris, découvrant les vergers dénudés à l'horizon. Un vent froid soufflait, et nous croisâmes les bras pour nous protéger.

— Vous avez l'air en forme, dit Nora.

— Non, maman, dit Magda avec un grand sourire. On a l'air plus mal en point que jamais.

— Hum, je n'en suis pas si sûre, dit Nora en pianotant de ses gros doigts sur son bras.

— Je voudrais qu'elles restent ici quelques jours, dis-je.

Elle cueillit une poussière imaginaire sur son tablier et l'expédia d'une pichenette.

— Vous formez encore une famille, vous trois ?

— Bien sûr, dit Magda.

— Nous n'avons jamais cessé de l'être, dis-je.

J'eus la surprise de voir Magda sourire.

J'aidai Teodor à décharger une demi-carcasse de mouton du camion — un Tatra tchèque que le nouveau commissaire local lui laissait utiliser ; puis il me demanda ce qui se passait, sacré bonsoir.

— Une enquête. Elles seront plus en sécurité ici.

— Quand vas-tu laisser tomber ce boulot, Ferenc ? Deviens un écrivain.

— Tu ne veux pas que je nourrisse ta fille et ta petite-fille ?

Il poussa la porte avec un « peuh ! » de mépris.

— J'aime mieux les voir pauvres que tuées par un de tes suspects.

Nous dînâmes de pommes de terre et de mouton nageant dans le paprika, en écoutant Teodor ronchonner à propos des nouvelles directives qui visaient à supprimer les lopins privés des paysans.

– S'ils s'imaginent qu'on va aller leur racheter la nourriture que nous produisons ! Ça n'a pas de sens. La terre m'appartient, et je te garantis que je vais en garder un bout pour faire pousser ce que je veux.

– Ç'a été une année record pour les cultures, dit Agnes en tournant sa fourchette.

Teodor lui jeta un regard vif.

– C'est ça qu'ils vous racontent ?

– Les meilleures récoltes depuis vingt ans.

– Eh bien, n'en crois pas un mot, ma chérie.

Après le dîner, il sortit l'eau-de-vie. J'eus beau feindre le sommeil, il me jeta un regard impérieux en disant :

– Ferenc.

Je me levai.

Je ne pouvais plus distinguer les pommiers dans le noir. Il me tendit un verre et resta debout près des buissons.

– Nora me dit qu'il n'y a pas eu de progrès.

– D'une certaine façon, si.

J'aurais voulu lui dire que l'amant de sa fille avait débarrassé le plancher, mais je ne pouvais pas m'y résoudre.

– Elles vont rester combien de temps ?

– Une semaine peut-être. Je ne sais pas trop.

– Et l'école ? Et l'usine ?

– Magda va les appeler.

Cette réponse parut le satisfaire et il se tourna vers les vergers invisibles.

— Nora et moi envisageons de partir d'ici.

— Pour aller où ?

— Dans la Capitale, évidemment.

Je les imaginai vivant dans notre immeuble, quelques étages au-dessous, et venant régulièrement nous trouver avec des échantillons de la mauvaise cuisine de Nora. Une part de moi détestait cette idée, et l'autre se demandait si ça ne nous aiderait pas. Ils voulaient nous voir ensemble.

— Vous en auriez les moyens ?

— J'aurai bientôt droit à la retraite, Ferenc. Ça ne fait pas lourd, bien sûr, mais ça peut suffire.

— Et la maison ne va pas vous manquer ? C'est une tout autre vie, dans la Capitale.

— Bien sûr, dit-il en revenant s'asseoir à mon côté. (Il trouva la bouteille et nous resservit tous les deux.) Mais beaucoup de nos amis sont déjà partis. Maintenant, quand on va à la réunion de la coopérative, on connaît de moins en moins de gens. Ils s'en vont tous. C'est ça ou mourir de faim.

56

Je dormis avec Magda dans la chambre d'amis. Le lit était vaste, et nous n'eûmes pas à nous toucher ou à dire quoi que ce soit. Je glissai mes mains sous ma nuque et contemplai le plafond, faiblement éclairé par la lumière de la véranda. Elle roula sur le côté, loin de moi. Au bout d'un moment, j'entendis son souffle se faire plus lourd, mais ce n'était pas la respiration du sommeil.

— Qu'est-ce que tu as ? dis-je en touchant son épaule nue.

— C'est juste que je pensais à Stefan.

Je retirai ma main.

— Ça doit être dur pour toi.

— Pas tant que ça. Je pensais à la vie qu'il a eue. Il a dû se sentir tellement seul.

— Il t'avait, toi.

Elle se tourna pour me regarder en face. Je distinguais mal son visage.

— Ça veut dire quoi ?

— Allons, Magda, tu n'as plus besoin de faire semblant.

— Mais enfin, de quoi tu parles ?

Je pris une grande inspiration. Nous avions enfin cette conversation, mais dans un lit qui n'était pas le nôtre.

— Tu as eu une liaison avec Stefan. Je le sais depuis longtemps.

D'abord, elle ne répondit rien. Puis je l'entendis soupirer profondément.

— Ce que tu peux être idiot, par moments, Ferenc.

— Peut-être.

— J'ai couché avec lui une seule fois, il y a des années, et je n'ai jamais cessé de le regretter.

Je digérai lentement cette information.

— Mais je t'ai vue aller le retrouver. Dans ce café turc. Son bar préféré.

— Tu m'as suivie ?

— Quand on est persuadé que sa femme a une liaison, on a le droit de mordre un peu sur la ligne blanche.

— Je n'arrive pas à le croire.

Elle se détourna et s'assit au bord du lit. Elle contempla le plancher pendant que j'attendais.

— C'est Leonek, finit-elle par dire.

Je voulus parler, mais ma voix s'étrangla.

— Ça fait un mois et demi. Je ne cherche aucune excuse. Je voulais te le dire depuis longtemps, mais d'abord, il fallait que je sache ce que je voulais vraiment. (Elle fixait toujours le plancher, mais sa voix était forte et claire.) Au début, c'était par simple désespoir. J'avais l'impression que tout était fini entre nous, et je voulais quelqu'un. Tu peux comprendre ça ?

— Oui, balbutiai-je d'une voix incertaine.

— Et j'ai rompu avec lui je ne sais combien de fois. Tu te rappelles cette nuit où je n'étais pas là quand tu es revenu de la fête chez Georgi ? Stefan m'avait appelée. Il avait bu et il voulait s'excuser de t'avoir raconté ce qui s'était passé entre nous pendant la guerre. Ça m'a fait un choc. Je suis aussitôt allée trouver Leonek pour lui dire que ça ne pouvait pas durer. J'ai rompu. (Elle secoua la tête.) Plus tard dans la soirée, tu voulais qu'on parle, mais je ne pouvais pas. Je ne savais plus où j'en étais. Le lendemain matin, je l'ai appelé, et tout a recommencé. C'était la journée du 6 novembre.

Je me rappelai son inexplicable panique ce jour-là quand je lui avais demandé qui avait écouté les Américains. Leonek n'écoutait que cette station…

— Bon, alors, qu'est-ce qu'il a de plus que moi ?

Elle leva enfin les yeux de ce foutu plancher. Je distinguais à peine ses traits.

— Je te l'ai déjà dit, Ferenc. Tu n'es plus le même. Tu n'es plus l'homme que j'ai épousé. Leonek… Je suis toujours sûre de ses sentiments pour moi. Avec toi, je ne sais jamais.

— Et toi, tu l'aimes ?

— Peut-être. Il me fait du bien, mais je ne sais pas s'il est l'homme qu'il me faut.

Je me redressai et m'appuyai contre la tête de lit, sans savoir que dire.

— Tu vas me quitter ? demanda-t-elle.

— J'allais te poser la même question. (Elle ne répondit rien.) Tu m'aimes encore ?

— Je ne sais pas.

— Ce n'est même pas « peut-être » ?

— Si, dit-elle en hochant la tête. Peut-être.

Je me levai et m'habillai. Le choc s'atténuait doucement. Magda me regarda sortir.

Je trouvai la bouteille de gnôle dans la cuisine et sortis dans le jardin glacial. Teodor avait laissé ses cigarettes dehors et j'entrepris de fumer.

57

Le matin, je dus me rendre au bureau de la coopérative, en haut de la colline, parce que le téléphone de Teodor ne marchait que pour les appels locaux. Je produisis mon certificat de la Milice et regardai l'homme estropié derrière le comptoir boitiller jusqu'au téléphone et me l'apporter. Quand je dis à Moska que je me rendais au camp de travail de Vatrina pour chercher des informations sur mon suspect, il consentit avec un soupir.

Après avoir mangé, j'allai jeter mon sac dans la voiture et Magda me suivit dehors.

— Ne lui fais pas de mal, je t'en prie.

— À qui ?

— À Libarid.

— Qui ça ?

— Leonek, je veux dire. Libarid est son vrai prénom.

— Je ne peux rien te promettre.

Vatrina se trouvait à une demi-heure de voiture vers le nord. La place principale, de dimensions modestes, offrait une épicerie, un bureau de poste et un hôtel moderne qui semblait incongru : un vaste bunker de béton surmonté d'un panneau proclamant HÔTEL ÉLÉGANT en lettres rouges écaillées. Je décidai de tenter ma chance. Un tapis rouge élimé menait à la réception en faux marbre, puis à un bar sombre où une jeune femme brune attendait derrière un comptoir en fumant et en lisant un livre de poche. Je me penchai à côté du registre.

— Je cherche le camp de travail Vatrina, numéro 480.

Elle leva l'index, lut une dernière phrase et referma le livre en marquant sa page d'un doigt. C'était un roman d'un type que j'avais rencontré chez Georgi.

— Ils ne mettent pas les camps de travail en plein milieu de la ville, gros idiot.

Elle avait un joli visage rond dont l'expression démentait cette insulte.

— Je n'ai pas une grande pratique de la chose, dis-je.

Elle soupira et retourna son livre à plat sur le comptoir.

— Qu'est-ce que vous avez à y faire, pour commencer ?

Je voulus sortir mon certificat de la Milice, mais je me ravisai et cherchai mes cigarettes. J'en sortis une.

— Ça me regarde, ce que j'ai à y faire.

Elle leva les yeux au ciel comme si elle avait déjà entendu ça un million de fois, et je compris alors que c'était sa façon de flirter. Quand on est coincée derrière un comptoir au fond d'un trou perdu, on apprend des façons bizarres d'attirer l'attention des hommes.

— Et ce qui vous regarde, c'est important ?

— En tout cas, plus important que de fumer clope sur clope toute la journée dans un hôtel infesté de mouches.

Son visage s'éclaira et elle tapota le comptoir de l'ongle.

— Allez, dites-moi tout. Je sais garder un secret.

Je rapprochai mon visage du sien.

— Qu'est-ce qui me le prouve ?

— Rien du tout, chuchota-t-elle.

— En tout cas, tenez votre langue, compris ?

Elle hocha la tête, avec sérieux cette fois.

Je lui expliquai que j'étais un romancier en quête de matériel pour un livre sur l'histoire du camp.

— Ça doit marcher avec un tas de filles, mais pas avec moi.

— Que puis-je faire, si vous ne me croyez pas ?

— Vous avez déjà écrit d'autres livres ?

— *L'Histoire d'un soldat.* Il y a quelques années.

Elle hésita, puis me fit un large sourire.

— Vraiment ? Non ! Je l'ai lu !

Je lui montrai mes papiers pour lui prouver mon identité.

— J'ai trouvé ça formidable. Vous savez quoi ? Vous êtes un grand écrivain.

Je la soupçonnai de ne l'avoir jamais lu, mais je n'insistai pas. Elle me dit de prendre à droite et de suivre la route sur une dizaine de kilomètres.

— Vous ne pouvez pas le manquer. Vous restez pour la nuit ?

— Je ne sais pas encore.

— Je serai ici en train de fumer clope sur clope jusqu'à six heures.

58

Le camp se trouvait à gauche sur une route poussiéreuse, au milieu d'une vaste étendue de blé moissonné. On voyait d'abord les miradors — cinq tours de bois reliées à leur base par du fil de fer barbelé — encadrant cinq bâtiments bas tout en longueur. Aucun panneau. Les miradors étaient vides, mais quand je tournai pour emprunter une allée gravillonnée jusqu'à la grille, un garde revêtu d'un long manteau sortit d'une guérite en se tapant sur les bras pour se réchauffer. Il m'ouvrit la grille avant de passer la tête par ma portière.

— Que puis-je faire pour vous ?

Son haleine aigre remplit la voiture. Ses dents étaient comme des ongles trop épais.

— Je viens m'entretenir avec le commandant.

Il jeta un regard circulaire dans la voiture.

— Vous êtes du boulevard Yalta ?

— Du quartier général de la Milice. J'interviens dans le cadre d'une enquête.

Il passa sa langue sur ses dents grisâtres et inspira longuement. Je me cramponnai dans l'attente de l'expiration qui allait suivre.

— Je peux vous demander une pièce d'identité ?

Après avoir examiné mon certificat, il me fit signe de passer, referma la grille et désigna un espace entre deux baraquements. Il m'accompagna tout au bout du camp, où s'ouvrait un grand champ bourbeux. Au milieu, une petite cabane avec une cheminée fumante et un câble téléphonique reliant son toit à un mirador. Le bureau du commandant, m'indiqua le garde.

Je fis le reste du chemin tout seul. Le garde était l'unique personne en vue, et les baraquements, sans doute destinés aux prisonniers, semblaient déserts.

La porte était encadrée de deux fenêtres sales et je m'efforçai en vain de jeter un coup d'œil à l'intérieur avant de frapper.

— Entrez ! dit une voix désagréable, et j'eus un moment d'hésitation.

Comme Moska, le commandant était installé dans une pièce sombre, devant un bureau en désordre entouré de piles de dossiers. Dans son dos, des classeurs en fer débordaient de lettres ouvertes. Contre le mur du fond, au-dessous d'un Mihai noir de suie, brûlait un petit poêle en fer dont la grille ouverte laissait voir des papiers à demi consumés. Le commandant était chauve et étonnamment petit : il nageait littéralement dans son uniforme. Il se présenta comme le camarade capitaine Gregor Kaganovitch, d'une voix éraillée par des années de tabac et de hurlements. Un portrait au fusain du capitaine était pendu au mur : de bonne facture, mais extrêmement flatteur.

— Je suis venu vous poser quelques questions sur une affaire en cours, dis-je en lui tendant mon certificat.

Il mit ses lunettes, retourna le certificat à la faible lumière tombant de la fenêtre et me le rendit.

— Quel genre d'enquête ?

— Un homicide.

— L'un de mes petits pensionnaires a été tué ?

— Plutôt le contraire.

Il eut un claquement de langue désapprobateur, comme s'il parlait de ses propres enfants.

— Ce n'est pas la première fois. Certaines bêtes sauvages ne peuvent s'empêcher de suivre leur instinct. Vous pouvez les battre tant que vous voulez, impossible de les domestiquer. Un peu de café ?

— J'en cherche un en particulier. Nestor Velcea.

Il leva les yeux sur moi en versant le café, mais je ne pus saisir son expression.

— Je crains de ne pas pouvoir me souvenir de tous mes petits pensionnaires. Mais jetez donc un coup d'œil, dit-il en désignant les piles d'un geste vague. Vous allez bien trouver quelque chose. (Il me tendit la tasse et s'accroupit au milieu des dossiers.) Laissez-moi vous dire que le camarade Premier ministre aurait pu nous avertir un peu à l'avance de cette amnistie, si vous voyez ce que je veux dire.

Ses doigts parcouraient les fichiers à une vitesse alarmante.

— Non, je ne vois pas.

— Eh bien, il l'annonce, et le lendemain, pas une semaine ou un mois plus tard, non, le lendemain, tous mes gars se retrouvent au chômage. Beaucoup viennent de l'autre bout du pays. Ils ont été transférés ici quand on a eu besoin d'eux, et à l'époque, c'était vraiment le cas. Et puis, d'un jour à l'autre, terminé.

— Alors on les transfère ailleurs.

— C'est ce qu'on pourrait penser, pas vrai ? (Il éleva un dossier à la lumière, l'ouvrit et le referma en secouant la tête.) Ils n'ont compris qu'à la fin de l'été avoir négligé ce léger détail. Cela fait beaucoup d'hommes à transférer d'un seul coup. Mais moi, je me dis surtout qu'ils se demandaient s'ils n'allaient pas changer d'avis et avoir encore besoin d'eux.

— Je ne saisis pas.

Il arrêta de chercher pour se tourner vers moi.

— À la fin de l'été, ils avaient prévu de transférer tous les gardiens de la région. Mais pas ceux de notre camp. J'ai donc passé quelques coups de fil, et au bout de plusieurs semaines j'ai commencé à obtenir des réponses. Le camp numéro 480 doit rouvrir au printemps, conclut-il en souriant.

— Et vous faites quoi, en attendant ?

— Je détruis les vieux dossiers pour faire de la place aux nouveaux. Mais mes gars, c'est eux qui sont embêtés. Ils sont obligés d'attendre dans ce trou perdu jusqu'au printemps.

— Quel genre de travaux faisaient-ils ici ?

— Les gardiens ?

— Les prisonniers.

— Tout, en fait. On les menait en ville effectuer des travaux de construction. Vous avez vu l'Hôtel Élégant ?

— Oui.

— C'est nous, dit-il en se tapotant la poitrine. On leur fait planter du blé autour du camp, et en hiver ils extraient du gravier sur le Site de travail Numéro Un.

— Du gravier ?

— Bien sûr. À trois kilomètres d'ici, il y a une carrière, et mes petits pensionnaires s'amusent comme des fous, là-dedans. Mais j'ai d'autres idées dans ma manche pour leur retour. Cette fois, ils vont creuser un peu, dit-il en haussant les sourcils.

Il replongea dans ses dossiers et je désignai le classeur débordant de lettres.

— Du courrier de vos admirateurs ?

Il parut perplexe, puis son sourire revint.

— Oh, celles-là ! Non, ce sont juste des lettres que mes protégés écrivaient pendant leur séjour. À la famille, ce genre de choses. Vous voulez en lire ?

Je ne voulais pas.

Le dossier d'incarcération de Velcea ne manquait pas d'intérêt. J'avais ma propre théorie sur la façon dont les choses s'étaient passées, mais au moins cela mettait certains faits au clair. Le 17 février 1947, un appel anonyme informait le boulevard Yalta que Nestor Velcea, artiste peintre, avait été vu en train de distribuer une feuille clandestine intitulée *Indépendance*. Le 25 février, une lettre manuscrite, mais non signée, informait la même institution qu'on avait entendu lors d'une fête un certain Nestor Velcea critiquer la politique étrangère du camarade Mihai dans des termes particulièrement violents. Puis, le 1er mars, un autre appel affirmait que Nestor Velcea se trouverait le soir du 3 mars à la gare centrale pour y rencontrer un agent de l'impérialisme étranger et lui fournir des informations intéressant la défense nationale.

Forts de ce savoir, les agents de la Sécurité d'État se postèrent à la gare le jour dit. En effet, Velcea arriva à 19 h 12, et s'assit sur l'un des bancs près des guichets. Il n'acheta pas de billet, mais regarda attentivement tous les passagers qui descendaient. À huit heures moins le quart, il se leva pour partir, et c'est alors qu'il fut arrêté.

Le reste du dossier contenait des documents de transfert et de mise sous écrou, ainsi que des rapports sur son comportement au camp pendant ces dix années. À part le fait qu'il était tombé plusieurs fois malade, son comportement avait été exemplaire. La dernière feuille était son certificat d'amnistie, un formulaire où son nom était griffonné dans l'espace laissé en blanc, signé et tamponné par le commandant du camp assis en face de moi.

— Alors, camarade inspecteur, qu'est-ce que ça vous évoque, si vous me permettez cette question ?

Ce dossier me disait qu'Antonin Kullmann avait proprement acculé Nestor, avec autant de méthode et de précision que le commandant mettait à conserver les lettres des prisonniers.

— Pas grand-chose. On m'a dit qu'il lui manquait un doigt, qu'un garde le lui avait coupé.

Il me fit un clin d'œil.

— Ils adorent raconter des histoires. Ça leur donne un frisson d'aventure.

— Qu'est-ce que vous vous rappelez de lui ?

— J'avais beaucoup de pensionnaires ici et j'ai du mal à me rappeler ceux qui ne faisaient pas d'histoires. On se souvient de ceux qui passent leur temps à protester et à venir se faire réprimander dans ce bureau.

— Nestor était donc un bon élément, si je comprends bien.

Le capitaine secoua la tête.

— Aucun d'eux n'est un bon élément, camarade. Ce qu'il a fait dehors suffit à le prouver.

Je ramassai mon chapeau sur le bureau et me levai.

— Je vous remercie.

Nous échangeâmes une poignée de main et il retint la mienne un instant.

— Attrapez-le. Et assurez-vous de l'avoir vivant, pour qu'on puisse le récupérer.

— Vous le voulez ?

— J'aurais un petit nid tout prêt pour lui dès aujourd'hui. J'aime avoir mes petits pensionnaires à la maison. C'est naturel, non ? (Il fronça les sourcils.) Eh, mais… vous n'avez pas touché à votre café !

59

Il n'était que quatre heures, mais j'avais besoin d'un verre. J'en avais entendu assez sur les camps de travail pour savoir que j'avais marché sur une terre gorgée de sang et parlé à l'une des pires brutes qu'avait pu dénicher la Sécurité d'État. On confie la charge des camps à ceux qui sont capables de le supporter.

Les bars étaient nombreux le long de la route menant au centre, aussi j'entrai au hasard dans l'un d'eux. Des jeunes gens étaient accoudés à de hauts guéridons, entourant leurs petits verres d'eau-de-vie de leurs gros doigts. Le garçon m'adressa un sourire.

– Un café ?

– Une Palinka.

Il versa le liquide et me regarda de haut en bas.

– Vous êtes un des nouveaux gardiens ?

Je bus une gorgée.

– Je croyais qu'il y en avait déjà pléthore.

Il se pencha et sa voix se mua en un chuchotement.

– Il paraît que de nouveaux gardiens vont arriver d'un jour à l'autre. Que vont faire tous ces gars ? ajouta-t-il en désignant les buveurs d'un geste de la tête. Ils ont attendu assez longtemps comme ça.

– Eh bien, je n'en fais pas partie.

– Vous avez de la chance, dit-il avec un clin d'œil.

Je m'accoudai à une table libre et contemplai les photos qui couvraient le mur. Des vues de la « Vatrina d'autrefois ». Les seules différences avec celle d'aujourd'hui semblaient être l'Hôtel Élégant et le camp.

Un homme trapu au crâne lisse posa son verre près du mien et se mit à examiner les photos, comme inconscient de ma présence. Sa nuque portait une accumulation de plis de graisse, et ses bajoues mal rasées étaient grêlées de marques d'acné.

— Vous venez de la Capitale ? demanda-t-il au mur.

— Ouais.

— Horia dit que vous n'êtes pas un gardien.

Horia nous regardait de derrière son comptoir.

— C'est vrai.

— Pas de problème si vous en êtes un, dit-il à la photographie d'une femme et d'un cheval devant l'épicerie du village. On n'est pas rancuniers ici. Tout le monde est dans le même bateau.

— Je n'en suis pas un quand même.

— Alors, vous êtes quoi ?

Il se tourna vers moi. Il avait les yeux bleu clair et une cicatrice sur la joue. Je répondis avant d'avoir eu le temps de réfléchir :

— Je suis écrivain.

— Vous écrivez quoi ?

— Des romans.

— Vous voulez dire, des histoires que vous inventez ?

— C'est ça.

Il considéra ce point en finissant sa prune, retourna au bar et revint en portant deux nouveaux verres. Il en posa un devant moi. Nous trinquâmes.

— Alors, pourquoi vous n'êtes pas dans un café de la Capitale, en ce moment ? Qu'est-ce que vous faites dans ce trou puant ?

— Des recherches.

— Vous voulez écrire une histoire sur cette ville ?

— Sur le camp.

Il ouvrit la bouche et la referma, avant de héler quelqu'un à une autre table.

— Hé, Krany ! (Un type brun, court sur pattes, une cigarette aux lèvres, leva les yeux.) Krany, viens voir.

Krany s'approcha avec son verre d'un pas nonchalant et vint s'accouder à notre table sans me jeter un regard.

— Ce type veut tout savoir sur le camp. C'est un écrivain.

Krany ôta sa cigarette de ses lèvres et plissa un œil sous la fumée.

— Pourquoi vous écrivez là-dessus, camarade ?

— Parce qu'il faut bien que quelqu'un le fasse.

Le gros hocha la tête pour acquiescer, mais Krany n'était pas convaincu.

— Qu'est-ce que vous allez dire sur le camp ?

— Je le saurai quand j'en aurai appris davantage.

— Vous êtes un de ces alarmistes qui vont raconter qu'on est tous une bande de voyous qui aiment taper sur les gens ?

— C'est le cas ?

Cette fois il sourit, et je sortis mes cigarettes. J'en offris aux deux gardiens et laissai le paquet sur la table.

Il se révéla que Krany avait d'abord été dans les miradors. Il avait passé ses étés et ses hivers dans l'une des tours dominant le camp et les champs alentour. C'était le plus fin tireur du camp, et il avait un jour tué un évadé à une distance de 500 mètres — bien que son ami contestât ce chiffre.

— Et il est tombé. Je voulais le toucher à la jambe, juste pour l'arrêter, mais au final il a pris la balle dans la tête, conclut-il en prenant une autre de mes cigarettes.

Le premier gardien s'appelait Filip et travaillait dans la boue avec les prisonniers. Chaque matin, il les faisait sortir en rang de leurs baraquements et marcher jusqu'à la carrière.

— J'obéissais aux ordres, c'est tout, me dit-il. On leur ordonnait de marcher, et s'ils ne le faisaient pas, on les frappait. En général au ventre et à la poitrine, parce qu'on ne voulait pas risquer de leur casser les jambes.

— Allez, Filip, dit Krany. Tu en as cassé, des jambes. Je t'ai vu comme je vous vois.

— C'est que, par moments, on se laisse emporter.

— C'était plus facile là-haut, dans la tour de guet. On n'avait pas à sentir leur odeur, ni à faire ce genre de boulot.

J'offris une nouvelle tournée et demandai s'ils connaissaient Nestor Velcea. Krany secoua la tête, mais Filip réfléchit.

— Un type courtaud ? Il était quoi… peintre, non ?

— C'est lui.

— Bien sûr, que je le connaissais. Un gars bien. Il s'imaginait qu'on n'était pas au courant, pour ses dessins au charbon de bois. Mais quand les prisonniers nettoient un mur, ça se remarque. Au départ le mur est sale, et puis d'un seul coup vous voyez un coin tout propre. (Il eut un sourire amer.) Vous en avez, ce sont de parfaits imbéciles.

— Ah, ouais, l'artiste, dit à son tour Krany en hochant la tête. Celui qui a fait le portrait de Gogu.

— Qui est Gogu ?

— Le commandant, dit Filip, et je me rappelai le dessin accroché dans son bureau.

Je fis passer à la ronde mes dernières cigarettes.

— Mais Gogu dit qu'il ne se souvient pas de Nestor. C'est possible, ça ?

— Évidemment qu'il se rappelle Nestor, dit Filip.

— Il vous a mené en bateau, dit Krany. Il sait foutrement bien qui est Nestor.

— Mais il y avait beaucoup de prisonniers. Pourquoi se souviendrait-il de lui ?

Krany regarda Filip, comme pour le consulter. Filip haussa les épaules.

— Au printemps dernier, dit Krany en se tournant vers moi, voilà une Citroën grise qui se présente aux grilles. Cosmin s'amène, mais le conducteur n'avait pas les documents nécessaires pour entrer.

— Qui est Cosmin ?

— Personne. Un autre gardien. Vous m'écoutez, ou pas ?

Je hochai la tête.

— Donc, Cosmin ne le laisse pas entrer. Et ce type sort de sa voiture, un grand type, avec les cheveux genre huileux, et se met à appeler Nestor en hurlant de l'autre côté du grillage. Seulement, c'est en pleine journée, tous les prisonniers sont partis sur le Site Numéro Un. C'était un étranger, peut-être qu'il n'était pas au courant. Alors le voilà qui se met à brailler devant une prison vide.

— Quel genre d'étranger ?

— Je ne sais pas, dit Krany. Mais on entendait bien qu'il avait un accent. Une vraie tête brûlée, celui-là. Finalement, Gogu a été obligé de sortir pour s'occuper de lui.

— J'en ai entendu parler le soir même, dit Filip.

— On en a tous entendu parler, dit Krany. Et c'est pour ça que Gogu est prêt à jurer qu'il ne connaît pas Nestor. Parce que l'étranger lui a refilé un pot-de-vin en couronnes de la taille de mon poing. Gogu lui a dit de ranger ça, et ils sont rentrés faire leurs petites affaires dans son bureau. Mais on avait tout vu. Il n'y a pas de mal à accepter un pot-de-vin, tant qu'on reste discret.

— Et après, il s'est passé quoi ?

— J'ai ramené Nestor du site de travail au bureau de Gogu, dit Filip. Gogu est sorti quelques minutes pour les laisser seuls. Et puis Nestor est retourné au travail, et l'étranger est parti.

— Mais… Il était venu pour quoi ? Qu'est-ce qu'il voulait ?

Filip se décida à allumer la cigarette que je lui avais offerte.

— Personne ne le sait. On a demandé à Gogu, et il nous a répondu de nous occuper de nos affaires si nous ne voulions pas finir parmi ses petits pensionnaires.

— Et Nestor non plus n'en a pas soufflé mot, pas vrai, Filip ?

— Pas un mot, grogna Krany. Je l'ai cogné une fois ou deux parce que j'étais vraiment curieux, mais ce foutu boiteux est resté bouche cousue.

60

Il était plus de sept heures du soir quand je retournai à l'Élégant avec mon petit sac. Je trouvai un autre employé à la réception, un jeune homme qui enregistra mon identité sur un calepin réglé. Au milieu de ses écritures, il s'interrompit.

— Vous êtes déjà venu ?

— Pour demander des informations.

Il eut un hochement de tête en direction du bar.

— Tania vous attend.

Je l'avais oubliée. Mon esprit était resté dans un monde de barbelés, de boue et de violence avec lequel l'idée d'une soirée en compagnie d'une femme ne cadrait pas. Je raflai donc mes papiers et ma clé et montai directement, sans lever les yeux en passant devant le bar.

Les escaliers, les portes, les couloirs et la chambre minuscule — tout avait été construit par des mains sanglantes et brisées, des dos courbés et des ventres endoloris. Je m'allongeai sur le lit et contemplai le plafond beige.

Il y eut un coup frappé à la porte, mais je ne me levai pas. Je me demandais ce qui s'était dit dans le bureau de Gogu au printemps dernier.

On frappa plus fort et je finis par me lever en grognant. Sur le seuil, Tania me souriait.

— Tu crois pouvoir te débarrasser de moi aussi facilement ?

— Je suis fatigué.

Elle posa sa main sur ma poitrine et me repoussa. Je remarquai une bouteille de vin ouverte dans son autre main quand elle referma la porte.

— Tu ne m'as pas l'air si fatigué que ça.

Elle était plutôt jolie, mais je n'avais pas d'yeux pour la voir. Elle alla chercher les verres à dents de la salle de bains, les remplit et s'assit près de moi. Il n'y avait pas d'autre siège que le lit. Elle cogna son verre contre le mien et me fit un clin d'œil.

— Tu m'as fait attendre si longtemps que j'ai failli me trouver une autre victime. Mais après, je me suis rappelée ça, dit-elle en touchant mes bagues. Et ça. (Elle me toucha la poitrine, puis posa son verre à terre et rapprocha son visage du mien.) Et ça, aussi, chuchota-t-elle en m'embrassant.

Nous nous embrassâmes un moment, puis nous roulâmes sur le lit. Parfois elle se levait brusquement, se penchait au bord du lit tandis que je caressais l'arrière de sa cuisse, et buvait une gorgée. Puis elle se retournait vers moi, les lèvres rougies de vin. Mais quand elle commença à se déshabiller, je l'arrêtai.

Elle fronça les sourcils, prit une autre gorgée et se remit à m'embrasser. C'était tout ce que je voulais, quelque chose de simple et d'enfantin, et c'est ce que nous fîmes jusqu'à nous retrouver allongés sur le lit, l'un et l'autre très fatigués.

Tania avait vingt-cinq ans, elle avait grandi dans cette ville, et les seules nouvelles têtes qu'elle avait rencontrées étaient liées au camp de travail.

— J'aime bien ça, rencontrer des gens de partout. La plupart sont très sympathiques, et parfois on peut se donner un peu de plaisir.

— Alors, tu fais ça souvent ?

— De temps en temps, dit-elle en étendant les bras au-dessus de sa tête. Il y a deux gardiens que je vois régulièrement, mais tout le monde sait que je ne suis pas une fille à m'installer. (Elle me fit un clin d'œil.) C'est trop amusant, comme ça, non ?

— Oui, très amusant.

Je versai le reste du vin dans son verre et lui demandai si elle voulait rester pour la nuit.

— Tu crois qu'il y a assez de place ?

Il n'y en avait pas, mais j'avais envie de dormir près d'un corps chaud.

— Ça peut s'arranger.

Il faisait froid dans la chambre et j'allai vérifier le radiateur, qui n'avait pas l'air très nerveux. Tania tapa plusieurs fois sur le bouton.

— Cet hôtel est une vaste blague.

Quand elle se déshabilla, je remarquai une tache noire et brillante sur son bas, là où elle avait arrêté une échelle avec du vernis à ongles. J'éteignis la lumière.

Ce fut un peu compliqué, mais elle se blottit contre ma poitrine, et je l'entourai de mes bras. Elle ne cessa de bavarder pendant l'heure qui suivit, m'expliquant que des hommes lui avaient offert de l'emmener loin de cette ville, mais qu'elle ne partirait jamais.

— Ici, je suis quelqu'un. Qu'est-ce que je serais dans la Capitale ? Juste une paysanne de plus. Une petite pute parmi d'autres.

Elle avait même eu des propositions d'agents de la Sécurité. L'un d'eux lui envoyait régulièrement des boîtes de chocolats suisses.

— Il est amoureux de moi. Ce boulot a dû lui faire péter un boulon. On voit bien d'ailleurs que tous ces types sont un peu barrés.

— Tu devrais faire attention à eux.

— Moi ? Ce serait plutôt le contraire. (Ses cheveux s'agitèrent sous mon nez.) Je ne plaisante pas. Il y en a un qui m'a dit qu'il avait peur de moi.

— D'une petite fille comme toi ?

— Je n'y croyais pas non plus, mais… (Elle réfléchit pour se rappeler les termes exacts.) Il m'a dit qu'il avait peur de mon incapacité à m'engager avec un homme. Ça ne l'effrayait pas, lui, personnellement, mais il disait qu'il y avait de plus en plus de gens comme moi, et que si on ne peut pas s'engager vis-à-vis d'une personne, comment peut-on s'engager envers un État ?

— C'est bien le genre des types de la Sécurité.

— J'attrape même un étranger ici et là.

— Des étrangers ?

— Oh, il n'y en a pas tant que ça, alors on s'en souvient. Le dernier, c'était un Français. Un type assez sympa. Grand et gros, mais pas aussi amusant qu'il en avait l'air. Il essayait de sortir un ami du camp. J'aurais pu lui dire dès le départ qu'il n'avait aucune chance.

Mes bras se resserrèrent autour d'elle, mais elle ne le remarqua pas.

— Tu te rappelles son nom ?

— Louis. Oui, Louis quelque chose. Un bon gars. (Je sentis ses doigts m'agripper le coude sous les couvertures, comme pour me soutenir.) Mais ce n'était pas un gentleman comme toi.

61

Je repris la voiture à l'aube, après avoir murmuré un adieu à la forme endormie de Tania. Je pris une douche chez moi, je me changeai et partis pour le poste. Emil était déjà là, aussi je me perchai sur le bord de son bureau et pris l'une de ses cigarettes. Il me fit un clin d'œil.

– J'ai des nouvelles intéressantes pour toi.

– Moi d'abord, dis-je. Fais bien attention à Lena. Nestor a trouvé mon adresse.

– Tu l'as vu ?

– Il a essayé de pénétrer chez moi en mon absence. (Emil fronça les sourcils.) J'ai emmené Magda et Agnes à la campagne. Tu pourrais faire la même chose pour Lena.

– D'accord, dit-il très sérieusement.

– Et autre chose : un Français nommé Louis Rostek a vu Nestor au camp au printemps dernier. Le commandant ne me dira rien, et les gardiens ne savent pas ce qui s'est passé. Mais il a dû révéler à Nestor qu'Antonin l'avait dénoncé.

– Un Français ?

– Un type que je connais par Georgi.

Emil se passa la main dans les cheveux.

– Je crois que mes intéressantes nouvelles vont bien avec les tiennes.

– Je t'écoute.

– Le labo a repris des empreintes sur la fenêtre de la chambre de Stefan et sur les bols de soupe. Devine qui était son invité acrobate ?

– Ne me fais pas languir, dis-je au moment où son téléphone sonnait.

– Nestor Velcea, dit-il en décrochant. La fiche d'empreintes du camp correspondait parfaitement.

Son téléphone sonna et je le regardai s'absorber dans sa conversation. Stefan et Nestor Velcea, assis à la même table devant une soupe de poisson. Stefan était-il impliqué dans ces crimes ? Non. Alors, qui s'était présenté à la porte ? Rien ne collait, dans cette histoire.

– Excuse-moi, dit Emil en raccrochant. C'était Lena. Elle vomit tout ce qu'elle avale. Ça la rend un brin hystérique, ajouta-t-il avec une grimace.

Je restai à fixer l'encadrement de la porte après son départ, puis me dirigeai lentement vers mon bureau. Le rôle de Louis était compréhensible : la loyauté d'un homme envers un ami, après avoir rassemblé suffisamment d'indices. Je me rappelai que les toiles d'Antonin Kullmann étaient allées jusqu'à Paris. Son succès avait donc provoqué sa perte. Mais la scène dans la cuisine de Stefan…

Je trouvai sur mon bureau un message de Georgi. Il m'attendait au café de l'Opéra, à l'angle des avenues Internationale et Lénine. C'était l'une de ces monstruosités habsbourgeoises qui semblaient n'avoir pas changé en un demi-siècle, à part peut-être le personnel, qui fumait dans le fond en vous regardant attendre.

Georgi me tendit une liste de gens susceptibles de savoir où habitait Nestor Velcea. Tandis que je la parcourais, il précisa :

– Ce sont des écrivains. Nestor n'aimait pas les peintres.

– C'est ce qu'on m'a dit. (J'empochai la liste. Georgi avait belle allure. Il portait un chapeau neuf, cadeau rapporté de Vienne par un ami.) Maintenant, parle-moi de Louis.

– Qu'est-ce que tu veux savoir ?

– Tout.

— Bon. J'ai rencontré Louis voici quelques années, en 47 ou 48. Il a passé un bout de temps ici aux frais de l'Union des écrivains. Il était plus mince à l'époque, ça c'est sûr. Les femmes étaient folles de lui. L'accent français et tout ça. Mon livre venait tout juste de sortir, et ils m'en ont fait lire un fragment. Louis a été impressionné. Je ne peux pas dire que j'aie aimé ses poèmes : il était un peu trop didactique, à l'époque.

— En quel sens ?

— Oh ! tu sais, glorifier la révolution mondiale et tout ça. Il s'est beaucoup calmé, depuis.

— Il connaissait Nestor Velcea ?

— Il semble qu'ils se soient rencontrés pendant la guerre. En 44, par là. Il savait que Nestor était un paquet de nerfs, mais il pensait qu'il avait du talent.

— Et toi, tu le pensais aussi ?

— Je n'ai jamais vu ses œuvres, et je ne l'avais jamais rencontré avant qu'il vienne à ma fête. Nestor était déjà en camp à l'époque où j'ai rencontré Louis.

Un garçon apparut et prit notre commande avec réticence. Puis il alla retrouver ses collègues qui fumaient toujours, la commande dûment inscrite sur le carnet qu'il avait glissé dans sa poche.

— Tu aurais dû les voir quand ils se sont retrouvés à ma fête. Ils se sont embrassés et ils ont pleuré comme un père et un fils.

— Avant que j'arrive.

— Ouais. Avant.

Je m'aperçus que je ne cessais de faire tourner mes bagues sur mes gros doigts.

— Que pensait Louis de l'emprisonnement de Nestor ?

— Il n'était pas ici quand ils l'ont arrêté, dit Georgi en prenant une cigarette. Le jour même de son arrestation, Louis devait arriver, mais quelque chose l'a retenu. Des problèmes de visa, sans doute.

Nestor était allé à la gare pour rencontrer un agent étranger, mais l'étranger n'était jamais arrivé.

— En tout cas, Louis n'a appris son emprisonnement que six mois plus tard, quand il a réussi à revenir. C'est alors que j'ai fait sa connaissance. Évidemment, il était furieux. Et quand Louis est furieux, tu n'as pas envie de te trouver sur son chemin.

— Il est du genre irritable ?

— Pas du tout. C'est ce qui le rend si dur. Si tu as réussi à mettre Louis en colère, tu peux t'attendre à de sérieux ennuis.

— Qu'est-ce qu'il a fait, quand il a découvert que Nestor avait été envoyé en camp ?

Georgi tira quelques bouffées sans répondre.

— Il a déposé une plainte. Il était sûr de pouvoir le sortir de là, peut-être parce qu'il était étranger. Il est allé directement boulevard Yalta, au Bureau des Corrections internes. Tu peux croire ça ? Il est entré là-dedans tout seul, et il en est ressorti quelques heures plus tard, toujours furieux. Ils ne l'avaient laissé parler à personne. Ils l'avaient fait poireauter plus de deux heures, avant de lui dire que l'officier était parti pour la journée.

— Qui était cet officier ?

— Aucune idée.

Que s'était-il passé ce jour-là ? Louis savait bien que pour avoir une once d'influence boulevard Yalta, il fallait être lié à la Sécurité d'État. Sans doute l'était-il, à titre d'informateur.

Le serveur finit par apparaître avec nos cafés et plaça l'addition sous le sucrier. Georgi mit une cuillerée de sucre dans sa tasse et touilla pensivement le breuvage.

62

Ce soir-là, je me dirigeai d'instinct vers l'immeuble de Vera. Je n'envisageai même pas de rentrer chez moi. Mon désir pour elle était devenu une force autonome, qui tournait le volant et appuyait sur le frein ; il appartenait à un autre Ferenc, plus sûr de lui, à qui je n'avais pas encore été présenté.

Je frappai à la porte. J'entendis sa voix à l'intérieur, mais elle ne s'adressait pas à moi. Elle était plus basse, comme si elle parlait à quelqu'un dans l'appartement. Je compris en un éclair, mais trop tard. La porte s'ouvrit et Karel me regarda fixement.

La surprise se lisait sur ses gros sourcils et sur sa grande bouche flasque enfouie dans sa barbe. Il avait grossi au même pas que ses succès poétiques, mais il n'avait jamais perdu son incapacité juvénile à dissimuler ses émotions. Puis il sourit et se retourna vers Vera, qui parut clouée sur le canapé.

– Regarde-moi ça ! Ferenc Kolyeszar, quelle surprise !

En dehors des fêtes de Georgi, nous ne nous étions jamais fréquentés, mais il était de ces gens qui font toujours de vagues promesses de se retrouver pour dîner ou boire un verre. Il me fit signe d'entrer. Vera se leva et me tendit poliment la joue.

— J'étais justement en train de parler à Vera de la Yougoslavie. Quel peuple ! Incroyable.

— C'est pour ça que je suis venu, dis-je. Georgi m'a dit que tu étais rentré, et je voulais que tu me racontes tout. (Je remarquai une assiette pleine sur la table basse.) Mais j'aurais dû téléphoner et il se fait tard. On remet ça à demain ?

— Tu plaisantes ! dit Karel. (Il me désigna le canapé, où Vera se poussa ostensiblement pour me faire de la place.) J'ai des tas de photos ! Une vodka ?

Je me forçai à sourire et hochai la tête.

Vera et moi communiquâmes par signes. Des yeux ronds de surprise. Des haussements d'épaules désolés.

Karel me demanda des nouvelles de Magda et d'Agnes, et je lui dis qu'elles étaient à la campagne pour un petit moment. Il me fit un clin d'œil.

— N'en profite pas trop !

Je n'avais jamais vu quelqu'un posséder autant de photos. Des poètes et professeurs vêtus de gris, posant rigidement en groupe devant des murs blancs, ou près de tables couvertes de livres. Des vues sous-exposées de Belgrade et de Zagreb, et d'autres surexposées des ruines romaines de Dubrovnik et des plages de Split. Et des histoires interminables, dont il riait tout seul en se massant la nuque. Cette expérience l'avait revigoré. Il était notre émissaire, le modèle des hommes de lettres de notre petit pays, et il adorait ce rôle. Il le reconnut sans honte, en ajoutant :

— Les Serbes avalent sans broncher ce genre de trucs. La prochaine fois, on leur enverra le meilleur éboueur du pays, et ils lui élèveront une statue.

Ses histoires devenaient plus ennuyeuses à mesure que la soirée s'avançait et, au milieu d'une anecdote sur la marque de cigarettes favorite de Tito, je me mis à bâiller en le remerciant pour cette captivante description de nos amis socialistes. Nous échangeâmes une poignée de main.

— C'était formidable, Ferenc. Tu devrais passer plus souvent.

J'embrassai Vera sur les deux joues tandis qu'il nous regardait avec un sourire radieux.

En rentrant, je me servis un verre et allumai la radio. Pour une fois, il en sortit une valse autrichienne. Je m'installai sur le canapé avec un exemplaire du premier recueil de poèmes de Karel, publié cinq ans plus tôt. Ses vers étaient aussi ennuyeux que ses histoires, de grandes envolées dépourvues de rythme sur la diversité de la vie, qui la rendait belle malgré les moments difficiles. Tout cela dégoulinait d'un optimisme béat, et je me demandai ce qu'il adviendrait de sa belle humeur s'il savait ce que j'avais fait à sa femme, ou ce qu'un professeur de philosophie lui avait fait avant leur mariage.

Je m'éveillai dans une pièce sombre, puis je perçus ce qui m'avait réveillé : un coup à la porte. Je me doutais de l'identité du visiteur, mais je saisis mon pistolet.

— Oui ?

— C'est moi, chuchota-t-elle.

Je posai l'arme sur la table. Elle entra, mais sans m'embrasser.

— Je croyais qu'il serait parti quelques jours encore, dit-elle. Ça m'a fait tout drôle.

— Un verre ?

Nous dégustâmes notre vin dans la cuisine.

— Je lui ai dit que j'avais prévu de passer la nuit chez une amie. Il est trop euphorique pour avoir des soupçons. (Elle me jeta un regard incertain.) J'ai bien fait de venir ?

Je l'entourai de mes bras et l'embrassai goulûment sur la bouche.

Je me rappelai la corde à nœuds qu'avait gagnée Agnes aux Pionniers. Je la trouvai enroulée sous son lit et la rapportai dans la chambre.

Je dis à Vera de se déshabiller. Elle considéra la corde d'un air suspicieux, mais parut apprécier de ne pas être la seule à donner des ordres. Une fois nue, elle s'allongea et je lui liai les chevilles d'une façon qui lui permettait d'écarter un peu les jambes.

— Qu'est-ce que tu... ?

— Tais-toi.

Je liai l'autre extrémité de la corde à ses poignets, ce qui la contraignait à plier les genoux quand elle portait ses mains à son visage. Elle le fit une fois et eut un sourire rêveur.

Je ne me déshabillai pas. Je déboutonnai ma braguette et entrepris de m'exciter devant elle. Son sourire se mua en un regard fixe tandis qu'elle levait et abaissait lentement les mains, la corde à nœuds glissant entre ses jambes. Je ne la touchai pas.

Elle jouit très vite, mais en silence, son visage convulsé comme dans la douleur, bouche ouverte.

Je me déshabillai et la soulevai par la corde, ses pieds et ses mains s'agitant au-dessus de son corps mince. Puis je la laissai retomber sur le lit et je terminai en elle.

J'entrepris de lui délier les poignets, mais elle secoua la tête, les yeux fermés.

— Pas encore.

Alors je m'allongeai près d'elle et passai mon doigt sur son corps en sueur, sur les fibres rugueuses de la corde, sur les nœuds. Il nous fallut longtemps pour basculer dans le sommeil.

63

Lena s'était remise de son malaise et Emil et moi allâmes rendre visite aux gens figurant sur la courte liste de Georgi. Tout en conduisant et en l'écoutant me raconter sa longue nuit passée à s'occuper de Lena, je ruminais les événements de ma soirée. Je n'avais jamais rien fait de ce genre auparavant, mais j'avais su exactement comment agir. Ce n'était pas moi, pourtant : c'était cet autre Ferenc plus sûr de lui, né d'un passé récent peuplé de morts, de camps de travail et d'infidélités, un Ferenc malade d'impuissance. Je ne savais toujours pas quels sentiments m'inspirait cet homme étrange.

— … C'était la meilleure chose à faire, disait la voix d'Emil.

— Je n'en doute pas, répondis-je.

Tamas Brest, entouré de livres dont je le soupçonnais d'entretenir soigneusement la poussière, nous déclara qu'il n'avait plus eu de nouvelles de Nestor depuis la fête donnée pour Louis.

— Dès que le bruit s'est répandu que mon livre sur le camp allait sortir dans une maison d'édition d'État, tout le monde s'est éloigné. Comme si j'avais la peste. (Tout en parlant, il tirait sur un cigare qui empestait.) Et maintenant, me voilà avec deux miliciens chez moi. De quoi je vais avoir l'air ?

Stanislaus Zambra tenait uniquement à m'informer qu'il avait terminé sa série de poèmes sur la fin du stalinisme.

— Ça m'a pris quatre mois et tout vient du cœur, dit-il fièrement avant de désigner Emil. C'est un écrivain, lui aussi ? (Emil secoua la tête.) Bon, très bien. Pas de quoi avoir honte.

— Je n'ai pas honte, marmonna Emil.

— Mais Nestor, répétai-je. Pouvez-vous nous aider à le trouver ?

Il ne le pouvait pas, ni non plus Bojan Kuz, qui nous conseilla d'aller voir Kaspar Tepylo, à quoi je répondis que c'était déjà fait.

Tout en roulant vers le fin fond du 7e arrondissement, où habitait Miroslav Olearnyk, je dis à Emil de ne pas se laisser impressionner par tous ces écrivains.

— Je les évite autant que possible et, quand je ne peux pas, je la boucle.

— Ils sont amusants, dit-il. Ils ne me dérangent pas.

— Mais il y a quelque chose qui te travaille.

Il fixa le rétroviseur d'un regard vide et hocha la tête.

— Qu'est-ce que tu penses de l'amour, Ferenc ?

Je changeai de vitesse pour tourner dans une rue étroite complètement embouteillée.

— Il me faut un verre pour répondre à cette question.

— Tu sais, j'ai relu ton livre, la semaine dernière.

— Heureux d'apprendre qu'il mérite une seconde lecture.

— Il est bon, dit-il sans enthousiasme. Et il y a une phrase qui m'a toujours frappé. Un truc qui dit que l'amour d'un soldat pour sa patrie est le plus adulte, parce qu'il est de l'ordre du sacrifice. C'était quoi ? *Si ton amour est adulte, tu n'hésiteras pas à te sacrifier si l'objet de ton amour en tire avantage.*

— Ouais, dis-je. Quelque chose comme ça.

Il hocha la tête, et je dus m'arrêter derrière un camion débordant de sacs d'oignons.

— J'ai réfléchi là-dessus à propos de Lena. Je ne suis pas sûr d'être si bon pour elle.

— Tu dis des conneries, Emil. Même de l'extérieur, on voit bien que sans toi, elle serait complètement paumée.

— Elle n'a pas toujours été comme ça. C'était la femme la plus forte que j'aie jamais rencontrée. Puis on s'est mariés et elle s'est mise à avoir peur de la vie. Et quand elle s'est appuyée sur moi, j'ai été heureux de la soutenir.

— C'est bien ce que je dis.

— Mais à présent, elle ne tient plus debout toute seule, et ça s'aggrave tous les jours. Ça ne fera qu'empirer, sauf si elle est obligée de se débrouiller par elle-même.

— Eh bien, oblige-la.

— Impossible. Si je suis là, je l'aiderai. Je ne peux pas faire autrement.

J'empruntai une autre rue et la circulation se dégagea.

— Écoute, Emil, je suis mal placé pour les conseils conjugaux, mais si tu es vraiment persuadé que ta présence fait à Lena plus de mal que de bien, eh bien c'est sans doute vrai.

— Et toi ? dit-il en détournant la tête. Tu quitterais Magda si tu découvrais que tu es mauvais pour elle ? Tu quitterais Agnes ?

— Bien sûr, dis-je d'un air résolu. Si je leur faisais du mal, je partirais.

Emil abandonna la discussion. Nous atteignîmes bientôt l'immeuble de Miroslav Olearnyk, mais il n'était pas chez lui.

64

Au poste, je revis Leonek pour la première fois depuis mon voyage à la campagne. Il avait les cheveux trop longs et un peu graisseux, et il était pâle. Mais il souriait, et ce sourire me fit oublier le reste.

— Non seulement Kliment a retrouvé Boris Olonov, dit-il en s'asseyant face à moi, mais il a interrogé ce salaud. La transcription devrait arriver demain.

Je le fixai d'un air dénué d'expression.

— C'est lui qui a tué Serguei ?

— Kliment ne m'a pas tout raconté, mais d'après lui, si Boris n'est pas mon homme, c'est au moins l'un des soldats qui ont tué les jeunes filles. Il y a encore autre chose dans l'interrogatoire, mais il ne m'a pas dit ce que c'était : il veut nous laisser la surprise. Mais il a dit qu'avec ça, les pièces du puzzle devraient commencer à se mettre en place. Kliment s'intéresse beaucoup à cette affaire.

— Évidemment. C'était son père.

— Oui, bien sûr. Je vais refaire un tour dans le quartier juif. Si je leur dis que j'ai retrouvé la trace d'un des meurtriers, j'obtiendrai peut-être du nouveau. Tu m'accompagnes ?

Je haussai les épaules.

En chemin, il m'avoua qu'il avait été à deux doigts de laisser tomber l'enquête.

— Trop d'impasses. Je n'aurais jamais cru que ce serait si difficile. Et toi ? Ça avance ?

— Ça avance.

Leonek tapa de sa main mate sur le klaxon, effrayant une vieille dame qui traversait, et je ne pus m'empêcher de penser à ce que cette main avait touché.

— La transcription de l'interrogatoire devrait arriver demain.

— Tu me l'as dit.

Leonek me jeta un regard de honte que j'avais déjà vu.

— Qu'est-ce qui ne va pas, Ferenc ? demanda-t-il doucement.

Je me retournai pour regarder passer un groupe d'ouvriers avec des pioches, leur haleine formant de la vapeur dans l'air froid.

— Peut-être ce que j'ai dû apprendre par ma femme.

Il ôta une main du volant. Il avait dû percevoir soudain notre proximité dans cette voiture, et sentir qu'il était pris au piège. Puis une once de courage lui revint et il reposa la main sur le volant.

— Je n'en suis pas fier, Ferenc. Mais je l'aime. Vraiment.

— Avec ça, je me sens tout de suite mieux.

— Ce n'est pas ce que je voulais dire. Mais je l'aime et j'aime Agnes aussi.

Il n'avait aucun droit d'aimer ma fille. Je me tournai vers lui.

— Tu sais que personne ne pourrait me reprocher de te flanquer une raclée.

— Je sais, chuchota-t-il.

Je le regardai conduire. Il avait sans doute beaucoup à dire, mais il était incapable de trouver les mots, alors il se tut. De mon côté, je voulais simplement qu'il sache que je savais, et qu'il ait peur. Je ne lui ferais pas de mal — Magda en aurait été trop bouleversée — mais il n'avait pas besoin de le savoir.

Quand il s'arrêta à un feu, je mis mon chapeau et ouvris la portière.

— Bonne chance avec le quartier juif.

65

Je passai un coup de fil à Magda. La conversation fut brève et je ne dis pas un mot de Leonek. Agnes s'était ennuyée dès le deuxième jour, et ses parents commençaient à rendre Magda à moitié folle.

— Quand vas-tu régler son compte à ce type, qu'on puisse rentrer à la maison ?

— La maison ? répétai-je songeur. Bientôt. Je vous ramène très bientôt.

Vera ne vint pas cette nuit-là et en arrivant au poste le jeudi matin, je trouvai Sev qui m'attendait. Il m'appela d'un signe et je m'approchai, le pas traînant.

— Ferenc. (Une pause.) Le matin où tu as découvert le corps de Stefan, qu'est-ce que tu faisais là ?

— Je venais discuter d'une enquête avec lui.

Sev joignit les mains et ses deux pouces se touchèrent, un geste que j'avais vu faire à Lev Urlovsky.

— Je ne fais que mon boulot, Ferenc. Tu le sais. Alors, je t'en prie, dis-moi la vérité.

L'absence d'émotion sur son visage lui donnait une sorte de force brute.

— Où veux-tu en venir ?

— Je connais ton animosité envers Stefan, dit-il en jetant un regard circulaire, et je sais aussi qu'elle était sans fondement.

— Je le sais aussi, maintenant.

— Bien. Alors dis-moi pourquoi tu es allé chez Stefan ce matin-là.

— Pour parler, Sev, dis-je en tirant une chaise à moi. C'est tout. Je voulais seulement discuter.

— Et tu n'avais pas l'intention de l'agresser, comme tu l'avais fait dans ce bar ?

— Je ne crois pas. Leonek est encore vivant, non ?

— Merci, Ferenc, dit Sev, les yeux fixés sur ses pouces.

Je regagnai mon bureau d'un pas incertain et farfouillai dans la paperasse accumulée ces derniers jours. Sous diverses circulaires du Bureau politique concernant les modifications du code pénal, je trouvai un message griffonné. Kliment avait appelé.

Je bataillai avec les opérateurs russes, bafouillant les quelques mots que je connaissais, et les écoutant dire tous ceux que j'ignorais. Je leur donnai le numéro direct laissé par Kliment.

– *Da ?*

– Ici Ferenc Kolyeszar.

– Ferenc. Merci de rappeler. J'ai des nouvelles terribles, tu ne vas pas être content.

– J'ai eu mon lot de mauvaises nouvelles, ces derniers jours. Je devrais pouvoir supporter celle-là.

– Avant-hier, Svetla Woznica a été tuée dans son village. Elle a reçu une balle dans la poitrine et une autre dans la tête. Ils ont trouvé son corps dans les bois hors de la ville.

Je pris une grande inspiration.

– Et on sait bien qui est le coupable, ajouta-t-il.

– On l'a vu là-bas ?

– Il ne s'est pas caché. Il est arrivé la veille par le train, a dépensé beaucoup d'argent dans un hôtel et a disparu juste avant la découverte du corps. Il a passé la frontière à Turka. Certains hommes sont comme ça. S'ils ne peuvent pas garder leur femme, personne d'autre ne l'aura.

Tout se brouilla devant mes yeux. Je tournai mes bagues jusqu'à me faire mal, me rappelant son visage tuméfié à la gare tandis qu'elle m'embrassait les mains. Mais il parlait de nouveau.

– … On ne peut rien faire pour l'instant. Je n'obtiendrai jamais l'autorisation pour enquêter sur une affaire de ce genre.

– Tu en as assez fait, Kliment. Merci. Je m'en charge.

– Fais bien attention à toi, Ferenc.

En raccrochant, je levai les yeux sur Sev qui me fixait. Je crois que c'est le moment où j'ai été le plus près de tuer Brano Sev, même s'il n'était pour rien dans la mort de Svetla. Mais il était de ceux dont la position leur laissait croire qu'ils étaient intouchables. Je chargeai ses traits impassibles de toute la méchanceté du monde. Il cilla. Je me levai. Mais au lieu d'en finir là une bonne fois, je me dirigeai vers la porte.

66

Le quartier du canal était plus froid que le reste de la ville. L'eau semblait absorber toute la chaleur de l'air, et le vent s'engouffrait dans les ruelles vides. Place Auguste-II, où j'avais trouvé une chaussure noire bien longtemps auparavant, le niveau de l'eau avait baissé, et je parvins pratiquement à pied sec au numéro trois. Le X marqué à la craie avait pâli. La grande pièce était encore une mare, le petit puits toujours asséché, mais la tache laissée par le corps d'Antonin était grise à présent, ponctuée de traces noires.

Je n'arrivais pas à trouver Nestor, et Louis était à l'étranger. Je ne savais plus qui avait tué Stefan, mais j'étais convaincu que je ne le découvrirais jamais. Et je pouvais bien défendre ma famille avec vaillance, mon mariage était à l'eau. Quant à mon seul acte vertueux dans un passé récent, il venait d'être effacé de deux balles. Tout semblait se perdre dans les sables. J'avais envie de dormir.

Sur la mosaïque engloutie, des calices, du vin, et un satyre souriant penché sur une jeune femme vêtue de blanc, un sein à l'air. Dans un coin, un plateau de baies sauvages et une tête de porc me contemplaient.

Les Romains s'étaient bien amusés en leur temps. Ils avaient exterminé des civilisations entières et semé de sel les terres labourables. C'était un peuple d'extrêmes, mais avec le temps, les extrêmes se sont nourris d'humanité, de sorte que nous portons des cravates et prenons des trams pour aller au travail tous les jours et nourrir nos familles. Nous usons de mots rationnels montrant quels animaux logiques nous sommes. Mais les seuls mots qui comptent sont ceux qui mènent à l'action. Vera le savait bien, et moi aussi. À la guerre, j'avais appris qui j'étais, non par mes mots, mais par mes actes.

Nous avions été capturés près d'Humenne sur une colline pelée qui nous offrait un refuge depuis une semaine. Nos munitions étaient épuisées et notre commandant, un jeune homme de Hust, nous annonça que le combat était terminé. Puis il disparut sur l'autre versant et se tira dans la bouche sa dernière balle. Les Allemands, bien nourris et moqueurs, prirent d'assaut la colline dans une mêlée de poussière et de casques étincelants. Ils nous mirent en rang et nous firent marcher vers l'ouest.

Avant de se tuer, notre commandant nous avait parlé des camps allemands. Ils étaient destinés aux Juifs, aux Tziganes et aux Slaves. Les Allemands, disait-il, étaient un peuple d'extrêmes. Ses histoires étaient difficiles à croire, et quelques-uns d'entre nous lui avaient ri au nez. Mais au cours de cette marche forcée, mourant de faim sur nos pieds fatigués, nous commençâmes à soupçonner la vérité.

C'est au cours d'une de nos nombreuses haltes que je m'échappai avec deux autres soldats. J'ai parlé dans mon premier livre de nos calculs, des anciennes tranchées où nous plongions pour échapper aux tireurs, de l'herbe que nous mangions pour éviter de mourir de faim, des paysans qui nous nourrissaient. Ce dont je n'ai jamais parlé, c'est de notre férocité entre nous, quand nous tombions sur une touffe d'herbe qu'il nous fallait partager. Je me servais de ma force pour avoir la plus grosse part, et quand un jour un autre évadé — Yakov Teddi, un garçon maigre aux cheveux longs — voulut contester ce partage, je lui flanquai un coup de pied dans la figure. Ma botte lui brisa le nez. Pourtant, il resta avec nous jusqu'à la fin.

67

Vera était de mauvaise humeur en arrivant. Elle ne dit rien, mais je le compris à son silence et à la façon dont, une fois au lit, elle amena ma grosse patte devant sa figure et la retourna en tous sens. Elle contempla ma paume, comme pour y lire mon avenir, et l'embrassa. Elle sourit, puis planta ses dents dans mon majeur. La douleur me transperça et je la giflai d'instinct, plus fort que je n'aurais voulu. Quand elle se redressa, elle avait une marque rouge sur la joue, mais elle souriait toujours.

Au poste, je trouvai Leonek bataillant avec la transcription en russe de l'interrogatoire de Boris Olonov.

– Pourquoi Kliment ne l'a-t-il pas traduit ? marmonna-t-il. Il aurait pu faire ça pour nous.

– Demande à Kaminski, susurrai-je.

– Kaminski a la grippe. C'est ce que dit Brano.

Ce dernier ne parut pas réagir à la mention de son nom.

– On aura peut-être sa peau pour sabotage, chuchota Leonek en essayant de sourire.

Par la porte ouverte, je vis Moska qui mangeait un sandwich dans son bureau.

– Entre, Ferenc. Ça fait un bout de temps que je ne t'ai pas vu. Une bouchée ?

– Non, merci.

– Je suis au courant, pour la femme Woznica.

– Ah bon ?

– On l'a trouvée morte dans son village natal.

– Qui t'a dit ça ?

– Brano, dit-il en reprenant son sandwich. Elle résidait officiellement ici, alors Moscou a envoyé un rapport. Brano pensait que tu ne m'en parlerais pas. Il avait raison ?

– Je ne sais pas. Ça demande réflexion.

— Tu vas suivre cette affaire ?

— Il y a une raison pour m'en empêcher ?

— Bien sûr que non, Ferenc. C'est ton boulot. Je vais voir si je peux t'obtenir des autorisations pour travailler sur une affaire internationale. Ça va prendre une semaine ou deux, alors ne te précipite pas pour l'arrêter. Il n'ira nulle part, de toute façon.

— D'accord.

— Et je classe l'autre affaire. J'en ai informé Brano ce matin. Je sais que tu n'as pas touché Stefan et il le sait aussi.

— Merci, dis-je en le regardant dans les yeux. Vraiment.

Il prit une bouchée, dévoilant les deux trous dans sa gencive, puis reposa son sandwich.

— Est-ce que tu n'aurais pas quelque chose à me dire ? Tu m'as l'air un peu drôle, ces derniers temps.

— Tu sais, pour Magda et moi.

— Ça fait un moment que ça dure.

— Eh bien, c'est pire.

Devant son sourire de sympathie, je me demandai s'il était aussi au courant pour Leonek.

— Ferenc, reprit-il, le mariage est difficile pour tout le monde. Ne crois pas que tu sois le seul. Je ne t'ai jamais parlé d'Angela et moi, je pense ?

— Je savais que vous aviez des problèmes.

— Je ne m'en vante pas, mais je n'ai pas été très brillant. C'est arrivé au point où j'ai commencé à coucher avec une jeune secrétaire. Une fille exceptionnelle. Elle est mariée à présent, avec deux enfants. Très heureuse.

— Tant mieux pour elle.

— Mais surtout, on a fini par avoir une sérieuse

conversation, Angela et moi. C'est incroyable, le nombre de choses qu'on ne s'était jamais dites. Rien n'est simple dans le mariage. Il faut faire certains sacrifices. Tu es marié depuis combien de temps ?

— Dix-sept ans.

— Alors, on en reparlera quand tu en seras à vingt-cinq. J'aurai encore quelques conseils à te donner.

— Je meurs d'impatience, dis-je en souriant.

68

Emil demanda où j'étais passé la veille, mais n'attendit pas la réponse, que je n'étais de toute façon pas disposé à lui donner.

— Tu aurais dû venir avec moi. J'ai passé un moment formidable à parler à de vieilles femmes qui ne voulaient pas me décrocher un mot.

— Dans l'immeuble de Stefan ?

— Et dans celui d'Antonin. Rien à en tirer. Mais après, dit-il en s'asseyant sur le coin de mon bureau, j'ai commencé à m'interroger sur ce Français. Ce Louis Rostek.

— Vraiment ? Continue.

— Il y a un lycée français, boulevard Yalta.

— Celui où je vais envoyer Agnes.

— Le proviseur ne savait rien sur Louis, mais il m'a suggéré d'aller voir leur consulat. Ils organisent des soirées pour les ressortissants.

Décidément, il avait travaillé dur pendant que je traînais mes guêtres dans le quartier du Canal.

— Et donc ?

— Je n'y suis pas encore allé. Tu veux venir ?

Le consulat se trouvait place de la Victoire, dans l'une des rues bordées d'arbres du quartier des diplomates. Trois Mercedes identiques étaient garées derrière les grilles. Le garde décrocha le téléphone de sa minuscule guérite, puis ouvrit la grille et nous regarda remonter l'allée jusqu'à la porte. Un garde français nous introduisit dans un vaste hall en marbre et nous fit inscrire nos noms au bureau de réception. Un autre homme apparut, mince, élégant, les cheveux blancs. Il se présenta sous le nom de Jean-Paul Garamond et nous serra la main.

— Enchanté, inspecteurs. Suivez-moi, je vous prie.

Il nous mena par un couloir lui aussi couvert de marbre jusqu'à son bureau, où il s'effaça pour nous laisser entrer. Les chaises destinées aux visiteurs étaient anciennes et confortables, et il nous présenta une boîte de cigares. Je secouai la tête, mais Emil, intrigué, en prit un.

Garamond le lui alluma, puis se carra dans son fauteuil, apparemment très satisfait de nous voir.

— Et maintenant, que puis-je pour vous, messieurs ?

Emil tirait désespérément sur son cigare pour le garder allumé, et la fumée commença à me gêner.

— Nous sommes ici dans le cadre d'une enquête sur un homicide, dis-je. Certains indices ont révélé un lien avec l'un de vos ressortissants qui fréquente notre pays. Un certain Louis Rostek.

Garamond ne parut pas réagir à ce nom.

— Rostek ?

— Sa famille est originaire d'ici.

— Je vois, dit-il en fermant les yeux. Et vous pensez qu'il a commis un meurtre ?

— Non. Mais il est lié à notre suspect et il a sans doute des informations susceptibles de nous aider.

Emil parut enfin satisfait de la braise au bout de son cigare.

— Conservez-vous des dossiers sur vos ressortissants ? demanda-t-il en agitant la main pour chasser la fumée.

Garamond eut un léger sourire.

— Eh bien, nous n'avons pas les mêmes pratiques que vous.

— C'est-à-dire ?

— Nous ne suivons pas nos citoyens dans la rue en prenant des notes.

— Et si vous le faisiez, dis-je, vous ne confieriez pas ces notes aux autorités locales.

— Nous n'y serions pas tenus, en tout cas.

Emil croisa les jambes et exhala une longue bouffée de son cigare.

— Pouvez-vous au moins nous dire pourquoi un citoyen français a tenté de pénétrer dans un camp de travail au printemps dernier ?

— C'était peut-être un journaliste.

— C'est un poète, dis-je.

Garamond prit un cigare à son tour, qu'il fit rouler entre ses doigts.

— Je crois que vous devriez choisir d'autres canaux pour ce genre d'information. Ici, au consulat, nous nous soucions davantage de protéger l'intimité de nos concitoyens que de divulguer leurs secrets. Vos gens peuvent se mettre en contact avec l'ambassade.

– Nous préférerions éviter cette voie, dis-je. Tant pour le bien de Louis Rostek que pour le nôtre.

Il alluma son cigare. Trois bouffées rapides, et la braise rougeoya.

– Je crains de ne pouvoir vous aider. Je peux vous orienter vers nos programmes culturels en langue française, si cela vous intéresse.

Je l'envisageai un instant pour Agnes, mais je dis « non, merci » et je me levai.

69

Elle avait dit à Karel qu'elle passerait la nuit chez sa sœur. Je la regardai donc préparer le dîner chez moi, debout à l'endroit où se tenait Magda quand je rentrais du travail, se tournant pour poser les assiettes sur la table de la cuisine.

Elle était penchée sur le four quand j'entrai, mais je ne la touchai pas. J'avais remarqué qu'à mesure que notre relation progressait, nous nous touchions de moins en moins hors de la chambre. Cette distance maintenait une certaine tension entre nous.

En servant le dîner, elle me dit qu'elle était parvenue à une nouvelle compréhension d'elle-même.

– Quand on a accumulé suffisamment d'échecs, on peut voir ce qui reste de soi. Pas Karel, ça c'est sûr. Et ma carrière tombe en ruines sous mes yeux. Mes amis sont distants, et toi aussi. Je ne te connais pas vraiment, n'est-ce pas ? (Je ne répondis rien.)

Alors, quand je fais le bilan, qu'est-ce qui me reste ? L'excès. C'est la seule chose qui m'aille bien au teint.

— L'excès, hein ? répétai-je pensivement.

Tout en mangeant, je lui racontai ma visite à Vatrina. Elle ne parut pas s'y intéresser, jusqu'à ce que je mentionne le camp de travail.

— Il y avait des prisonniers ?

— Il y en aura dès qu'ils le rouvriront. Pour l'instant, les gardiens boivent des coups en attendant les nouveaux.

Elle tapota pensivement sa lèvre de sa fourchette, puis se remit à manger. Elle termina son assiette, la posa dans l'évier, puis passa dans la salle de bains.

Je jetai ce que je n'avais pas mangé et mis la radio. Vera entra comme un boulet et me demanda de l'éteindre.

— Tu ne veux pas de musique ?

— Je ne crois pas, dit-elle en marchant sur moi. Alors, tu l'éteins ?

— Non.

Elle me gifla. J'en sentis la brûlure sur ma joue et mon cou. Je la saisis par le bras, l'approchai de moi et la mordis à la joue.

Elle me frappa au ventre ; je la saisis par la taille et la portai dans la chambre. Elle me gifla de nouveau dans le noir. Je la plaquai contre le lit et fis craquer ses boutonnières. Elle libéra une main et déchira ma chemise.

Ce fut plus violent, plus angoissé que jamais. Elle me mordit l'épaule jusqu'au sang et je lui meurtris les poignets.

Ensuite, elle resta le visage enfoncé dans l'oreiller en poussant de petits grognements. Je ne savais pas si elle pleurait et je ne lui posai pas la question. Elle se jeta à nouveau sur moi. Ses dents cognèrent contre les miennes et ses larmes coulèrent sur mes joues.

Au milieu de la nuit, elle me réveilla avec sa bouche. Elle se mit à genoux et je vis qu'elle avait la corde à nœuds d'Agnes à la main. Elle me la donna, s'allongea, et je ne compris pas tout de suite. Puis elle sourit et dit :

— Je veux dormir comme ça.

Je lui attachai donc les poignets dans le dos, puis je lui liai les chevilles. Dans la pénombre, son corps maigre semblait émacié. Je l'embrassai sur la bouche, puis entre les jambes.

Je dormis profondément jusqu'à ce qu'un cauchemar me réveille. Le corps tremblotant de Malik Woznica vautré sur Magda. L'impression était si forte qu'elle perdura après mon réveil. Je me levai et enfilai mes vêtements dans une sorte de brouillard. J'allai me laver la figure et, quand je revins dans la chambre, Vera me fixait de ses yeux immenses.

— Tu vas quelque part ?

— Oui, dis-je. Quelque part.

— Ça va être long ?

— Pas très. Je ne vais pas te détacher.

Son regard parut me transpercer de part en part.

— D'accord.

70

Je pris la voiture et me garai dans une rue près du fleuve. Le soleil du samedi matin se levait à peine, nimbant toute chose d'un halo grisâtre, et un vent froid soufflait sur la Tisa. Je ne tardai pas à retrouver son immeuble, avec sa grande porte de chêne ciré et sa poignée de bronze. La lumière était allumée derrière sa grande baie vitrée, au dernier étage.

J'aurais pu monter et lui régler son compte, mais c'était prendre un risque inutile. La femme sourde à l'étage au-dessous devait se lever tôt, et elle risquait de me voir dans l'escalier. Aussi je boutonnai mon manteau jusqu'au cou, reniflai, et m'adossai à la rambarde de la Tisa en faisant tourner mes bagues.

Je me détournai quand il ouvrit la porte, un peu avant neuf heures, puis je le suivis.

Il marchait lentement, en rabattant par moments les pans de son imperméable, ses cheveux blancs et son visage hâlé dodelinant sur son gros corps. On voyait combien il était courtaud quand il croisait d'autres passants. Il acheta *L'Étincelle* à un kiosque, parcourut les gros titres tout en marchant, puis entra dans un café deux rues plus loin.

J'attendis dehors, mourant de soif. J'avais la bouche desséchée et j'avais besoin d'un bain.

Il y resta trois quarts d'heure, puis rentra chez lui. Quand je fus certain de sa destination, je m'arrêtai au kiosque pour acheter des cigarettes et une bouteille d'eau. Je déplaçai mon poste de guet de son côté de la rue, afin qu'il ne voie pas le grand type planté devant sa porte si jamais il regardait par la fenêtre.

Moins de deux heures plus tard, il était de nouveau dehors. Il fouilla dans un trousseau de clés, debout près d'une Sachsenrig P240 verte flambant neuve. Je passai derrière lui et montai dans ma Skoda.

Il se dirigea vers l'ouest en longeant la Tisa, puis bifurqua vers le nord. Nous n'étions pas nombreux sur la route et je dus garder mes distances. Nous passâmes Uzhorod et empruntâmes un tronçon de route qui sinuait dans la montagne. Des pins apparurent. Tout en conduisant, je sortis la carte de la boîte à gants. La seule grande ville sur le trajet était Perechyn, mais il fallait encore plus d'une heure pour l'atteindre. Nous étions seuls dans la montagne.

Je pensais qu'il se dirigeait vers la datcha où il avait emmené sa femme pour explorer tout ce qu'il pouvait lui faire, et je ne voulais pas qu'il y arrive : pas question de laisser des indices dans un lieu identifiable.

Il conduisait avec prudence et je n'eus aucun mal à le suivre. La route faisait des lacets en gagnant de l'altitude, et les arbres nous bouchaient la vue. J'abaissai le pare-soleil et serrai sa voiture de près. Dans son rétroviseur, je distinguais vaguement son visage nerveux regardant le conducteur pressé derrière lui, mais je n'accrus pas la distance. Il finit par faire ce que j'attendais : il ralentit, se déporta sur la droite et me fit signe de passer. J'obtempérai et je le doublai en détournant la tête.

Les ombres des arbres défilaient tandis que j'enfilais les virages à toute allure, soucieux de le distancer suffisamment. La route était étroite, et des panneaux indiquaient ici et là un passage à voie unique. Je finis par m'arrêter sur l'un d'eux en garant la voiture en travers. J'allai ouvrir le capot et me penchai dessous.

Je l'entendis arriver derrière moi, freiner et klaxonner. Je ne bougeai pas. Un autre coup de klaxon. Puis le bruit de sa portière et de ses pas sur les gravillons.

— Des ennuis de moteur ? Peut-être qu'en conduisant lentement, vous pourriez…

Je bondis sur mes pieds et lui fis face.

Parfois, dans la surprise, les gens hésitent une fraction de seconde avant de vous reconnaître. Malik Woznica n'hésita pas. Je vis le choc dans ses yeux, puis sa nuque tandis qu'il courait vers sa voiture.

Mais il avait les jambes trop courtes. Je saisis le pan de son manteau au moment où il ouvrait sa portière et je le tirai en arrière en la refermant d'un coup de pied.

Il disait « non, non », mais cela n'appelait aucune réponse. Je l'éloignai de sa voiture, le tournai vers moi et le frappai sur l'arcade sourcilière. Ses bajoues tremblotantes partirent en arrière. Ignorant mes phalanges douloureuses, je lui expédiai un autre coup de poing qui l'assomma pour le compte et lui entama la joue. Je le traînai à ma voiture, ouvris le coffre et le fourrai dedans. Puis je courus à la sienne et allai la dissimuler sous les arbres. J'essuyai le volant, le levier de vitesses et les poignées avec ma chemise, ensuite je sautai dans ma voiture, fis demi-tour et repris la route en direction du sud.

71

Peu de gens connaissent l'histoire du quartier du Canal. Il était autrefois attaché à la rive sud et resta inhabité jusqu'à la fondation de la principauté hongroise au IXe siècle. Après le couronnement d'Étienne Ier en l'an mil, le secteur servit d'octroi pour les bateaux qui naviguaient sur la Tisa. Au cours de cette période, la région subit les attaques de l'Empire byzantin, puis du Saint Empire romain germanique, avant de tomber en 1241 aux mains des hordes mongoles de Batu Khan, qui ne refluèrent qu'à sa mort.

Redoutant de nouvelles attaques, le roi Béla IV donna de vastes régions du bassin des Carpates pour encourager la construction de forts destinés à protéger la ville. Le quartier du Canal fut alors séparé par un canal défensif de la rive sud de la Tisa, et relié à celle-ci par un pont unique, le pont Béla IV. Mais cet exploit technique eut pour conséquence d'inonder les anciens bâtiments, et les habitants durent creuser de nouveaux canaux pour contrôler le niveau de l'eau.

À mesure que le commerce se développait dans la région, la Capitale devint une riche cité qui changea plusieurs fois de mains : un jour un avant-poste de la Transylvanie, le lendemain soumise à la conquête ottomane, elle devint jusqu'à la Grande Guerre un insignifiant fragment de la monarchie bicéphale d'Autriche-Hongrie. Après la guerre, nous avions enfin gagné notre indépendance, et nous nous comportions comme une véritable nation dotée d'une longue histoire, alors que nous n'avions même pas quarante ans.

Je franchis le pont Béla IV, qui me déposa parmi des échafaudages de bois pourrissants posés cinq ans plus tôt pour empêcher les immeubles de sombrer, puis abandonnés quand l'argent public avait été alloué à des projets plus utiles.

Je me garai sur le gravier et inspirai un grand coup. Une carte approximative du quartier se dessina dans ma tête, tandis que je cherchais à me rappeler où les eaux avaient bloqué les rues, et où des travaux aléatoires les avaient recouvertes. Il faisait gris et froid. Je jetai un regard autour de moi avant de coller mon oreille contre le coffre. Je perçus une respiration encombrée et sifflante. Je l'ouvris et trouvai Woznica tassé sur lui-même, la figure bleue, happant l'air péniblement. Il était à demi inconscient et je compris qu'un tuyau fissuré avait dû laisser s'infiltrer du monoxyde de carbone dans le coffre. Je le chargeai sur mon dos. Il pesait lourd contre mon épaule, et je tins ses jambes molles d'une main pour conserver mon équilibre. Je l'entendis tousser dans mon dos.

Dans les ruelles droites, ce fut assez facile, mais les ponts branlants me donnèrent du mal. Je dus libérer une main, saisir des rambardes et regarder où je mettais les pieds. Sur une petite place, je croisai le regard d'une prostituée qui rentrait chez elle d'un pas traînant. Nous nous fixâmes, et elle désigna mon fardeau d'un hochement de tête.

– Il a trop fait la fête, chuchotai-je.

– Et moi donc, dit-elle en ricanant.

Je traversai des places inondées et, quand j'arrivai

place Auguste II, j'étais trempé et frigorifié. Mais je ne sentais rien encore. Ni la douleur dans l'épaule, qui me lancerait le lendemain, ni le doute. Pour l'instant, tout était clair.

Du verre cassé crissa sous mes pieds. Je laissai tomber Malik à l'endroit où Antonin avait été tué, m'étirai, puis allumai une cigarette et attendis qu'il reprenne ses sens.

Avec toute cette graisse, il donnait une illusion de bonne santé. Son visage montrait des ecchymoses violettes à l'endroit où je l'avais frappé. Il marmonna quelque chose, ouvrit les yeux, contempla les murs d'un air absent, puis son regard tomba sur moi. Quand je tirai sur ma cigarette, il se recroquevilla.

— Qu'est-ce...

— Qu'est-ce que tu fais ici ? C'est ça que tu veux savoir ?

Il ferma la bouche et hocha la tête.

— Tu rentres tout juste de voyage, pas vrai, Malik ? On dirait que tu as pris le soleil.

Il se pencha en avant et vomit. Je m'accroupis devant lui.

— J'ai bossé dur, tu sais. Ç'a été un vrai boulot de faire sortir ta femme du pays et la renvoyer chez elle. Et ça m'a coûté beaucoup d'argent, en plus. J'ai horreur de voir quelqu'un me démolir le boulot.

Il s'essuya la bouche du dos de la main et acquiesça de la tête.

— Qu'est-ce que tu t'imaginais faire ?

J'entendis à peine sa réponse :

— Reprendre ma Svetla.

— Mais elle n'a pas voulu revenir, pas vrai ?

Il ne put répondre à cette question.

— Dis-moi, Malik, tu croyais que je ne m'en apercevrais pas ? Tu croyais peut-être qu'après avoir bossé aussi dur, ça ne me mettrait pas en colère ? Ou que ma colère n'avait pas d'importance ?

Il s'était à nouveau rencogné contre le mur, les bras croisés devant lui, comme pour parer une attaque.

— Regarde sous tes fesses, Malik. Tu vois cette tache ? On a amené un homme ici, jambes et bras brisés, et on l'a fait brûler vif. Juste là où tu es. (Il regarda par terre.) Ça te plairait qu'on t'en fasse autant ?

— N-non, dit-il. Non.

— Et pourtant, repris-je en forçant la voix, nous savons tous les deux que c'est ce qui t'attend. Tu ne mérites strictement rien d'autre. Alors, tu crois que ça va te plaire ?

— Non.

Je me levai, saisis ses mains voltigeantes, et le tirai par le collet jusque dans l'eau. Des fragments de mosaïque me firent trébucher, mais je l'amenai rapidement au centre de la mare. Je commençai à sentir le froid quand l'eau atteignit mes genoux. Il agita les pieds et se mit à hurler :

— Non ! Non ! Au secours !

Je lui plongeai la figure dans l'eau pour le faire taire. Les mains appuyées sur le sol, il m'éclaboussait la figure en agitant les pieds, mais il me suffit de lever les yeux au plafond en lui tenant le cou des deux mains. Je n'avais jamais remarqué le plafond. Il était noirci par les siècles et sillonné d'arches qui se rencontraient en son centre, sans doute orné autrefois d'autres scènes de plaisir.

Je lâchai Malik. Il toussa, la figure rouge, recrachant l'eau par la bouche et le nez. Le bruit se répercuta contre les murs nus. Il tenta vaguement de fuir et retomba dans l'eau quand je le saisis par la cheville pour le ramener à moi. Il se releva en frappant la surface de grands gestes désordonnés.

— Tu vois, dis-je, tu aurais peut-être pu t'en tirer s'il n'y avait pas eu tout le reste de ma vie. Les choses ont été très difficiles pour moi ces temps-ci. Bon, je sais que ça ne te concerne pas, mais pour l'instant, tu es le cadet de mes soucis.

— Je… je suis désolé, articula-t-il entre deux accès de toux.

— Merci de ta compassion, Malik.

— Non, non, reprit-il, retrouvant enfin ses esprits. Je peux vous aider. Dites-moi en quoi, et je vous aiderai. Mais… ne me tuez pas.

Je fis semblant de réfléchir à sa proposition, mais je savais qu'il ne pouvait rien pour moi et, de toute façon, je ne voulais rien lui devoir. Les choses étaient allées trop loin.

En regardant autour de moi, je remarquai le puits asséché. Je ne l'avais pas inclus dans mes plans — je n'en avais d'ailleurs aucun — mais sa vue fut comme un signe du destin.

— Enlève ton manteau. (Il hésita.) Je ne vais pas te tuer.

Il se redressa, ôta son imper et me le tendit. Dessous, il portait une veste grise et une chemise blanche tachée d'eau vaseuse.

— Allez, sors de cette mare. (Je le guidai jusqu'au bord en le tenant par le bras.) Enlève la veste aussi.

Il l'ôta. J'attaquai à coups de dents la couture de l'épaule et parvins à casser quelques fils. Alors j'introduisis deux doigts dans le trou et j'arrachai la manche. Je fis de même avec l'autre manche. Il me regardait, fasciné et alarmé.

– Viens ici. (Je me servis d'une manche pour lui lier les poignets dans le dos. Le nœud était bizarre, mais solide.) Assieds-toi.

Il hésita encore, parce que ce n'était pas ce qu'il avait attendu, mais il finit par s'accroupir et tomber sur son derrière. J'ôtai ses chaussures, puis je défis sa ceinture et lui ôtai son pantalon.

– Hé, dit-il en gigotant un peu.

Je lui expédiai un direct au menton. Il resta groggy un moment et revint à lui au moment où je lui fourrais son slip dans la bouche. Il cligna des yeux et voulut crier à travers le tissu. Je lui nouai l'autre manche autour de la bouche. Il était complètement réveillé cette fois, respirant fort par ses narines dilatées, ses yeux exprimant la panique.

Est-ce que je voulais le tuer ? Oui. Mais je n'étais pas encore prêt à le faire. Ce que Svetla avait subi était bien pire qu'un simple meurtre, et je voulais lui faire goûter l'enfer qu'il avait infligé à cette pauvre fille. J'avais envie de l'écorcher vivant.

Je le repris dans mes bras, comme une mariée pour franchir le seuil du foyer. Sa chemise se souleva, dévoilant son membre recroquevillé. Il lançait des coups de pied, mais il ne vit pas où je l'emmenais jusqu'à ce qu'il fût juste au-dessus du puits. Je l'assis sur le rebord, les pieds dans le vide. Il cria sous son bâillon, les veines de sa tête se gonflant sous les ecchymoses, quand je le poussai en avant.

Il ne tomba pas tout de suite, parce que ses mains liées dans son dos agrippèrent le rebord du puits, tout son poids retenu par ses doigts écorchés ; il cria plus fort, de douleur cette fois. Je le soulevai par les aisselles, plaçai son corps au centre du puits et lâchai tout.

Il s'érafla aux murs et, dans le noir, je vis à peine quand il atterrit ; j'entendis juste un grognement étouffé.

72

Il était plus de trois heures quand je sortis du quartier du Canal par le pont Saint-Georges. Je n'avais pas envie de rentrer, sans savoir pourquoi. Puis je pensai à Vera. Je ne voulais pas encore la libérer.

Georgi revenait tout juste d'un déjeuner avec ses amis, où ils avaient parlé de poésie, de politique et de la quête du nouvel homme socialiste. J'entendis à peine ce qu'il me racontait jusqu'à ce que j'ôte ma veste et qu'il dise brusquement :

– C'est du sang que tu as sur la manche ?

– Rien de grave. Une bagarre. Je peux me servir de ta douche ?

– Tu vas me raconter tous les détails ?

– Je ne crois pas.

Quand l'eau eut chauffé, je me détendis sous le jet. Oubliant Malik Woznica, je me mis à penser à Vera. Elle gisait sur mon lit, se demandant sans doute avec terreur ce que j'étais devenu, pensant peut-être que je ne reviendrais pas. Je m'efforçai d'imaginer ce qu'elle ressentait, et ce qu'elle dirait quand je reviendrais lui faire l'amour.

Georgi ouvrit la porte pendant que je m'essuyais.

— À propos, j'ai fini par mettre la main sur Louis. Mais tu ne vas pas l'arrêter, hein ?

— Ce n'est pas dans mes intentions.

— Eh bien, il arrive demain matin, au train de dix heures vingt en provenance de Vienne.

— Il a dit pourquoi ?

— Je ne lui ai pas demandé. Tu ne vas pas lui faire de mal ?

— Je ne fais de mal à personne, Georgi.

— J'imagine que tu en as fait un peu au type qui a laissé son sang sur ta chemise. (Il sourit.) Laisse-moi te dire que ça va être bon de le revoir. C'est fou ce qu'on peut s'emmerder, dans cette ville.

J'allai m'habiller. Georgi trouva une chemise à peu près à ma taille.

— Tu as entendu dire que Karel est rentré ?

— Ouais, je lui ai parlé.

— Et il t'a montré ses horribles photos ? Voilà ce que je veux dire. On s'emmerde à mourir, ici.

Au moins, Georgi était encore capable de m'arracher un sourire.

73

Je m'arrêtai devant ma porte et j'écoutai. D'en bas montait la voix haut perchée, irritante, de

Claudia qui braillait sur quelqu'un au téléphone. Je collai mon oreille contre le bois : toujours rien.

J'entrai en silence et j'allai boire un verre d'eau dans la cuisine. Dans la glacière, je trouvai une cuisse de poulet restée de la veille. J'en pris quelques bouchées qui ne firent qu'aiguiser ma faim. À chaque bruit que je faisais, je m'arrêtais pour écouter une réaction qui ne venait pas. Je finis par abandonner mon poulet sur la table et cette fois j'entendis : l'accent rauque d'une respiration difficile, mouillée de sanglots. Elle était toujours où je l'avais laissée, les pieds et les mains liés, la bouche grande ouverte dans son sommeil. Il flottait une forte odeur d'urine et je vis une large tache noire sur les draps. Les derniers rayons du soleil glissaient sur la courbe de son ventre et sur ses paupières barbouillées de mascara : elle avait pleuré. Elle était magnifique.

Je mouillai d'eau tiède un gant de toilette et entrepris de la nettoyer un peu. Elle s'éveilla brusquement, puis me reconnut.

— Quelle heure est-il ? dit-elle d'une voix rauque.

— Tu t'es pissé dessus.

— Mes poignets me font mal.

— Attends.

Je finis de la nettoyer et j'ôtai mon pantalon. La puanteur restait forte, mais la vue et l'odeur se mêlèrent pour m'emplir de désir. Je la pénétrai lentement. Elle était sèche d'abord, mais bientôt elle devint humide, bien qu'elle continuât de répéter :

— J'ai mal aux poignets.

Ensuite, je défis la corde. Elle se mit à frotter ses mains violettes. Je les embrassai. Elle passa sous la douche.

Quand elle eut fini, elle s'habilla, termina le poulet et me regarda m'asseoir pour écouter la radio.

— Quelle heure est-il ?

— Presque cinq heures.

— Cinq heures ? Mais qu'est-ce que tu as fabriqué pendant tout ce temps ?

— J'avais un travail à faire.

— J'ai pensé que tu ne reviendrais jamais, dit-elle en fixant le sol.

— Tu as appelé à l'aide ?

— Je l'aurais fait une fois la nuit tombée.

— Je suis content de ne pas t'avoir laissée aussi longtemps.

Elle se leva et éteignit la radio.

— Tu es un vrai salaud.

— Quoi ?

— Tu m'as bien entendue.

Elle passa dans la chambre et ferma la porte. J'attendis un moment avant de la suivre. Je ne comprenais pas. Je ne voyais pas ce que j'avais fait de mal.

Elle était assise sur le coin du lit resté sec et pleurait. Elle avait ouvert la fenêtre pour aérer et la chambre était froide. Je me plantai devant elle et regardai ses épaules trembler. Si elle avait été Magda, je l'aurais prise dans mes bras. Mais elle n'était pas Magda.

— Je n'arrive pas à le croire, dit-elle entre deux sanglots.

— Quoi ?

Elle découvrit ses paupières gonflées et fixa mes genoux.

— Ce que je me fais à moi-même.

— Tu n'as rien fait. C'est moi qui t'ai attachée.

— Je me sens tellement humiliée.

Je lui touchai l'épaule, mais elle s'écarta. Elle reprit très bas, m'obligeant à me pencher :

— Tu sais, ma mère me disait toujours : « Vera, tu es comme ton père. Tu ne vois jamais combien tu as la vie facile. »

Je la suivis dans le salon, où elle trouva son sac et ses vêtements de rechange.

— Parlons-en, dis-je sans conviction.

— Je ne peux pas.

— Où vas-tu ?

— Chez ma sœur.

Elle me jeta un regard, comme pour décider si elle allait m'embrasser ou non. Elle s'en dispensa.

74

Je changeai les draps et fermai la fenêtre, puis je me versai un verre. Je feuilletai mon premier livre, à la recherche du passage qui avait frappé Emil, mais je n'en fus pas touché. Ma propre écriture m'ennuyait.

Je ne voyais toujours pas ce que j'avais fait de mal. J'étais au-delà de tout sentiment. Je m'étais jeté dans l'excès, la seule chose qui restait à Vera, mais le problème, c'est qu'il y a d'autres gens dans ce monde, et que vous les écrasez fatalement. Je compris cela plus tard. Sur le moment, les yeux dans mon verre vide, je compris seulement que j'avais poussé à fond un jeu entamé par Vera, qu'elle avait appris des années plus tôt en Suisse ; quant à Malik, je lui avais montré les fatales conséquences de sa propre inconscience.

Quand je fus ivre, je me rencognai au fond du canapé, fermai les yeux et tentai de réfléchir à l'affaire. Antonin Kullmann s'était servi de l'appareil de la Sécurité pour se débarrasser de Nestor Velcea, puis il lui avait volé ses tableaux. Zoia avait compris cette manœuvre et quitté Antonin par dégoût. Et Josef Maneck, mis devant le choix entre trahir Antonin ou conserver son propre prestige, s'était évadé dans l'alcoolisme.

Nestor, lors de son arrestation, attendait un étranger à la gare : Louis Rostek. Celui-ci avait cherché en vain à le faire libérer. Puis, des années plus tard, il avait compris ce qui s'était passé. Il s'était alors rendu au camp et l'avait dit à Nestor, puis était revenu après la grande amnistie, lorsqu'il m'avait parlé de la plus magnifique des passions humaines : la vengeance. Et le lendemain, Louis serait de retour.

Ma première impulsion fut d'appeler Emil, mais il risquait d'y avoir des coups de feu, et je ne voulais pas qu'il fût blessé.

— Allô ?

— Leon ? C'est moi.

— Oh, salut, Ferenc.

— J'ai besoin de ton aide demain matin. Tu peux me retrouver à la gare centrale à dix heures ?

— Pour quoi faire ?

— On va serrer Nestor.

— Dix heures ? reprit-il après un silence.

— Ne sois pas en retard.

75

À une heure du matin, je franchis le pont Saint-Georges et me garai dans le quartier du Canal. Il n'y avait pas de réverbères, et je dus tâtonner pour trouver mon chemin dans les ruelles obscures. Je ne cessais de marcher dans des flaques, sans ralentir pour autant. Je m'étais réveillé inondé de remords. Pour Vera, d'abord. J'étais allé trop loin, je le comprenais à présent. J'avais fait d'un simple divertissement une torture. Puis je me rappelai Malik Woznica au fond de son trou. Lui ne m'inspirait aucun remords, mais là encore, j'étais allé trop loin. Il fallait qu'il finisse en prison. Après ce que je lui avais fait subir, il ne risquait pas de me dénoncer. Il savait que je le retrouverais partout, jusqu'au fond des montagnes, pour le tuer.

En chemin, je commençai à m'inquiéter de la façon de le sortir de là. Il était lourd et le puits était profond. J'avais apporté la corde à nœuds, qui sentait encore l'urine de Vera. Il pourrait se la nouer autour de la taille, mais je n'étais pas sûr d'avoir la force de le hisser tout seul.

Comme Vera, il n'appelait pas à l'aide. Il avait dû essayer avant, à travers son slip, mais dans le quartier du Canal, personne ne répondait aux appels au secours.

— Malik, lançai-je en m'approchant du puits. Malik Woznica, il est temps de rentrer chez toi. (Pas de réponse. Le puits était trop sombre pour y voir quoi que ce soit.) Malik ? tu es là ?

Je frottai une allumette et vis la tête de Malik renversée en arrière, ses yeux morts fixés sur moi. L'allumette m'échappa des doigts et tomba sur son épaule, où elle fulgura un instant avant de s'éteindre.

Mon instinct me soufflait avant tout de me débarrasser du corps. Je déroulai la corde et la fis descendre dans l'obscurité avant de comprendre que ça ne pouvait pas marcher. Je plongeai la main dans le puits, mais je restai bloqué à quelques centimètres de sa tête. Je m'efforçai d'énumérer toutes les solutions possibles, mais c'était difficile avec un cadavre au-dessous de moi. Je sortis sur la place et m'assis sur une marche. Mes genoux tremblaient.

C'était sans doute une crise cardiaque. Ou alors, il avait suffoqué : que son nez se bouchât et il était perdu, mais cette éventualité ne m'avait pas effleuré quand je l'avais attaché avant de le jeter dans le puits. J'ôtai mes bagues et les remis une à une. Cet autre Ferenc, téméraire et assuré, avait été incapable d'anticiper les conséquences de ses actes.

Mais à présent, j'étais de nouveau moi-même et j'avais tué un homme.

Puisque je ne pouvais pas déplacer le corps, je n'avais qu'à le laisser là. Si on le découvrait, ce ne serait qu'un meurtre de plus à mettre sur le compte de Nestor. Mais celui-ci ne cadrait pas. Une victime déjà connue de la Milice et sans liens avec le groupe des artistes. Qui pouvait mener Sev, ou Kaminski, ou n'importe qui jusqu'à moi.

Je me retournai en quête d'un objet pour m'aider, mais l'endroit avait été vidé par des vagabonds depuis des années. Je frottai une autre allumette. Il était nu, à part sa chemise, dont le col lui remontait haut sur les oreilles. Je grimpai sur le rebord du puits, me penchai en m'arc-boutant de la taille et de la tête et tendis le bras. J'atteignis péniblement ses cheveux, sa tête, puis le col de la chemise. Je tirai de toutes mes forces pour le déplacer un peu. Son dos frotta contre le mur, puis glissa vers le haut. À grand-peine, je finis par hisser son corps sur la margelle. Je haletais dans le noir.

J'envisageai de brûler le corps, mais cela dégagerait trop de fumée : Nestor avait eu de la chance quand il avait fait brûler Antonin. Quant aux canaux, ils n'étaient pas assez profonds pour l'engloutir bien longtemps.

Je ramassai sa veste déchirée, son pantalon et ses chaussures, et le chargeai sur mon épaule, recouvert de son imper. Je trébuchai dans des flaques et le fis tomber deux fois, son corps rendant un son sourd et humide sur le sol. Le ciel était encore noir quand je parvins à le tasser dans le coffre.

Quand on aurait repéré sa voiture dans la montagne, on fouillerait le secteur pour retrouver son corps. Aussi je roulai en direction du sud-est, vers les forêts impénétrables longeant la frontière soviétique. Les bois étaient épais et les routes vides. La nuit bleuissait. Un sentier tournait sur la gauche, et tout au bout se dressaient les ruines d'une vieille datcha incendiée. Je portai Malik Woznica plus loin dans la forêt, écartant de ma main libre les buissons d'épineux. Enfin, je me retournai. Les ruines étaient hors de vue. Je laissai tomber Malik et ses vêtements sur des feuilles sèches, et le recouvris absurdement d'autres feuilles.

76

J'arrivai à la gare à neuf heures et demie, quand il se mit à pleuvoir. Je n'avais eu que le temps de me laver à l'évier et de changer de vêtements. Les autres étaient dans un petit sac que j'avais jeté dans la Tisa, chargé de pierres.

La gare était remplie de monde. Je pris une eau-de-vie au bar, écartai une Tzigane qui me murmurait le nombre d'enfants qu'elle avait à nourrir, et revins dans le hall. Des haut-parleurs sortit une voix féminine m'informant que le train de dix heures vingt, en provenance de Vienne, quai numéro six, aurait quinze minutes de retard. Elle répéta l'annonce en russe.

À dix heures précises, Leonek apparut, sombre et tête basse, presque un Tzigane lui-même. Il me fit un signe.

– Ça n'a pas l'air d'aller. Qu'est-ce que tu t'es fait à la main ?

Je m'étais déchiré aux ronces ; je la fourrai dans ma poche sans répondre.

– Le train de dix heures vingt. Il arrive de Vienne, et il est en retard.

– On attend qui ?

– Un Français. Je ne veux pas l'arrêter. Je veux juste savoir où il va.

— Où est Emil ?

— Chez lui, avec sa femme, là où est sa place.

Leonek leva les yeux sur le panneau des arrivées pour me dissimuler son expression.

— Tu veux qu'on en parle ? demanda-t-il en revenant vers moi.

Je ne pouvais pas, à ce moment, et je ne vis aucune raison d'apaiser sa culpabilité.

— Viens, on va attendre au bar.

Nous nous accoudâmes au comptoir en regardant les quais par la fenêtre et en buvant lentement.

— J'ai appris une chose très intéressante, dit-il.

— Vraiment ? dis-je sans le regarder.

— J'ai fini par venir à bout de cet interrogatoire. Il m'a fallu un dictionnaire russe.

— Tu aurais dû te trouver un traducteur.

— Je suis têtu.

— À qui le dis-tu.

— En tout cas, il apparaît que ce Boris Olonov savait beaucoup de choses. Il a donné à Kliment le nom de deux des soldats qui ont tué les filles.

— Et le troisième ?

— Rien. Mais il était au courant du meurtre de Serguei, parce qu'il y a eu un témoin.

— Quelqu'un a vu Serguei se faire tuer ? Comment Olonov était-il au courant ?

— Figure-toi qu'un autre soldat connaissait le témoin. C'est qui, à ton avis ?

— Le soldat ?

— Non, le témoin.

— Je t'écoute.

— Nestor Velcea, dit Leonek en souriant.

— Nestor… ? Mais… c'est impossible, non ?

— Je ne l'ai pas inventé.

J'empoignai mon verre vide. Je ne pouvais croire à une telle coïncidence. Sauf que ce n'en était pas une.

— Alors c'est quoi, le rapport entre tout ça ?

— Je t'ai dit tout ce que je savais.

— Nestor est témoin du meurtre de Serguei, récapitulai-je lentement. Et, peu après, il est envoyé en camp.

Mais je n'eus pas le loisir de pousser mes réflexions plus loin, car le train entrait en gare.

77

Le train s'arrêta devant nous dans un long gémissement de freins. Sa locomotive luisait de pluie. Les portes s'ouvrirent, déversant les passagers sur le quai. Nous nous postâmes de part et d'autre du flot de voyageurs, examinant leurs traits sous les journaux qu'ils tenaient comme des parapluies. Enfin, je vis Louis, une petite valise fatiguée à la main. Je fis un geste dans sa direction en jetant un coup d'œil d'avertissement à Leonek.

Celui-ci alla se poster de l'autre côté de la loco, tandis que je m'asseyais sur un banc pour dissimuler ma masse. Je me penchai, comme pour refaire mon lacet, et regardai entre mes jambes. Je vis passer ses pieds. Encore dix secondes. Je me relevai lentement et vis son dos disparaître dans le hall de la gare, Leonek sur ses talons.

Je passai mes clés à Leonek et j'attendis devant l'entrée. Au moment où il m'ouvrait la portière, Louis grimpa dans un taxi.

Nous le suivîmes. Leonek fut parfois obligé d'accélérer brutalement, manquant de renverser des piétons furieux, tandis que j'appuyais sur un frein imaginaire. Les rues se rétrécirent, et le taxi finit par s'arrêter devant l'Hôtel Metropol. Louis s'engouffra dans le hall.

– Donne-lui une minute pour monter dans sa chambre.

Leonek se gara en face et nous vérifiâmes que nos armes étaient chargées.

Dans le hall, des hommes installés dans des fauteuils, *L'Étincelle* entre les mains, ne parurent nous prêter aucune attention, mais je me demandai combien d'entre eux émargeaient à la Sécurité. L'employé, un jeune homme, tapotait des doigts sur son comptoir tout en parlant.

– Bonsoir, camarades ! Deux chambres ?

– Nous cherchons l'un de vos clients.

Je lui montrai mon certificat, ce qui le rendit plus coopératif encore.

– Donnez-nous la chambre de Louis Rostek.

78

Je frappai et Leonek se tint en retrait pour rester hors du champ de l'œilleton. Rien. Je frappai à nouveau.

— Louis ? C'est Ferenc. L'ami de Georgi. Vous vous souvenez de moi ?

Un craquement nous parvint de l'intérieur de la chambre. Je tambourinai sur la porte.

— Louis ? Vous allez bien ?

Quelque chose tomba à terre ; j'entendis Louis grogner.

Je me jetai contre la porte et, au second coup d'épaule, elle s'ouvrit. La chambre était vide. Je me ruai dans la salle de bains où je trouvai Louis encore en train de se relever. La fenêtre était brisée. Je le remis debout.

— Pourquoi cassez-vous des choses, Louis ?

Il avait le visage empourpré et je lus la peur dans ses yeux quand il avisa Leonek par-dessus mon épaule.

— Oh, Seigneur, Ferenc ! Seigneur !

Je lui posai une main sur l'épaule.

— Calmez-vous. Vous n'avez rien à craindre.

Il secoua ses mains moites et me suivit dans la chambre. Leonek s'efforça de refermer la porte brisée, mais n'y parvenant pas, il s'y adossa. Je fis asseoir Louis sur le lit.

— Pourquoi croyez-vous que je suis ici ? Pour vous tuer ?

Louis leva sur moi de grands yeux affolés.

— Eh bien… vous êtes là pour quoi, alors ?

— En tout cas, pas pour vous tuer, dis-je en m'asseyant près de lui.

— Vous êtes au quatrième étage, dit Leonek. Vous vous seriez brisé les os.

Louis regarda la porte ouverte de la salle de bains, secoua la tête et, brusquement, se mit à rire.

— Vous avez raison sur un point. Je ne suis pas fait pour ce genre de choses.

— Il y a un bar, ici ? demandai-je.

Louis désigna un placard. Je lui versai une vodka qu'il but cul sec, et je lui en servis une autre.

— Ça va mieux ?

Il hocha la tête.

— Vous étiez la dernière personne que je m'attendais à trouver derrière cette porte, Ferenc. Et l'écriture ?

— On en discutera plus tard. D'abord, parlons de notre ami commun.

— Georgi ?

— Nestor.

Il fit une vaillante tentative pour soutenir mon regard.

— Je ne sais pas de qui vous parlez, Ferenc.

— Bien sûr que si. C'est pour lui que vous êtes revenu, n'est-ce pas ?

— Non, dit-il en haussant les épaules. Je dois aller à une réunion de l'Union des écrivains. Coopération internationale et tout ça.

Mais il gardait les yeux fixés sur les draps.

— Laissez-moi vous raconter une histoire, dis-je.

Louis regarda Leonek en me désignant de la tête.

— Ces écrivains… Toujours une histoire en réserve.

Leonek eut un hochement de tête poli. Je me levai et me servis une vodka.

— Dans cette histoire, il y a un peintre brillant. Il est en avance sur son temps, très en avance. Mais personne ne le sait, parce que c'est aussi un excentrique. Il ne montre ses tableaux à personne, il ne les signe même pas. Et puis, il est envoyé en camp de travail. Bon, ça arrive à des tas de gens. Mais au bout d'un moment, un autre peintre, un peintre sans talent, a une brillante idée. Il prend les tableaux, les signe de son nom et les expose. Il n'est pas excentrique, lui, il manque juste un peu de moralité. Et ça marche. Ça marche si bien qu'il est exposé à l'Ouest, et même à Paris.

— À Paris ? répéta Louis distraitement, ses doigts tapotant son verre.

— Manque de chance, un ami très proche du peintre emprisonné habite à Paris. Il reconnaît les œuvres et ne tarde pas à comprendre ce qui s'est passé. Il décide que ce peintre a fait envoyer son ami en camp pour lui voler ses tableaux. Alors, que fait-il ?

Georgi se mordit les lèvres, mais ne dit rien.

— Il revient ici et se rend au camp. C'est un si bon ami qu'il prend même le risque d'offrir un pot-de-vin au commandant du camp pour échanger quelques mots avec son prisonnier. En outre, il veut aussi assouvir la plus magnifique des passions humaines : la vengeance.

Louis ferma les yeux, comme s'ils lui faisaient mal. Il se souvenait — et se repentait — de m'avoir dit cela.

— Une fois le peintre amnistié et sorti du camp, le Parisien revient ici pour le voir. C'est alors, soit dit en passant, que je rencontre le Parisien. Je suppose qu'il a donné à son ami l'adresse du conservateur qui a exposé les tableaux volés : Josef Maneck.

— Non, intervint Louis. Je ne lui ai rien donné du tout.

— D'accord, repris-je. En tout cas, le peintre se

met à tuer. Avant de tuer le conservateur, il lui a extorqué l'adresse du peintre dépourvu de moralité. Il le retrouve et le torture. Il lui brise les os et le traîne dans le quartier du Canal, où il le fait brûler vif. (Louis me regarda.) Puis il tue la femme du peintre.

Louis cligna des yeux, regarda ses mains qui grattaient ses genoux à travers son pantalon. Il n'avait pas l'air au courant, pour Zoia. Je me rassis sur le lit.

— Le Parisien avait le cœur bien placé, en général, mais des erreurs ont été commises. D'abord, l'ex-femme. En fait, elle a quitté Antonin Kullmann par dégoût quand elle a compris ce qui s'était passé. Et je ne suis pas persuadé que le conservateur était au courant, au début. Je crois qu'il l'a découvert plus tard et que la culpabilité l'a précipité dans l'alcoolisme. Antonin l'entretenait pour qu'il se taise. Mais c'est la moindre des erreurs du Parisien. La plus grosse, c'est que si Kullmann a bien volé les tableaux, ce n'est pas lui qui a envoyé Nestor Velcea en camp.

— Quoi ? dit la voix de Leonek près de la porte.

Louis me contempla d'un air effaré.

— Bien sûr que si ! C'est clair comme de l'eau de roche.

— Ça paraît clair, dis-je, et je l'ai cru moi aussi. Mais avant d'être envoyé en camp, en 1946, Nestor a été témoin du meurtre d'un milicien. Voilà une raison bien plus plausible d'envoyer quelqu'un en camp : le faire taire. L'homme qui s'est débarrassé de Nestor a tué mon équipier voici dix jours, et je crois qu'il a tenté aussi de tuer Nestor.

— M-mais c'est qui ? dit Louis.

— Je ne sais pas. C'est la même personne qui a

tué Serguei Malevich il y a dix ans, dis-je à Leonek. Cette personne ne s'intéressait pas à l'art, et s'inquiétait seulement que Nestor Velcea ait été témoin d'un meurtre au bord de la Tisa. Quant à Antonin, c'était un peintre sans talent resté dans un appartement rempli des tableaux de son collègue. Il a simplement profité de la tragédie.

Je les laissai digérer tout cela en versant des vodkas. J'en donnai une à Leonek qui rougit en me remerciant. Je donnai la seconde à Louis, qui la prit sans me regarder. Je bus la troisième, sentant le liquide me brûler l'estomac. J'étais sûr désormais d'avoir raison. Mais seul Nestor savait qui avait tué Serguei et Stefan.

— Donc, une fois encore, repris-je, pourquoi êtes-vous revenu dans notre pays ?

Louis posa à terre son verre encore plein avant de marmonner :

— J'apportais les papiers de Nestor. Pour le faire sortir.

— Vers la France ?

Il hocha la tête.

— Il m'a dit qu'il lui fallait des papiers. Par télégramme.

— Et vous devez le voir quand ? (Il regarda Leonek, la porte, puis ses mains.) Allez, Louis. Nous sommes les seuls capables de le garder en vie.

— Mais vous n'allez pas le mettre en prison, non ?

— Je ne sais pas encore ce que nous allons faire.

— Après-demain, finit par dire Louis. Mardi.

79

Cela nous laissait quarante-huit heures de surveillance. Leonek s'y colla le premier. Il prit une autre chambre à l'étage au-dessus et y amena Louis. Le personnel de l'hôtel verrait la porte et la fenêtre brisées, mais il n'y aurait plus personne dans la chambre.

Avant que je parte, Leonek me prit à part et me chuchota :

— Mieux vaut que ça reste entre nous pour l'instant.

— On pourrait appeler Emil.

— Je sais qu'il tiendrait sa langue, mais il le raconterait à Lena, et elle est incapable de se taire. Brano serait au courant. Ce n'était pas lui qui avait le dossier de Nestor ?

Je réfléchis là-dessus, mais en dépit de tout, j'avais du mal à croire que Brano Sev ait tué Stefan.

— Crois-moi. Cet homme n'a pas d'amis.

— Je n'ai pourtant pas remarqué de blessures de balles sur lui. Et toi ?

— Brano Sev est une machine.

Je reconnus que je m'étais déjà trompé sur bien des points.

Chez moi, je m'assis près de la radio et j'envisageai de passer un coup de fil à Vera. L'appartement était vide sans elle. Mais à présent, elle me détestait.

Aussi je bus seul en me demandant à quoi ressemblait le corps de Malik Woznica désormais, s'il était toujours recouvert ou si le vent avait emporté les feuilles, le laissant exposé aux éléments. Je fermai les yeux.

Le bruit du téléphone me fit porter d'instinct la main à mon arme, mais je l'avais laissée dans la chambre. J'allai décrocher.

— Ferenc ?

Je sentis mes jambes se dérober. Elle pleurait.

— Qu'est-ce qu'il y a ? Qu'est-ce qui ne va pas ?

— Qu'est-il arrivé à Leonek ?

— Rien, pourquoi ?

— J'ai essayé de l'appeler toute la journée.

— Il va bien. Il est au travail.

— Il faut que je lui parle.

— Je ne vais pas vous servir de messager, Magda.

— Tu ne comprends pas. Je l'appelle pour en finir. Je n'arrive pas à croire que j'aie pu te faire ça.

Je laissai ces paroles en suspens entre nous.

— Ferenc ?

— Je suis là.

— Est-ce que tu pourras me pardonner ?

Je n'avais pas encore réfléchi à ce point. Je savais seulement que ma femme était en train de me quitter. Je pouvais soit l'accepter, soit devenir fou.

— Je ne sais pas quoi te dire.

— Ça ne fait rien. On en parlera plus tard.

— Tu appelles d'où ?

— Papa a la clé de la coopérative. Tu as un numéro où je peux le joindre ?

— Je lui dirai de t'appeler.

— Merci, dit-elle avant de se remettre à pleurer.

Je me demandai ensuite si j'avais rêvé. Il était deux heures du matin et je n'avais aucune preuve, sauf la sueur sur mes paumes.

80

J'arrivai à dix heures le lendemain matin. Alors que Leonek partait, je lui dis d'appeler Magda. Il s'arrêta net.

— Magda ? Tu veux que je l'appelle ?

— Elle a essayé de te joindre. Je te donne son numéro.

— Je l'ai déjà, dit-il en levant une main. On se voit demain midi.

J'avais apporté du café et des croissants. Tout en mangeant, Louis déclara qu'il allait écrire un poème épique sur cette affaire.

— C'est une fameuse histoire, non ? En somme, les tableaux ont-ils plus ou moins de valeur parce qu'ils portent la mauvaise signature ? Je me demande ce qu'en diraient les galeries parisiennes.

Visiblement, il reprenait le dessus.

— Est-ce que ça a la moindre importance, Louis ?

— Bien sûr, dit-il en époussetant les miettes sur sa chemise. Même si Antonin n'a pas fait arrêter Nestor pour ses tableaux, il aurait pu le faire. Alors, un tableau vaut-il aussi cher que la vie d'un homme ? Y a-t-il quelque chose qui vaille la vie d'un homme ? Ou plus cher encore ?

Je n'étais pas d'humeur à écouter ce genre d'arguties. Cela m'obligeait à me demander ce que valait la vie de Malik Woznica, et je ne voulais pas y penser.

— Qu'en dites-vous, Ferenc ?

— Rien du tout.

— Vous étiez plus loquace à la fête de Georgi. Il vous faut peut-être un petit coup dans le nez.

— Vous saviez que Georgi avait été interrogé boulevard Yalta ?

Le sourire de Louis s'évanouit, et il hocha vigoureusement la tête.

— Je l'ai entendu dire.

— Et s'il n'était pas revenu ? Vous en seriez encore à vous demander si un tableau vaut plus cher que la vie d'un homme ?

— D'accord, dit Louis en agitant la main. Compris. Parlez-moi d'elles, alors, reprit-il en désignant mes bagues. Vous ne m'avez jamais raconté leur histoire. Ça en fait beaucoup pour un seul homme.

— Ce sont des trophées de guerre, dis-je en faisant craquer mes phalanges.

— En général, les gens gagnent plutôt des médailles.

Je touchai mon index gauche.

— Celle-ci appartenait à Friedrich Schultz, capitaine de seconde classe. Né à Hambourg en 1915. Tué le 28 avril 1939.

Louis eut un mouvement de recul.

— Ce sont tous des Allemands que vous avez tués ?

Je hochai la tête, touchant successivement Hans Lieblich, Franz Müller et Heinrich Oldenburg.

— Sauf celle-ci, dis-je en touchant mon alliance qui avait sa propre histoire.

— Excusez-moi, Ferenc, mais tout cela me semble plutôt morbide.

— Parfois, j'ai besoin qu'on me rappelle que je ne suis pas éternel.

Nous partageâmes son lit, cette nuit-là, et je restai allongé sur le dos, les mains sur la poitrine, à fixer le plafond.

Le matin, j'appelai la réception pour avoir du café. Tandis que nous buvions, je dis à Louis :

— Vous étiez un informateur, n'est-ce pas ?

Il leva les yeux de sa tasse.

— Quoi ?

— Après la guerre, quand vous êtes venu ici. Vous donniez des renseignements sur vos amis.

— Qu'est-ce qui vous fait dire ça ?

— Quand vous avez découvert que Nestor était en camp, vous êtes allé tout droit boulevard Yalta. La plupart des gens auraient porté plainte auprès de la Milice. Pas vous. Vous avez foncé au cœur de la Sécurité d'État pour demander qu'on relâche votre ami. Georgi dit que vous êtes un costaud, mais vous êtes un malin, aussi. Vous ne seriez jamais allé là-bas sans un contact à l'intérieur.

— Je... commença-t-il en posant son café. Je savais qu'ils ne feraient rien à un citoyen français.

— De nombreux espions ont été arrêtés à cette époque, dis-je en secouant la tête, dont beaucoup d'étrangers. Et je n'ai jamais entendu parler d'un étranger, sauf un Russe, qui soit admis là-bas. Non. Vous connaissiez quelqu'un, et vous pensiez qu'en échange des services rendus, vous pourriez faire sortir votre ami. Ce n'était pas un politique, après tout, et vous avez cru qu'ils vous feraient confiance. Alors, vous êtes allé droit au Bureau des Corrections internes. Mais ils ne vous ont même pas reçu, c'est ça ?

Louis se leva, alla récupérer sa cravate suspendue à la poignée de la porte et entreprit de la nouer.

— Ils m'ont fait attendre deux heures à l'entrée. Je leur ai donné mon nom et j'allais régulièrement demander ce qui se passait, mais ils ne m'ont rien dit. J'ai dû laisser tomber.

— Qui alliez-vous voir ?

— Les gens du bureau. Je ne connaissais que des hommes de terrain que je rencontrais dans les parcs. Je n'étais jamais entré boulevard Yalta auparavant.

J'allai à la fenêtre et laissai errer mon regard sur la rue encombrée.

— Quand Nestor a été arrêté, il vous attendait à la gare.

— Mais je ne suis jamais arrivé, dit-il en ajustant sa cravate dans le miroir. J'ai été arrêté à la frontière hongroise.

— Vous aviez informé le boulevard Yalta de votre arrivée. Ils étaient au courant, non ?

— Oui, dit-il en se tournant vers moi.

— Et quand vous êtes revenu en septembre dernier, vous avez repris contact avec eux. Vous leur avez donné une description de Nestor, sous le nom de code Napoléon.

Il parut soudain extrêmement mal à l'aise, et je sentis que je m'approchais du pot aux roses. Le Bureau des corrections internes l'avait laissé faire antichambre quand il était venu plaider la cause de Nestor, dix ans plus tôt. Ils savaient quel jour Louis devait retrouver Nestor à la gare et ils avaient le pouvoir de le faire arrêter à la frontière hongroise. Je saisis le téléphone.

— Leonek ? C'est moi.

— Ferenc, j'ai parlé à Magda.

— Qu'est-ce qu'elle te voulait ?

— Tu sais foutrement bien ce qu'elle me voulait.

— On parlera de ça plus tard. Avant de venir ici, essaie de mettre la main sur deux dossiers : celui de Brano et celui de Kaminski. Ils doivent être aux archives du Comité central.

— Kaminski ?

— Il s'est fait porter pâle, dis-je sans pousser mes soupçons plus loin.

Leonek arriva pendant que Louis était dans la salle de bains. Il n'avait pas dormi, comme en témoignaient ses yeux rougis et sa bouche affaissée. Il me tendit les dossiers en murmurant :

— Je suis encore secoué par tout ça.

— Les dossiers ?

— Non.

Je sortis deux cigarettes et lui en offris une. Il refusa.

— Je ne sais vraiment pas quoi te dire.

Je posai les dossiers sur le lit et m'assis.

— Il n'y a rien à dire.

— Sans doute pas, dit-il les yeux vagues. Je ne t'ai pas menti. Je l'aime. Je les aime toutes les deux. Mais si elle a pris sa décision, je n'ai rien à dire.

— Je suis heureux que tu le comprennes.

— Je peux avoir cette cigarette, finalement ?

Je la lui allumai.

Du fait de la nature de leurs activités, les dossiers des deux hommes étaient fort minces : le boulevard Yalta gardait pour lui les détails sur ses propres agents. Ils ne contenaient qu'une courte biographie, des photos, et une liste de leurs missions. Brano était affecté à notre poste de Milice depuis dix ans, mais le curriculum de Kaminski me donna à réfléchir : chef du Bureau des corrections internes du ministère de la Sécurité d'État de mars 1946 à décembre 1948. Brano Sev n'était pas notre homme, en fin de compte.

— Tu vas la reprendre ?

— Je crois que ça ne te regarde pas, dis-je en refermant le dossier.

— Tu as raison, dit-il. Sois bon pour elle, c'est tout.

— J'ai toujours été bon pour elle.

Tandis qu'il allait fumer dans l'entrée, trop absorbé pour m'interroger sur le contenu des dossiers, je compris qu'il espérait encore. Magda avait déjà montré qu'elle pouvait changer d'avis. Elle avait dû lui promettre dans notre lit qu'elle me quitterait pour lui, et à présent elle me revenait. Il était impossible de savoir si c'était sa décision finale — à supposer qu'aucune décision le soit jamais.

81

J'attendis à l'intérieur du café, devant la grande baie vitrée, tandis que Leonek suivait Louis à travers le marché de la place du 25-Octobre, où de grosses paysannes vendaient des pommes de terre et des pommes véreuses. Les Roumains qui déplaisaient à Agnes se tenaient en demi-cercle, jouant au bonneteau. Deux miliciens en uniforme les regardèrent un moment avant de leur demander leurs papiers. Louis se dressa sur ses pointes pour essayer de dominer la foule.

— Vous allez simplement rester là comme ça ?

— Oui, Corina. Pour l'instant.

Elle retourna à ses tables et je regardai les miliciens rendre leurs papiers aux Roumains et sortir du marché.

Il arriva à midi.

Comme l'avait dit l'adolescent au chewing-gum, il était assez petit. Il claudiqua à travers la foule, s'effaçant pour laisser passer des femmes, prenant son temps. Je ne voyais que son visage, et parfois un bout d'épaule. Des cheveux blonds, des pommettes hautes et des yeux clairs profondément enfoncés. Il remarqua Louis, mais sans altérer son allure. Le visage de Louis s'éclaira d'un sourire radieux tandis qu'il poussait les corps qui le séparaient de Nestor.

Leonek se tenait un peu en retrait, se bornant à jeter de brefs coups d'œil dans leur direction, et je restai devant la grande baie en dissimulant à demi mon visage.

— Vous êtes sûr que vous ne voulez pas de café ?

— Donne-moi encore quelques minutes, d'accord ? dis-je sans la regarder.

— Comme vous voudrez.

Ils échangèrent quelques mots, puis Louis se dirigea vers le café. Je me glissai hors de vue au moment où Nestor se tournait dans ma direction. Il haussa les épaules et se remit en marche, Leonek sur ses talons. Puis Nestor s'arrêta. Il se tourna vers Louis, lui dit quelque chose, et je vis celui-ci se décomposer. Alors Nestor fit volte-face et se mit à écarter la foule, mais Leonek le saisit par le bras et lui fourra son arme dans les côtes. Tous les trois revinrent vers le bar. Je fis signe à Corina et lui désignai une banquette vide.

— Trois cafés.

Je remarquai aussitôt qu'il ne cherchait pas à lutter, mais sans pouvoir interpréter cette attitude. J'allai m'asseoir. Louis chuchotait quelque chose à l'oreille de Nestor, une expression douloureuse sur le visage. J'en saisis des bribes comme ils parvenaient à ma hauteur.

— ... Le seul moyen... Pas le choix... Écoute...

Louis s'assit à côté de moi et Nestor me fit face, flanqué de Leonek.

— Salut, Nestor, dis-je.

— Bonjour, inspecteur, répondit-il d'une voix ferme mais très rauque, en plissant son visage maigre.

— Veuillez donner votre arme à l'inspecteur Leonek.

Sans me quitter des yeux, il la sortit de sa veste et la passa à Leonek sous la table.

Corina arriva avec nos cafés et me jeta un regard entendu avant de tourner les talons.

— Parlez-moi de Stefan.

— Ici ? demanda Nestor en fronçant les sourcils.

— Oui. Ensuite, nous irons ailleurs.

Les autres clients ne nous prêtaient aucune attention. Ils fumaient, mangeaient et parlaient fort. Quand Nestor porta une main tremblante à ses lèvres, je remarquai le moignon rose à la place de son auriculaire.

— Ce n'était pas moi, dit-il.

— Racontez-moi ce qui s'est passé.

– Je suis allé le trouver, dit-il en reposant sa tasse. Pour me livrer.

– Quoi ? fit Leonek.

– Laisse-le parler.

– Stefan ne m'a pas cru non plus, reprit Nestor en nous fixant tour à tour. Il avait son arme pointée sur moi et nous avons parlé. Je lui ai dit que j'avais tué Josef, Antonin et Zoia. Je lui ai parlé de mes tableaux et de… (Il regarda son moignon.) De mes années de camp. Il était très bien, ce milicien. Au bout d'un moment, il s'est mis à préparer une soupe de poisson : il avait compris que j'avais faim. Il a gardé son arme près de lui, mais on a mangé ensemble et il m'a demandé pourquoi j'étais venu me livrer.

– Et pourquoi ?

– Parce que c'était fait, dit-il d'une voix ferme. Je les avais tués et je me fichais de ce qui pouvait m'arriver. Mais à ce moment-là, il est arrivé.

– Kaminski, dis-je.

– Kaminski ? répéta Leonek en écho.

Nestor hocha la tête.

– Stefan a demandé qui c'était, et c'est alors que j'ai appris son nom. Stefan m'a dit d'attendre dans la cuisine, ce que j'ai fait. Kaminski lui a demandé où j'étais. Il voulait savoir s'il m'avait trouvé, et quand il allait me livrer à lui. Cette voix m'a paru familière, soudain. Je ne l'avais jamais vu encore, je ne connaissais que sa voix. Alors j'ai passé la tête par l'entrebâillement de la porte. Quel idiot j'ai été.

– Il vous a vu.

– Moi aussi, et je l'ai reconnu aussitôt. Quand on voit un homme commettre un meurtre, son visage s'imprime dans votre mémoire. C'était lui que j'avais vu dans cette bande de quatre Russes en train de parler aux jeunes filles juives. Lui qui avait tué cet autre milicien, Serguei Malevich. Alors j'ai su : ce n'était pas Antonin qui m'avait envoyé en camp. Je l'ai compris d'un seul coup.

— Vous aviez raison.

— Kaminski m'a reconnu au même moment, et il a été le plus rapide. Stefan avait la main sur son arme, mais il lui a tiré dessus deux fois. Ça n'a pas fait de bruit : il avait un silencieux.

— Mais vous aussi, vous aviez une arme.

— Dans ma ceinture. Je n'étais pas sûr de pouvoir me fier à ce Stefan. J'ai touché Kaminski à l'épaule, mais il s'est rué dans le couloir et je l'ai raté deux fois.

— Alors c'est vrai, haleta Leonek.

Nestor fit « oui » de la tête, la figure pâle et défaite.

— Puis vous êtes sorti par la fenêtre, dis-je.

— J'ai pensé qu'il m'attendrait devant la porte.

— Ce qu'il a fait, sans doute. Et vous êtes venu chez moi quelques jours plus tard ?

— Oui, mais elle ne m'a pas laissé entrer. C'était votre femme ?

Je fis signe à Corina de nous apporter l'addition. Louis finit par retrouver l'usage de sa voix.

— Nestor. Bon Dieu, Nestor.

82

Leonek et moi encadrâmes Nestor, le tenant chacun par un bras. Nous sortîmes du marché et nous engouffrâmes dans ma voiture. Je fus bloqué dans les embouteillages et je me mis à klaxonner furieusement derrière une Moskvich en panne, tandis que les deux hommes qui s'acharnaient sur leur pneu crevé me hurlaient de patienter.

Nous montâmes chez moi, où je sortis une bouteille d'eau-de-vie. Le verre de Louis tremblait quand il le porta à ses lèvres, mais Nestor, installé sur le sofa, avait retrouvé son calme. Il avait la capacité d'accepter sa situation et d'attendre, résultat sans doute d'une décennie de camp.

– Très bien, Nestor, dit Leonek en reposant son verre. Je veux savoir ce qui est arrivé à Serguei Malevich.

Nestor prit une profonde inspiration et se lança :

– Serguei Malevich avait parlé à l'un de mes amis, Osip Yarmoluk. C'était un brave type, un soldat russe qui en avait assez de tout ça. Je le connaissais depuis qu'ils étaient entrés dans le pays. Vous savez qu'il a été tué, lui aussi ?

Leonek me lança un coup d'œil interrogateur et je secouai la tête.

– Nous n'avons jamais entendu parler de lui.

– Eh bien, c'était le seul à qui j'avais parlé des soldats que j'avais vus entraîner les jeunes filles dans la synagogue. Il y avait deux autres témoins, mais ils n'ont rien dit. Je ne les blâme pas, surtout après ce qui m'est arrivé.

– Vous avez donc assisté à toute la scène ? insista Leonek.

– J'en ai vu assez. Ils ont entraîné les filles à l'intérieur, et puis je les ai entendues crier. J'ai voulu chercher du secours, mais les gens avaient trop peur.

J'avais peur moi aussi, sinon je serais entré dans cette synagogue. J'ai raconté tout ça à Osip. Il connaissait certains de ces hommes et il m'a conseillé d'aller trouver la Milice. Mais je ne savais pas à qui je pouvais me fier, chez vous. Finalement, ce Malevich a commencé à poser des questions. Il n'a rien trouvé jusqu'à ce qu'il tombe sur Osip, qui lui a parlé de moi. Nous avons décidé de nous rencontrer le soir même au bord de la Tisa. Bon sang, dit-il en secouant la tête, avec un brouillard pareil, j'étais sûr que les choses tourneraient mal.

— Donc, vous y êtes allé, l'encouragea Leonek.

— Oui. Il m'attendait sur le quai. Mais Osip ne m'avait pas dit à quoi il ressemblait. Il m'avait seulement décrit moi, à Serguei. Alors je me suis approché pour qu'il puisse me voir, et il m'a vu, en effet. Il s'est avancé vers moi, mais à ce moment une voix l'a appelé par son nom. J'ai compris aussitôt que ce n'était pas prévu, parce qu'il s'est empressé de retourner dans le brouillard sans me regarder. Il a eu le bon réflexe. La dernière chose qu'il ait faite dans sa vie, ç'a été de sauver la mienne.

— Et vous avez vu ce qui s'est passé ensuite ? le pressa Leonek en posant une main sur son genou.

— Je n'ai pas eu le choix. Si je bougeais, l'autre entendrait le bruit de mes pas. Et je ne savais rien de lui. Alors je suis resté là immobile, et j'ai vu un grand type, ce Kaminski donc, arriver et se mettre à parler à Serguei.

— Et il lui disait quoi ?

— Je ne sais pas, ils parlaient en russe. J'en ai appris un peu depuis, mais à l'époque, pas un mot. Kaminski avait l'air très calme. Serguei aussi, au début, mais plus après, parce que Kaminski a sorti une arme. Il a dû dire à Serguei de s'allonger sur le sol, parce que c'est ce qu'il a fait. Il s'est couché face contre terre, sans regarder une seule fois dans ma direction. Puis Kaminski s'est accroupi et lui a tiré une balle dans la nuque.

Je m'en souvenais. Le brouillard et le bruit du coup de feu renvoyé en écho par le fleuve.

– Quand le Russe a entendu des pas, il s'est relevé. C'est alors que j'ai vu son visage. Puis il a empoché son arme et il s'est enfui. Et moi aussi.

Leonek leva les yeux sur moi en faisant craquer ses doigts. Nous nous rappelions tous les deux le bruit de pas que nous avions entendu quand nous étions penchés sur le corps sans vie de Serguei.

– J'ai eu le tort d'en parler à Osip. Il ne m'a pas vendu, pas du tout. Mais quelqu'un a dû le soupçonner de savoir quelque chose, parce qu'une semaine plus tard, il était mort. Je ne savais pas s'ils étaient au courant à mon sujet, alors dans le doute, je me suis caché.

– Vous êtes resté chez vous avec Antonin et Zoia, dis-je.

– C'étaient les seuls qui savaient où j'habitais, alors il m'a paru logique que ce soient eux qui m'aient dénoncé.

– Ils n'étaient pas les seuls, dis-je. Louis aussi le savait.

Louis était en train de se verser un second verre, et il renversa du liquide sur la table en entendant son nom. Il se mit à secouer vigoureusement la tête.

– Non. Pas du tout. Ça ne s'est pas passé comme ça.

Nestor le fixa.

— Louis ne vous a pas vendu volontairement, dis-je. Mais chaque fois qu'il venait ici, il le notifiait au Bureau des corrections internes. Et il leur disait aussi qui il allait voir. Sauf qu'il ne pouvait pas savoir que l'homme qui avait tué ces jeunes filles et Serguei dirigeait ce bureau, et qu'il avait dû apprendre le nom de Nestor en torturant Osip Yarmoluk avant de le tuer. Avec toutes ces informations, Kaminski n'a pas eu besoin de traquer Nestor. Il lui suffisait de lancer quelques accusations anonymes, puis de le mettre en rapport avec un étranger venant en visite.

— Mais je ne suis jamais arrivé ! cria Louis. Ils n'avaient rien contre lui !

Nestor, enfoncé dans le canapé, les bras croisés, gardait les yeux fixés sur Louis.

— Les accusations suffisaient, à l'époque.

— Vous ne comprenez pas, dit Louis, le visage rouge et luisant de sueur. J'ai essayé de le sortir de là. J'ai fait tout mon possible.

— En effet, dis-je en me tournant vers Nestor. Il ne ment pas. Quand il a compris, il a foncé boulevard Yalta pour voir Kaminski. Mais l'autre ne lui a pas ouvert sa porte.

— Mais pourquoi lui avoir dit que tu venais me voir ?

Louis se tortilla, mal à l'aise, cherchant ses mots.

— C'était un informateur, dis-je. Pour la gloire de la révolution mondiale.

Nestor se leva et se rendit à la salle de bains. Leonek se leva aussi, comme pour le suivre, avant de se rasseoir.

— Bon sang, murmura-t-il.

83

Il y eut un coup frappé à la porte. Je sortis mon arme, Leonek aussi, et Louis se recroquevilla sur sa chaise, l'air terrifié.

— Ferenc ?

C'était une voix de femme haut perchée. Je rangeai mon arme et entrebâillai la porte. Je me trouvai face au visage fouineur de Claudia.

— Salut, Claudia. Je n'ai pas le temps pour l'instant…

— Ce n'est pas pour ça, dit-elle en jetant un coup d'œil par-dessus son épaule. Mais je tenais à vous dire. Un homme est venu ici cette nuit.

— Un homme ?

— Un Russe, dit-elle en baissant la voix. Il a frappé à votre porte, je pouvais l'entendre d'en bas. Très fort.

— Tu sais ce qu'il voulait ?

— Comment je le saurais ? Il vous appelait par votre nom. Il disait qu'il savait que vous étiez là. Et puis il est parti.

— C'est tout ce qu'il a dit ?

— C'est tout. Vous n'étiez pas là, si ?

Je secouai la tête.

— C'est bien ce que je pensais. Je vous avais entendu sortir avant. Mais je n'allais pas ouvrir ma porte pour le lui dire. Je ne suis pas comme ça, moi.

Elle sourit et me tapota la main pour m'en assurer.

— Merci, Claudia, c'est très gentil.

Elle chercha en vain à distinguer qui était dans l'appartement, puis renonça avec un haussement d'épaules.

— De rien, Ferenc. Entre voisins…

Quand je me fus assuré qu'elle était bien rentrée chez elle, je revins m'asseoir face à Louis.

— Vous leur avez parlé de ce voyage, boulevard Yalta ?

Il secoua la tête.

— J'ai arrêté après ma dernière visite. Ils ont essayé de me récupérer, mais je n'ai rien fait pour eux depuis.

— Louis est descendu au Metropol, dit Leonek en rempochant son arme, et l'hôtel leur a envoyé la liste des clients du jour. Ils savent qu'il est ici.

— Et quand Kaminski est allé dans la chambre de Louis, complétai-je, il a trouvé le verrou cassé et la chambre vide. Mais il n'a pas pensé à chercher nos noms sur le registre. Tous les trois, nous avons été très près de la mort.

84

Nestor était là-dedans depuis un bon moment, aussi j'allai frapper à la porte de la salle de bains. Je le trouvai assis au bord de la baignoire, essuyant son nez du dos de sa main. Il avait l'air vieilli et épuisé. Je refermai la porte derrière moi.

— Qu'est-ce qui se passe ?

— Rien, dit-il, et je compris qu'il avait pleuré. C'est seulement que j'ai tout gâché. Je me disais que quand je sortirais du camp, je remettrais les choses en place. Je ferais enfin justice. Vous voyez le résultat.

Je m'assis sur le siège des toilettes et croisai les mains sur mes genoux. Le carrelage blanc m'aveuglait.

— D'abord, j'ai eu de la chance, du moins c'est ce que j'ai cru. J'étais dans ce bar, en train de me demander comment j'allais retrouver les gens qui m'avaient envoyé là-bas si longtemps, et Josef Maneck était là. Un vrai don du ciel. Il était tellement ivre, je l'ai à peine reconnu. Louis m'avait dit qu'il était impliqué dans cette histoire, alors je l'ai attendu dehors. Il s'est bagarré avec un autre ivrogne et le patron l'a fichu dehors. Je l'ai aidé à rentrer chez lui. Il ne savait absolument pas qui j'étais. Il m'était juste reconnaissant de ne pas le frapper. Une fois arrivés chez lui, j'ai fait du café et j'ai commencé à le questionner.

Il y eut un coup à la porte. Leonek passa une tête, nous vit assis côte à côte et referma la porte.

— Continuez.

— Je n'avais pas prévu de le tuer. C'était Antonin que je voulais. Mais quand je lui ai dit mon nom, il est devenu à moitié dingue. Il m'a frappé et a essayé de sortir de l'appartement. Alors je l'ai ramené de force et je lui ai fait dire ce qu'il savait. Il croyait comme moi qu'Antonin m'avait envoyé en camp pour me voler mes tableaux. Il m'a dit qu'il l'ignorait jusqu'à ce que Zoia le lui dise. Il pleurait et s'excusait, et il a fini par me donner l'adresse d'Antonin.

— Que vous avez notée sur son calepin.

— Sans doute.

— Continuez.

— Une fois que j'ai eu ce que j'étais venu chercher, je ne suis pas parti. J'aurais dû, mais je n'ai pas pu. Quelque chose me retenait là, me poussait à lui taper dessus. Je voulais savoir pourquoi, quand il avait su la vérité, Josef n'était pas allé à la Milice. Il m'a dit qu'il aurait été impliqué, parce qu'à ce moment-là il exposait les tableaux depuis des mois. Il m'a montré l'appartement en me disant qu'il en était réduit là parce qu'il ne supportait pas sa culpabilité. Mais pour moi, ce n'était pas suffisant, vous comprenez ? C'était comme si j'avais été quelqu'un d'autre pendant une heure. Je voulais lui prendre ce qu'on m'avait pris. Alors je lui ai balancé un coup de poing qui l'a assommé et je l'ai tiré jusqu'au four où j'ai ouvert le gaz. Et je suis parti.

Je me frottai les mains. J'avais froid dans cette salle de bains, autant que dans le quartier du Canal, du froid d'être un autre pendant une heure et de se retourner plus tard pour voir ce qu'on a fait.

— Puis vous avez trouvé Antonin.

— Vous avez vu le corps. Vous savez ce que j'ai fait. Avec lui, j'ai été quelqu'un de complètement différent. (Il ferma les yeux.) Je ne sais pas comment l'expliquer. En tout cas, j'ai acheté une arme dans le quartier du Canal, je suis allé frapper à sa porte, et quand il a ouvert je l'ai pointée sur lui. Il a reconnu qu'il avait volé mes tableaux, mais il a juré qu'il ne m'avait pas dénoncé. Et pendant un moment, je l'ai cru. Il avait l'air tellement sincère. Il m'a offert de partager avec moi tout ce qu'il avait, en disant que je le méritais, mais il a continué à jurer qu'il ne m'avait pas envoyé là-bas. À ce moment, j'avais déjà trois opinions contre lui : Louis, Josef et Zoia. Alors j'étais sûr qu'il mentait. Parce qu'il savait ce que j'allais lui faire. Mais il n'aurait pas pu imaginer ce que je lui ai réellement fait. (Il changea de position sur la baignoire.) Vous auriez une cigarette ?

J'en sortis deux. La salle de bains se remplit de fumée, mais je n'ouvris pas la porte.

– Je ne sais pas si vous pouvez me comprendre sans être passé par les camps. Moi-même j'ai du mal. Les choses qu'ils vous font, le pouvoir qu'ils ont sur vous. Ça vous ôte tout sens du bien et du mal. Je ne peux pas l'expliquer, conclut-il en secouant la tête.

– Dites-moi simplement ce que vous avez fait. Je verrai si j'arrive à comprendre.

Il tira une autre bouffée.

– Je l'ai bâillonné et je lui ai lié les pieds et les mains. Puis je me suis assis et je lui ai parlé un bon moment. Je lui ai décrit ma vie au camp, comment j'avais perdu mon doigt, pourquoi je boitais, ce que je voyais tous les jours. Je lui ai dit que ce que j'allais lui faire ne serait pas aussi terrible. Que j'allais lui briser les bras et les jambes avec un marteau, l'emmener dans le quartier du Canal dans sa propre voiture et le traîner par ses membres brisés dans un endroit où je le ferais brûler vif. Et c'est ce que j'ai fait.

Je toussai et le son se répercuta dans la petite pièce.

– Pourquoi le lui avoir dit ?

— C'est ce qu'ils vous faisaient au camp. Parfois, ils disaient le matin à un prisonnier qu'ils allaient le tuer, et l'après-midi il était mort. Ils avaient l'art de nous rendre la mort encore plus dure.

— Mais vous n'avez pas fait subir tout ça à Zoia.

Il secoua la tête.

— J'ai eu pitié d'elle. Je suis entré chez eux en leur absence et j'ai attendu dans la cave. Je ne voulais pas que Matteus soit dans le coin. Quand il est sorti, je suis arrivé par-derrière et je l'ai étranglée. Josef m'avait dit qu'elle avait quitté Antonin pour ce qu'il avait fait. Mais elle ne l'avait pas dénoncé. C'était ça que je ne pouvais pas accepter. Pourquoi n'ont-ils rien dit alors que j'ai été en enfer pendant dix ans ?

— Parce qu'ils ne voulaient pas aller vous rejoindre, dis-je, et il me fixa à travers la fumée.

— Mais pour finir, je n'ai rien fait de bien. Antonin m'a volé mon art, mais il n'aurait pas pu le faire si ce Russe ne s'était pas débarrassé de moi. On dirait que la nature humaine est telle que, si vous lui donnez l'occasion de devenir criminelle, elle va sauter dessus. Kaminski a fourni cette occasion à Antonin.

— Vous regrettez ces meurtres ?

Ses yeux allèrent errer sur quelque chose que je ne pouvais voir.

— Tout ce que je sais, c'est que j'ai échoué. J'étais un être humain, avant. Maintenant, avec ce que j'ai fait, je ne sais pas si je peux encore m'accorder ce nom. C'est pour ça que j'ai voulu me livrer. Parce que je me fichais de ce qui pouvait m'arriver. (Il me regarda droit dans les yeux.) Vous comprenez ce que je dis ?

Mes pieds et mes mains étaient glacés.

— Je sais exactement de quoi vous parlez, Nestor.

85

— Ferenc ? dit Emil au téléphone.

— Qu'y a-t-il ?

— Malik Woznica. Il a disparu.

Je poussai un grand soupir et finis par dire :

— C'est peut-être mieux pour tout le monde.

— Ils m'ont chargé de l'affaire. Il était censé aller voir sa famille à Perechyn samedi, mais il ne s'est pas montré et il n'est pas venu à son bureau hier. Je suis allé voir chez lui : personne.

— Aucun signe de lutte ?

— Aucun. Sa voiture n'est pas là, mais il ne semble pas qu'il manque des vêtements.

— Il était peut-être pressé de partir.

— Par contre, on a trouvé des médicaments. Une vraie pharmacie : des opiacés en pilules et en liquide.

— Tout ça pour sa Svetla.

— Ferenc, reprit Emil après un silence, tu ne l'as pas... ?

— Pas quoi ?

— Je ne sais pas. Tu l'as menacé ?

— C'est lui qui m'a menacé. Moi, jamais.

— D'accord. Je veux simplement savoir pourquoi il serait parti.

— Parce qu'il a tué sa femme.

— Quoi ?

— Il l'a suivie à Moscou et il l'a tuée. Kliment me l'a dit la semaine dernière, et Sev et Moska sont au courant. Mais c'est tout ce que je sais.

— D'accord, Ferenc. Merci. Je te rappelle plus tard.

Quand je raccrochai, je m'appuyai contre le mur en m'efforçant de retrouver mon souffle. La cuisine semblait flotter devant moi et je sentais la glacière vibrer, mais c'était moi qui tremblais contre elle. Je parvins à retourner dans le salon.

— Ça va ? demanda Leonek.

— Garde un œil sur eux. Il faut que j'aille me reposer.

Je m'allongeai tout habillé et tirai les couvertures sur moi. Mais je n'arrivai pas à me réchauffer. Je voyais toujours Malik Woznica dans ce puits, ses yeux morts et bouffis fixés sur moi. Je n'avais rien ressenti alors. De la confusion, certes. De l'inquiétude. Mais pas de culpabilité. Et je ne m'étais pas senti coupable quand j'étais retourné à Vera assise dans ses déjections, ni quand je l'avais laissée partir dans cet état. Je m'étais demandé ce que j'avais fait de mal.

J'enroulai les couvertures autour de mes jambes et m'efforçai de m'apaiser. Mais je ne pouvais pas plus chasser le passé que je ne pouvais ramener Malik à la vie. Je l'avais tué et j'avais brutalisé une femme qui m'aimait. Et pendant tout ce temps, je n'avais éprouvé aucun sentiment. J'avais agi comme un automate.

Nestor, lui, avait lutté pendant dix ans de terreur et il était revenu transformé en machine de vengeance. J'avais traversé peu de choses en comparaison, mais j'avais agi comme lui. Nous avions l'un et l'autre regardé d'un œil froid notre humanité nous échapper, et ce n'est qu'en revenant à nous que nous avions pris la mesure de nos actes.

Je restai allongé une heure, perdu dans mes pensées. Je retournai chaque fait, chaque crime, cherchant une justification. Je n'en trouvai aucune, même pas dans l'élégance des mots. J'avais toujours su ce que je faisais, et je savais que je referais la même chose.

Au bout d'une heure, j'entendis un tapotement à la porte et je vis le visage incertain de Leonek. Il avait l'air si jeune et si bon. Je compris alors ce qu'il me restait à faire. C'était la seule décision adulte que je pouvais prendre.

86

C'était simple et compliqué à la fois. Si ça tournait mal, je ne les reverrais jamais. Leonek voulait m'accompagner.

– Ça, c'est mon affaire. Il a tué Serguei.

– Dis-moi, lui demandai-je, tu aimes encore Magda ?

– Oui, dit-il après un silence. Oui.

— Et Agnes ?

— Je l'adore, Ferenc.

J'emmenai tout le monde chez Emil. J'avais eu beau l'appeler auparavant, il eut l'air stupéfait en voyant Louis et Nestor. Lena leur prépara de petits sandwichs qu'ils acceptèrent très poliment. C'est drôle, en y repensant : un meurtrier et un informateur assis sous le regard approbateur de Lena et mangeant ses sandwichs. Elle alla vers le bar et commença à aligner les verres.

Emil m'aida à emporter son magnétophone chez moi. Je lui expliquai tout l'enchaînement des événements dans la voiture, mais en montant l'escalier il se tourna vers moi en disant :

— Je n'y comprends rien, Ferenc. Qu'est-ce qui se passe, en fait ?

Cet afflux d'éléments lui faisait tourner la tête.

Il disposa le magnétophone sous la table de la cuisine. Nous le recouvrîmes de couvertures pour assourdir le bruit du moteur jusqu'à ce qu'il fût silencieux. Seul le micro ressortait. Nous posâmes une nappe sur le tout et vérifiâmes que toute l'installation était invisible.

— Je peux me cacher dans la chambre, proposa Emil.

— Non. Il va regarder partout. Il ne voudra pas se faire surprendre comme chez Stefan.

— Mais il te faut de l'aide.

— Tu m'as suffisamment aidé, Emil. Je t'appellerai quand ce sera fini.

Il était encore perplexe en retournant chez lui.

J'arrivai un peu après huit heures, juste avant le lever de rideau. Une affiche annonçait deux frères appelés les Jumeaux des Tatras. Le *Crocodile* était plongé dans la pénombre pour que l'attention du public se concentre sur la scène, où deux acteurs — aussi peu jumeaux qu'ils pouvaient l'être — arpentaient la scène en costumes trop grands, nœuds papillon et chapeaux aux bords retroussés. Le grand, Balint, faisait des moulinets avec sa canne, et le petit gros, Boris, se dandinait derrière lui en s'efforçant d'éviter celle-ci.

Je ne le voyais pas, et je n'étais pas certain qu'il viendrait. Autour des tables, des groupes de Russes en habit de soirée. Je détonnais avec mon costume bon marché. Je pris une table près de la scène parce que je voulais que la lumière tombe sur moi. Le serveur me regarda de travers quand je lui commandai un martini, et j'optai pour une Palinka, que je descendis en un instant, avant d'en commander aussitôt une seconde.

Je me retournais régulièrement vers les visages hilares levés vers la scène. Le public féminin était assez mélangé, mais les hommes étaient tous russes. Leurs conversations se mêlaient aux hurlements des comédiens, et je ne comprenais pas un mot du spectacle.

Il arriva avec une très jeune femme, presque une jeune fille, qui lui tenait le bras et riait obligeamment à ce qu'il lui chuchotait. Ils prirent une table vers le milieu, commandèrent et fixèrent la scène. La fille posa sa tête sur son épaule. Ils riaient en même temps que les autres.

Je me retournai vers les gesticulations des deux frères : Balint cette fois assénait des coups de canne à Boris, qui trottinait hors de sa portée, mais leur humour me resta impénétrable.

En me retournant vers le public, je crus l'avoir perdu, puis je sus que je l'avais retrouvé, parce que je le regardais droit dans les yeux. Il avait reconnu ma carrure et me fixait, toute trace de sourire évanouie.

Jusque-là, j'avais été calme : c'était le seul moyen et cette certitude ne laissait aucune place à la peur. Mais en le regardant dans les yeux, toutes mes craintes me revinrent, et ma main tremblait quand je levai mon verre de Palinka dans sa direction avant de me retourner vers la scène.

Je bus rapidement parce que je craignais de ne pas tenir plus longtemps sans crier. Puis je sortis en courbant le dos pour éviter les projecteurs, sans lever les yeux vers lui, bien que je sentisse son regard me suivre à travers les rues obscures jusque chez moi.

87

Je n'eus pas à attendre longtemps. Il s'écoula à peine vingt minutes avant que j'entende des pas fermes monter l'escalier. Je courus mettre en marche le magnétophone et je pris le temps de vérifier qu'il était silencieux. On frappa trois coups à la porte.

— Ferenc ?

Il avait un ton joyeux, comme un vieil ami.

J'ouvris la porte et je vis ce que je n'avais pas remarqué jusque-là. Son épaule gauche formait une bosse sous sa veste : les bandages sur la balle de Nestor. Il semblait se porter à merveille, mais il eut un geste un peu pataud pour ôter son chapeau.

— Comment allez-vous, Kaminski ?

— Mikhail, Ferenc. Je crois qu'on peut s'appeler par nos prénoms.

— Très bien, Mikhail. Je vous offre un verre ?

Il déclina en secouant la tête.

— J'en ai déjà pris un au *Crocodile*. Vous buviez quoi ?

— J'ai demandé un martini, mais ils n'ont pas voulu.

— Parce que c'est une boisson impérialiste, Ferenc, dit-il avec un clin d'œil. Ça m'étonne de vous. (Puis il hocha la tête.) Peut-être pas, au fond. Enfin, reprit-il en entrant dans la cuisine et en jetant un regard circulaire, que voulez-vous de moi ?

— Ce que je veux ?

— Vous venez dans un endroit que je fréquente, vous attendez que je vous voie, puis vous partez. Vous aimez la comédie ?

— C'est ce que je préfère.

— Ils sont plutôt bons, non ?

— Je trouve aussi.

J'avais laissé ouvertes les portes des deux chambres, et il se tint entre les deux.

— Bel appartement. (Il ouvrit la salle de bains et renifla.) On va fumer dans les chiottes, hein ? (Je souris.) Alors, qu'est-ce que vous vouliez, Ferenc ?

— J'allais vous poser la même question. Vous étiez ici hier soir.

— Et vous n'avez pas répondu, dit-il en repassant dans le salon.

— Je n'étais pas là. Mais nous avons tous nos informateurs. Que vouliez-vous ?

Il plongea la main dans sa poche pour y pêcher une cigarette, et je remarquai qu'il l'allumait avec difficulté.

— J'étais venu vous parler de votre enquête. Avez-vous progressé dans la recherche de ce Nestor Velcea ?

— Il est difficile à trouver.

— J'attends des résultats de vous, je vous l'ai dit, non ? (J'acquiesçai de la tête.) Avant la mort de Stefan, j'ai discuté de l'affaire avec lui. Il semblait avoir quelques idées. Il se croyait même sur la piste de Velcea.

— J'aurais aimé qu'il m'en fasse part. Pourquoi vous intéressez-vous à cette affaire, Mikhail ?

Il s'installa dans le canapé, l'index de sa main droite tressautant sur le coussin.

— Moi ? Je m'intéresse à la sécurité de ce pays. À tous les niveaux. Ce Velcea me paraît une menace réelle, et j'aimerais le voir arrêté.

— Au point d'aller interroger l'un de mes amis.

— Oh ! dit-il en tirant nonchalamment sur sa cigarette. Georgi Radevych. Un type rigolo. Il voulait me faire croire qu'il ne vous connaissait pas vraiment. Dites-moi, à propos, qui est Gregor Prakash ?

— Puis vous êtes venu chez moi la nuit, alors que vous pouviez me parler au poste toute la journée.

— Mais hier, vous n'étiez pas là, Ferenc.

— Peut-être ne vouliez-vous pas discuter en public.

— Et pourquoi pas ?

Je m'assis face à lui et plongeai mes yeux dans les siens.

— C'est bien la question, n'est-ce pas ?

Kaminski se pencha en avant, en tapotant son genou.

— On dirait que vous essayez de m'intimider, Ferenc Kolyeszar. Vous semblez penser que vous êtes un danger pour moi. Vous ai-je dit que j'avais eu un entretien avec un certain Malik Woznica, il y a quinze jours ? Il m'a raconté une histoire intéressante sur vous et sur certains pots-de-vin. Il semble qu'il ait appris tout cela de sa femme, à Moscou.

— Avant de l'assassiner.

— Il ne m'a pas raconté cette partie de l'histoire, dit-il en haussant les épaules, même si je l'ai apprise par ailleurs. Mais quant à vous, mon ami, ça ne fait qu'aggraver votre cas. Je vous tiens, je n'ai plus qu'à tirer sur la chaîne.

Il prit son chapeau et se leva. Ce n'était pas censé se passer comme ça. Je sortis mon pistolet.

— Eh bien, Ferenc, dit-il en souriant, vous devenez un parfait imbécile.

— Je sais, ça peut paraître idiot, dis-je, mais je tiens à savoir pourquoi vous avez tué Serguei Malevich.

— D'où ça sort, ça, encore ? D'abord Nestor Velcea, et maintenant Serguei Malevich ? Vous êtes partout. Vous vous sentez bien ?

— Ça peut aller.

— Et les deux autres, Leonek et Emil ? Ils ont le même genre d'hallucinations ?

— Je ne leur ai encore rien dit. D'abord, je veux savoir pourquoi.

— Un grand solitaire, hein ? (Il contempla sa cigarette.) Eh bien, si j'avais tué Serguei Malevich, je suppose que j'aurais eu de bonnes raisons. Question de sécurité. Il cherchait à éclabousser l'Armée de libération d'un nouveau scandale. Il y en avait eu bien assez, et l'opinion publique était en train de se retourner contre nous. Serguei, à ce qu'on m'a dit, était un peu comme vous. Il ne se souciait pas des conséquences.

— L'opinion publique a toujours été contre les Russes.

Il leva un doigt.

— Non, Ferenc. L'opinion *privée* a toujours été contre nous. Mais c'est l'opinion publique qui met en danger la stabilité. Une fois que la haine des Russes devient publique, vous obtenez ce qu'on a vu à Budapest. Des autobus incendiés et des fenêtres brisées. Des tanks dans les rues. Personne ne veut en arriver là.

— Que voilà de nobles raisons !

— C'est comme ça.

— Mais c'est faux. Vous avez tué Serguei parce que vous étiez l'un des quatre Russes qui ont emmené ces deux jeunes filles dans la synagogue. Et la nuit où vous l'avez tué, il devait rencontrer son témoin, Nestor Velcea. Vous vous êtes débarrassé du premier, et vous avez cherché à éliminer le second. (Il sourit et je serrai mon arme plus fort.) Seulement, il se cachait. Alors vous avez utilisé la machinerie de la Sécurité d'État et vous lui avez mis un informateur français dans les pattes. Ça a dû être une sacrée surprise pour vous, à Moscou, de découvrir qu'il avait survécu à dix ans de camp, et qu'en plus il allait être libéré. Vous avez demandé à être muté ici pour pouvoir vous occuper personnellement de lui. Mais vous ne l'aurez pas.

– Donc, dit-il en tirant une longue bouffée de sa cigarette, vous savez où il est.

– En sécurité, dis-je.

Kaminski eut un nouveau sourire et secoua la tête.

– Nestor n'est en sécurité nulle part : c'est un homme mort. Et vous, Ferenc, vous respirez encore mais vous êtes déjà mort. N'oubliez pas que j'ai des dossiers contre vous.

– Je le sais.

– Alors, qu'est-ce que vous comptez faire ?

Je levai le pistolet pour qu'il puisse voir l'intérieur du canon.

– Couchez-vous.

– Vous n'allez pas me tuer.

Je tirai au ras de son oreille une balle qui alla se ficher dans le mur. Il tomba à genoux.

– Couché, dis-je, bras écartés.

Quand il eut le nez dans le tapis, je trouvai son arme dans la doublure de sa veste, un neuf millimètres doté d'un silencieux que j'envoyai valser d'un coup de pied dans la cuisine. Je m'agenouillai et lui liai les mains dans le dos avec la corde à nœuds d'Agnes. Il fronça les sourcils quand la corde passa près de son visage.

– Bon Dieu, Ferenc, ce truc sent la pisse.

Je le surveillai pendant que je téléphonais à Emil, mais il ne fit pas un geste. Quand je raccrochai, il dit :

— C'est fini, pour vous, vous le comprenez ? Une fois arrêté, je raconterai tout sur le 6 novembre et sur Svetla Woznica. Vous n'avez aucune chance.

Je m'assis pour attendre.

— Eh bien, nous tomberons ensemble.

88

Ils arrivèrent tous les quatre, Leonek et Emil brandissant leurs armes. Kaminski sourit à tout le monde. J'aurais voulu qu'il se défende, qu'il supplie, mais il conserva son sourire tandis que je récupérais la bande et qu'Emil et Leonek le portaient dans la voiture. Louis et Nestor s'assirent dans le canapé.

— Et nous ? demanda Louis.

— Qu'en dites-vous ?

Nestor était un peu gai : Lena l'avait fait boire. Il eut un rire amer.

— Je suppose qu'il est temps pour moi de payer à nouveau ma dette à la société.

Louis était un ressortissant français et je n'étais pas sûr de vouloir l'inculper de quoi que ce soit. C'était un idiot, mais ça n'avait jamais été un crime dans notre pays. Aussi je le ramenai au Metropol. Nestor et lui s'étreignirent dans la rue obscure. Louis n'en finissait plus de s'excuser, mais Nestor restait serein. L'alcool y était sans doute pour quelque chose.

En remontant dans la voiture, je jetai un coup d'œil derrière moi. Dans le hall de l'hôtel, je vis un homme aux cheveux blancs se lever et s'approcher de Louis. Jean-Paul Garamond n'avait pas l'air content.

Kaminski était déjà en cellule, et Leonek et Emil m'attendaient. Ils se tinrent en retrait pendant que je remplissais les documents d'incarcération de Nestor, puis Moska apparut. Il était fatigué, perplexe et vaguement fâché qu'on ne l'ait pas tenu au courant. Quand on eut emmené Nestor, nous allâmes dans un bar. Je voulais me soûler pour atteindre la sérénité de Nestor, mais je ne parvins qu'à me rendre malade. J'entendais vaguement les voix des autres. Je relevai seulement la perplexité d'Emil à propos d'une phrase de Kaminski.

— Il nous a dit que demain, personne ne se souciera de lui, ni de Nestor, ni de personne. Demain, a-t-il dit, tout sera différent.

— Qu'est-ce que ça veut dire ? demanda Moska.

— J'aimerais bien le savoir.

Leonek leva le nez de son verre.

— Eh bien, pas moi. Je suis très content de ne rien savoir.

Je pensais de même. Je cherchais à oublier les derniers mots de Kaminski — « c'est fini, pour vous » — mais la mémoire et le savoir sont les meurtriers de la sérénité. Puis, vers une heure, alors que nous étions trop ivres pour lire la moindre ligne, une grosse femme entra, le visage rouge, agitant frénétiquement une édition spéciale de *L'Étincelle*.

— Oh, mon Dieu, mon Dieu ! répétait-elle.

Leonek lui prit le journal des mains. Il le tint à bout de bras, s'efforçant de distinguer les lignes, et parut stupéfait.

— C'est Mihai, marmonna-t-il. Il est mort.

89

Il plut pratiquement tout le long de la route. Je n'avais pas pris le temps de nettoyer l'appartement : je voulais retrouver Agnes et Magda sur-le-champ. Je plongeai dans des cratères pleins d'eau et éclaboussai des auto-stoppeurs vacillant dans la boue, la radio me crachotant plus de détails sur la vie de Mihai que je n'aurais jamais souhaité en avoir. J'appris qu'il était mort d'un cancer des poumons.

Nora parut surprise en me voyant.

– Où sont-elles ?

– À l'intérieur, en train de déjeuner.

Agnes se jeta dans mes bras en pleurant. C'était étrange : j'avais l'impression qu'elle avait grandi en mon absence. Mais ses larmes n'étaient pas pour moi.

– Il est mort, papa ! Qu'est-ce qu'on va… ?

Elle éclata de nouveau en pleurs. J'étreignis Magda, enfouis ma tête dans son épaule et la retins un peu plus longtemps qu'elle ne s'y attendait.

– Ça va ? dit-elle en essuyant ma joue.

– Moi ? Bien sûr. Impeccable.

– Tu as la main tout égratignée.

– Ce n'est rien.

Il me fallut un moment pour me détendre : un meilleur repas que Nora n'en avait jamais préparé, et une longue discussion avec Teodor. Nous parlâmes de la mort de Mihai en nous demandant ce qui se passerait ensuite, et nous dûmes reconnaître que nous n'en avions aucune idée.

– Agnes est dans tous ses états, dit-il. Ça t'étonne ?

– Peut-être que ces meetings de Pionniers ont fait leur effet.

Puis il m'interrogea sur mon enquête.

– C'est fini.

– Et ça s'est bien passé ? Tu as eu ton homme ?

– Je l'ai eu.

– Et vous deux ?

– Quoi, nous deux ?

– Magda m'a dit qu'elle t'avait demandé de la laisser revenir, dit-il. Tu vas le faire ?

Je ne sus pas quoi répondre.

Nous allâmes nous promener tous ensemble dans les champs de la coopérative, moissonnés depuis longtemps. Nous nous rendîmes à la maison du peuple, un long bâtiment de bois où deux hommes jouaient de la guitare tandis que des ouvriers agricoles ivres dansaient avec des jeunes filles du coin. Je n'appréciai pas que l'un d'eux vienne inviter Agnes en nous lançant son haleine empestée au visage, mais je fus satisfait de la voir décliner l'invitation.

À la ferme, Magda et moi prîmes la chambre où elle m'avait avoué sa liaison avec Leonek. Mais cette fois, elle examina ma main avec inquiétude en me répétant qu'elle était désolée. Je la fis taire d'un baiser et nous fîmes l'amour comme je ne l'avais pas fait depuis longtemps : simplement, et sans autre raison que l'amour. Après, elle me dit qu'elle ne pourrait jamais me quitter parce que j'étais un homme pur et honnête.

— Pur ? répétai-je pensivement, debout devant la fenêtre ouverte.

Elle se redressa sur un coude et, dans l'obscurité, elle aurait pu être n'importe quelle femme.

— Je te connais, Ferenc. Tes motifs sont purs. Tu me l'as prouvé au cours de toutes ces années.

— Je suis loin d'être pur, Magda.

Alors je lui parlai de Vera. Je lui en dis aussi peu que possible. Elle resta silencieuse un moment, puis chuchota :

— Je savais qu'il se passait quelque chose. Toutes ces nuits dehors… Mais qu'est-ce que je pouvais espérer d'autre ? conclut-elle. Je suis surprise que tu ne l'aies pas fait plus tôt.

J'envoyai mon mégot par la fenêtre et la refermai soigneusement.

90

Magda fut découragée à la vue de l'appartement — je ne n'avais pas nettoyé depuis son départ — et inspecta l'impact de balle dans le mur. Debout près d'elle, je sentis la honte m'envahir. Agnes courut dans sa chambre avec Pavel, et Magda s'appuya contre le poste de radio en soupirant.

Nous passâmes l'après-midi à faire le ménage ; puis nous prîmes un bain ensemble, et je lui proposai d'aller voir un spectacle de marionnettes.

— Très bonne idée, dit-elle.

Mais le théâtre était fermé pour cause de deuil, et sur la porte close était affiché un poème exaltant les vertus du grand Protecteur des arts. Nous atterrîmes au restaurant où je leur dis de prendre ce qu'elles voulaient. Agnes choisit des frites. Je tentai de lui faire ajouter de la viande, des légumes ou même une glace, mais elle resta ferme.

– Tu as dit : « ce que je voulais ».

– D'accord.

Nous envoyâmes Agnes se coucher et nous déshabillâmes dans notre chambre. Je regardai Magda glisser hors de ses vêtements comme si c'était la première fois. Elle était bronzée et je touchai une vieille cicatrice qui formait une trace blanche sur son épaule. Nous échangeâmes un long baiser et fîmes l'amour sans un mot. Puis, quand nous fûmes allongés dans le noir, elle dit :

– Tu te rappelles quand tu es revenu de la guerre ?

– Oui.

– Tu étais quelqu'un d'autre. Le Ferenc que j'avais épousé était gai, il avait le sens de l'humour. Vraiment, ce que tu as pu me faire rire… Tu voyais la drôlerie de chaque situation. (Elle caressa ma poitrine.) À ton retour, tout était différent. Au début, bien sûr, tu n'y pouvais rien. Tes parents étaient morts et tu revenais de la guerre. Tu étais passé par quelque chose d'inimaginable. Je t'aimais. Et puis Stefan t'a trouvé ce travail. Je savais pourquoi il voulait t'aider : nous nous sentions coupables lui et moi. Mais je te jure que ça n'est arrivé qu'une fois.

– Je te crois.

– Alors, tu as commencé à sortir de ta coquille. Tu ne peux pas savoir combien j'en ai été heureuse.

J'avais hâte de voir revenir le garçon dont j'étais tombée amoureuse.

Elle se tut, et je l'encourageai.

— Mais il n'est pas revenu, c'est ça ?

— Non, pas vraiment. Par moments, quand Agnes est née, par exemple. Mais j'ai bien vu que tu n'étais plus le même. Et quand tu t'es mis à écrire, tu as paru t'éloigner davantage encore. Le seul moment où tu redevenais toi-même, c'était avec Agnes. J'ai été jalouse d'elle pendant longtemps. C'était la seule à avoir l'ancien Ferenc.

— C'était si terrible, la vie avec moi ?

— Bien sûr que non, dit-elle en me caressant la joue. Mais par moments, je dois reconnaître que j'avais peur de toi.

— Ça veut dire quoi, ça ?

— Ça veut dire, reprit-elle après un silence, que tu ne réalises pas l'effet que tu fais aux gens. Tu pourrais les briser en deux d'un seul coup de poing. Moi aussi, tu aurais pu me briser.

— Mais je ne l'ai jamais fait. Pas à toi.

— Je sais. Mais parfois, je te regardais plongé dans ton verre, distant, et je n'en étais pas sûre. Je me demandais ce qui se passerait si je te mettais vraiment en colère. (Elle se tourna et ôta sa main.) Alors, j'ai fait la pire chose, la pire provocation. Et toi... Tu ne m'as pas touchée. Pas une seule fois. Tous les hommes ne sont pas comme ça, Ferenc. (Sa main revint, cette fois sur mes cheveux.) C'est peut-être ça que j'ai compris chez mes parents. Que je détruisais ma famille par manque de confiance. (Elle serra ma main et je l'entendis pleurer.) J'ai trouvé ta lettre.

— Quelle lettre ?

— Elle était dans ta veste. Tu disais que tu allais me quitter et emmener Agnes avec toi.

— Non, tu ne comprends pas…

— Ne m'explique pas, dit-elle en serrant ma main plus fort. Je le mérite. Mais je t'en prie, envisage de vieillir avec moi.

Je la tins embrassée un long moment et elle finit par s'apaiser et s'endormir. Je restai éveillé, écoutant son souffle léger et essayant de comprendre ce que je voulais désormais. Mais j'étais frappé d'impuissance. Mes décisions importaient peu. La menace de Kaminski résonnait en moi, me rappelant que la fin s'approchait rapidement.

Le lendemain matin au petit déjeuner, Agnes nous fit un grand sourire, heureuse de nous voir à nouveau ensemble. Puis elle posa la question que je redoutais :

— Papa, tu n'aurais pas vu ma corde à nœuds ? Je ne la retrouve pas.

91

Le vendredi matin, je tapai mon rapport sur l'affaire Velcea. J'énumérai les victimes — Josef Maneck, Antonin Kullmann, Sofia (alias Zoia) et Stefan Weselak.

Puis je décrivis l'enchaînement des événements, depuis l'affaire Malevich en 1946 jusqu'à l'escroquerie aux tableaux en 48 et sa découverte à Paris par Louis Rostek, ainsi que la tentative de Nestor Velcea de corriger l'histoire. S'il y avait eu une place dans un rapport pour ce genre de choses, j'aurais ajouté qu'on ne peut jamais corriger l'histoire, mais les rapports se moquent de ces considérations. J'aurais pu dire encore que s'il y avait un Dieu, ses voies étaient impénétrables : il avait donné une porte ouverte à Svetla et offert à Nestor la chance de rencontrer sa première victime dans un café.

J'avais presque terminé quand Leonek s'approcha. Il avait reçu un coup de téléphone d'un ami qui était gardien à Ozaliko. Nestor et Kaminski avaient été envoyés là-bas.

– Il m'a dit qu'ils étaient venus prendre Kaminski. Deux types de la Sécurité.

– Ils vont lui faire cracher tout ce qu'il sait, dis-je.

– Et j'espère bien qu'il va leur donner du fil à retordre, ajouta Leonek avec un grand sourire.

Puis il s'assit à côté de moi et je l'entendis vaguement dire quelque chose.

– Quoi ?

– Cette nuit. Avant d'aller au *Crocodile*. Tu m'as demandé si je les aimais. Pourquoi ?

J'étais partagé entre l'envie de le frapper et celle de l'embrasser.

– Je prenais une assurance, dis-je. Maintenant, sors de là, il faut que je finisse ce rapport.

J'avais à peine eu le temps d'écrire quelques lignes qu'Emil vint prendre la place laissée vide par Leonek.

– J'ai pensé que tu aimerais savoir qu'ils ont trouvé la voiture de Woznica sur la route de Perechyn. Dans la forêt.

— Il a eu un accident ? demandai-je avec un calme qui me surprit moi-même.

— Je ne crois pas. (Il se gratta le menton.) Je ne l'ai pas vue encore, mais la Milice locale m'a dit que l'aile avait cogné contre un arbre, c'est tout. J'y vais, là. Tu veux venir ?

— Non, je ne crois pas, dis-je en considérant mon rapport à moitié tapé.

Il ne bougea pas et je remarquai son sourire. Quand il m'annonça la nouvelle, son sourire s'élargit encore.

— Bon sang, Emil, félicitations !

— On va le faire confirmer par le médecin, mais c'est pratiquement sûr. J'espère que ça va marcher, cette fois.

— Et c'est pour quand ?

— Vers le vingt août.

— Alors, tu as décidé de ne pas la quitter, finalement.

— Je suppose que mon amour n'a pas atteint cette maturité, Ferenc, dit-il en tapotant ma machine écrire.

Je repris mon rapport. La nouvelle vie d'Emil commençait au moment où la mienne s'apprêtait à finir. À ce moment, deux hommes firent leur entrée dans le poste. On ne voyait qu'eux, avec leurs longs manteaux de cuir et leurs chapeaux aux bords rabattus, mais ils avançaient comme si personne ne savait qu'ils appartenaient à la Sécurité. Ils s'arrêtèrent sur le seuil. Je ne les attendais pas si tôt. J'empoignai mon sac sous la table, mais ils virent Sev, sourirent et se dirigèrent vers son bureau.

Pas encore.

Je continuai donc, insistant sur le T récalcitrant et ramenant doucement le chariot pour ne pas le projeter hors de la machine. J'avais pratiquement terminé quand j'entendis ses pas derrière moi.

— Ferenc ?

Je me tournai vers Sev. Il regarda mon rapport sur la machine, puis moi.

— Peux-tu me dire, en gros, ce que tu as fait après l'émeute du 6 novembre ?

Je regardai par-dessus son épaule les deux hommes debout près de son bureau.

— J'ai marché jusqu'au poste et je suis rentré chez moi.

— Et tu as reçu des coups de téléphone, chez toi ?

— Non, mentis-je. Je me suis endormi.

Sev cligna des yeux, toujours impassible.

— Merci, Ferenc.

Je retournai à mon rapport : mes mains ne tremblaient pas et je restais concentré. Peu importait si le piège se refermait sur moi. J'étais encore capable de raconter comme un automate tous les détails de ma vie, de prendre mon chapeau et de rentrer retrouver ma famille, comme si chaque heure ne me rapprochait pas de la chute. J'avais fait tant de pas vers ma propre fin que les derniers me semblaient faciles. Plus rien n'importait. Je m'assis par terre avec Agnes pour l'aider à fabriquer une nouvelle corde à nœuds. Je souriais et plaisantais comme si j'étais encore doté de sentiments humains. Le soir, je fis l'amour à Magda comme si je savais encore ce que ça voulait dire. Et elle le crut. Nous le croyions tous les deux.

92

La foule s'alignait sur toute la longueur du boulevard Yalta, de la place de la Victoire jusqu'au-delà du numéro 36, où le boulevard se terminait au centre du 7e arrondissement. Nous étions à peu près au milieu. Les murs étaient couverts d'affiches depuis le mercredi, et les radios avaient diffusé jusqu'à la nausée l'heure et l'endroit, mais je n'aurais jamais cru qu'après les événements du 6 novembre, tant de gens répondraient à l'appel. Pourtant ils étaient tous là, les mécontents de la Capitale coudoyant les satisfaits et les apathiques. Et tous pleuraient.

Des enfants sanglotaient contre l'épaule de leur père ; les mères leur faisaient tourner la tête chaque fois que quelque chose apparaissait sur le boulevard désert. Des banderoles flottaient aux fenêtres, annonçant MIHAI VIT À JAMAIS DANS LE CŒUR DE LA CLASSE OUVRIÈRE, ou reprenant ses citations : « LA VOIE DE LA LIBERTÉ EST PÉRILLEUSE, MAIS NOUS SOMMES PLUS GRANDS QUE TOUS LES PÉRILS. » Des portraits de lui en jeune homme étaient suspendus aux lampadaires et aux vitrines des boutiques. Magda me saisit la main comme la foule nous poussait en avant. Le cortège des voitures blanches de la Milice s'ébranla, leurs antennes ornées de rubans noirs, puis le corbillard apparut. Magda glissa sous la poussée de la foule et se rattrapa à mon bras. Des haut-parleurs fixés sur le toit du corbillard mugissaient une marche funèbre tandis qu'une voix énumérait ses titres : « Libérateur de la Nation ; Ami des jeunes et des vieux ; Source infinie de savoir… » Des lamentations éclatèrent autour de nous.

Un jour, en vacances, nous avions poussé jusqu'à Baia Mare pour voir la maison natale de Mihai. Ce fut une déception : une baraque de deux pièces dans les faubourgs, avec des portraits de lui partout, au-dessus du lit OÙ IL AVAIT DORMI et du four en terre dans LA CUISINE OÙ IL AVAIT MANGÉ. J'étais resté perplexe jusqu'à ce que j'entende Magda me dire : « C'est vraiment l'un des nôtres, n'est-ce pas ? »

Elle couvrit ses lèvres tremblantes de sa main, puis enfouit son nez dans ma poitrine. Je me détournai.

— Où est Agnes ?

— Quoi ? marmonna Magda contre moi.

« Le Sel de la terre ; l'Orage bienfaisant en temps de sécheresse… »

— Agnes ! hurlai-je. Elle a disparu.

Magda se détacha de moi et se mit à pousser les gens autour d'elle.

— Agnes ?

Nous nous séparâmes et nous forçâmes chacun un chemin dans la foule. Je poussai des hommes et des femmes, écartai du genou les enfants qui se trouvaient sur mon chemin. Je sentais monter la panique.

— Agnes !

« … Académicien reconnu dans le monde entier ; Protecteur de tous les êtres vivants… »

Je l'imaginais piétinée par la foule, enlevée par des violeurs d'enfants, poignardée par Nestor Velcea ou torturée dans une antique maison inondée du Quartier du canal, son cadavre jeté au fond des montagnes. Je n'envisageai pas un instant le scénario le plus évident, qui se révéla au moment où les voitures du Bureau politique passaient et où Magda me rattrapa, traînant notre fille par la main : elle s'était glissée dans la rue pour pleurer à l'endroit où elle aurait la meilleure vue sur l'objet de son adoration.

93

Nous étions à table quand ils arrivèrent. Il y eut un coup de sonnette et Magda alla ouvrir. Je me levai à mon tour et j'entendis la voix monocorde :

– Je voudrais parler à Ferenc, si ça ne vous dérange pas.

Il était déjà entré quand je les rejoignis. Les deux autres se tenaient dans l'encadrement de la porte. Les manteaux de cuir, les chapeaux.

– Ferenc, dit-il en plissant les yeux, comme s'il affrontait une lumière trop vive. (Il me tendit une main et je la pris. Puis il se tourna vers Magda.) Camarade Kolyeszar, pourrais-je rester seul un moment avec Ferenc ?

Agnes fronçait les sourcils sur le seuil de la cuisine. Sev remarqua sa présence et tenta un sourire amical qui ne convainquit personne, pas même lui. Magda ramena Agnes dans la cuisine.

Nous nous assîmes, lui bien droit sur une chaise, et moi au fond du divan. Il tripota le bouton sur sa joue.

— Ferenc, je vais devoir t'emmener boulevard Yalta. Juste quelques questions.

— À propos de quoi ?

— L'affaire Nestor Velcea.

— Tu as mon rapport.

— Et sur d'autres choses aussi.

— Je passerai lundi.

— Ferenc, ne nous rends pas les choses plus difficiles.

Je sentais monter la terreur en moi.

— Ma femme et ma fille ne sont au courant de rien. Tu le comprends, n'est-ce pas ?

— Je le sais, dit-il avec un coup d'œil furtif à la cuisine.

— Alors allons-y. Je vais leur dire au revoir.

— Écoute, dit-il. (Je le regardai se mordre la joue.) Ce n'est pas de mon fait, ce qui se passe en ce moment. Le camarade Kaminski a parlé à d'autres gens, et ils veulent en savoir plus à ton sujet. J'obéis aux ordres.

Je n'étais pas sûr de le croire. Agnes était assise à la table et Magda, debout près de l'évier, se rongeait l'ongle du petit doigt.

— Qu'est-ce qui se passe ?

— Rien. Juste quelques questions. Je serai bientôt de retour.

— Des questions ? Quelles questions ? (Elle m'embrassa et son baiser était salé. Elle retint mes lèvres entre ses dents.) N'y va pas, chuchota-t-elle. Dis-leur que tu iras demain. Ou lundi.

— J'ai essayé. Si tu as besoin de quoi que ce soit… Appelle-le.

— Qui ?

– Libarid.

– Oh, mon Dieu, ne dis pas ça.

– Tu vas où ? demanda Agnes.

Je me détachai de Magda, mais elle s'agrippa à ma main tandis que je me penchais pour embrasser la tête d'Agnes.

– Je vais simplement bavarder avec ces hommes. Ce n'est rien. Je serai bientôt de retour, mais si je ne suis pas là ce soir, tu te couches, d'accord ?

Elle sourit un instant, puis son sourire s'effaça. Elle dut voir le visage de sa mère, parce qu'elle se mit à pleurer en silence.

– Ça va aller, ma chérie.

Magda me serra la main jusqu'à ce que mes bagues s'enfoncent dans mes doigts, puis elle m'accompagna dans le salon et m'aida à passer mon manteau. Elle dit à Sev :

– Ramenez-le vite. Compris ?

Il plissa les lèvres.

– Bien sûr, camarade Kolyeszar. Je ferai de mon mieux.

Vous entendez cela plus tard.

Vous entendez que les Hongrois ont souffert plus que quiconque cette année. Nagy est attiré par la ruse hors de l'ambassade yougoslave, où il avait trouvé refuge, et exécuté deux ans plus tard au fond de l'Empire. Trente-cinq mille Hongrois sont arrêtés et trois cents sont exécutés.

Vous entendez qu'après la mort de Mihai, après les convulsions de douleur et les hommages à son immortalité, la nation poursuit sa route. Une direction collective est mise en place : comment pourrait-on remplacer un tel homme par un seul ? Ils sont trois : Bobu le professeur, Kozak l'ingénieur et un troisième dont personne ne connaît le nom, Tomiak Pankov, un apparatchik du Parti d'avant-guerre. Moins d'une semaine plus tard, Bobu est arrêté par la Sécurité d'État dans l'appartement de sa maîtresse. Le lendemain matin, L'Étincelle *révèle qu'il s'est rendu coupable de manipulations financières. Kozak et Pankov se serrent la main sur le balcon du Comité central, devant une foule qui remplit toute la place de la Victoire. Ils portent des manteaux semblables pour symboliser leur accord. Et puis, les arrestations commencent à cribler de trous la Capitale : vous n'êtes qu'un homme en moins parmi d'autres. Les prisons vides se remplissent à nouveau, et les trains transportent dans des wagons bondés les dépossédés en route vers l'exil intérieur ou les camps.*

Une fois la Capitale nettoyée, vient l'heure du grand ménage au Comité central. Dans le vaste amphithéâtre, des sièges sont vides soudain, par rangées entières. Des élections organisées d'urgence amènent au pouvoir des hommes nouveaux, plus silencieux, plus jeunes, qui ont toute une vie de service devant eux. En février, Kozak s'adresse à ces hommes nouveaux en leur disant qu'il démissionne pour mener une vie calme à la campagne. Il lève une main et leur déclare, les larmes aux yeux, que c'est la plus difficile décision de sa carrière, mais aussi la plus sage. Tomiak Pankov lui serre la main en souriant, avant de se tourner, bras ouverts, vers les membres du Comité central. À ce signe, ils comprennent ce qu'il leur reste à faire : offrir au pauvre vieil ingénieur un vibrant adieu. Ils l'acclament debout. Vous ne voyez pas les films de cette réunion — personne ne les voit. Mais vous imaginez la peur dans les yeux de Kozak et le bruit désespéré de toutes ces voix hurlantes, qui ne veulent rien d'autre que vivre et aller de l'avant.

HIVER

1

Je me retourne sur ces semaines et ces mois pour tenter de les ordonner un peu, mais seul le temps peut donner forme au temps. L'automne avait été ma saison d'irresponsabilité : j'avais aveuglément accumulé les fautes et les tragédies, et j'en reçus en hiver la contrepartie.

Il y eut d'abord une Mercedes blanche à quatre portes. Brano Sev s'assit à l'avant à côté du chauffeur, et l'autre homme à l'arrière avec moi. Brano n'avait pas ouvert la bouche en descendant l'escalier, et il resta silencieux tout le long du trajet jusqu'au boulevard Yalta, où les boutiques avaient toutes leurs rideaux de fer baissés.

Le garde nous ouvrit sans un mot la lourde porte du numéro 36 et nous entrâmes, Sev en tête. Peut-être était-ce le même garde que lors de la visite de Georgi. Les portes intérieures s'écartèrent et nous nous trouvâmes dans une pièce caverneuse peinte d'un vert tout institutionnel, où deux femmes en uniforme étaient assises derrière un vaste bureau. Sev s'adressa à la plus grosse tandis que l'autre, sèche et anguleuse, me fixait de ses yeux durs. Le faucon sur son épaule était la réplique de la sculpture de cuivre qui surplombait nos têtes.

Le bureau avait deux issues. Nous franchîmes la porte de gauche et suivîmes un long couloir semblable à ceux de la Milice, à ceci près qu'il n'y avait ni noms ni numéros sur les portes vitrées. Ce fut alors que je commençai à avoir peur. Les portes anonymes du 36, boulevard Yalta appartenaient à un monde qui dépassait ma compréhension.

Nous descendîmes un escalier de ciment et je me demandai si Georgi avait suivi le même chemin. J'essayais de me rappeler les détails de ce qu'il m'avait raconté, mais ma panique grandissante me rendait amnésique. Trois niveaux plus bas, Sev frappa à une porte d'acier et attendit. La petite fenêtre grillagée s'ouvrit et se referma ; puis il y eut un bruit de verrous de l'autre côté et la porte s'ouvrit.

Le cagibi du gardien était juste assez grand pour contenir un bureau où étaient posés un téléphone et un exemplaire de *L'Étincelle*. Au mur, des crochets où étaient suspendues des clés. Le gardien, un gros type avec des lunettes rondes, me sourit et me pria de vider mes poches. Je n'avais que de la petite monnaie, mon portefeuille et mon certificat de la Milice.

— Les lacets, dit-il.

Il attendit pendant que je m'agenouillais pour les dénouer.

— Laquelle ? demanda-t-il ensuite à Sev.

— La dix-sept, dit Sev d'une voix sans timbre.

Le gardien lui tendit une clé et nous ouvrit la porte suivante, qui donnait sur un couloir étroit où s'alignaient d'autres portes en acier.

– Est-ce vraiment nécessaire ? dis-je.

Sev fit semblant de n'avoir rien entendu et je le suivis jusqu'à la neuvième porte sur la gauche. Celles-là du moins avaient des numéros, mais ils étaient inscrits à la craie : on pouvait les effacer et les changer à tout moment. Sev s'escrima un peu sur la serrure, puis jeta un coup d'œil aux gardes qui attendaient derrière avec le maton. Sous la lumière grise, son visage avait perdu toute couleur.

– Nous savons l'un et l'autre que c'est nécessaire. Du moins pour le moment.

Je suivis la direction de son bras, et la porte en se refermant sur moi plongea la cellule dans les ténèbres.

2

Quand nous avions été capturés dans les tranchées près d'Humenne et contraints de marcher vers l'ouest, je m'étais demandé à quoi pouvait ressembler un camp de prisonniers. Mon imagination m'avait montré les détails d'une hypothétique cellule : un sol sale, une couchette, une fente dans la porte pour passer la nourriture, peut-être un trou dans un coin en guise de toilettes, et une fenêtre à barreaux où il fallait se hisser sur ses pointes pour voir un peu de soleil. Rien de tout cela dans la cellule du boulevard Yalta. Elle était extrêmement exiguë, comme le chiotte insonorisé dont avait parlé Georgi, mais plongée dans l'obscurité. Le sol était de ciment rugueux, et il n'y avait pas de trou, seulement un pot en plein milieu. J'eus beau explorer les murs de mes doigts, pas de fenêtre. Et puis je me souvins : j'étais sous terre.

L'obscurité m'écrasa de tout son poids. Elle se fit plus épaisse à mesure que les heures passaient, et je finis par m'asseoir dans un coin sans bouger. Je touchai les soldats allemands morts sur mes doigts en répétant leurs noms. J'y cherchais un soulagement : à la guerre, les gens mouraient indistinctement, et j'étais de retour dans ce monde-là. Au moins, il m'était familier. J'allais vivre ou mourir selon les caprices de gens que je ne pouvais pas voir, avec qui je ne pouvais pas discuter. Je sentis le fatalisme m'envahir.

Mais avec le temps, soit l'obscurité perd de son poids, soit on devient soi-même plus léger. Au bout d'un moment, je me mis à faire les cent pas : trois en longueur, deux en largeur. Je parvins à me créer un petit circuit en marchant comme un bébé. Parfois je rentrais dans le mur, m'égratignant contre les aspérités du ciment, mais j'appris à sentir son approche et à tourner à temps.

La minuscule cellule sentait le moisi, ma sueur et l'urine. Je m'empêchai longtemps de déféquer, puis j'abandonnai. J'utilisai mon maillot de corps pour recouvrir le pot, mais cela ne diminua pas la puanteur.

Mon fatalisme oscillait avec les heures. J'étais encore en bonne santé et capable de tenir debout. Cela me semblait suffisant pour assurer ma survie. J'étais fort, et un homme de ma carrure ne pouvait être effacé de la terre d'un simple geste.

Telle est l'irrationalité de l'obscurité. Vous vous raccrochez à de petites choses. Le seul bruit de vos pas sur le ciment vous donne de l'espoir : en l'absence de tout autre son, ils vous semblent divins.

La faim qui me tenaillait par moments et me tordait l'estomac semblait le seul moyen de tenir le décompte des heures. Je pouvais rester deux jours sans manger, ce qui signifiait peut-être que deux jours s'étaient écoulés. Je pensai frapper à la porte d'acier et réclamer de la nourriture, mais je doutais que ma voix porterait aussi loin. Et c'était bien ce qu'ils voulaient : me voir paniquer.

À un moment, la fente en bas de la porte s'ouvrit, emplissant la cellule d'une lumière grisâtre. Un plateau glissa vers moi, renversant un peu de la soupe contenue dans un bol en fer-blanc. Du pain, et un liquide saumâtre où nageaient des morceaux d'une chose que je ne pus identifier. Le temps que la fente se referme, j'avais pratiquement terminé.

3

Ils vinrent quatre repas plus tard, pendant mon sommeil. J'avais dormi énormément ces derniers jours. Il y eut le choc de la lumière, les yeux douloureux et deux paires de mains me poussant aux épaules tandis que je trébuchais sur trois volées de marches qui, me rappelais-je vaguement, devaient conduire au rez-de-chaussée, face à deux portes. Celle de droite ouvrait sur le long couloir sans noms et sans numéros. J'appris que celle de gauche menait directement dehors, dans une vaste cour où les fourgons s'alignaient en rangs rigides. Il faisait nuit et une légère couche de neige couvrait le sol. Ils me jetèrent à l'arrière d'un fourgon, verrouillèrent la porte et grimpèrent à l'avant. Je pressai mon visage contre la grille métallique.

— Vous m'emmenez où ?

Le conducteur, un moustachu, me jeta un regard dans le rétroviseur.

— T'agite pas comme ça. Tu vas te flanquer une hernie.

Je m'efforçai de rester debout pour pouvoir regarder par les vitres arrière. Il me semblait que nous allions vers le sud, mais quand nous passâmes devant l'hôpital pour pénétrer dans le 2e arrondissement, je compris que nous nous dirigions vers l'ouest. Le fourgon sauta et je me cognai la tête au plafond. En m'accroupissant, je remarquai que j'étais transi de froid.

Quand je regardai de nouveau, nous passions devant de vastes demeures austro-hongroises. Un virage sur la droite m'indiqua notre destination : la gare du 5e arrondissement. Contrairement à la gare centrale, elle fermait à dix heures du soir pour rouvrir à six. Nous traversâmes le parking vide jusqu'à un immeuble délabré dissimulé dans l'ombre. De la fumée s'échappait de ses cheminées.

Nos pas s'imprimèrent dans la neige fraîche jusqu'à la porte. À l'intérieur, la chaleur était suffocante, et un gros homme couperosé distribuait des cartes à un autre, assis devant un bureau. Il nous sourit :

– Des invités ?

Mon gardien prit des documents dans sa poche et les leur tendit. Le gros couperosé écarta son jeu de cartes et se mit à lire attentivement. Puis il se leva avec un grognement. Les clés accrochées à sa ceinture cliquetèrent quand il se dirigea vers une porte qu'il ouvrit.

– En avant, dit mon gardien.

– Bonne chance, inspecteur, ajouta le couperosé.

Cette cellule était immense, un vrai paradis. Elle avait une couchette scellée au mur et, en montant dessus, j'aperçus le ciel nocturne à travers la petite fenêtre à barreaux. Le froid ne me gênait pas et je ne me souciais pas de ce qui m'attendait ensuite. Pour le moment, je pouvais marcher à grands pas et même sauter, ce dont je ne me privai pas.

4

Je me réveillai à la première lueur de jour que j'aie vue depuis longtemps. Mais mon exaltation retomba en considérant mes mains noires et mes vêtements crasseux, et en sentant l'horrible goût dans ma bouche. Ma propre odeur m'était intolérable.

Le gros couperosé m'apporta une soupe que je mangeai debout en contemplant le ciel. Quand il revint prendre le bol, je lui demandai où on allait m'emmener. Il agita le bol comme un petit drapeau :

– Tu vas te rendre utile à quelque chose, pour une fois, camarade. Tu vas aller bosser.

– Quel camp ?

Il haussa les épaules.

Trois heures passèrent, puis cinq, et je regardai le soleil baisser à travers les barreaux. Quand ils vinrent me chercher, je somnolais sur le banc. Je me réveillai pour voir le couperosé debout sur le seuil, entouré de trois soldats tenant des fusils.

– C'est l'heure !

Le train était déjà formé. On m'emmena à l'arrière, dans un wagon à bestiaux où se trouvaient déjà trois jeunes gens au visage contusionné. Ils n'avaient pas plus de dix-sept ans. De la paille souillée couvrait le sol et, une fois refermé le panneau coulissant, les ténèbres et l'odeur de pourriture nous envahirent. Une voix dit quelque chose sur les camps de concentration. Une autre lui dit de se taire. Le train siffla et s'ébranla.

Ils déclinèrent leurs noms et, aux lumières des gares filtrant à travers les barreaux, je parvins à en attribuer un à chaque visage. Gyula, l'oreille couverte d'une croûte de sang séché, était celui qui avait peur des camps de concentration. Florian, avec un œil au beurre noir à demi fermé, ne supportait pas ce genre de discours. Il me demanda ce que j'avais fait pour en arriver là. Quand je leur dis que j'appartenais à la Milice et que j'étais là à cause d'une enquête, ils retombèrent dans le silence. Mais je voulais encore entendre le son de leur voix.

– Et vous, c'était pour quoi ?

— Rien du tout ! dit Johann, le troisième, qui rougit sous ses ecchymoses. Ils ne nous ont rien dit. Ils nous ont sortis de chez nous, ils nous ont passés à tabac et amenés ici. C'est incroyable !

C'étaient des étudiants qui avaient contribué à rédiger un petit manifeste au plus fort des événements du 6 novembre, avant de retourner tranquillement à leurs études. Mais cet exploit avait suffi à les placer sur la longue liste des condamnés.

Quand le soleil se leva, nous étions quelque part dans la campagne. Le train stoppa à l'entrée d'une gare que Gyula pensa être Ricse et, quand nous parvînmes à Dombrand, je ne doutai plus de notre destination. Des soldats ouvrirent les portes et nous menèrent à un autre train. Des voyageurs chargés de valises nous regardaient depuis le quai. Ils nous firent monter dans un autre wagon à bestiaux attaché au train régional pour voyageurs. Nous y retrouvâmes d'autres prisonniers, des jeunes et des vieux, certains sans aucune marque de coups. L'un d'eux retenait à deux mains son pantalon imbibé de sang. Je me rencognai dans un angle et les regardai parler entre eux. Puis le train avança jusqu'à la gare et, en me suspendant aux barreaux, je pus voir des voyageurs bien propres monter en voiture.

À partir de là, nous nous arrêtâmes souvent pour déposer ou prendre des voyageurs et, quand nous atteignîmes Vatrina qui devait être le terminus, les derniers voyageurs descendirent. Les soldats attendirent que le quai fût complètement désert avant d'ouvrir les wagons à bestiaux. Nous étions une soixantaine, répartis sur trois wagons. Un officier s'approcha, un grand type à la tête rasée, une matraque à la main. Il nous ordonna de nous aligner le long d'un champ qui bordait la gare. Puis il se dirigea vers les soldats, qui nous menèrent hors de la ville.

Je connaissais le chemin. Nous allions vers l'est, et sur notre droite se trouvait la route que j'avais empruntée pour me rendre au camp. Huit, dix kilomètres. Un vent froid se leva, courbant les hautes herbes et ralentissant la marche. Ma chemise sale collait à mon corps. Dans un champ de blé, juste en vue des cinq tours du camp, le prisonnier au pantalon ensanglanté trébucha et tomba. Un garde s'approcha de lui en criant, mais il n'eut aucune réaction. Il donna deux coups de pied au prisonnier, puis sortit son arme de sa ceinture et tira.

Gyula ne cessait de regarder par-dessus son épaule. Je crus qu'il voulait me faire signe, mais il regardait plus loin, là où gisait le mort.

Nous atteignîmes les fils barbelés et attendîmes pendant que les gardes conféraient à la porte avec Gogu. Il avait l'air plus en forme maintenant qu'il avait repris du service. Ils lui tendirent une pile de documents et je le vis discuter avec ses hommes en hochant sa grosse tête chauve. Puis les gardiens revinrent sur nous en criant et nous firent mettre en rang. Gogu attendait, les mains dans le dos.

— Bienvenue, cria-t-il d'une voix rauque, au Camp de travail numéro 84 ! Je suis le capitaine Gregor Kaganovich et vous êtes mes pensionnaires ! Je récompense et je punis, je suis votre dernier recours ! (Il leva le pouce.) Une seule règle, ici : travaillez ! Si vous voulez manger, travaillez ! Si vous voulez dormir, travaillez ! Si vous voulez sortir d'ici vivants, que devez-vous faire ?

Deux prisonniers du premier rang lui répondirent, et deux gardes s'avancèrent pour les gifler.

– J'ai dit travailler ! cria Gogu. Pas parler.

Les coups se mirent à pleuvoir. Chaque garde avait une matraque dont il se servait avec ardeur, nous poussant en direction des portes. J'aperçus Filip, sa figure couturée de cicatrices tordue par les hurlements. Ils nous répartirent en cinq groupes devant les cinq baraquements. Mon dos et mes bras me cuisaient, et j'avais la joue couverte de sang. Le garde qui m'avait frappé l'oreille me criait :

– Les gros sont les premiers à partir, ordure ! C'est les gros qu'on liquide d'abord !

Il nous ordonna de nous déshabiller complètement, à part les chaussures, et de jeter nos habits en tas. On nous poussa derrière les baraques, où se tenaient quatre gardiens, rasoir en main. Nous grelottions en attendant que les gardiens nous versent de l'eau sur la tête pour nous tondre à ras. L'un d'eux me prit la main.

– C'est quoi, ça ? (Il ôta Hans Lieblich de mon petit doigt.) Hé, Filip !

Filip arriva et me traita de pédale bourgeoise, et ils entreprirent de m'arracher toutes mes bagues. Filip ne me reconnut à aucun moment, et je ne revis jamais mes soldats allemands, ni mon alliance.

Nous attendîmes, les bras serrés autour du corps. Près des barbelés, deux sacs de jute. Le garde nous cria de regarder et se dirigea vers l'un d'eux. Il l'ouvrit, et nous vîmes l'homme à l'intérieur, son visage tuméfié et violet.

– Voilà ! cria le garde. Voilà la seule façon de sortir d'ici !

Sous une pluie de coups de matraque, nous courûmes à l'intérieur des baraquements. Sur la paille pourrie se trouvait une pile d'uniformes de prisonniers rayés. Le garde nous cria de nous habiller.

Il est difficile de dire ce que j'éprouvais à ce moment. Une certaine terreur, certes, mais une part de moi était sûre que j'en sortirais vivant. Ce lieu était trop marqué par la mort pour m'être compréhensible, aussi je m'en tins à la seule chose familière : la règle de Gogu, le travail. J'étais encore un homme costaud, et je pouvais au moins le rester. Ce fut mon erreur : je croyais encore au pouvoir de la règle. Je m'imaginais qu'au camp, elle assurait la sécurité.

5

Cette nuit-là, les anciens qui avaient travaillé toute la journée sur le Site Numéro Deux revinrent aux baraquements. Certains furent mécontents de trouver leur place occupée par un nouveau venu, tandis que d'autres, trop épuisés pour protester, s'effondraient sur la première couchette libre. Nous apprîmes les règles. Chaque instant de notre vie était rythmé par un coup de clairon : se réveiller, manger, travailler. Sur le Site Numéro Deux, le nouveau projet dont m'avait parlé Gogu autrefois, le travail consistait à creuser : ils construisaient un canal vers la Tisa, à une dizaine de kilomètres de là.

Le clairon sonna avant l'aube et je me réveillai dans le froid et une odeur douceâtre écœurante. En descendant de ma couchette, je demandai d'où elle venait au vieil homme qui dormait en dessous.

– C'est le pus, dit-il. Tu sens ça quand tu as été suffisamment battu. Tu auras des vers aussi, mais ne t'inquiète pas, ils t'en débarrasseront à l'infirmerie.

Il y eut d'autres coups de matraque pendant qu'on nous rassemblait pour l'appel du matin. Le soleil n'était pas encore levé. Dans l'obscurité, un gardien à la voix jeune et hésitante appela les noms et nous dûmes répondre « Présent ! » le plus fort possible. Gogu nous regardait de la porte de son bureau. Au milieu de l'appel, un gros garde barbu s'avança et tira des rangs l'un des nouveaux prisonniers, un étudiant, qu'il traîna jusqu'à un poteau électrique. Tandis que la litanie des noms continuait, il cria à l'étudiant de se tenir au poteau, puis se mit à lui cingler le dos. Chaque fois que l'étudiant criait, il le frappait à la tête. Quand l'étudiant s'évanouit, l'appel était terminé.

Nous eûmes droit à la même soupe qu'au 36 boulevard Yalta, assis dehors dans le froid, puis on nous fit marcher vers l'est dans l'aube montante. Je fus frappé deux fois par les gardes, et le vieil homme fut frappé trois fois. Je fus impressionné de voir qu'en dépit de toutes les traces de coups qu'il portait, il arrivait encore à marcher. Nous étions environ trois cents à avancer sous les coups jusqu'au Site Numéro Deux.

Les travaux du canal n'étaient guère avancés. Une crevasse d'une cinquantaine de mètres de large sur trois cents mètres de long avait été creusée, et l'on nous annonça que notre quota journalier était de dix mètres cubes. Si nous ne l'atteignions pas, nous serions punis. Nous reçûmes chacun une pelle et une brouette et l'on nous fit descendre dans le trou. Le terrain était sablonneux, et du sable se répandait quand nous soulevions les lourdes brouettes. Le garde debout près du camion où nous versions notre chargement regardait chaque brouettée d'un œil critique, inscrivant une estimation à côté de chaque nom.

Le premier jour fut le plus dur. Ces brouettes pesaient des tonnes et la paroi sablonneuse du canal était totalement instable. Souvent, j'arrivais à mi-pente pour glisser et voir tout mon chargement renversé. Un garde me criait dessus d'en haut, m'accusant de sabotage, tandis que je m'efforçais de réparer les dégâts en vitesse. Je ne remplis pas mon quota de toute la semaine et chaque soir, après un dîner de soupe claire, je coupai du bois dehors, à la lumière des projecteurs.

Il devint bientôt manifeste que les meurtres n'avaient d'autre logique que celle de la terreur. Ceux qui ne s'effondraient pas d'eux-mêmes pouvaient à tout moment être tirés des rangs ou arrachés à leur écuelle ou à leur lit. Parfois, un garde s'approchait d'un prisonnier le matin en promenant un petit miroir sous son nez :

– Regarde bien, c'est la dernière fois que tu te vois vivant !

Puis il lui tendait un sac de jute et, le soir, en revenant du travail, le sac servait à transporter son cadavre.

Au bout de la deuxième semaine, j'étais sous le joug de la terreur.

Je parlai à d'autres prisonniers dans les rares moments où l'épuisement ne me rendait pas muet. Ils étaient de toute sorte : des étudiants, des Tziganes, des ouvriers, et même des responsables du Parti : le vieil homme avait été secrétaire de son collectif de métallos.

— Mais je sais qui c'est, me chuchota-t-il une nuit. Wlodja Stanislasvsky. C'est l'un des machinistes, et ça fait cinq ans qu'il est amoureux de ma femme. Mais elle ne toucherait jamais ce foutu polak. Alors il a décidé de se débarrasser de moi. Ce salaud ne l'aura que s'il la viole, conclut-il en secouant la tête.

Il s'appelait Tibor Petrescu. Il était au camp depuis un mois quand j'arrivai, et chaque dimanche, pendant le repos, il écrivait de longues lettres à sa femme. J'écrivis aussi, au début. J'écrivis à Emil pour lui demander de se débrouiller pour me sortir de là, et j'écrivis à Magda pour lui répéter que j'allais bien et que je l'aimais. J'avais été stupide de la laisser s'en aller ; si c'était à refaire, c'est Leonek que j'enverrais au *Crocodile*. Comment avais-je pu hésiter quand elle m'avait demandé de la reprendre ?

Mais au bout d'un moment, je cessai complètement d'écrire. J'avais demandé à Tibor s'il recevait parfois une réponse de sa femme, et son « non » m'avait rappelé que le courrier ne sortait jamais du camp. Tout restait empilé dans le classeur en fer du commandant pour qu'il s'en amuse entre deux verres de gnôle et deux cigarettes.

Je renonçai et me jetai à corps perdu dans le travail. Je regardai tomber les autres prisonniers, et je dus un soir rapporter un sac de jute contenant Gyula l'étudiant, en pensant seulement qu'il avait fini d'avoir peur.

Malgré les tonnes de sable remuées, le canal ne semblait pas progresser. Gogu arriva avec un officier en uniforme, nous hurla dessus du haut de la tranchée, et le lendemain le quota journalier fut porté à douze mètres cubes. Je parvins à grand-peine tenir le rythme, mais Tibor n'y réussissait pas toujours, et le soir, en cherchant le sommeil, je l'entendais grogner dans la cour tandis que sa hache s'abattait sur les bûches.

6

Deux mois et demi plus tard, je ployais sous le poids d'une brouette remplie de sable imbibé de neige, quand le garde à la moustache – le Cosmin dont j'avais entendu parler dans une autre vie – apparut au bord du canal, les mains sur les hanches. Ce matin-là, il avait tiré un gamin des rangs, lui avait ordonné de se déshabiller, de s'asseoir dans la neige et de s'en recouvrir comme d'un manteau. Quand nous partîmes pour le site de travail, le gamin était toujours là, respirant difficilement, le visage bleu.

– Kolyeszar ! (Je levai les yeux en sentant se nouer mon estomac vide.) Viens ici, Kolyeszar !

Je laissai ma brouette et grimpai hors du ravin. Cosmin me saisit par une oreille et me fit avancer ; je dus me pencher pour éviter qu'il ne l'arrache. Il m'amena à un autre gardien qui tenait sa mitraillette pointée sur moi.

— Occupe-toi de lui, dit Cosmin.

Je traversai péniblement les champs. Je me demandais pourquoi ils ne m'avaient pas tué là, devant les autres. Me tuer en secret n'avait aucun sens, et ce ne fut qu'une fois en vue du camp que je commençai à me dire que je n'allais pas mourir.

Nous fîmes halte devant la bicoque du commandant. Le garde frappa et attendit. Près des barbelés, je vis un sac de jute et je sus, d'un simple coup d'œil à la cour vide, que le gamin gelé était dedans.

— Entrez, dit une voix.

Le garde me poussa à l'intérieur et la chaleur m'enveloppa brusquement. Gogu était assis à son bureau, s'éventant avec un dossier et, debout près de lui, impassible, se tenait Brano Sev.

— Salut, Ferenc.

— Salut.

— Pouvez-vous nous excuser un instant, camarade commandant ?

Gogu cessa de s'éventer et regarda Sev. Il parut sur le point de protester, mais il s'éloigna en marmonnant des choses indistinctes. Sev s'installa dans son fauteuil et je m'écroulai sur une chaise.

— Tu n'as pas bonne mine, Ferenc. La vie en camp ne te vaut rien.

— Très juste.

— Et cette odeur.

— C'est le pus.

— Bien. Voyons si on peut te sortir de là.

Je ne répondis pas, craignant que le moindre mot ne réduise à néant cette maigre possibilité.

— Il faut que tu saches, reprit-il après un silence, que je n'étais pas au courant, pour Kaminski. On me l'a envoyé pour m'aider, et pendant un moment c'est ce qu'il a fait. Je lui en étais reconnaissant. Mais quand il a commencé à s'intéresser à Nestor Velcea, j'ai eu des soupçons.

Il fit une pause et je risquai une observation :

— Mais c'est toi que j'ai vu consulter son dossier.

— Oui. Après que Kaminski l'avait feuilleté. Je voulais savoir pourquoi il s'intéressait tant à un ancien prisonnier et à ton enquête. Le seul lien semblait être qu'il dirigeait le Bureau des corrections internes à l'époque où Nestor avait été envoyé en camp. Mais je n'en savais pas assez pour avoir une idée de l'ensemble. Peut-être que si tu avais été plus honnête avec moi dès le départ, j'aurais pu t'aider.

Je contemplai mes ongles noircis.

— Mais tu savais, pour Serguei.

— Bien sûr, dit-il sans émotion. J'étais au courant de son exécution en 46. Tu dois comprendre : à l'époque, nous étions encore en guerre. Ce n'était pas tranquille comme aujourd'hui.

— Tranquille ?

— Les gens oublient. À l'époque, c'était nécessaire. L'enquête de Serguei menaçait de saper la présence soviétique dans le pays. Nous avions encore des fascistes dans les montagnes et des provocateurs étrangers partout dans la Capitale. Ils auraient pu exploiter les résultats de cette enquête à des fins terribles.

Je n'avais pas envie de discuter.

— Et pour Nestor ?

— C'est ça que j'ignorais. Je ne savais pas qu'il y avait eu un témoin des meurtres de la synagogue. Nos dossiers étaient vides. Et je ne me doutais certes pas que Kaminski était impliqué. On attend autre chose des agents de la Sécurité, dit-il en pinçant les lèvres. Mais Kaminski a fini par tout avouer dans la salle d'interrogatoire.

— Oh...

— J'aurais pu passer l'éponge sur tout le reste, mais pas sur le meurtre de Stefan. Ça, ça dépassait l'imagination.

— Il est où, maintenant ?

Sev contempla ses ongles qui, eux, étaient parfaitement propres.

— Il est mort, Ferenc. On a retrouvé son corps dans la Tisa. On lui a tiré une balle dans la nuque.

Je me penchai en avant d'un air incertain :

— Il est...

— Pas de questions, Ferenc. (Je pris une grande inspiration en me rejetant en arrière.) Nestor Velcea est dans un camp de travail de l'Est. Il est mineur. À toi, maintenant. (Il se redressa sur son siège.) J'ai passé ces derniers mois à préparer ton amnistie. Ça n'a pas été facile. Je ne pouvais pas défendre ton attitude le 6 novembre, mais j'ai creusé avec eux la situation sur la femme Woznica. Emil connaissait toute l'histoire. J'espérais que Malik Woznica lui-même pourrait confirmer les faits, mais il reste introuvable.

Je remarquai que mes mains commençaient à trembler.

— Tout ce que j'ai pu obtenir, c'est l'exil intérieur. Tu n'auras plus le droit de rentrer dans la Capitale, pas sans une autorisation spéciale.

Je me souvins de dire merci.

– À une condition.

– Laquelle ?

– Une confession. Un document simple, bureaucratique. Mais ils veulent une confession complète de tes crimes et un rapport complet sur l'affaire. C'est à moi que tu dois les remettre.

– Et qu'est-ce que tu vas en faire ?

– Les adjoindre à ton dossier. Tu les tapes dans le bon format, les pages numérotées. C'est tout ce qu'ils veulent.

Plus tard, je devais réfléchir à ce « ils », au lieu du « nous » réglementaire, mais sur le moment, je me bornai à fixer mes mains, écorchées et noires.

Il me dit qu'il reviendrait dans une semaine avec mes documents de sortie et qu'entre-temps je devais m'arranger pour rester en vie. Je lui demandai ce qu'il me faudrait faire. Il haussa les épaules :

– Travailler dur.

7

Dans la semaine qui suivit, je vis deux autres compagnons de captivité exécutés, dont Tibor Petrescu. Il fut tué dans les champs au crépuscule, en revenant au camp. Sa brouette s'était renversée sur lui, lui brisant la jambe, et il avait passé le reste de la journée près du camion, à ramasser le sable qui s'était renversé. Dans les champs, il tomba trois fois, et Cosmin, sans hésitation, se dirigea vers lui et lui mit une balle dans la tête. Il savait que nous étions amis, aussi il poussa vers moi le sac de jute en disant :

– Il est tout à toi, Kolyeszar.

Je ramassai Tibor de mon mieux, en évitant d'abord de regarder le trou dans son front. Mais quand je repliai ses jambes pour le faire tenir dans le sac, je pris le temps de le regarder bien en face. Il avait résisté à beaucoup de choses, mais une brouette renversée avait eu raison de lui. Je n'avais mentionné à aucun d'eux ma libération prochaine, pour ne pas voir l'envie douloureuse sur leurs visages, mais je regrettai en cet instant de ne pas lui en avoir parlé.

Le lendemain matin, le 20 février 1957 allais-je apprendre plus tard, Cosmin entra dans notre baraquement avant l'heure du clairon et m'appela. Tout le monde marmonna dans un demi-sommeil et je descendis de ma couchette.

– Ici ! hurla Cosmin.

Je me hâtai vers lui. Il abattit sa matraque sur mon bras, suscitant dans tout mon corps une douleur qui acheva de me réveiller.

– On y va.

Je le suivis jusqu'à la porte principale, où un garde me tendit un document. Je ne voyais rien dans l'obscurité, mais je signai à l'endroit qu'il m'indiquait. Puis une autre feuille. Puis une troisième. Cosmin me saisit par l'épaule et me poussa tandis que l'autre garde ouvrait la porte.

– Et que je ne te revoie jamais ici, me chuchota-t-il à l'oreille.

La grille se referma derrière moi.

Ce que je n'avais pas vu dans l'obscurité, c'était une Mercedes blanche avançant lentement sur la longue allée poussiéreuse qui menait à la route, ses phares montant et descendant avec les crevasses. Elle s'arrêta à une dizaine de mètres de moi et la portière du conducteur s'ouvrit. Une silhouette en sortit et me fit signe.

Je sentis mes jambes se dérober. C'était Emil.

8

– Seigneur, Ferenc, qu'est-ce qu'ils t'ont fait ?

Je ne répondis pas. Je ne pouvais même pas sourire. Tout cela était un rêve. J'allais me réveiller au son du clairon, sur un matelas pourri et sous les coups de matraque.

À l'Hôtel Élégant, la réceptionniste, qui n'était pas Tania, rechigna à nous donner une chambre en me voyant, et Emil dut produire son certificat de la Milice.

– Ne faites pas de dégâts, dit-elle en nous tendant la clé.

Je pris un long bain. Emil n'avait pas cessé de parler depuis le camp, ne s'arrêtant que pour constater mon silence et chercher autre chose à dire, mais je n'en avais pas entendu un mot. L'eau noircit très vite, et je dus vider et remplir la baignoire. Mon corps à vif me brûla quand je me séchai. On m'avait rasé les cheveux une semaine plus tôt, mais j'étais déjà infesté de poux, aussi je recommençai l'opération. Quand je me regardai pour la première fois dans la glace, je compris l'horreur d'Emil.

Il parlait à nouveau quand je sortis, de l'enquête sur Malik Woznica qu'il avait dû abandonner par manque d'indices, mais je me bornai à dire :

– Tu sais que l'hôtel a été construit par des prisonniers ?

C'étaient les premiers mots qu'il entendait de moi, et à son regard je compris que ce n'était pas ce qu'il attendait.

– Non, dit-il comme s'il s'adressait à un enfant malade, je ne savais pas, Ferenc.

– Je dois reconnaître, dis-je en m'efforçant de reprendre un ton plus humain, que je n'ai pas entendu un mot de ce que tu as dit. Désolé.

Il se laissa tomber sur un lit. Le soleil commençait à percer à travers les rideaux.

– Je n'ai rien dit d'important. En tout cas, tu vas sûrement apprécier de dormir sur un vrai matelas.

– Ça, c'est sûr, dis-je en m'effondrant sur l'autre lit.

Quand je me réveillai, le corps douloureux mais reposé, il faisait nuit. Emil était sorti, mais le temps que je reprenne un bain, il apparut avec une petite valise.

– C'est quoi ?

– Tu ne vas pas passer ta vie dans ces loques puantes, quand même ?

La valise contenait des vêtements dont je me souvenais à peine après des mois de pyjamas rayés. Ils étaient parfaitement lavés et repassés.

– Où les as-tu trouvés ?

– C'est Magda qui s'en est occupée.

— Elle a demandé à t'accompagner ?

— Non, dit-il en détournant le regard. Elle a dû se dire qu'elle ne le supporterait pas.

— Et Leonek ?

— Quoi, Leonek ?

— Elle est avec lui ?

Il se gratta le dos de la main.

— Je ne sais pas, Ferenc. On ne me dit rien.

— Mais tu les as vus ensemble.

Il hocha la tête sans me regarder.

Je ne posai pas davantage de questions, parce qu'une part de moi l'avait toujours su.

Dans mes vêtements, je me sentais de nouveau un homme. J'avais encore le visage tuméfié, mais mon costume dissimulait les autres traces de coups. En marchant, le frottement du tissu me rappela que j'étais de retour parmi les vivants.

Je mangeai trop au restaurant de l'hôtel et je dus aller vomir dans les toilettes. En revenant, je passai devant Tania, attablée avec un gardien du camp. Elle remarqua mon visage et chuchota quelque chose à son compagnon, qui leva les yeux et hocha la tête. Mais, en me rasseyant, je compris qu'elle n'avait aucune idée de mon identité.

Le lendemain matin, nous partîmes pour Pocspetri. Emil attendit longtemps pour me dire que Lena avait perdu l'enfant.

— Je suis navré pour toi, Emil.

— J'imagine qu'on devrait arrêter d'essayer, dit-il en s'adressant au rétroviseur.

— Elle a vu un médecin ?

— Une douzaine de fois. Elle n'a rien. C'est peut-être les nerfs, ou la boisson.

— Alors, recommencez quand elle aura arrêté de boire. C'est la seule solution.

— Repartir de zéro et recommencer ? On verra.

Nous arrivâmes à la ferme vers onze heures, le soleil brillant sur les vergers, illuminant la route poussiéreuse et la maison de Teodor et Nora. Je vis Nora debout sur le seuil, s'abritant les yeux de la main, qui nous regardait approcher.

— Tu vas rester ici ? demanda Emil en fixant la route.

Il souriait d'un air taquin. Je me demandai pourquoi, jusqu'à ce que je regarde à nouveau Nora qui nous faisait signe à côté de la Skoda que je n'avais pas encore remarquée. Je cherchai à faire tourner sur mon doigt une bague qui n'était plus là. De loin, elle ressemblait à Nora, mais ce n'était pas elle.

POSTFACE À L'ÉDITION DE 1978
par Georgi Radevych

Ferenc Kolyeszar a commencé à écrire cette confession le 12 mars 1957 et l'a terminée le 5 novembre, trois jours après que Khrouchtchev eut lancé Spoutnik II, soit un temps assez court par rapport aux dix ans qu'il lui avait fallu pour écrire son premier livre, *Histoire d'un soldat.* Elle fut rédigée dans la ferme de Teodor et Nora, et dans leur datcha près de Sarospatak. Quand il revint de la datcha après l'avoir terminée, il m'appela, mais sans faire mention du livre. Il voulait seulement me demander ce que je savais sur ce nouveau satellite, et sur le chien qu'on y avait embarqué. « Que va-t-il se passer quand il n'aura plus d'air ? » me demanda-t-il avec angoisse. Quand je lui dis que le chien, Laïka, allait mourir, il resta silencieux.

Il lui fallut un mois supplémentaire pour concocter la version officielle qu'il devait remettre à Brano Sev. À ce moment, Laïka était morte. Dans cette confession, Ferenc a supprimé toute allusion aux délits des autres. Par exemple, il ne mentionne pas que d'autres que lui aient jamais écouté Radio Free Europe, et il arrange à sa manière le mouvement de grève au poste après la manifestation du 6 novembre. Mais ce à quoi personne ne s'attendait, Brano Sev moins que personne, c'était que Ferenc avoue le meurtre de Malik Woznica. Il n'y avait aucune preuve contre lui et le corps de Woznica n'avait pas été retrouvé. Quand il me dit ce qu'il avait fait, je lui demandai quelle idée il avait eue de l'avouer. « Parfois, Georgi, me répondit-il, il faut se conduire en adulte. » Il remit cette version à Brano Sev le 11 décembre 1957.

Ferenc fut surpris de ne pas être arrêté aussitôt. Il s'attendait à voir arriver à tout moment une Mercedes blanche qui le ramènerait à Vatrina. Mais il finit par comprendre et il m'en fit part dans une lettre : « Ils vont garder ça comme une épée de Damoclès au-dessus de ma tête. Si j'ouvre la bouche pour dire quelque chose qui leur déplaît, je peux être sûr d'aller retrouver mes amis du camp. »

Ferenc ne me parla de sa confession non censurée que huit ans plus tard. Il avait attendu assez longtemps pour ne nuire à personne d'autre qu'à lui-même. Il avait changé les noms des personnages et pris un pseudonyme, comme la plupart des écrivains non officiels de cette époque. En juin 1965, j'en sortis la première édition sous la forme d'un simple manuscrit dactylographié, cinq exemplaires qui circulèrent parmi nos amis et firent l'objet de lectures de groupe. Le mot russe de *samizdat* commençait à être à la mode, et c'était la forme la plus simple de *samizdat* que l'on puisse trouver : une pile de feuilles dans une chemise.

Ce ne fut qu'en 1971 que nous trouvâmes le moyen et la volonté de publier cette confession sous la forme de neuf pamphlets. Je demandai à Ferenc d'ajouter quelques mots pour rappeler la situation politique de l'époque, parce que je craignais que certains jeunes lecteurs n'en aient aucune idée. Ferenc ajouta donc les intertextes à la deuxième personne que l'on trouve dans l'édition actuelle.

La confession se mit à vivre sa propre vie. Elle fut discutée dans les salons et les cuisines de la Capitale, et quelques exemplaires passèrent clandestinement en Pologne et en Hongrie. Les Hongrois, déjà spécialistes des *samizdats*, le traduisirent et en tirèrent des centaines d'exemplaires. À partir de là, le livre se répandit comme une magnifique épidémie.

Mais cette popularité était précisément ce qu'attendait le boulevard Yalta. Le 1er février 1972, la Mercedes blanche remonta enfin l'allée conduisant à la ferme où Ferenc vivait depuis quinze ans avec sa femme et ses parents, pour l'emmener dans un autre camp de travail situé dans l'est. Il fut accusé de meurtre et, d'après Magda, il semblait avoir attendu ce moment toute sa vie.

Il fut libéré en 1975, au cours d'une autre vague d'amnisties, en partie parce que des voix s'étaient élevées à l'étranger pour s'informer de son sort. On le ramena à Pocspetri. Malgré ses poumons affaiblis par les mines des Carpates, il se remit aussitôt à l'agriculture. « C'est la seule chose qui m'apaise », m'a-t-il confié un jour.

mars 1978

REMERCIEMENTS

Pour leurs critiques judicieuses et averties, je remercie mon agent dévoué, Matt Williams, mon ami, l'auteur Robin Hunt, et mon éditrice, Kelley Ragland. En fait, ce sont tous mes amis.

Pour m'avoir offert un endroit propre et accueillant où gribouiller dans un coin, puis m'avoir fait abandonner tout espoir de travail au bénéfice d'un verre, je remercie l'équipe de Potkulcs, chez qui je me suis toujours senti le bienvenu.

Dans des moments plus studieux, la Central European University a bien voulu me permettre d'utiliser toutes ses infrastructures de recherche, ainsi que l'Artpool Art Research Center. Je leur en suis reconnaissant.

Certains détails sur les camps de travail viennent d'un recueil de témoignages, dérangeants et fascinants, intitulé *Voices from the Gulag : Life and Death in Communist Bulgaria*, édité par Tzvetan Todorov et Robert Zaretsky.

Qu'on ne leur impute pas des erreurs nées de ma propre imagination.

DU MÊME AUTEUR

Aux Éditions Liana Levi

LA VARIANTE ISTANBUL, 2008.

36, BOULEVARD YALTA, 2007.

NIET CAMARADE, 2005, Folio Policier n° 503.

CHER CAMARADE, 2004, Folio Policier n° 451.

COLLECTION FOLIO POLICIER

Dernières parutions

370.	Chuck Palahniuk	*Choke*
371.	Dan Simmons	*Revanche*
372.	Charles Williams	*La mare aux diams*
373.	Don Winslow	*Au plus bas des Hautes Solitudes*
374.	Lalie Walker	*Pour toutes les fois*
375.	Didier Daeninckx	*La route du Rom*
376.	Yasmina Khadra	*La part du mort*
377.	Boston Teran	*Satan dans le désert*
378.	Giorgio Todde	*L'état des âmes*
379.	Patrick Pécherot	*Tiuraï*
380.	Henri Joseph	*Le paradis des dinosaures*
381.	Jean-Bernard Pouy	*La chasse au tatou dans la pampa argentine*
382.	Jean-Patrick Manchette	*La Princesse du sang*
383.	Dashiell Hammett	*L'introuvable*
384.	Georges Simenon	*Touriste de bananes*
385.	Georges Simenon	*Les noces de Poitiers*
386.	Carlene Thompson	*Présumée coupable*
387.	John Farris	*Terreur*
388.	Manchette-Bastid	*Laissez bronzer les cadavres !*
389.	Graham Hurley	*Coups sur coups*
390.	Thierry Jonquet	*Comedia*
391.	George P. Pelecanos	*Le chien qui vendait des chaussures*
392.	Ian Rankin	*La mort dans l'âme*
393.	Ken Bruen	*R&B. Le gros coup*
394.	Philip McLaren	*Tueur d'aborigènes*
395.	Eddie Little	*Encore un jour au paradis*
396.	Jean Amila	*Jusqu'à plus soif*
397.	Georges Simenon	*L'évadé*
398.	Georges Simenon	*Les sept minutes*
399.	Leif Davidsen	*La femme de Bratislava*
400.	Batya Gour	*Meurtre sur la route de Bethléem*

401.	Lamaison-Sophocle	*Œdipe roi*
402.	Chantal Pelletier	*Éros et Thalasso*
403.	Didier Daeninckx	*Je tue il...*
404.	Thierry Jonquet	*Du passé faisons table rase*
405.	Patrick Pécherot	*Les brouillards de la Butte*
406.	Romain Slocombe	*Un été japonais*
407.	Joe R. Lansdale	*Les marécages*
408.	William Lashner	*Vice de forme*
409.	Gunnar Staalesen	*La femme dans le frigo*
410.	Franz-Olivier Giesbert	*L'abatteur*
411.	James Crumley	*Le dernier baiser*
412.	Chuck Palahniuk	*Berceuse*
413.	Christine Adamo	*Requiem pour un poisson*
414.	James Crumley	*Fausse piste*
415.	Cesare Battisti	*Les habits d'ombre*
416.	Cesare Battisti	*Buena onda*
417.	Ken Bruen	*Delirium tremens*
418.	Jo Nesbø	*Les cafards*
419.	Batya Gour	*Meurtre au Kibboutz*
420.	Jean-Claude Izzo	*La trilogie Fabio Montale*
421.	Douglas Kennedy	*Cul-de-sac*
422.	Franco Mimmi	*Notre agent en Judée*
423.	Caryl Férey	*Plutôt crever*
424.	Carlene Thompson	*Si elle devait mourir*
425.	Laurent Martin	*L'ivresse des dieux*
426.	Georges Simenon	*Quartier nègre*
427.	Jean Vautrin	*À bulletins rouges*
428.	René Fregni	*Lettre à mes tueurs*
429.	Lalie Walker	*Portées disparues*
430.	John Farris	*Pouvoir*
431.	Graham Hurley	*Les anges brisés de Somerstown*
432.	Christopher Moore	*Le lézard lubrique de Melancholy Cove*
433.	Dan Simmons	*Une balle dans la tête*
434.	Franz Bartelt	*Le jardin du Bossu*
435.	Reiner Sowa	*L'ombre de la Napola*
436.	Giorgio Todde	*La peur et la chair*
437.	Boston Teran	*Discovery Bay*
438.	Bernhard Schlink	*Le nœud gordien*
439.	Joseph Bialot	*Route Story*
440.	Martina Cole	*Sans visage*

441. Thomas Sanchez — *American Zazou*
442. Georges Simenon — *Les clients d'Avrenos*
443. Georges Simenon — *La maison des sept jeunes filles*
444. J.-P. Manchette & B.-J. Sussman — *L'homme au boulet rouge*
445. Gerald Petievich — *La sentinelle*
446. Didier Daeninckx — *Nazis dans le métro*
447. Batya Gour — *Le meurtre du samedi matin*
448. Gunnar Staalesen — *La nuit, tous les loups sont gris*
449. Matilde Asensi — *Le salon d'ambre*
450. Jo Nesbø — *Rouge-gorge*
451. Olen Steinhauer — *Cher camarade*
452. Pete Dexter — *Deadwood*
454. Keith Ablow — *Psychopathe*
455. Batya Gour — *Meurtre à l'université*
456. Adrian McKinty — *À l'automne, je serai peut-être mort*
457. Chuck Palahniuk — *Monstres invisibles*
458. Bernard Mathieu — *Otelo*
459. James Crumley — *Folie douce*
460. Henry Porter — *Empire State*
461. James Hadley Chase — *Pas d'orchidées pour Miss Blandish*
462. James Hadley Chase — *La chair de l'orchidée*
463. James Hadley Chase — *Eva*
464. Arkadi et Gueorgui Vaïner — *38, rue Petrovka*
465. Ken Bruen — *Toxic Blues*
466. Larry Beinhart — *Le bibliothécaire*
467. Caryl Férey — *La jambe gauche de Joe Strummer*
468. Jim Thompson — *Deuil dans le coton*
469. Jim Thompson — *Monsieur Zéro*
470. Jim Thompson — *Éliminatoires*
471. Jim Thompson — *Un chouette petit lot*
472. Lalie Walker — *N'oublie pas*
473. Joe R. Lansdale — *Juillet de sang*
474. Batya Gour — *Meurtre au Philharmonique*
475. Carlene Thompson — *Les secrets sont éternels*
476. Harry Crews — *Le Roi du K.O.*
477. Georges Simenon — *Malempin*
478. Georges Simenon — *Les rescapés du Télémaque*

Composition Nord Compo
Impression Novoprint
le 3 avril 2008
Dépôt légal : avril 2008

ISBN 978-2-07-033962-4/Imprimé en Espagne.

145075